T I J A N

FALLEN CREST

Ce livre est une fiction. Les noms, caractères, professions, lieux, événements ou incidents sont les produits de l'imagination de l'auteur utilisés de manière fictive. Toute ressemblance avec des personnages réels, vivants ou morts, serait totalement fortuite.

Titre de l'édition originale : Forever – *Fallen Crest*

Pour la traduction française :
Photographie de couverture : © Shutterstock.com
Graphisme : Emmanuel Pinchon

Collection New Romance® créée par Hugues de Saint Vincent

Pour la présente édition :
Collection dirigée par Franck Spengler

34-36, rue La Pérouse
75116 Paris

ISBN : 9782755641769
Dépôt légal : juillet 2019
Imprimé en Espagne

TIJAN

FALLEN CREST

#7

Traduit de l'anglais par Sophie Madsen

Hugo Poche

NEW ROMANCE®

Pour tous ceux qui sont tombés amoureux
de Fallen Crest High *et ont continué*
à montrer leur amour et leur soutien
à ces personnages.
Ce livre est totalement pour vous.

CHAPITRE 1

– Veux-tu m'épouser ?

Je ne savais que dire.

J'étais Samantha Strattan. Longtemps une rien du tout, jusqu'à ce que Mason et Logan entrent dans ma vie. Alors je suis devenue la copine de Mason Kade et la belle-sœur de Logan Kade. J'étais *des leurs*, désormais. Il m'avait fallu tout un été pour me rendre compte que j'avais perdu en chemin la personnalité de Samantha Strattan, et voilà que mon âme sœur – le mec de ma vie, mon oxygène – me posait la question devenue depuis peu mon pire cauchemar.

– Mason, je…

Aucun autre mot ne sortit de ma gorge.

Je ne pouvais plus respirer.

Je ne pouvais plus bouger.

Je ne pouvais plus le regarder.

Je ne pouvais plus regarder ailleurs.

Il n'avait rien d'un cauchemar. Lui, c'était mon rêve.

Le cauchemar, c'était le mariage de ma mère. Le mariage des parents de Mason. C'était toute cette tromperie, ce mensonge, cette amertume. J'en mourrais, si cela devait nous arriver, à Mason et à moi.

C'est quoi, ce bordel ? Ce putain de bordel ? Merde ! Ces paroles se répétaient dans ma tête. J'étais en plein film d'horreur.

Comme au ralenti, je voyais les sourcils de Mason se froncer devant mon silence. Il constatait que je ne répondais rien, ce qui voulait tout dire.

Je me sentais tomber à la renverse, comme si on m'avait poussée d'une falaise sans que je sache ce qu'il y avait derrière moi. Je tombais… tombais… j'essayais de me cramponner à quelque chose – n'importe quoi pourvu que ça m'empêche de tomber. Mais je n'accrochais que de l'air, et j'allais bientôt atterrir.

Ses mâchoires se crispèrent. Toujours à genoux, il recula avant de se redresser. Une fois debout, il se mit à éteindre une à une toutes les bougies qui nous entouraient. Je sentais grandir entre nous une distance aussi physique qu'émotionnelle.

Bim !

Je touchais le fond.

– Mason…

– Non.

Il secoua la tête. Il était devenu si froid…

– On y va, dit-il en ramassant la couverture et en se dirigeant vers l'Escalade.

Arrivé devant, il tendit la main vers la poignée…

– Oui.

C'était sorti dans un murmure et j'en fus la première surprise.

Mariage : ce mot me terrifiait. Mais je n'étais pas du genre à trahir. Mason non plus. Jamais on ne se mentirait. Jamais on n'éprouverait aucune amertume. Je le vis s'immobiliser, se tourner vers moi, encore tendu, me fixer du regard.

Je hochai la tête. Autant pour lui que pour moi. Oui, je voulais bien l'épouser. Oui, je l'aimerai toujours. Oui, je ferai tout pour que *nous* ne devenions jamais *eux*.

– Sam ?

– Oui.

Ma voix réapparaissait. Je hochai de nouveau la tête.

– Oui ! Je veux t'épouser.

Il revint vers moi.

– C'est sûr ? dit-il sans me quitter des yeux.

Je lui ouvris grand les bras pour le lui prouver, et il me souleva de terre afin de mieux m'étreindre.

– Oui, murmurai-je encore en cachant mon visage sur son épaule.

Il n'était pas James. Je n'étais pas Ann-Lise. Nous n'allions pas reproduire ce que nous avions vu durant toute notre enfance.

Je me redressai pour trouver ses lèvres.

– Je t'aime, dis-je en l'embrassant de tout mon cœur.

Évidemment que mon hésitation l'avait choqué, il allait falloir que j'efface cette impression.

– Oui, je veux bien être ta femme.

Il me serra encore plus fort puis me reposa à terre, glissa les mains sur ma taille, se pencha vers moi.

– Pourquoi cette hésitation ? demanda-t-il.

Il méritait la vérité.

– Je suis complètement terrifiée par ce que nos parents ont fait. J'ai peur du mariage. Quelque part, j'ai l'impression que c'est un tissu de conneries, après avoir vu ce que ma mère a fait à David, après avoir entendu ce que James a fait à ta mère.

Son visage se décrispa un peu. Je posai les mains sur ses bras et serrai fort pour le retenir quand il voulut s'éloigner.

– Mais on n'est pas comme ça, ni toi, ni moi. J'ai peur, je dois l'avouer, mais on peut modifier le cycle. On ne fera pas ce qu'ils ont fait. Ce que nous aurons, ce que nous avons déjà, est mille fois plus sacré que ce qu'ils *croyaient* avoir.

À mesure qu'il comprenait, son expression s'apaisait. Il acquiesça d'un simple geste de la tête.

– Tu es sûre, Sam ? J'ai toujours pensé qu'on se marierait, mais je ne comptais pas te le demander si vite. C'est juste qu'en voyant ta mère aller vers l'autel, j'ai eu envie que ce soit toi.

Je me sentis complètement fondre.

Mes incertitudes.

Mes inquiétudes.

Mon cœur.

Bouleversée, je l'entourai de mes bras. Qu'avais-je fait pour mériter ça ? Pour le mériter, lui ?

– Je t'aime, soufflai-je contre ma peau. Je t'aime trop.

Il me caressa la tête.

– Je t'aime trop, répéta-t-il.

Son téléphone sonna.

– Merde ! jura-t-il entre ses dents

Il glissa la main dans sa poche, et on regarda ensemble l'écran. C'était Logan. On échangea un regard. Il avait déjà appelé à propos de la vidéo de la bagarre dévoilée au coach de foot. S'il rappelait si vite, ce n'était pas bon signe.

Mason appuya sur le bouton accepter et porta l'appareil à son oreille.

– Oui ?

Je commençais à me détendre mais son bras se pressa dans mon dos. Il ne voulait pas me lâcher et, de plus en plus amoureuse (si c'était encore possible), je me laissai aller contre lui, la tête sur son torse.

– Tu reviens à Cain ce soir ? demanda Logan au bout du fil.

Il semblait inquiet. Je me rembrunis mais ne bougeai pas. J'étais trop bien comme ça.

– Euh…

Je levai les yeux. Mason haussa un sourcil, comme pour me demander ce que je voulais faire.

On venait de se fiancer. Ce serait sympa de passer du temps seuls tous les deux, malgré l'énorme crise qui menaçait d'éclater. J'avais envie de rester à Fallen Crest, pourtant je déclarai :

– On devrait rentrer. De toute façon, on ne pourra pas se détendre.

– On rentre, répondit Mason à son frère.

– Bon, lâcha celui-ci l'air soulagé. Je sais que tu es dans la merde à cause de la bagarre, mais je pourrais avoir besoin d'aide avec ces mecs qui ont tabassé l'ami de Taylor.

– Celui avec qui on a dû traiter à propos d'un baron du crime ? demanda Mason en levant les yeux au ciel.

– Ils l'ont tabassé parce qu'il était gay. Ils méritent le pire. On peut faire preuve d'imagination si tu ne veux pas participer à la raclée.

– Commencez à y réfléchir, répondit Mason d'une voix tendue, parce que je ne peux pas commettre d'acte violent en dehors d'un terrain de football. Ils vont m'avoir à l'œil, et je devrais m'estimer heureux si je peux encore jouer.

– Tu as raison, on va voir ça avec Nate. Fais-nous signe quand tu reviens.

– D'accord.

Tout d'un coup, Logan lança :

– Salut, Sam !

Je me rapprochai du téléphone :

– Ne cause pas de problèmes à Mason, s'il te plaît.

– C'est peut-être moi qui les cause, mais c'est toujours lui qui assène le coup de poing final.

On ne fonctionne pas en équipe pour rien, mon frère et moi.

Une lueur de colère traversa les yeux de Mason.

– Compris, je serai là dans quelques heures, promit-il les dents serrées.

Il raccrocha et se tourna vers moi :

– Tu ne lui as pas dit ?

– Toi non plus.

– Je voulais te laisser l'honneur.

Je posai une main sur son torse, sentis son cœur battre.

– Je sais. Gardons un peu le secret de nos fiançailles. Une fois qu'on l'aura dévoilé, il ne nous appartiendra plus. Tout le monde en parlera – les gens donneront leur avis sur le moindre détail. Si tu vois ce que je veux dire.

Son regard s'assombrit, et j'y lus tant d'amour…

– Je vois, répondit-il en croisant les doigts sur ma nuque. Et je t'aime.

Ses lèvres trouvèrent les miennes.

Je fermai les yeux pour mieux savourer.

Mon homme.

Ma moitié.

Mon futur mari.

Tant de mensonges nous attendaient, mais il était mien, complètement mien, en ce moment. Mes lèvres remuèrent contre les siennes, pour approfondir notre baiser, et il resserra son étreinte.

CHAPITRE 2

Mason conduisait et je ne pouvais m'empêcher de l'observer en douce. Ce n'était plus un gamin, encore qu'il n'en ait jamais été vraiment un. C'était un homme, qui allait devenir mon mari. Je n'en revenais pas. Pour *toujours*. Bon… mais quand ce mot n'était-il pas utilisé pour décrire notre relation ? Jamais. Cependant une petite voix au fond de ma tête continuait à s'inquiéter de nous voir reproduire les erreurs de nos parents.

– Qu'est-ce qu'il y a ? demanda Mason.

– Quoi ?

Une main sur le volant, il me décocha un demi-sourire.

– On dirait que quelque chose ne va pas. C'est au sujet des fiançailles ?

– Oui, dis-je en appuyant une main sur mon estomac un peu serré. Ça ne te tracasse pas ?

– Quoi ? Que mon père ait été un époux à chier ou ta mère une tarée ?

– Les deux.

Je me mis de côté, de façon à pouvoir le regarder en face, les jambes repliées sous moi, sans détacher ma ceinture.

Il avait des lèvres parfaites. J'adorais y frotter les miennes, sentir son corps se raidir à mon contact. Ses mâchoires… si puissantes qu'elles me rendaient les jambes flageolantes plus souvent qu'à mon tour… Et puis ses yeux, ses beaux yeux verts, qui pouvaient regarder jusqu'au fond de moi, lire dans mon âme comme dans un livre ouvert. C'était ainsi depuis le début, et ça n'avait pas changé.

Je ne voulais pas qu'il cesse de tout voir en moi.

Et ses cheveux noirs, qu'il venait de refaire couper en brosse, juste assez longs pour que je puisse les saisir par poignées. Cette seule idée suffisait à me faire saliver. Lorsqu'il se tenait au-dessus de moi, les yeux assombris par le désir, les épaules vibrantes à mon contact, j'aimais constater à quel point tout en lui était digne d'une sculpture. Il s'entraînait des heures chaque jour pour le football, et cette pensée me faisait mal.

Le football.

Tout se passerait bien.

La ligue allait le laisser jouer. C'était Mason Kade, oui ou non ? Le receveur vedette de l'équiper de Cain University, souvent cité sur les télévisions sportives. Il devait être sélectionné cette année. Quelqu'un allait l'embaucher. Forcément. Ce serait complètement stupide, si personne ne le faisait.

Il avait posé sa main sur ses genoux. Je la caressai.

– Ça va s'arranger. Tu le sais très bien.

Il ne répondit pas mais ses doigts enlacèrent les miens.

Je me rappelais ce qu'il avait dit juste avant de me demander en mariage : qu'il était fichu. Que la NFL ne tolérait aucun scandale et qu'une vidéo où Mason Kade battait quelqu'un comme plâtre ne pourrait que faire mauvais genre. Peu importait s'il l'avait fait pour me protéger, car s'ils commençaient à fouiller son passé, ils constateraient vite qu'avec Logan ils se battaient et mettaient le feu à des voitures bien avant de me connaître. Ils ne prenaient jamais en traîtres, mais si on les attaquait, ils répliquaient. C'était leur règle de vie. Ils réagissaient, plutôt que de provoquer.

Et je savais qu'ils continueraient ainsi. Pourtant, il allait falloir que ça change. Mason avait déjà essayé, il avait appris à se montrer plus malin quand il se défendait. Il avait de nouveau dérapé cet été, mais c'était fini.

Ils devaient évoluer. Absolument.

– Arrête de t'inquiéter, dit-il.

Perdue dans mes pensées, je l'interrogeai du regard.

– Tu t'inquiètes, je le sens bien, dit-il en me serrant la main. Je te crois.

– Ah oui ?

– Oui.

Bon sang, ce sourire, cette bouche…

– Tu as dit que tout s'arrangerait, ajouta-t-il. D'habitude tu as raison. Alors je te crois.

Mon cœur bondit dans ma poitrine.

– Tant mieux, dis-je d'une petite voix essoufflée.

Je ne savais pas trop pourquoi ça m'affectait tant de savoir qu'il me croyait. Il me croyait toujours.

Pas grave. Je suivrais. Je savais que Mason et Logan – ainsi que leur père – feraient tout ce qu'il faudrait pour assurer l'avenir de Mason dans le football, et moi aussi.

J'avais la gorge si serrée que je ne pus que murmurer :

– Je t'aime.

Ce qui me submergea d'énergie. Il me décocha un clin d'œil, l'air moqueur.

– Je sais.

Je fis mine de le taper, et il changea instantanément d'intonation :

– Je t'aime, répondit-il.

***

Durant le chemin du retour, Logan nous envoya deux textos, le dernier nous disant de nous rendre directement chez Taylor. On passa donc la bretelle de sortie qui menait à la maison, pour bientôt nous garer devant la grande demeure où avait grandi Taylor, mais ni elle ni Logan ne nous accueillirent à l'entrée.

Ce fut son père à elle, bel homme aux cheveux châtain clair, âgé d'une petite quarantaine, qui nous ouvrit la porte. Il gardait la ligne, ce qui n'avait rien d'étonnant puisque c'était l'un des coachs de Mason.

Mon fiancé se redressa, impassible. Il ne tremblait jamais devant personne. Il n'allait pas commencer maintenant, pourtant je savais à quel point il était tendu. Il respectait le père de Taylor, le coach Bruce, surnommé coach Broozer. Et celui-ci n'avait pas l'air très content.

Finalement, il recula pour nous laisser entrer. Il me salua même d'un mouvement de la tête lorsque je passai, à la suite de Mason. Le coach Broozer nous précéda vers la cuisine, au-delà du salon et de l'escalier. J'avais l'impression que personne d'autre ne se trouvait dans cette maison.

Broozer nous indiqua les chaises de la salle à manger.

– Asseyez-vous.

– Je croyais que mon frère était là, dit Mason.

– Non. Voulez-vous boire de l'eau ou autre chose ? Je peux préparer du café, à moins que vous ne préfériez un soda. Mason ?

– Rien pour moi, merci.

– Sam ?

Je fis non de la tête. J'avais l'impression qu'on n'allait pas rester longtemps ici.

– Pourquoi Logan m'a demandé de venir d'abord ici ? reprit Mason.

Le père de Taylor se servit un verre d'eau avant de venir nous rejoindre autour de la table. Il prit la place la plus proche de la cuisine, face à Mason et moi. Il se pencha en avant, posa les bras autour de son verre, poussa un long soupir.

– Je n'ai pas une bonne nouvelle, Kade.

La mâchoire de Mason se crispa.

– Logan a dit que ton dossier avait été classé, poursuivit Broozer, et j'ai appelé la police de Fallen Crest qui m'a confirmé la chose. Alors je me suis adressé au coach principal qui m'en a dit autant, ainsi que tout le service. Tu arrives à temps pour reprendre l'entraînement avec l'équipe, donc tu ne seras pas suspendu, mais je dois te prévenir…

Sa voix baissa dangereusement.

– Si les gens apprennent l'existence de cette vidéo, ou si elle est postée en ligne et provoque des histoires, il faudra qu'on en tire les conséquences.

– Je n'aurai donc pas de souci tant que personne ne saura ou ne fera d'histoire ? gronda Mason. Sinon vous devrez me punir pour sauver la face. C'est bien ce que vous dites ?

Broozer cligna des yeux avant d'acquiescer :

– Oui.

– N'importe quoi !

– C'est la solution qu'on t'offre. Estime-toi heureux. Cette vidéo est terrible. Je connais ta réputation et, si un journaliste commence à fourrer son nez là-dedans, tu pourrais servir d'exemple.

– D'exemple pour quoi ?

Broozer se pencha un peu plus, l'air inflexible.

– Pour tout autre crétin de gosse de riche qui compterait se sortir impunément d'un meurtre.

– Je protégeais ma petite amie.

– Ce n'est pas comme ça qu'ils verront la chose, tous ces gens qui détestent les riches et les privilégiés. Ils ne verront pas en toi le gars qui s'interpose et protège ceux qu'il aime. Ils verront ta belle gueule, découvriront la fortune de ton père, apprendront tes antécédents de violence. Tu te retrouveras en couverture d'un magazine comme « le connard qui s'en est tiré. » Ils ne prendront pas le temps de faire des recherches sur l'enjeu véritable.

Mason s'adossa à son siège.

Je le surveillais du regard. Il ne semblait pas hors de lui, en fait, il ne montrait aucune espèce de sentiment. Il semblait complètement fermé. Le coach avait été loyal et je savais que Mason appréciait cette attitude, en même temps je comprenais son exaspération. C'était nul. Il ne pouvait pas se détendre quand il savait que Caldron et Adam le poursuivaient. Ces deux abrutis continuaient de le menacer.

Je touchai sa jambe sous la table, et il me regarda du coin de l'œil. Ses mains restèrent jointes sur la table mais son genou se colla au mien.

On entendit claquer des portières de voitures. De notre place, on ne voyait pas ce qui se passait dehors, mais la voix de Logan nous parvint distinctement.

– Écoute, reprit le coach Broozer, je sais très bien avec quel genre de garçon sort ma fille, et je sais ce dont il est capable pour soutenir son frère. Il ne faut pas lui dire un mot de tout ça. Il suffit de se tenir tranquilles pour que cette histoire finisse par tomber dans l'oubli. Tandis que si Logan l'apprend, il ne pourra pas s'empêcher d'intervenir. Il n'a pas de mauvaises intentions, mais il pourrait te gâcher la vie si tu ne le modères pas un peu.

Mason n'eut pas le temps de répondre.

La porte s'ouvrit et les appels de Logan retentirent à travers toute la maison :

– Mason ! Sam ! Vous avez gagné !

Il traînait derrière Taylor mais, dès qu'il nous vit, ce fut pour nous ouvrir tout grand les bras.

– Alors, comment ça va, les gars ?

Il balança une tape sur l'épaule du coach Broozer.

– Quoi de neuf, Pop-up ?

– Pop-up ? répéta Broozer en fronçant les sourcils.

Il se tourna vers Taylor :

– Tu m'expliques ?

Elle leva les yeux au ciel tout en ouvrant la porte du frigo.

– C'est lui qui s'est mis à t'appeler comme ça, sans qu'on sache pourquoi.

– Alors, vous êtes rentrés ! lança Logan. Broozer a de bonnes nouvelles pour vous, pas vrai ? J'ai entendu dire que mon frère était tiré d'affaire.

Le père de Taylor ouvrit la bouche, mais Mason répondit avant :

– Effectivement, pourvu qu'on n'en fasse pas tout un plat.

– C'était bien l'idée, rétorqua Broozer avec un regard noir.

– Genre je ne dois rien dire à mon frère.

– Attends ! intervint Logan d'un air irrité. Je préfère ne pas savoir. Du moins si personne n'est concerné.

– Personne de chez personne.

– Tu sais très bien ce que je veux dire, frérot. On est foutus. Tout le monde en a marre de nous. Tiens, si on se faisait une petite fête, ce soir ?

– Un bon conseil, intervint le coach Broozer d'un ton sarcastique. Si vous tâchiez de ne pas vous mettre dans les ennuis ?

Alors qu'il rapportait son verre dans l'évier, il croisa sa fille, lui caressa le bras et tous deux échangèrent un tendre sourire.

– Allez, dit-il, j'ai des vidéos de foot qui m'attendent. Garde la tête froide, Mason, n'écoute pas ton idiot de frère…

– Ho ! fit mine de s'indigner Logan.

– … et on se revoit lundi matin à l'entraînement.

– Merci, coach, acquiesça Mason.

– De rien. Quant à toi, Logan, veille sur ma fille chérie.

– Toujours ! affirma fièrement celui-ci.

Après quoi, le coach disparut au fond de la maison, nous laissant entre nous.

– Alors ? reprit Logan. On fait la fête ce soir ? Nate ne pense qu'à ça. On voulait en organiser une à la maison, mais puisqu'on est tous ici…

Mason se leva, me prit la main, s'adressa à Logan et Taylor :

– D'accord pour faire une fête mais, quoi qu'il arrive à ton ami, je devrais passer mon tour.

Logan serra les lèvres, mais Taylor hocha la tête :

– C'est parfaitement compréhensible, dit-elle en regardant son copain. Ton avenir est en jeu.

Je me sentis soulagée.

Le seul qui ne semblait pas d'accord était Logan.

– Tu n'as pas dit un mot, observa-t-il en me regardant. Qu'est-ce que tu en penses ?

– À quel sujet ?

– À propos de l'aide que je recherche. Ces mecs sont des connards. Un peu plus et ils envoyaient Delray à l'hôpital.

– Tu exagères un tout petit peu, contesta Taylor. Mais c'est vrai que Jason en a pris plein la figure. Et je les crois tout à fait capables de recommencer.

– C'est décidé, conclut Logan. On va leur casser la gueule.

– Ça sera sans moi, rétorqua Mason. Je ne peux pas me battre. Peut-être jamais plus.

– Attends ! Tu blagues ?

– Non.

Sa main étreignit la mienne et je compris que Logan le provoquait tant qu'il pouvait. Mason ne désirait qu'une chose, demeurer auprès de son frère pour assurer ses arrières. Mais il ne pouvait pas. Il devait rester raisonnable, et ça le minait.

Libérant ma main, je passai devant lui et croisai les bras.

– Arrête, Logan !

– Quoi ?

– De faire le con. Tu cherches la bagarre parce que tu t'emmerdes. Tu le sais très bien.

– Delray s'est fait tabasser ! s'emporta-t-il. Taylor est à moi, ça signifie donc qu'il est à moi aussi. Comment je… ?

– Il existe d'autres moyens, coupai-je. Et puis, fais ce que tu veux. Va leur casser la gueule, mais fiche la paix à Mason. Si tu veux son aide, cherche autre chose. Sinon, respecte sa décision.

– Houlà ! s'exclama Taylor. Je vois déjà la suite. Logan qui veut semer sa merde, Mason qui essaie de rester à l'écart et Samantha qui finit par lâcher le dernier mot.

Elle émit un léger sifflement avant de décocher un sourire féroce à son copain.

– En tout cas, on ne s'ennuie jamais avec vous, les gars.

Logan lui rendit la pareille avant de venir lui passer un bras autour de la taille. L'attirant contre lui, il la souleva du sol.

– Surtout grâce à ta présence parmi nous, dit-il en cachant le visage dans son cou.

Elle poussa un petit cri, se dégagea.

– Tu sais que ça chatouille. Arrête !

Il recula, l'air amusé.

– Attends qu'on rentre chez moi. Je vais t'en faire des chatouillis, moi !

Après quoi, il lança à la cantonade :

– Bon, on se la fait, cette fête ?

On allait se la faire, cette fête.

CHAPITRE 3

La musique battait son plein.

Des étudiants de Cain University, des joueurs de foot et des élèves d'une école privée voisine emplissaient notre maison. L'alcool coulait à flots et tout le monde s'amusait bien.

Mason entretenait le feu du jardin avec Nate et quelques coéquipiers de foot. Derrière eux, Logan buvait une bière tout en jouant au fer à cheval avec Matteo, contre deux types que je ne connaissais pas. Et ça bavardait pas mal dans les alentours.

Je tenais le bar extérieur, où je remplissais les verres. J'aperçus quelques-unes de mes colocs de première année, mais notre amitié s'était éteinte en cours de route. Elles avaient repris leurs vies, quant à moi, je vivais avec Mason et Logan. Ça aurait dû me suffire, non ?

Je regardais Mason en train d'écouter Nate. Les flammes illuminaient son visage mais jetaient également pas mal d'ombres sur ses traits ciselés.

Mon cœur se serra, j'essayai de repousser l'émotion qui m'envahissait, car je la sentais négative.

– Tu travailles au noir comme serveuse, maintenant ? sourit Taylor en venant s'asseoir au comptoir.

Elle plaisantait, bien sûr, mais ça évoquait irrésistiblement un souvenir commun. Une autre soirée, un autre bar derrière lequel on s'était cachées, peu de temps auparavant.

Je lui montrai un pichet vide en riant :

– Tu crois que je devrais y coller une étiquette signalant que c'est pour les pourboires ?

– Ça marcherait peut-être, ricana-t-elle. Il y en a qui sont déjà complètement pétés.

Une fille poussa un cri, et tout le monde se tourna dans sa direction. Un mec la poursuivait à travers le jardin. Elle avait les seins à l'air, le jean ouvert, les cheveux en bataille, les lèvres maculées. Pourtant, elle riait aux éclats en passant devant le bar, et je ne fus pas la seule à m'arrêter pour la regarder. Tous les mecs en firent autant.

Elle couina de nouveau, mais ça s'acheva dans un râle de désir lorsque le mec tomba sur elle. Il la saisit par la taille avant de la plaquer contre la maison, la bâillonnant de sa bouche tandis qu'elle s'accrochait déjà à ses épaules pour mieux l'envelopper de ses jambes.

– Quelque part, je la trouve complètement idiote, soupira Taylor, alors tant pis pour elle.

Cependant, elle se leva en désignant tous les mecs qui ne se privaient pas de filmer cette scène porno :

– En même temps, je sais bien qu'il faut que j'intervienne, surtout si elle est bourrée.

Deux autres filles arrivèrent soudain, minces et de ma taille, l'une blonde au teint pâle, l'autre coiffée d'une natte brune, et qui semblait plus autoritaire. Sa mâchoire carrée se crispait davantage à chaque pas, tandis que sa voisine paraissait plutôt amusée, quoiqu'un rien gênée d'assister à un tel spectacle.

– Qu'est-ce qu'on fait ? lança la brune. Elle est en plein délire.

La blonde essayait encore de maîtriser ses rires, mais elle n'y parvint pas et finit pliée en deux.

– Elle va le regretter, finit-elle par articuler. Dommage, quand même !

– Dire que je fréquente des abruties pareilles ! maugréa la brune en levant les yeux au ciel.

On échangea un regard avec Taylor.

La blonde se roulait par terre en pleurant de rire, tandis que sa collègue les observait tous, les mains sur les hanches.

– Mais qu'est-ce que je dois faire ?

À son tour, Taylor réprima un rire.

– Vous voulez un verre ? lançai-je à la brune.

Elle se tourna vers moi, rouge comme une tomate.

– Ne me dites pas que vous avez entendu ça !

– Désolée.

Apparemment, elle s'était imaginé que personne ne s'intéressait à elles. La musique braillait toujours autant et, à part les deux types qui filmaient toujours, tout le monde avait repris ses bavardages ici et là.

Logan et Matteo jouaient toujours au fer à cheval. Je n'avais pas l'impression que Mason et ses potes autour du feu aient seulement aperçu le couple en train de s'envoyer en l'air.

La brune tapota l'épaule de son amie, toujours en train de rire :

– C'est bon, Grace.

Celle-ci finit par venir s'asseoir sur un tabouret du bar, et tenta de se présenter, entre deux éclats de rire :

– Désolée, je… je m'appelle Grace et je suis complètement… Oups… naze en ce moment. Désolée, Courtney, j'y arrive pas…

La dénommée Courtney contemplait les deux mecs avec leurs téléphones.

– Il faut que je les arrête. Nettie sera tellement gênée, après.

– Attends, dit Taylor en descendant de son tabouret. Je vais chercher quelqu'un pour s'en occuper. Il ne demande que ça.

Courtney et Grace, prise maintenant d'un violent hoquet, suivirent du regard Taylor qui traversait la foule pour rejoindre Logan. Elles écarquillèrent les yeux.

– C'est Logan Kade ? demanda l'une d'elles.

Inutile que je leur réponde, elles ne s'occupaient pas du tout de moi. Le hoquet semblait avoir disparu et Grace gardait maintenant la bouche entrouverte.

Taylor posa une main sur le bras de Logan qui baissa la tête vers elle. Un sourire amoureux lui éclaircit le visage, qui disparut dès que sa compagne se mit à lui parler. Il se tourna brusquement vers le bar, et je désignai le couple d'un doigt discret, il s'approcha pour voir ce qui se passait, dit quelque chose à Taylor qui nous rejoignit tandis que Logan glissait un mot à Matteo.

Celui-ci passa le message à Mason qui se leva, accompagné de Nate, ses potes du feu se retournèrent pour ne rien perdre du spectacle.

Logan se dirigea alors vers le bar pour s'arrêter à côté de moi.

Il se pencha, suivit le tuyau d'arrosage vers le robinet qu'il ouvrit. À l'autre extrémité, l'eau jaillit à un mètre du couple.

– Tu vas les mouiller ? lui demandai-je.

Il me décocha un clin d'œil :

– Ce sera marrant, non ?

Alors qu'il remontait le long du tuyau, son frère vint se planter devant les deux mecs toujours en train de filmer. Matteo et Nate se joignirent à lui pour leur bloquer la vue. Ils protestèrent, essayèrent de bouger – jusqu'au moment où ils virent à qui ils avaient affaire. Du coup, ils ne songèrent plus qu'à éteindre leurs téléphones.

Mason les leur arracha en disant un truc que je n'entendis pas. Les mecs se remirent à rouspéter mais se rendirent bientôt compte que la moitié de l'équipe de foot arrivait.

Comprenant qu'ils ne pouvaient plus se défendre, ils laissèrent Mason et Nate effacer leurs vidéos.

Pendant ce temps, Logan avait attrapé le bout du tuyau d'arrosage qu'il se mit à braquer, les jambes écartées comme un pompier, sur le couple porno.

La fille couina, le mec glapit, l'air furieux. Mais là, il s'aperçut que tout le monde les regardait. Alors sa copine se tapit contre la maison en essayant de cacher ses seins, les lèvres tremblantes.

– Merde ! gronda Courtney en se précipitant vers son amie.

Grace resta derrière elle à observer calmement la scène.

Tandis que Courtney passait un bras autour de Nettie, le mec avec qui elle baisait tenta de s'éloigner. Ce qui ne parut pas plaire à Logan. Il continua de l'arroser, riant jusqu'à ce que l'autre se précipite sur lui, fou de rage. Mais Logan n'avait qu'à suivre ses mouvements avec le jet d'eau, finissant par le tremper des pieds à la tête.

Je m'aperçus que Mason arrivait dans ma direction, les deux téléphones entre les mains, suivi de leurs propriétaires, eux-mêmes escortés par quelques coéquipiers de foot.

– Tu n'as pas peur qu'ils cherchent ensuite à nous embêter ? demandai-je.

Devant une Grace abasourdie, Mason me tendit les appareils.

– Je leur ai dit de revenir les chercher demain. Je veux m'assurer qu'ils n'ont pas publié cette vidéo quelque part.

Je vérifiai les écrans. Un seul était protégé, et je le brandis.

– Tu as le mot de passe ?

Il hocha la tête, jeta un coup d'œil vers Logan toujours en train d'asperger le mec qui s'était mis à hurler.

– Tu connais cette fille ?

– Moi non, mais Grace, oui.

Il se tourna vers elle, imperturbable :

– C'est ton amie ?

– Ouais, dit-elle dans un sourire.

– Tu es bourrée ?

– Ouais. Tu es Mason Kade ?

Il se retourna vers la maison d'où s'éloignait Courtney en compagnie de son amie trempée.

– Vous auriez un tablier ou une blouse pour elle dans le bar ? me lança-t-elle.

– Un tablier ?

– Vous bossez pour cette soirée, oui ou non ?

Elle me prenait pour une serveuse.

Taylor vint nous rejoindre en désignant Logan du menton.

– Voilà, il s'est assez fichu du mec. On a son nom et son numéro, s'il arrive quelque chose, on saura au moins qui c'est.

– Merci mille fois, souffla Courtney.

– Elle a demandé une blouse, dis-je à Taylor. Tu veux…

J'allais lui demander de tenir le bar pendant que j'allais prendre une chemise dans ma chambre, mais elle leva la main :

– Je m'en occupe. J'ai la moitié de mes fringues ici. J'arrive.

– Super, soupira Courtney visiblement soulagée. Merci de nous avoir aidées. On se doutait que ton amie connaissait personnellement Logan Kade.

Un silence pesant lui répondit.

Je m'attendais à ce qu'elle se rende compte que Mason était là. Encore qu'elle ne savait peut-être pas qui c'était. Elle finit par se tourner vers Grace, qui lui désigna Mason. Alors seulement elle parut se rendre compte que quelqu'un d'autre se tenait avec nous au bar. Elle rougit, pâlit, et ses lèvres formèrent un petit O.

Réaction qui n'avait rien d'extraordinaire, sauf que l'expression de surprise des gens quand ils se rendaient compte de qui était Mason, ne se produisait habituellement qu'à distance. Il se trouvait avec ses camarades d'université, Logan ou moi lorsque les gens remarquaient sa présence. Alors ils se mettaient à murmurer avant de manifester d'autres sortes de réactions. Là, certains préféraient respecter sa vie privée et rester à distance, tandis que d'autres venaient carrément le regarder de plus près. Parfois, ils se précipitaient pour lui demander un autographe ou, comme certaines filles, lui donner leur numéro de téléphone.

Les réactions les plus marrantes provenaient de ceux qui semblaient le considérer comme un extraterrestre. Ils restaient bouche bée. Un jour j'avais entendu un type dire à son ami :

– C'est pas Kade. Pas assez grand. Kade c'est une putain de légende.

– Et moi, avait rétorqué l'autre, je suis sûr que c'est lui. Et il fait pas un mètre quatre-vingt-quinze. Vérifie ses stats. C'est lui, mon pote.

– N'empêche. Je pourrais le battre. C'est pas trop un géant non plus.

Mason l'avait sans doute entendu. Sans toutefois trop réagir, pas plus que maintenant. Il ne tenait pas vraiment compte des gens qui l'entouraient.

– C'est ton amie ? demanda-t-il à Courtney.

– Euh… oui, murmura-t-elle en serrant Nettie comme pour se protéger. Et tu es Mason Kade, c'est ça ?

– Oui. Elle est complètement bourrée ou pas trop ?

Sans attendre de réponse, il s'adressa directement à Nettie :

– Tu as trop bu ? Tu étais consentante avec ce type ?

Ça me frappa comme la foudre.

Consentante. Il s'inquiétait. *Une fille agressée sexuellement à la soirée de Mason Kade*, ça ferait tous les gros titres, et les gens se hâteraient d'en conclure que c'était lui l'agresseur.

Merde.

– Quoi ? balbutia Nettie dans les bras de Courtney.

Celle-ci soupira en fermant les yeux. Il lui fallait un instant pour se remettre. Ce que je pouvais comprendre.

Quand quelque chose l'agaçait, Mason s'emportait vite. Là, je le voyais devenir livide.

Il me jeta un regard implorant. Je pris la direction de l'entrée lorsque je vis Taylor sur le seuil, mais je lui fis signe de nous attendre.

– Si on allait discuter tranquillement ? proposai-je.

Courtney et Nettie acquiescèrent, l'air soulagé. Elles se dirigèrent vers les portes du patio où Taylor attendait. Voyant que Mason me suivait, je lui posai une main sur le torse :

– Tu pourrais nous laisser, un peu ?

– Grace ! cria Courtney. Viens !

La troisième amie quitta son tabouret, l'air toujours aussi serein, maintenant enjolivé d'un sourire godiche. Alors qu'elle passait, je repérai son regard vitreux. Se souviendrait-elle seulement de ces instants, demain ? Des trois filles, Courtney était la plus sobre, avec une Nettie flageolante et trempée derrière elle.

Elles entrèrent et je vis que Mason n'avait pas bougé.

– Tu te rends compte de l'attention que ça pourrait attirer sur moi ? demanda-t-il.

Je m'en rendais parfaitement compte, regrettant juste de ne pas y avoir songé plus tôt.

– Je ne vais pas laisser quoi que ce soit t'arriver. D'accord ? Tes gars l'ont protégée. Ça compte, ça, quand même !

J'allais repartir quand il me retint par le bras.

– Sam. Merci de t'en occuper.

Je n'avais encore rien fait.

– Tu me remercieras plus tard, au lit.

Son expression se détendit et il m'embrassa en murmurant :

– Crois-moi, je te remercierai jusqu'à la fin de nos vies.

Un frisson me parcourut.

Je posai mes lèvres sur les siennes puis rentrai. Il s'occuperait du bar. Pas besoin de m'inquiéter pour ça. J'en éprouvai une nouvelle sensation de réconfort.

Au point d'oublier les difficultés de ce moment.

J'allais devenir sa femme. Je frottai mon annulaire dénudé. La première fois qu'il avait voulu me faire sa demande, Mason allait plonger la main dans sa poche lorsque son téléphone avait sonné. Après quoi on avait été submergés par ses histoires de football et de vidéos de bagarres. Ensuite, il était revenu à la charge, et c'était là que mon hésitation avait cassé l'ambiance.

Depuis, j'attendais qu'il m'offre cette bague, mais non, rien ne venait, et je refusais de le brusquer. Il me la donnerait quand il jugerait le moment venu.

Repoussant mes doutes, je m'offris un petit instant de délice à l'idée du secret que nous partagions.

Personne ne savait. Même pas Logan.

J'avais hâte de le lui annoncer mais, en entrant dans la maison, je marquai une pause. J'entendais les voix des filles et cela me fit soupirer.

J'avais autre chose à régler avant.

CHAPITRE 4

– À quoi tu pensais, Nettie ? demanda Courtney, penchée vers son amie.

Celle-ci restait assise au bord du lit de Logan, les coudes sur les genoux, la tête dans les mains, ses cheveux noirs encore trempés. Au moins portait-elle maintenant un sweat-shirt, dix fois trop grand pour elle, qui lui donnait encore plus un air de chaton noyé. Elle leva la tête, s'essuya le visage avec sa manche.

– Courtney, gémit-elle, ne te moque pas de moi, d'accord ? Je suis déjà assez en pétard.

Au bout de la pièce, Grace se pelotonnait dans le canapé, un pied par terre, l'autre ramené près d'elle. L'air toujours aussi éperdu, elle clignait sans cesse des paupières.

– Allez, Courtney ! dit-elle en bâillant. Nettie s'est fait un mec. Grâce à ces petits frissons qu'on n'éprouve qu'avec la tequila, tous deux ont cédé à l'amour… un rien exhibitionniste.

Nettie hurla de rire.

– Pas drôle, grommela Courtney en croisant les bras.

Grace se leva, adressa un signe à Nettie.

– Sérieux, Courtney. Cet enfoiré de Logan Kade…

Elle se tourna vers Taylor à côté de moi.

– … ton petit ami, si j'ai bien compris. Tu es Taylor Bruce ?

– Oui, dit celle-ci en agitant la main. Salut !

Grace lui rendit la pareille avant de poursuivre :

– Non, sérieux, Nettie, tu portes le sweat-shirt de Logan Kade. Tu es dans sa chambre. Ton partenaire d'amour en public s'est fait virer de la soirée.

Je me raclai la gorge. C'était à moi de jouer.

– Justement, ce type…

Je marquai une pause, attirant tous les regards sur moi.

– … c'était qui ? ajoutai-je.

Nettie replongea le visage dans ses mains en grimaçant.

– Juste la plus grande gaffe de ma vie.

– Un gars qu'elle avait repéré au cours de sciences politiques. Ils sont sortis ensemble à une autre soirée, et ils ont continué ici. J'espère que vous aurez un pourboire pour nous avoir aidées.

Euh… Soudain je compris : elle me prenait toujours pour la serveuse. Taylor me jeta un regard interrogateur. Je fis non de la tête. Autant que je garde mon anonymat.

– Mais vous étiez consentante ? insistai-je.

Nettie leva sur moi un regard inexpressif. Puis elle parut comprendre, écarquilla les yeux.

– Oh, oui, bien sûr ! J'ai juste été idiote. Courtney a dit que deux types nous ont filmés ? C'est vrai ?

Ce fut Taylor qui prit la parole :

– Oui, mais Mason s'en est occupé. Je l'ai vu effacer des trucs sur leurs téléphones.

Nettie sembla encore plus ébahie :

– Mason *Kade* ?

– C'est ce que je te disais, s'emballa Courtney. Il était au bar, là !

Grace poussa un soupir rêveur.

– Je me laisserais bien filmer avec lui. C'est un extraterrestre, ce type !

Je m'empêchai de rire. Taylor se mordit les lèvres.

– Euh, oui. Il a récupéré les vidéos et tous les mecs ont été virés de la soirée. Vous auriez peut-être besoin qu'on vous dépose quelque part ?

Grace et Nettie adressèrent des gestes désordonnés à Courtney qui finit par lâcher :

– C'est moi qui conduisais à l'aller. Je n'ai rien bu.

– Et Jonathan, comment il va rentrer ? demanda Nettie.

– Le mec avec qui vous flirtiez ?

– Oui. Il est arrivé avec nous. Je crois qu'il ne connaissait personne ici.

Et elle se faisait du souci pour le mec qui avait failli en faire la star porno de la soirée ?

– Je n'en sais rien, dis-je. Tout ce que je peux vous dire c'est qu'il a été viré.

– Oh… ah bon…

Elle n'allait pas le regretter, en plus ? Je n'aurais su dire si elle était idiote ou ingrate, mais elle avait failli mettre Mason dans une terrible situation. Je préférai ne rien dire.

– Merci, souffla-t-elle. C'est sûr que j'ai bien merdé.

Elle se tourna vers Taylor en ajoutant :

– Tu crois que je pourrais remercier ton copain et Mason ?

– Euh…

Taylor m'interrogea d'un rapide regard et je remuai imperceptiblement la tête. Alors elle répondit à Nettie :

– En toute franchise, Logan risque de ne pas savoir qui tu es. Et, Mason… je peux te dire qu'il sera entouré de tous ses coéquipiers.

– Bon, tu as raison. Plus tard, peut-être ? Je pourrai leur dire quelque chose quand je les verrai sur le campus.

– Par exemple, sourit Taylor. Tout de suite, il vaut mieux que tu te reposes. Rentre chez toi, d'accord ?

Nettie se leva, aussitôt imitée par ses amies. Cette fois, ce fut Grace qui prit la tête du groupe, tandis que Nettie suivait, la tête basse. En sortant de la maison, toutes trois nous adressèrent un signe avant de gagner leur voiture.

À côté de moi, Taylor me pinça le bras dès qu'elles eurent démarré. C'était un geste gentil, pourtant son ton n'avait rien d'amical :

– Merde, Sam ! Elles t'ont prise pour la bonniche. Tu m'as laissée jouer les porte-parole officiels des Kade.

– Je reconnais que ça faisait bizarre.

Je la suivis en riant tandis qu'elle ronchonnait encore entre ses dents. Mason et Logan tenaient tous les deux le bar, avec Nate et Matteo comme clients. Deux autres garçons se tenaient dans les parages, et tous se tournèrent vers nous à notre arrivée.

– Tout va bien ? interrogea Mason.

Je fis oui de la tête et allai le rejoindre derrière le comptoir. Sa main se posa sur ma hanche.

– Ça va, répondis-je. Ça la gênait, mais elle a reconnu qu'elle était partante. Ils avaient déjà fait ça ailleurs, et il est arrivé ici avec elles.

– Sérieux ? s'étonna Logan les mains sur les hanches de Taylor. Ce sont elles qui ont amené ce connard ici ?

– Oui. La fille nous a même demandé comment il allait rentrer chez lui.

– Attends, reprit Logan en s'écartant légèrement de Taylor pour se rapprocher de moi. Tu veux dire qu'il n'avait pas de voiture ?

– D'après la fille qu'il tripotait, non.

Il se tourna vers les deux garçons derrière Nate et Mason :

– Est-ce que quelqu'un l'a embarqué ?

– Non, répondit l'un d'eux. On lui a juste montré la rue et il est parti à pied.

– Pourquoi ? intervint Mason l'air soucieux.

– Peut-être qu'elle ne répétera rien, mais lui, si. S'il est assez furax, il pourrait se défouler en braillant des histoires. Et on vit à dix kilomètres de la ville. Fais le calcul.

Je sentis la main de Mason se crisper un peu.

– Ça fait un bout de chemin pour fulminer.

– Exactement.

Logan se tourna vers les garçons.

– Il faudrait qu'on le retrouve pour le ramener chez lui. Comme ça, on saurait aussi où il habite.

– Allez-y, approuva Mason, mais ne dites rien. Logan, accompagne-les.

Seul Nate demeura avec nous.

– Ça ne va pas te retomber dessus, assura-t-il. Ne t'inquiète pas. On va s'en assurer.

Mason acquiesça de la tête, mais sa main m'agrippait encore la hanche.

– Ça ira, soufflai-je en lui caressant le visage.

Il ne répondit pas, reposant juste son front sur le mien.

CHAPITRE 5

J'avais envie de courir.

J'ouvrais à peine les yeux et je me sentais déjà prête à partir. D'autant que la veille j'avais sauté l'entraînement. On avait passé toute la journée du samedi à nettoyer la maison, puis la soirée à se faire des câlins. Pour le dîner, Logan nous avait préparé des tonnes de grillades, au point que Taylor n'en pouvait plus.

On ne s'était pas couchés trop tard mais, maintenant, il était quatre heures du matin. Je m'assis, n'entendis pas la respiration régulière de Mason, tendis le bras. Il n'était pas là.

Je me rendis dans la salle de bains, m'habillai aussi vite que possible, laçai mes chaussures. Je passais mes écouteurs autour du cou lorsque j'arrivai à hauteur du salon. Là, je freinai.

Mason n'était pas là non plus, mais je l'apercevais par la fenêtre, en train de s'étirer sur le perron.

– Ça va ? demandai-je en le rejoignant.

Il saisit son pied derrière lui pour mieux étirer son torse.

– Je viens avec toi.

Non pas qu'on ne coure jamais ensemble, mais c'était plutôt rare à quatre heures du matin.

– Quoi ?

Il se mit à rire en reposant sa jambe.

– Je dois m'entraîner demain, autant courir avec toi aujourd'hui.

Euh…

– Quoi ? répéta-t-il.

Je me grattai derrière l'oreille, ce qui le fit rire.

– Tu ne veux pas que je coure avec toi ou que je coure en général ?

Ce n'était pas ça, mais je partis au pas sur l'allée, en direction de la route, Mason à ma suite.

– Je veux dire… c'est juste que…

Mince, je n'arrivais plus à parler !

– Sam, dit-il en me posant une main sur l'épaule. Qu'est-ce qui se passe ?

Poussant un long soupir, je m'appuyai sur lui, histoire de le toucher. J'avais besoin de son contact.

– Excuse-moi. Je ne sais pas ce qui m'arrive. Il y a quelques mois, j'aurais été folle de joie que tu veuilles courir avec moi au petit matin. Mais cet été…

Les choses avaient commencé à changer, cet été. J'avais commencé à changer.

– Quoi ? insista-t-il.

Je me mordis les lèvres. Je ne voulais pas qu'il coure avec moi. Ça me serra le cœur. Je n'étais pas prête à l'admettre, pourtant, je me rendis tout de suite compte que ce n'était pas la vraie raison de mon état. J'avais besoin d'espace, mais pas seulement. Tout se mélangeait dans ma tête. Je n'avais pas envie de dire de quoi il s'agissait vraiment, pourtant, il le fallait. Mason méritait la vérité. Ne serait-ce que par respect.

– Les choses ont changé depuis que tout le monde se marie autour de nous.

Il haussa les sourcils mais ne dit rien.

Je repris ma marche et il m'emboîta le pas. Je tenais mon téléphone et mes écouteurs dans une main, mais j'ouvrais et refermais l'autre sans m'arrêter.

– Ça ne m'a pas gênée quand David et Malinda se sont mariés, continuai-je. C'était surprenant, du moins au début mais, ensuite, j'ai pensé à James et Ann-Lise. J'ai commencé à stresser quand on est rentrés à la maison pour l'été, et j'ai cru que c'était juste à cause de la présence de maman. Et puis, un soir, j'ai balancé une vanne à Heather comme si elle allait se marier avec Channing et là, elle m'a répondu qu'il y tenait. Ça m'a choquée.

J'arrêtai de marcher. Mason fit de même.

– Ça m'a frappée car je me suis rendu compte que ça pouvait être toi et moi. Je crois que c'est un peu tôt, mais je sais que beaucoup de gens se fiancent leur dernière année d'université ou juste après. Et c'est là que tu en es, alors, quand j'ai commencé à y réfléchir, toute cette merde m'est revenue à l'esprit. Je ne voyais plus qu'Ann-Lise, comment elle s'était comportée avec David.

Je levai la tête pour le regarder dans les yeux.

– Et puis j'ai aussi pensé à ce que tu m'avais raconté sur ton père. Combien tu lui en voulais. Je sais que ce n'est pas fini, mais que ça va mieux. Il n'a jamais été un père normal pour toi. Vous ne serez jamais complices, pas plus qu'Ann-Lise et moi. Elle m'a lâchée et c'est tant mieux. Au moins, elle ne me pèse plus sur les épaules, mais quelque part ça me rend triste. J'ai le choix, maintenant, et je dois dire adieu au genre de relation que j'aurais dû avoir avec ma mère. Ça te semble logique ?

– Attends, quel rapport avec notre mariage ?

– Parce que c'est tout ce que j'en connais. J'ai grandi avec.

Il me caressa le bras avec insistance, comme pour m'apaiser.

– Tu connais Malinda et David. Ils forment un bel exemple de ce que nous n'avons pas connu.

– Je sais

J'avais essayé de me dire qu'ils étaient gentils, au contraire de James et Ann-Lise.

– Nos parents pourraient peut-être nous étonner et réussir quelque chose de bien l'un pour l'autre, mais j'attends le retour de bâton. Mon côté cynique sait qu'Ann-Lise va finir par le tromper, quant à David et Malinda…

Je posai une main sur mon front. La pression montait, là aussi.

– Qui sait ? Ils en sont encore à leurs débuts, mais j'espère que ça marchera.

– Sam, souffla Mason en me prenant la main. Tu veux que j'annule ma demande ? Qu'on attende un ou deux ans ? Je peux le faire, tu sais.

En avais-je envie ? Il ne me prenait pas en traître, pourtant j'avais besoin de réfléchir à la question.

Ça me plaisait d'être fiancée.

En même temps, ça me faisait peur.

Je finis par secouer la tête.

– Non, je ne te demande pas ça, mais juste d'être un peu patient. Le mariage me fait peur et je ne voudrais pas ressentir ce genre de chose avec toi.

Il se rapprocha encore, posa son front sur le mien.

– Tu es sûre ?

Il frotta mon annulaire, là où j'aurais dû porter sa bague.

– J'ai quelque chose à mettre là, tu sais ? J'attendais juste un meilleur moment pour te faire la surprise. Mais je peux encore patienter, te refaire complètement ma demande. Ça ne me dérange pas d'attendre.

Envahie par une douce chaleur, j'avais envie de lui rendre son sourire.

– Je ne veux pas que tu annules ta demande, mais peut-être que tu pourrais la refaire le jour où tu me donneras la bague ?

Il essayait de lire ce que pouvaient cacher mes paroles.

– Tu es sûre ?

Je n'avais pas de réponse toute faite à lui sortir. Mais ça me plaisait de savoir qu'on était fiancés, et aussi que les autres l'ignoraient. Et puis j'adorais sa patience, et l'idée qu'il allait me refaire sa demande. Il ne l'effaçait pas pour autant, ce serait juste une forme de déclaration officielle. Voilà tout.

– J'ai perdu les pédales, marmonnai-je en levant les yeux au ciel.

– Mais non, ta mère a perdu les pédales, et toi, tu es juste un peu sonnée par tout ce qui t'est arrivé. Ça se comprend.

– Tu ne m'en veux pas ?

– Jamais !

Je sentis les larmes me monter aux yeux.

– Merci, Mason.

Il posa ses lèvres sur les miennes, doucement, tendrement, avant de murmurer :

– Tu n'as pas à me remercier. Ça fait partie de l'amour.

Je me hissai sur la pointe des pieds pour mieux l'embrasser et il me souleva un peu du sol.

Il m'avait fait sa demande et je ne voulais pas le blesser, mais, quelque part, je ne me montrais pas honnête envers moi-même. Le mariage me ferait toujours peur. Je n'y pouvais rien. J'en avais trop souffert durant mon enfance. Et je ne voulais pas gâcher ma vie avec l'homme que j'aimais.

Je l'aimais plus que moi-même. Il valait mieux que nos parents réunis, et ce que nous partagions resterait à jamais la meilleure part de ma vie.

Je ne voulais pas la perdre.

Cependant, je ne pouvais pas non plus la laisser s'altérer.

On se détacha l'un de l'autre, et je me promis de remédier à mes angoisses.

– Prête à courir, maintenant ? demanda-t-il en souriant.

L'envie m'en revenait, et je hochai la tête.

– Je vais aller vite, aujourd'hui. Tu crois que tu pourras me suivre ?

Il éclata de rire et se mit à sautiller sur place.

– Je devrais pouvoir me débrouiller.

Je lui tapai sur le bras en riant puis commençai à courir derrière lui. D'accord, c'était un athlète hyper entraîné, mais moi, j'étais Samantha Strattan, oui ou merde ? Je pouvais dépasser n'importe qui et encore garder la tête quinze kilomètres plus loin.

Au bout d'une heure et demie, Mason voulut repartir vers la maison mais, moi, j'avais encore du jus à dépenser. Alors j'empruntai un chemin latéral, et augmentai ma musique.

Une rivière coulait autour de Cain University, et la maison n'en était pas loin. J'avais repéré depuis le printemps le chemin qui la longeait. À présent qu'avec Mason on était sûrs de courir à nouveau, rien ne pouvait plus m'abattre. J'accélérai le pas, relevai un peu les bras et me retrouvai bientôt non loin de ma vitesse maximum.

Ça tournait à la course, et ce n'était plus pareil. Ni bien, ni mal. Différent. Et je n'arrivais pas à saisir pourquoi.

Et puis, au bout de trois kilomètres, je compris.

Je m'arrêtai brusquement.

Tout semblait normal. C'était justement là, le décalage. Je n'avais pas ressenti ça depuis… toujours.

J'avais tout perdu, quatre années auparavant – une famille, deux meilleures amies, un copain. En un seul week-end.

Et puis David m'était revenu.

J'avais une amie loyale.

Une nouvelle belle-mère.

J'avais repris contact avec mon vrai père.

Et surtout : Ann-Lise me fichait enfin la paix.

Dernièrement, je m'étais tourmentée au sujet de la carrière au foot de Mason, et aussi à propos du mariage, mais ça semblait aller mieux, maintenant. J'avais récupéré tout ce qu'on m'avait pris : une famille, une âme sœur, un ami loyal. Et voilà que Mason m'offrait un avenir.

Pourtant, alors que j'énumérais toutes ces belles choses, un élément nettement moins réjouissant me revint en mémoire.

J'étais tellement déterminée à conserver ma nouvelle famille, à ne jamais perdre Mason et Logan, que ces quatre dernières années étaient passées sans que je songe à une autre chose tout aussi importante : me connaître moi-même.

Je ne savais toujours pas vers quelle branche m'orienter, ni mêmc qui était Samantha Strattan... enfin, pas complètement.

Je repris la direction de la maison et m'arrêtai en chemin pour appeler Mason. Il prenait sa douche, mais Logan répondit et accepta de venir me chercher. Peu de temps après, apparaissait l'Escalade. En arrivant à la maison, je trouvai Mason revêtu d'un confortable sweat-shirt, tranquillement assis à son bureau, l'air délicieusement rafraîchi.

De nouveau, mon cœur se serra.

Il leva sur moi un visage souriant.

– Alors, c'était bien la fin de cette course ?

J'entrai dans notre chambre, fermai la porte.

– Je croyais que tout allait bien quand je suis parti, dit-il en perdant son sourire. Qu'est-ce qui ne va pas ?

– Moi.

L'air grave, il se redressa sur son siège, le tournant pour me faire face.

– Qu'est-ce que tu racontes ?

– Quand on est venues s'installer chez vous, avec Ann-Lise, j'avais tout perdu. Depuis quatre ans, vous êtes devenus toute ma vie. Je n'avais qu'un seul objectif : ne pas vous perdre, Logan et toi.

Je m'assis au bord de notre lit, les mains croisées sur mes genoux.

– Je ne me suis plus occupée du reste. Tout tournait autour de vous. J'ai pris ce boulot chez Manny's pour m'occuper quand je n'étais pas avec vous. J'ai décidé de m'installer en résidence universitaire pour me faire de nouvelles amies, mais vous restiez au centre de ma vie. J'ai eu cette colloc à cause de vous. Et puis, cet été, je me suis fait embaucher dans cette fête foraine sans trop me rendre compte de ce qui m'attendait. Logan était parti, tu travaillais et j'ai continué avec Mark juste pour continuer ce qu'on faisait depuis quatre ans. Je suivais le mouvement.

Ma gorge me brûlait, mes poumons se contractaient.

– Sam, souffla Mason en se penchant vers moi.

Je fermai un instant les yeux. J'aimais tant cette voix ! Et il allait me dire ce qu'il disait toujours. Que tout allait bien se passer. Qu'il serait toujours là pour moi. Quelque part, c'était pour ça que je l'aimais tant : il me vouait un pur amour.

– Non, murmurai-je en secouant la tête. Ne dis pas ce que tu vas me dire.

– Qu'est-ce que tu veux faire, alors ?

– Je ne sais pas, mais je crois que c'est un peu pour ça que le mariage me fait peur. Je ne me connais plus. Je suis étudiante en fac, maintenant, je devrais savoir où j'en suis, choisir ma voie.

– Sam, dit-il en se rapprochant encore. Logan m'a fait la même remarque à son sujet. Je crois que c'est normal. Si moi je sais ce que je veux faire c'est juste parce que j'ai dû choisir dès la classe de seconde : le foot ou les affaires. J'aurais pu être mon propre patron. C'était ça ou les terrains de foot. Jamais personne n'allait me donner des ordres. J'ai des problèmes avec l'autorité, comme Logan. Je les résous juste autrement.

– Je sais, tout comme Logan qui vient à peine de découvrir ce qu'il voulait devenir. Tandis que moi, je n'en ai pas la moindre idée. Comment veux-tu que je m'engage, si je ne sais pas dans quelle direction ?

– On en a parlé. Ça ira. On a tout le temps. Pas besoin de prendre de décision maintenant. Merde, il nous reste même encore un mois d'été !

Il avait raison, bien sûr, et j'essayais de m'en convaincre, sauf que je n'aimais pas cette sensation. Maintenant que je savais ce qui n'allait pas, je voulais le réparer au plus vite, ne plus me sentir perdue.

– Sam, reprit-il en collant ses genoux contre les miens. Tu peux prendre tout le temps que tu voudras. Je ne bouge pas. Logan non plus. Tu ne vas pas nous perdre ? Quoi que tu décides.

J'entrelaçai mes doigts avec les siens.

– Je ne sais pas qui je suis, et je n'aime pas ça.

– Eh bien, apprends à te connaître.

– C'est facile pour toi, dis-je en riant. Tu as toujours su, toi.

– Tu verras, ça viendra. C'est juste qu'on avance à un autre rythme.

– Merci, Mason.

Son regard s'assombrit et je me retrouvai sur ses genoux. Ses mains se posèrent sur ma poitrine et il s'adossa à son siège pour me tenir au-dessus de lui.

– Il ne faut pas me remercier. Jamais. Mais si tu y tiens vraiment…

Cela se termina sur un clin d'œil qui en disait long sur ses arrière-pensées tandis que sa main glissait sous mon tee-shirt.

On se retrouva vite dans le lit et notre conversation s'acheva là.

CHAPITRE 6

– Où est-ce que tu t'es perdue, au juste ? On devrait peut-être retourner sur nos pas. Pour que tu te retrouves là où tu t'es vue pour la dernière fois ?

– Ha, ha ! dis-je en levant les yeux au ciel.

Logan m'accompagnait au centre d'orientation professionnelle du campus. On était lundi matin et normalement le campus aurait dû grouiller d'étudiants, sauf qu'on arrivait un mois trop tôt. Les seules personnes présentes étaient les élèves des cours d'été ou les athlètes, comme Mason, qui reprenaient déjà l'entraînement.

Je regardais les pelouses vertes et les allées qui s'y entrecroisaient, le soleil brillait dans une atmosphère paisible.

– Je vais avoir droit à un entretien et peut-être même à un test, parce que je n'ai aucune idée de ce que je voudrais faire plus tard.

Il sourit, plongea les mains dans ses poches.

– Là, je peux t'aider. Je suis Logan Kade. Tu es Samantha Strattan. Ça fait près de quatre ans que tu te tapes mon frère.

Il leva la main pour que je me taise, mais je fis exprès de m'esclaffer.

– Ouaf, ouaf ! Je suis morte de rire !

– Ça m'amuse aussi.

– Tu rigoles, mais tu sais très bien ce que je veux dire. J'ai balayé les saletés à la fête foraine. Si ce n'était pas un appel à l'aide, je ne sais pas ce que c'était.

– Ne tape pas sur les forains. Ils ont les poches bien remplies. On pourrait en avoir besoin un jour.

Je préférai ne pas répondre, d'ailleurs j'apercevais déjà le bureau où je devais me rendre.

– Je sais que tu aurais voulu passer ta journée avec Taylor, dis-je encore. Alors, merci encore de m'avoir accompagnée ici.

– Bof, si ton mec est au foot toute la journée, ma copine est avec ses potes. Alors, qu'on se retrouve tous les deux c'est plutôt cool.

J'allais pousser la porte quand il l'ouvrit pour moi et me laissa passer.

– Je reconnais ne pas avoir pensé au centre d'orientation professionnelle, quand tu m'as parlé de venir au campus. Je croyais qu'on irait à la cafétéria, pour y manger un morceau.

– On pourra faire ça ensuite.

On traversait le couloir de l'entrée lorsque j'entendis appeler mon nom.

Je me retournai pour voir descendre l'un de mes entraîneurs.

– Coach Carillo, bonjour !

Il devait avoir la quarantaine, avec quelques mèches grisonnantes sur ses cheveux noirs, et il portait la tenue complète de Cain University, un sifflet pendu autour du cou.

Tout en me tendant la main, il jeta un regard sur Logan.

– Logan Kade, c'est ça ?

– Oui, Monsieur. On s'est déjà rencontrés une ou deux fois, à une course de Sam.

– Le frère de Mason Kade ?

– C'est ça.

Il hocha la tête, l'air approbateur, puis se retourna vers moi.

– Que faites-vous ici ?

– Je voulais voir un conseiller de carrière.

– Non, je veux dire, que faites-vous dans ce bâtiment ? dit-il en remontant sa manche pour regarder sa montre. Le cross-country commence aujourd'hui, pourquoi n'y êtes-vous pas ?

– Euh…

Je ne m'étais jamais jointe à l'équipe de cross-country à cause du temps que ça pourrait me prendre. C'était un sport d'automne, comme le football, et j'avais déjà assez de mal à trouver du temps à passer avec Mason quand il jouait. Ça deviendrait quasi impossible, si j'entrais dans une équipe aux horaires semblables. De toute façon, je préférais le trail depuis ma première année de fac.

– Je n'en ai jamais fait partie, avouai-je.

– Quoi ? dit-il en écarquillant les yeux. Vous rigolez ? Il faut absolument venir. Vos temps sont exceptionnels, vous seriez une des meilleures de l'équipe.

– Je…

J'interrogeai Logan du regard. Je ne savais pas quoi répondre. Comment expliquer à mon coach que je préférais ne pas rejoindre l'équipe, juste pour rester avec mon copain ? Il risquerait de ne pas apprécier.

– C'est juste une décision que j'ai prise, expliquai-je en haussant les épaules. Je préfère le running.

– Attendez, vous êtes là pour voir un conseiller, c'est ça ? Mais moi, Sam, je vous encourage vraiment à rejoindre l'équipe. Ils auraient bien besoin de quelqu'un comme vous. Tenez, venez me voir à mon bureau demain, j'aimerais en discuter sérieusement avec vous. D'accord ?

– Euh… oui, d'accord.

– Très bien. Alors, à demain ?

Avant de s'éloigner, il envoya une tape sur l'épaule de Logan.

– Ravi de vous avoir revu, Kade.

– Moi aussi.

Logan attendit que la porte se referme avant de demander :

– Pourquoi tu ne lui dis pas juste la vérité ? Que c'était à cause de Mason ? C'est bien ça ?

– Il n'aurait pas compris.

– Que tu es une fille commc ça ?

Je m'arrêtai net :

– Ça veut dire quoi, ça ?

– Tu sais, une fille comme ça, qui fait passer son copain avant tout.

– Je ne suis pas comme ça.

– Si, tout à fait. Tu ne veux pas le reconnaître. Mais tu fais passer Mason avant tout. C'est cool, Sam. On n'est qu'à la moitié de l'année. Tu vas pouvoir t'occuper de toi, maintenant. La course.

Je ricanai, bien qu'il vienne de sous-entendre que j'étais faible et soumise.

Pourtant, il avait raison. Mason avant tout. J'étais nulle.

– Si je comprends bien, dis-je, tu me conseilles d'entrer dans l'équipe de cross-country ?

– Si tu veux. C'est à toi de voir. Mason t'a dit de ne pas le faire ? Qu'il serait furieux ou je ne sais quoi ?

– On ne parle pas du même type, là ?

Mason me faisait passer en premier, depuis toujours et pour toujours. Le sourire de Logan s'élargit. Il claque des doigts.

– Voilà ! Tu sais que Mason te laissera faire, alors détends-toi. Tu n'es pas une fille comme ça. Ton copain ne t'a pas priée de le faire passer avant tout le reste. C'est toi qui as décidé ça toute seule.

– Arrête de me faire chier !

– Non, mais, franchement, je me suis toujours demandé pourquoi tu n'entrais pas dans une équipe de course. Je croyais que tu avais une bonne raison, ou alors que Mason était intervenu, ou un truc du genre.

Je réfléchis un instant. Ils se réunissaient tous les week-ends et, parfois, en semaine. Mason s'entraînait tous les jours et il y avait aussi des activités d'équipe, sans compter les matches chaque semaine. On n'aurait plus une minute à nous. Je ne le verrais presque jamais. Non… c'était impossible. Je repartis.

– Je ne peux pas faire ça. On ne se verrait plus.

– C'est pour ça que tu es là ?

Je m'arrêtai de nouveau. Un éclair de fureur me traversa l'estomac.

– Arrêt, Logan !

– Écoute, dit-il en se frottant la nuque. Je ne vais pas jouer les hypocrites. Je tiens à toi, Sam. On fait partie de la même famille, et je sais que Mason tient à ce que tu fasses ce que tu aimes. Vous êtes super tous les deux. Il n'y a aucune faiblesse dans votre relation, alors qu'est-ce que tu fiches ? Pourquoi tu le fais passer avant une chose à laquelle tu tiens pourtant beaucoup ? Tu l'aimais déjà au lycée. Tu aimes courir, et c'est tout ce que fait cette équipe – et pas juste sur deux ou trois kilomètres. C'est littéralement ce que tu adores. La seule raison qui t'en empêche c'est Mason, mais je sais que mon frère te dirait d'y aller. Au fait, vous en avez déjà parlé, tous les deux ?

Il connaissait la réponse. Je refusai donc de la lui fournir, me contentant de soutenir son regard.

– C'est bien ce que je pensais, soupira-t-il. Tu ne sais pas ce que tu veux faire. Tu ferais mieux de choisir un truc qui te plaît vraiment. Ce serait un premier pas. Au lieu de passer un test idiot, va donc rejoindre cette équipe. Oui, ça te fera sacrifier des moments avec Mason, mais juste pour quelques mois. Et puis tu vis avec lui, non ? Je vois déjà comment vous allez vous rattraper la nuit…

Je le fis taire d'un geste de la main mais, bien sûr, il avait raison.

– *Si* je faisais ça… je dis bien *si*, il faudrait que tu me fasses une promesse.

– Bien sûr, tout ce que tu voudras.

– Non. Ne dis pas ça. Sérieux.

– Promis. Tout ce que tu voudras.

– N'emmerde pas Mason.

Il écarquilla les yeux.

– Comment ça ?

– Il marche sur des œufs. Il ne faut pas qu'il se produise quoi que ce soit. Son nom ne doit pas être mêlé au moindre scandale.

– Tu nous connais. Sinon, on nous appellerait déjà Mason et Logan Scandale, pas Kade.

– Le père de Taylor a dit que si quelqu'un apprenait cette histoire de vidéo, ça pourrait être dramatique. Les gens en concluraient que les mecs riches ne sont jamais punis, et Mason serait viré de son équipe. Je ne te dis pas les conséquences sur sa carrière. Il attend encore d'être recruté chez les pros.

– N'importe quoi ! C'est impossible.

Je haussai un sourcil. Il savait très bien que ça pourrait arriver, au contraire. Il refusait juste de l'admettre.

– Il suffit d'une personne, ajoutai-je. Qui s'énerve et se mette à parler.

– Je sais. J'ai entendu ce que Mase a dit dans la cuisine de Taylor. Je… bon, je n'aime pas ça.

– Alors ne lui attire pas d'ennuis. Reste tranquille. Je rejoindrai cette équipe si tu n'embêtes pas Mason.

Il s'immobilisa. Je lui tendis la main.

Il la regarda. S'il la serrait, il respecterait notre accord. Autrement dit, plus de bagarres, plus de conneries, rien d'agressif.

Ce qui pouvait faire de Logan un grand avocat correspondait justement à ce que Mason devait éviter à tout prix en ce moment.

Il me serra la main dans un soupir.

– D'accord.

CHAPITRE 7

Logan avait raison.

Mason comprenait, et il alla jusqu'à m'encourager lorsque je lui parlai du coach Carillo et de l'accord que j'avais passé avec Logan. Ça le fit un peu rire, mais je perçus également un soulagement quasi imperceptible dans son regard. Je comprenais aussi car, si Logan avait des ennuis, il le soutiendrait automatiquement. Malgré les conséquences.

Du coup, il s'inquiétait un peu moins que ça puisse arriver.

Alors que moi, de mon côté, je me rongeais d'inquiétude. J'allais devoir faire l'impensable : me « diversifier ». Je ne pouvais pas rester dans mon petit confort paisible.

La veille au soir, j'avais discuté au téléphone avec le coach Carillo, et il m'avait promis d'appeler l'entraîneur de cross-country, tout en me conseillant d'arriver tôt le lendemain. Ce que je fis.

Je me garai devant les bureaux de l'administration à sept heures du matin. Une petite brise fraîche soufflait encore, mais ça faisait du bien. J'avais enfilé un survêtement par-dessus mon collant de course. J'avais préféré ne pas faire ma course de quatre heures car je risquais de courir un peu plus tard avec l'équipe. Mon corps était prêt, maintenant. Ça commençait à me démanger.

– Salut !

Je me retournai et aperçus une autre voiture en train de s'arrêter dans le parking, d'où sortit Taylor.

– Qu'est-ce que tu fais là ? lui demandai-je.

Elle était habillée comme moi, sauf que j'avais fauché un sweat-shirt Cain University de Mason, tandis qu'elle avait mis un pull noir à la place.

– Logan a dit que tu voulais te présenter pour l'équipe de cross-country, aujourd'hui. Je ne suis pas dans cette catégorie, mais pas invalide non plus. J'ai eu envie d'essayer aussi.

– Tu es sûre ?

Elle regarda autour d'elle puis finit par répondre :

– Oui. Enfin je cours de plus en plus, depuis que j'ai commencé à sortir avec Logan. Je voudrais tenter le coup.

Soudain, elle écarquilla les yeux.

– Enfin, sauf si tu ne veux pas. Tu préférerais peut-être que ça reste ta spécialité ? Je peux partir. Sérieux. Je me disais juste que ce serait sympa d'avoir quelque chose en commun avec toi, en dehors de Mason et Logan. Si tu vois ce que je veux dire ?

Je me détendis. Elle faisait ça pour moi.

– Merci, dis-je en lui serrant la main. Je serais ravie qu'on coure ensemble.

– Ah, *ouf* ! lâcha-t-elle en faisant mine de s'éponger le front. Je me disais qu'à ta place, ça m'angoisserait d'entrer dans une équipe pour ma troisième année de fac. J'aimerais avoir une amie avec moi.

Elle se pencha en baissant la voix :

– Je fais un peu dans mon froc, mais j'ai quand même envie d'essayer.

– Merci, c'est sympa. Carillo a dit de chercher le bureau du coach Langdon.

Plusieurs voitures arrivaient et, bientôt, d'autres filles apparurent. Alors qu'avec Taylor on repartait vers le bâtiment administratif, certaines d'entre elles se laissèrent tout simplement tomber sur la pelouse, s'étirant et bavardant en riant avec les autres.

L'une d'elles nous repéra et envoya un coup de coude à sa voisine. Je la vis lui dire quelque chose avant de carrément nous désigner du doigt.

Et là, je la reconnus. C'était la fille pintée aux seins nus de la soirée.

– Je ne sais pas si c'est bon signe ou non, marmonnai-je.

Taylor allait ouvrir la porte. Elle se retourna.

– Quoi ?

Je lui désignai Nettie du menton et repérai Grace à côté d'elle. Une troisième fille s'échauffait non loin de là, sans doute Courtney.

– Nos meilleures amies du week-end, regarde.

– Oh non ! souffla Taylor. Elles approchent.

Elles vinrent dans notre direction toutes les trois ensemble, mais Courtney ne semblait pas aussi enthousiaste que ses deux copines.

– Hé ! lança Grace en nous barrant quasiment le chemin. La petite amie de Logan Kade !

D'autres filles se retournèrent, certaines interrompant leurs étirements pour mieux écouter.

Taylor échangea un regard avec moi. Si on avait espéré rester anonymes, nous laisser juste désigner comme Sam et Taylor, c'était raté. Dans peu de temps, mon propre secret allait exploser.

– Qu'est-ce que tu fais là ? brailla Nettie.

Avec Grace, elles semblaient ne s'intéresser qu'à Taylor. La seule qui me regardait était Courtney… qui fronça soudain les sourcils.

– Vous êtes la serveuse, c'est ça ?

Je toussotai.

– Strattan !

Un mec athlétique à la puissante mâchoire, dans la force de l'âge, venait de jaillir derrière la porte. À son allure autant qu'à sa tenue, je compris à qui on avait affaire :

– Coach Langdon ?

Il me dévisagea en hochant la tête.

– Martin dit que vous valez le dérangement. En revanche, il ne m'a pas parlé de votre voisine…

– C'est…

Taylor lui tendit la main :

– Taylor Bruce. Je ne suis pas dans le même groupe que Sam, mais j'aimerais bien essayer, moi aussi. Je peux courir quinze kilomètres par jour.

Il ne se donna pas la peine lui serrer la main.

– Bruce ?

– Mon père est le coach Broozer.

– Ouah ! s'exclama quelqu'un.

On entendit Nettie murmurer derrière nous. Et, telle une réaction en chaîne, s'ensuivirent d'autres murmures, d'autres conversations.

L'air inquiet, Taylor regarda par-dessus son épaule. Elle finirait par s'habituer, comme moi. Les gens comprenaient maintenant à qui nous étions liées, et ça les rendait fous. Ils n'allaient plus nous lâcher, dans l'espoir d'entrer dans notre cercle d'amis. Mais il n'y avait pas que ça. On ne pouvait ignorer l'autre côté du tableau : la jalousie. Certains ne devaient pas aimer nos compagnons ou nos amis proches, Logan, Mason, le coach Broozer. Peu importait.

Et puis, il y avait le groupe des indifférents, qui ne connaissaient ni Mason, ni Logan, ni le coach Broozer. Et qui s'en fichaient. C'était en général parmi ces filles que je cherchais mes amies et mes partenaires scolaires.

En attendant, Courtney continuait de m'observer d'un regard soupçonneux et même un peu plus que ça.

– Broozer est votre père ? demandait le coach Langdon.

Ce qui me ramena vers leur conversation. Taylor fit oui de la tête, croisant les mains devant elle.

– Oui, Monsieur.

Il marqua une pause, le temps de digérer l'information.

– Bon, finit-il par dire, d'accord. Mais si vous ne tenez pas le rythme, vous ne pourrez pas rester.

Après quoi, il revint vers moi :

– Martin m'a parlé de vos temps. Vous n'avez qu'à tenir une seule des promesses qu'il m'a faites, et vous entrez dans l'équipe.

– Bien, Monsieur.

Je ne m'attendais pas à moins, et je partais déjà rejoindre les autres pour m'échauffer lorsqu'il me rappela.

– Oui ? fis-je en me retournant.

– Nous courons parfois avec les équipes de football. Est-ce que ça pourrait vous poser un problème ?

– Non, Monsieur. Pourquoi ?

– Je suis au courant de vos relations avec Kade, expliqua-t-il en désignant les filles qui s'étiraient. Ça ne risque pas de vous poser un problème ?

Merde.

– Non, Monsieur. Je gère.

– Bon. Alors finissez votre échauffement et préparez-vous. L'équipe décolle dans cinq minutes.

Il alla s'entretenir avec une des filles qui se prélassaient au bout de la pelouse. Toutes deux ôtèrent leurs écouteurs pour entendre ce qu'il avait à leur dire.

– C'est Faith Shaw et Raelynn Quang, marmonna Courtney. Les stars de l'équipe. Deux princesses chouchoutées par leurs riches papas – et aussi par notre coach.

– Pourquoi tu me dis ça ?

Nettie et Grace s'efforçaient toujours de faire du charme à Taylor, si bien qu'elles ne nous écoutaient pas. Néanmoins Courtney baissa la voix :

– Parce que tu es Samantha Strattan, c'est ça ?

– Tu tiens absolument à savoir mon nom ?

Elle se mit à rire.

– Bon, d'accord, j'aurais dû réfléchir avant de te prendre pour une serveuse. Déjà, tu n'en portais pas la tenue. Tu donnais juste un coup de main, c'est ça ?

Sans attendre ma réponse, elle embraya :

– J'étais en train de me poser la question, là, et voilà que le coach t'appelle Strattan. Tu es connue dans le milieu de la course. Je me suis toujours demandé pourquoi tu ne faisais pas de cross-country, mais c'était à cause de ton copain, Mason Kade, c'est ça ?

– Tu crois que ça te regarde ?

Elle se remit à rire.

– Non, mais je n'ai pas pu m'empêcher de te le demander.

Elle désigna Faith et Raelynn, qui regardaient maintenant dans notre direction, ou plutôt dans ma direction, sans hostilité ni émotion, mais je sentais l'atmosphère s'alourdir. Le coach Langdon repartit vers le trottoir, et les filles se levèrent. Il était presque temps de nous mettre en route mais, pour l'instant, on se retrouvait dans un ralenti entre ces deux filles et moi.

Elles savaient maintenant qu'il y avait de la concurrence.

Voilà qui pourrait devenir intéressant.

Courtney pouffa de rire.

– Nettie et Grace, elles n'ont toujours pas compris qui tu étais, mais tu peux t'attendre à les voir flipper. Déjà, quand tu vois leur réaction de cinglées devant la petite amie de Logan…

Je serrai les dents. J'étais Samantha Strattan. Pas question de n'être reconnue que comme la copine de Mason Kade. Je venais ici pour courir, et rien d'autre.

– Elle s'appelle Taylor, rétorquai-je.

Là-dessus, j'attrapai mon amie par le bras pour l'entraîner vers notre propre coin de pelouse.

– Vite, il faut qu'on s'échauffe. Il va bientôt siffler le départ.

Elle se mit aussitôt en mouvement.

– On va jusqu'où, aujourd'hui ?

– Aucune idée.

Non loin de nous, Courtney, Nettie et Grace s'étaient rapprochées en un petit cercle, leurs têtes les unes contre les autres. J'ignorais ce qu'elles pouvaient se dire, mais peu importait. Mon sang bouillait déjà. Toutes ces filles allaient avaler ma poussière.

Il fallait que je coure.

Le coach Langdon nous donna encore quelques minutes mais, quand il porta le sifflet à sa bouche, tout le monde se mit en place. Les écouteurs s'enfoncèrent dans les oreilles, les bras s'agitèrent, les jambes sautillaient déjà.

Faith et Raelynn se tenaient à l'autre bout du groupe, comme si elles formaient leur propre équipe. Les autres restaient proches les unes des autres, tandis que Taylor et moi, on fermait la marche.

– On parcourt combien de kilomètres ce matin ? demandai-je à ma voisine.

– Là, huit, mais cet après-midi tu pourras en faire autant que tu voudras.

Seulement huit ? J'avais espéré plus.

– Strattan.

Je tournai les yeux vers le coach Langdon :

– Suivez les filles, elles connaissent la route.

Ce qui signifiait que je devais aller à leur rythme. Impossible d'accélérer. *C'est ta première course,* me rappelai-je.

– Entendu, coach.

Il hocha la tête puis siffla.

C'était parti.

***

Tout se passa comme je l'avais prévu.

Faith et Raelynn prirent la tête, et le reste du groupe parut se contenter de courir en masse derrière elles. Je restai avec Taylor, qui semblait parfaitement tenir le rythme à la dernière place tandis que je courais légèrement décalée sur le côté, guettant le bon moment.

Au début, Faith et Raelynn s'étaient retournées pour voir ce que je faisais mais, constatant que je restais auprès de Taylor, elles s'installèrent tranquillement à leur place dominante sans plus s'occuper de moi. Toutes minces, les cheveux relevés en chignon de danseuse, elles avaient l'air parfaitement sûres d'elles.

Les autres filles firent attention à nous au début mais, vers la fin du septième kilomètre, elles semblaient toutes perdues dans leur propre course. Taylor suivait allègrement, comme si elle se sentait capable de doubler la distance. Voyant que je la regardais, elle me décocha un clin d'œil.

– Tu peux y aller, articula-t-elle.

Je hochai la tête. Il ne m'en fallait pas plus. Alors j'accélérai.

Mes jambes ne demandaient que ça, tandis que les filles qui me précédaient continuaient sans se presser, prêtes à terminer dans un jogging tranquille. Devant, Raelynn et Faith commençaient à creuser un sérieux écart. Elles aussi avaient accéléré.

Je continuai sur le côté jusqu'à atteindre la tête du groupe. Certaines filles me remarquèrent, mais je me contins encore jusqu'au début du septième kilomètre. Et là, je pris vraiment de la vitesse, toujours sur le côté, mais en route pour rattraper Faith et Raelynn. Qui finirent par m'apercevoir alors que j'arrivais juste derrière elles, presque sur leurs talons. Cette fois, je regardai droit devant.

Si je ne me trompais pas, le coach Langdon serait là. Effectivement, à la sortie d'un bosquet, je l'aperçus, en train de consulter son chronomètre.

C'était le moment.

Baissant la tête, je contournai les deux filles.

Elles accélérèrent, mais je poursuivis mon chemin.

Je repris mon rythme normal, que Faith et Raelynn adoptèrent aussi vite. Elles tinrent le coup sur les cinquante derniers mètres, jusqu'à ce qu'on passe devant le coach. Là, elles se mirent à marcher tandis que je continuais de courir sur place. Il m'en fallait davantage.

Il vint me rejoindre.

– Bon, vous faites désormais partie de l'équipe. Je ne pense pas que ce soit par hasard que le groupe n'ait jamais couru aussi vite.

Me voyant toujours sauter sur place, il ajouta :

– Vous voulez encore courir ?

– Je ne connaissais pas le circuit. Mais maintenant, oui.

Il pencha la tête de côté :

– Martin a dit que vous faisiez de bons temps. J'espérais bien le constater. Je pensais que vous suivriez sans peine ces deux-là. Avez-vous dû ralentir un peu ?

Pas la peine de me vanter non plus. Je haussai les épaules.

– Laissez-moi aller à mon rythme, vous ne le regretterez pas.

Il parut y réfléchir puis hocha la tête.

– Bon, je renvoie les autres, et je vous attends. Refaites-moi huit kilomètres, étonnez-moi, Strattan.

Il ne m'en fallait pas plus.

Cette fois, je courus à ma vitesse.

CHAPITRE 8

Le deuxième running ne dura pas aussi longtemps.

J'arrivai comme une flèche devant le coach Langdon, qui me montra mon temps, l'air satisfait :

– En quelle année êtes-vous ?

– Troisième, dis-je en saisissant ma jambe derrière moi pour étirer mon torse.

Non loin de là, Taylor m'adressa un signe. Elle avait pris sa douche et me montrait deux mugs posés devant elle. De l'endroit où je me trouvais, je sentais l'odeur du café mêlée à celle de ma transpiration.

– Pourquoi ne nous rejoignez-vous que maintenant ? Vous avez perdu deux années, Strattan.

– J'avais mes raisons.

– Bon, grommela-t-il en se dirigeant vers le bâtiment. Vous faites partie de l'équipe, maintenant. Votre amie aussi. On court tous les jours, le matin et l'après-midi. On se retrouve ici à sept heures et demie, et à quinze heures sur la piste. Notre première compétition a lieu dans quinze jours, mais je ne m'inquiète pas pour vos performances. Hydratez-vous. Je vais vous faire préparer un repas.

Il salua Taylor d'un mouvement de tête, et elle se leva aussitôt pour m'apporter le café.

– Je suis admise dans l'équipe ! s'écria-t-elle en me tendant un mug. Tu as entendu ?

Son enthousiasme me fit sourire.

– Pourquoi ? Tu croyais que tu n'y arriverais pas ?

– Je ne savais pas trop, dit-elle en buvant une gorgée. Mais je suis contente. Logan va flipper pour moi.

– Il va acheter un quad pour pouvoir nous suivre.

– Ce serait bien lui, ça ! Il mettra de la musique à fond, et il aura des serviettes, de l'eau et des galettes protéinées pour nous.

J'espérais bien d'autres choses.

– Nate viendra aussi.

– Et Jason.

– On amène notre propre fan-club à l'équipe. Là, elles vont nous adorer.

– Ouf ! dit-elle l'œil brillant.

En même temps, elle regardait derrière moi, les filles qui sortaient en riant, après avoir pris leur douche, emportant leur propre café. J'attendis, mais ni Faith ni Raelynn ne se trouvaient parmi elles.

– Si tu cherches nos deux divas, tu les as manquées m'indiqua Taylor. En fait, elles l'ont bouclée en te voyant repartir. Silence total. Je crois que tout le monde s'attendait à une explosion. Mais non, elles sont parties les premières, dégoûtées.

Ce qui ne m'étonnait guère, mais je ne pus rien dire. Courtney, Grace et Nettie arrivaient, toutes trois bien souriantes.

– La vieille pétasse ! s'écria Courtney en riant. Tu t'es fait passer pour la serveuse du bar. On ne savait pas que tu étais la copine de Mason Kade, et je ne te dis pas comment Faith et Raelynn sont livides. On avait entendu parler de toi, mais comme tu n'étais pas dans l'équipe, elles ont cru pouvoir occuper le premier rang tranquille. Maintenant, elles vont devoir se battre comme nous toutes.

Elle me prit par le bras en me faisant signe de la suivre.

– Méfie-toi, me glissa-t-elle une fois qu'on se fut un peu éloignées.

– Pardon ?

– Faith et Raelynn sont riches. Toutes les deux. Elles ont toujours couru ensemble. Leurs pères se connaissent depuis l'enfance, elles sont un peu comme deux sœurs.

– Tu les crois capables de me faire du mal ?

– Non. Elles ne vont pas t'attaquer physiquement. Mais je ne serais pas étonnée qu'elles cherchent à te faire virer de l'équipe. Surveille tes arrières.

– D'accord. Merci de m'avoir prévenue.

– Tu sais, je n'en reviens pas. Avant, tout le monde s'amusait dans cette équipe, mais là, aujourd'hui c'était complètement différent. J'ai hâte de voir la suite.

Derrière nous, Grace et Nettie continuaient de faire leur cour à Taylor, qui ne me quittait pas des yeux.

Quelque part, j'étais contente que Logan soit tombé sur elle. Ça faisait du bien d'avoir quelqu'un à qui je pouvais faire confiance. Heather me manquait trop, depuis que j'avais commencé l'université. Je m'étais fait quelques camarades par-ci par-là, mais ça n'avait pas duré.

Taylor vint me rejoindre.

– Prête ? Logan me harcèle par téléphone. Il veut qu'on se retrouve pour le petit-déjeuner.

Grace et Nettie l'avaient suivie.

– Vous allez où ? demanda celle-ci.

– Euh…

– Parce que, intervint Courtney, on voudrait peut-être y aller aussi. Tu vois, un autre matin, par exemple.

– Non, on me…

– T'inquiète, reprit Courtney d'un air entendu. On a d'autres trucs à faire ce matin. On verra ça une autre fois.

– Ah, bon… lâcha Nettie.

Grace se renfrogna.

Taylor se mit à regarder ailleurs en faisant mine de remettre sa coiffure en place.

Ça devenait gênant.

Logan ne voudrait sûrement pas voir d'autres filles à son petit-déjeuner. Taylor ne savait pas trop comment le leur faire comprendre, mais Courtney avait tout capté. Elle connaissait sans doute la réputation de Logan. Il aimait bien les gens, mais il sélectionnait. Il n'allait pas petit déjeuner avec n'importe qui.

Je m'éclaircis la gorge.

– Là, on a des trucs de famille à discuter, mais on peut se retrouver demain matin, si voulez ?

Logan ne viendrait pas. C'était le détail à ne pas révéler.

– Super, sourit Nettie.

– Bon, reprit Courtney, moi j'ai faim. On y va, les filles. Il faut encore que je travaille quelques heures, aujourd'hui.

En les voyant s'éloigner, Taylor poussa un soupir.

– Logan les aurait dégagées vite fait.

Alors qu'on regagnait nos voitures, je laissai tomber en riant :

– Elles en auraient pris plein la gueule.

– Merci d'avoir été plus délicate.

– Ouais, j'ai un peu d'expérience dans ce domaine. Je les connais depuis le lycée.

– C'est drôle, moi je vivais ma vie quand j'ai fait la connaissance de Logan. Le deuxième semestre s'est passé entre lui et Jason… Ma copine s'est barrée, pour faire autre chose. Et toi… tu ne peux pas savoir comme tu m'intimidais, au début.

– Pas de quoi, je t'assure. En tout cas, je suis heureuse que tu arrives dans cette équipe en même temps que moi.

– Moi aussi. On se retrouve à la maison ?

Je plissai le nez en sentant l'odeur de ma sueur.

– Oui. Il faut que je prenne une douche. Logan m'emmènera.

– À plus.

***

On se retrouva dans un restaurant non loin de l'université. D'ailleurs, on n'était pas les seuls étudiants à l'intérieur. Je reconnus une tablée de pom-pom girls. Elles ne portaient pas leurs uniformes mais, avec leurs tresses africaines et les paillettes qui leur restaient sur le visage, on sentait qu'elles sortaient de répétition. Et puis je reconnus quelques filles de ma résidence de première année, dans un box du fond. On passa devant plusieurs tables occupées par des garçons, jusqu'au moment où Logan s'arrêta devant l'une d'elles. Des cris s'élevèrent, et ils se tapèrent sur les mains.

– Tu les connais ? me demanda Taylor.

– Aucune idée.

Ce n'étaient pas des joueurs de football, trop longs et minces. Peut-être de basket ? Une fois qu'on fut assis à notre table, Logan confirma :

– C'est le repas des équipes, ici, je ne savais pas quel jour de la semaine il avait lieu. Mason devrait arriver aussi.

– Tiens, dit Taylor, on ne nous en a pas parlé.

– C'est vrai ? Regardez là-bas, cette fille avec sa veste de cross-country. C'est bien votre équipe, non ?

Courtney, Grace et Nettie ne nous en avaient pas dit un mot. Elles nous avaient fait croire que c'étaient nous qui les lâchions mais, maintenant qu'il me le disait, je pus constater qu'il avait raison. Elles étaient assises à une grande table avec le reste de l'équipe et, dans un box séparé, il y avait le coach, une femme que je ne connaissais pas, mais aussi Faith et Raelynn. Toutes deux paraissaient béates de satisfaction, comme si rien ne pouvait les inquiéter.

Elles avaient fait exprès de ne pas nous prévenir.

– Vous n'étiez pas au courant ? s'étonna Logan.

– Elles ne nous ont pas dit un mot.

Taylor s'adossa à son siège en râlant :

– Ça ne va pas se passer comme ça.

– Franchement, non !

– Non, mais, sérieux ? insista Logan stupéfait. On vous a écartées exprès ? Après vous allez dire que c'est moi qui mets Mason dans la merde. Qu'est-ce que vous allez faire ?

Il interrogea Taylor d'un regard rieur, mais elle guettait ma réaction. C'était à moi de décider.

Je vis alors Faith et Raelynn en train de se raconter quelque chose en rigolant. Puis Faith se pencha vers l'équipe pour leur lancer une vanne qui les fit toutes éclater de rire. La seule qui paraissait gênée étant Courtney. Grace et Nettie se marraient, mais pas autant que les autres. Toutes trois échangèrent un regard.

Elles parlaient de nous.

Mon cerveau se bloqua. Je me levai. Pas question de laisser quiconque rire de moi. Ni maintenant ni jamais. Quelques flash-backs de mon enfance à Fallen Crest – Jessica et Lydia qui se moquaient de moi, entraînant toute la classe à se foutre de moi – firent renaître en moi l'ancienne Sam.

Passant entre les tables, j'ignorai tous les regards de travers. Tout le monde semblait soudain se calmer. Je grimpai l'escalier jusqu'à l'étage où se trouvait l'équipe et là, ils me virent enfin.

Un silence de mort s'abattit sur la table. Les seuls qui n'avaient pas compris étaient le coach et la femme. Je m'arrêtai devant leur box, regardant Faith et Raelynn.

– L'idée de nous écarter, ça vient de qui ?

Courtney baissa la tête sur son assiette, Grace se mordit la lèvre, et Nettie serra les dents. Mais moi, je regardais plutôt du côté de Faith et Raelynn :

– C'est vous ?

Haussant le menton, Faith ramena sa tresse brune sur l'épaule.

– On se calme. C'est réservé aux équipes de l'année dernière. Ça n'a rien d'officiel.

– Ah, bon ? demandai-je au coach Langdon. Rien d'officiel ?

Il fronça les sourcils, ce qui traça une longue ride sur son front.

– Faith, Raelynn, vous n'avez pas averti les nouvelles ?

– Elles sont là depuis quelques heures, dit Faith en rougissant.

– Peu importe. Personne n'a rien dit de ce genre, l'année passée et, quand bien même, je m'y serais opposé. Une équipe est une équipe.

Il tendit le doigt vers moi tout en poursuivant :

– Si vous voulez qu'on se retrouve en finale, vous serez trop contentes de l'avoir avec vous.

Puis il s'adressa à la femme :

– Viens, Ruth. Je voudrais te présenter des gens. Laissons cette équipe régler ses histoires.

Faith me jeta un regard mauvais puis se mit à remuer ses pommes de terre sautées.

– C'était qui ? demandai-je quand ils se furent éloignés.

Avec un sourire crispé, elle glissa un mot à Raelynn, comme si je n'étais pas là.

Quelle salope ! Je fonçai vers elle, mais une main m'arrêta, me tira en arrière. Au début, je crus que c'était Taylor, et puis non, il s'agissait d'un homme.

– Je ne voudrais pas me mêler d'une dispute de filles, commença Logan devant Faith et Raelynn, stupéfaites. Mais j'ai déjà vu Sam en action, et je vous préviens : vous auriez tort l'énerver.

– Trop chou ! railla Faith. Ton beau-frère qui te protège !

Elle ne connaissait pas Logan.

Posant un coude sur la table, elle se tourna vers nous d'un air maniéré :

– Si tu veux savoir, tu ne verras jamais un homme prendre ma défense. Je suis capable de me défendre toute seule.

– Alors, je ne verrai pas ton petit papa plein aux as ? rétorquai-je.

Son sourire forcé disparut.

– C'est toi qui dis ça ? Je connais Park Sebastian. Je sais très bien qui est *ton* papa, et tu n'en souffres pas plus que moi.

Cette garce savait qui j'étais. Ainsi que Logan. Elle devait également connaître Mason, et même Park Sebastian, le connard qui avait tenté de recruter Mason dans leur fraternité et n'avait pas très bien pris son refus. Pas bien du tout.

Elle avait appris ses leçons.

– On en est là ? demandai-je. C'est la guerre entre nous ? Pourquoi ?

Elle attrapa son sac et se leva en soupirant. Raelynn en fit autant, et Faith haussa le menton comme si elle ne pouvait plus respirer le même air que nous.

– Si tu t'attendais à un accueil les bras ouverts dans cette équipe, laisse tomber. C'est mon équipe. Pas besoin de toi pour gagner. Tu n'as qu'à voir les temps qu'on a faits aujourd'hui. Tu vas voir ce qui t'attend, si tu insistes. Je me ferai une joie de t'anéantir.

Elle s'apprêtait à partir lorsque je lui saisis le bras. Elle voulut se dégager, mais je serrai les doigts. Retenant son souffle, elle me fixa de ses yeux furieux.

Je ne prenais pas ses menaces à la légère.

– Et toi tu vas apprendre, rétorquai-je d'un ton aussi grave que menaçant, de quoi je suis capable. J'en serais *presque* désolée pour toi.

Elle écarquilla les yeux.

Je la lâchai, et elle disparut aussitôt. Elle allait croiser Mason sur le seuil quand elle s'arrêta pour le contourner ostensiblement, Raelynn sur ses talons.

– Notre glaciale Strattan est de retour ! s'esclaffa Logan. On va se marrer. Mais n'oublie pas : défense de contaminer Mason.

Je serrai les dents. Certes. Pas question.

CHAPITRE 9

Je retournai m'asseoir auprès de Logan et Taylor pour le petit-déjeuner. Nate arriva peu après, et Mason se joignit à nous dès que l'équipe de football fut libérée. Les autres filles de mon équipe quittèrent le restaurant alors qu'il prenait place à notre table. Je croisai leurs regards. Certains yeux se détournèrent, emplis de jalousie. Grace et Nettie firent mine de ne pas me voir. Quant à Courtney, son air sombre ne la quittait pas. Elle leva juste la main comme pour m'adresser un signe, tout en suivant le reste de l'équipe.

– Vous courez encore, aujourd'hui ? demanda Logan.

– Oui, dis-je en glissant ma main dans celle de Mason. À quinze heures.

– On y sera.

– Non.

C'était mon combat. Il fallait que je le livre seule. Ce qui m'amena vers Taylor.

– Tu ne devrais pas venir aujourd'hui.

Elle haussa les sourcils.

– Tu rigoles ? J'ai demandé à faire partie de cette équipe parce que j'en avais envie, mais aussi parce que je voudrais faire quelque chose avec toi. Tu auras besoin de moi pour tes arrières.

– Elles pourraient se venger sur toi.

– Arrête de tirer tes conclusions toute seule. Tu ne sais pas ce qu'elles vont faire.

– Si je cours avec elles, je les battrai toutes. Elles ne pourront jamais me rattraper.

Je laissai le reste en suspens. Taylor n'était pas aussi rapide que moi. Elles risqueraient de s'en prendre à elle.

– Je ne veux pas qu'elles te fassent de mal, ajoutai-je.

– C'est idiot ! Il n'arrivera *rien du tout* ! Tu pourrais te dire ça, aussi ?

Je ne savais pas ce que signifiait *rien du tout.*

– J'ai appris à ne jamais prendre les menaces à la légère. Un jour, on m'a agressée dans les toilettes.

La main de Mason étreignit la mienne.

– C'est absurde ! Tu n'entres pas dans cette équipe pour courir ce genre de risque.

– Ah, et d'après toi ce serait plus absurde que les merdes qu'on subit régulièrement ? intervint Logan.

– Ne vous mêlez pas de ça, les mecs. Ce sont des histoires de filles. Si vous allez par là, ça pourrait vous retomber salement dessus.

– On sait, dit doucement Mason. C'est juste que j'ai du mal quand ma copine se fait charrier et que je ne peux rien y faire.

– Moi pareil, frangin, dit Logan.

– Attendez, intervint Nate accoudé à la table, comment elles s'appellent, ces filles ?

J'essayai de me rappeler ce que Courtney avait dit.

– Faith…

– Shaw, précisa Taylor. Et Raelynn Quang.

– Shaw ? Elle est en troisième année ?

– Je crois, dis-je.

– Elle a une sœur aînée, dit Nate. Je crois que j'ai couché avec elle, à l'époque de la fraternité. Oui… Hope Shaw.

– Et ça donnait quoi ?

Il afficha un sourire coquin qui fit rigoler Logan.

– Elle ne te demande pas comment c'était au lit.

– Ah, pardon… Elle était cool. Elle parlait parfois de sa petite sœur pourrie gâtée.

– Tu crois qu'on pourrait la voir ? Histoire de vérifier jusqu'où serait capable d'aller la petite sœur pour me faire expulser de l'équipe ?

– Ah oui ! Je vais lui envoyer un texto pour vérifier si elle est dans le coin.

Bon, c'était un début.

***

Taylor refusait de manquer le running de quinze heures, mais je parvins à la convaincre. J'en avais trop vu pour ne pas essayer de remédier immédiatement à cette situation, et j'avais prévu de dire la même chose dans le bureau du coach Langdon cet après-midi.

Mason m'emmena. Il allait s'exercer, faire de la muscu jusqu'à ce que j'aie terminé mon entraînement, mais je savais qu'il avait envie de se trouver à proximité, au cas où quelque chose se produirait. Je me doutais aussi que Logan, Taylor et Nate iraient se planquer tout le long du chemin. Peut-être que Matteo aussi avait été recruté.

Après avoir communiqué au coach Langdon une partie de mon histoire et de toutes les menaces que j'avais subies, je lui trouvai une expression sévère.

– Vous croyez que mes gamines pourraient chercher à vous faire du mal ?

– À ce que j'ai entendu, j'en suis sûre.

– Tout ça parce qu'elles ne vous ont pas parlé de ce petit-déjeuner ?

– Parce que Faith a carrément promis de *m'anéantir*.

– Je ne sais pas ce que vous attendez de moi, Strattan. Elles n'ont rien fait, et j'ai une fille qui saute déjà un entraînement. Elle n'a même pas effectué une journée complète.

– Coach !

– Je vais devoir la virer de l'équipe.

Il n'était pas sérieux. Il prenait leur parti. J'en éprouvai un élan de colère mais parvins à le dominer.

– Si je m'adressais plus haut dans la hiérarchie, est-ce que je me heurterais aux mêmes décisions que les vôtres ? À savoir négliger les menaces au point d'en virer la victime ?

Il se mit à rire, saisit son sifflet.

– Vous n'avez pas oublié son nom de famille, au fait ? insistai-je.

Il me regarda d'un air interloqué :

– À quoi jouez-vous, au juste ?

– Tout dépend de ce que vous en pensez.

– Vous voulez vous servir du père de Taylor pour me menacer ? Vous croyez me faire changer de décision parce que son père est l'un des coachs de football ?

– Non. Je vous rappelle que, si je fais part de mes inquiétudes à votre supérieur, il pourrait peser différemment sur une décision qui concerne sa fille.

On ne se quittait plus des yeux.

Il devait savoir que j'avais raison. L'année passée, à la suite d'incidents dans les résidences et avec l'équipe de tennis, l'université avait adopté une politique très stricte contre le harcèlement.

– Si j'examinais l'histoire de cette équipe, repris-je, est-ce que j'y trouverais d'autres incidents concernant de nouvelles venues aussitôt renvoyées ?

Je captai une lueur de culpabilité dans son regard. Il se détourna. Je revins à la charge :

– J'ai raison.

– Ça ne veut pas dire qu'elles ont été maltraitées.

– Ça ne veut pas dire qu'elles ne l'ont pas été.

– Bon sang, Strattan ! Que voulez-vous que je fasse ? Virer mes deux meilleures compétitrices ? Alors qu'elles sont du niveau des Jeux olympiques.

– Moi aussi.

En prononçant ces paroles, je les sentis ricocher en moi. Les Jeux olympiques. Je n'y avais jamais songé. Pourtant, j'avais la course dans le sang. Il fallait que je coure pour être heureuse. Je ne m'entraînais pas dans cet objectif. Néanmoins, c'était vrai.

Je pourrais participer aux Jeux olympiques.

– Ne nous emballons pas, dit-il lentement. Je vous ai vue courir ce matin, voilà tout.

– Je me suis retenue.

– Pourquoi ça ?

– Je suivais vos instructions. Je ne connaissais pas le circuit.

– Et la deuxième fois ?

– Je ne voulais pas que ces filles me détestent encore plus.

L'air surpris, il s'adossa à son siège.

– Vous voulez dire que vous pouvez aller plus vite ?

– Vous le savez très bien. Le coach Carillo vous a donné mes temps.

– Sur piste, pour un quinze cents mètres.

– Montrez-moi les chemins, et ne me retenez pas.

– Et ensuite ? Je suis censé laisser votre amie entrer dans l'équipe, et la protéger des autres filles ? Je ne peux pas vous promettre qu'elles ne l'attaqueront pas derrière mon dos. Je ne peux pas les surveiller sans cesse.

– Qui était l'autre dame, aujourd'hui ?

– Ruth. Votre future coach d'échauffement.

– Alors elle pourrait s'en occuper.

– Strattan, soupira-t-il en rabaissant sa casquette. Je ne peux rien vous promettre, sauf que, si votre amie tient toujours à courir avec les filles, je pourrai les faire suivre par Ruth dans une voiturette de golf. Elle interviendra au moindre accroc. Ça vous va ?

Je fis oui de la tête. Je commençais à me détendre un peu, mais mon cœur battait encore très fort.

– C'est tout ce que je demande. Et aussi que vous gardiez l'esprit ouvert.

Il ouvrit un tiroir, fouilla parmi ses dossiers, en sortit une feuille de papier qu'il me tendit.

– Tenez.

– Qu'est-ce que c'est ?

Je reconnus une carte du campus, avec des voies surlignées.

– Ce sont les sentiers de course.

Il se leva et prit un stylo pour m'indiquer le chemin marqué d'un C.

– C'est le circuit que vous avez suivi aujourd'hui. Les filles les connaissent toutes, donc vous avez raison. J'aurais dû vous indiquer ça plus tôt.

Il dévia ensuite sur le D.

– Si vous tenez absolument à m'en boucher un coin, suivez le C jusque-là, puis revenez par le D. Vous aurez ainsi accompli le double des autres filles aujourd'hui. Faith et Raelynn le font parfois. Elles suivent leurs propres bifurcations. Je vous offre le même privilège.

Je mémorisai les deux circuits puis pliai la feuille dans ma poche. Il faudrait que je la consulte à nouveau pour bien me la rentrer dans la tête.

– C'est ce que je vais faire. Merci.

Il me fit signe d'ouvrir la porte, récupéra ses carnets, son chronomètre et son sifflet.

– Il est presque quinze heures. Taylor sera absente aujourd'hui, et je garderai l'esprit ouvert, mais j'ai les mains liées pour le reste. Je ne peux virer deux de mes meilleures coureuses sous prétexte qu'elles vous ont dit des méchancetés. Ça ne suffira pas. Pas encore.

Je n'aurais pu en espérer davantage.

– Merci, coach.

– À présent, allez vous échauffer. Je veux voir vos véritables capacités.

J'avais trop hâte.

Comme j'étais déjà en tenue, je m'arrêtai pour remplir ma bouteille d'eau avant de rejoindre l'équipe. En sortant sur le perron, je les vis s'immobiliser. Je me dirigeai ostensiblement vers un coin inoccupé de la pelouse pour m'étirer. Comme j'aurais dû m'y attendre, Faith et Raelynn avaient fait de même, et, bien sûr, les autres filles semblaient guetter leurs directives pour savoir comment réagir à ma présence.

Faith plissa les yeux mais ne bougea pas. Elle reprit ses étirements et le reste de l'équipe s'y remit bientôt.

– Samantha ! lança Courtney.

– Laisse tomber.

Mais non, elle vint s'asseoir près de moi, posa les mains sur ses orteils, sous les yeux de Nettie et Grace qui ne bougèrent cependant pas de leurs places.

– Je ne peux pas, dit-elle. Désolée pour ce matin.

Je tendis la jambe, touchai mes orteils, comme elle.

– Je n'étais pas très à l'aise en te laissant partir.

– Je sais.

– Je me suis sentie comme une idiote quand je t'ai vue là-bas.

– Je sais.

– Qu'est-ce que tu fais ici ?

Elle regarda autour d'elle, le front légèrement plissé.

– Où est Taylor ?

– Elle fait l'impasse pour aujourd'hui, parce que j'avais peur qu'il lui arrive quelque chose.

– Tu rigoles ? Tu crois qu'on voudrait lui faire du mal ?

– Oui.

– Faith et Raelynn ont sans doute beaucoup de défauts, mais elles n'ont jamais attaqué quelqu'un.

Je m'immobilisai.

– Tu es là pour les défendre ou parce que tu veux t'excuser de n'avoir rien dit ?

– Je…

Elle hésita, baissa la tête, poussa un soupir, se redressa.

– Je m'en veux. Je savais ce qu'elles allaient faire, et c'est pour ça qu'on vous a demandé si on pouvait venir avec vous.

– Histoire qu'on ne se doute pas tout de suite qu'on était rejetées ?

Ma colère remontait à la surface, je bouillonnais.

– On s'en serait aperçues plus tard, lorsque quelque chose nous aurait vraiment atteintes, Taylor ou moi ?

Elle parut mourir de honte et se hâta de reprendre ses mouvements.

– Écoute, je ne suis pas fière de moi, et il faut que tu saches qu'on n'est pas nombreuses à approuver ces deux-là. Je crois que ce sera génial de t'avoir dans notre équipe.

Je posai les yeux sur ses amies. Nettie faisait la tête, mais Grace m'adressa un sourire timide.

– Et tes amies ? Elles sont branchées sur la même ligne ?

– Grace, oui.

– Pas Nettie ?

Pas la fille totalement bourrée qui s'était envoyée en l'air avec un type devant tout le monde ?

Elle hésita encore, puis :

– Si Nettie devait choisir entre toi et elles, ce serait elles. Je ne suis même pas sûre qu'elle nous choisirait, Grace et moi, avant elles.

Le coach Langdon arriva et se dirigea droit vers les deux divas, échangea quelques mots avec elles, et toutes deux firent volte-face dans ma direction. Deux secondes plus tard, il allait s'adresser à Ruth. Faith et Raelynn arrivèrent en trombe.

– Tu nous as balancées ? feula Faith. Non mais je rêve ?! Et toi, Courtney, qu'est-ce que tu fous ici ?

Celle-ci le prit de haut :

– Je m'excusais.

– Pauvre conne ! Si tu veux faire partie des perdantes, c'est ton problème. On t'aura, toi aussi.

– Comme ça, c'est la guerre, dis-je en m'interposant. Tu avoues tout net que tu vas t'en prendre à moi ?

– C'est déjà fait.

Sale pétasse. Cependant, je souris.

– D'accord. Comme ça, c'est clair. Tu m'étonnes que j'aie tout répété au coach ! Quand je pense que tu veux t'en prendre à une amie pour essayer de m'atteindre ! Sois certaine que je vais tout faire pour la protéger.

Le coach Langdon donna un coup de sifflet. Les autres filles se rassemblèrent devant lui. Je m'avançai, mais Faith lança :

– Qu'est-ce qui te fait croire que je vais m'en prendre à elle d'abord ?

Je m'arrêtai, regardai derrière moi avec un sourire narquois.

– Si tu veux me poursuivre, encore faudrait-il que tu m'attrapes.

Elle leva les yeux au ciel.

– Comme si ça devait me poser un problème !

Je repris mon chemin en riant intérieurement. Elle ne se doutait pas de ce qui l'attendait.

***

Cette course fut une rigolade.

Les filles ne se rendaient pas compte des vitesses que je pouvais atteindre. Je commençai fort, sans jamais fléchir. Faith et Raelynn me suivirent sur près de cinq kilomètres, puis Raelynn flancha la première et on aborda le circuit D. Je m'y lançai, suivie de Faith. On était trop loin devant pour voir si les autres continuaient sur le C ou empruntaient le même. Pendant un moment, on courut toutes les deux ensemble mais, au bout de huit cents mètres, Faith aussi avait disparu.

Je m'arrêtai une fois pour vérifier la carte.

Après quoi, je fonçai la tête basse, concentrée sur ma respiration, les bras souples.

Pour moi, c'était un peu comme si je volais. J'avais l'impression de planer au-dessus des virages et des collines. Ce n'était pas normal. J'arrivais à faire des trucs dont les autres étaient incapables – du moins ici. Je continuai et couvris les derniers kilomètres sans difficulté, arrivant au bout en même temps que les autres qui avaient suivi un circuit nettement moins long.

Le coach Langdon vérifia son chronomètre en murmurant :

– Putain !

J’avais envie de continuer.

Je pouvais continuer.

J’avais couru ce matin, en me retenant d’aller trop vite. Puis je m’étais reposée. Là, j’avais juste l’impression de m’ouvrir l’appétit. J’aurais dû avoir les jambes en gelée, mais ce n’était pas du tout le cas.

– Vous pouvez faire ça tous les jours ? demanda-t-il.

Je fis oui de la tête. Ma musique me braillait encore dans les oreilles, mais j’entendais quand même ce qui se passait à l’extérieur.

– Vous voulez que j’aille aux Jeux Olympiques, oui ou non ?

Voilà. Cette fois, je savais ce que je voulais faire, que je remporte une médaille ou non. Ça avait fait tilt pendant que je courais. J’avais envie d’essayer. Il le fallait.

– Bon, soupira le coach en ôtant sa casquette. Allons-y.

– Coach ? lança Raelynn.

Elle s’avança, sa tresse défaite, les cheveux collés sur le visage par la transpiration. Elle avait dû choisir de conserver le circuit C. Je ne l’avais encore jamais entendue parler, mais elle avait la voix prétentieuse que je m’imaginais.

– Vous ne pourrez pas suivre, Raelynn. Il va falloir vous y faire.

Il avait presque l’air de s’excuser, mais il n’en dit pas plus avant de rentrer dans le bâtiment. Les autres filles commencèrent à s'étirer. Raelynn me décocha un regard noir avant de lancer d'un ton railleur :

– Ne t'y crois pas.

– C'est une menace ?

Elle recula en étouffant un cri, avant de commencer ses étirements.

Je retournai dans mon coin, loin des autres, et j'eus presque le temps d'achever mes mouvements avant l'arrivée de Courtney. Elle se pencha en avant au moment où je ramenais ma jambe contre ma poitrine, et la retint en se mettant à compter :

– 1 : on a tiré des traits définitifs, aujourd'hui. Tu le sais, n'est-ce pas ? 4 : je suis avec toi, au cas où tu te poserais la question. Et Grace aussi.

Elle poussa ma jambe encore plus haut.

– Résiste. 1. 2. 3. 4. Détends-toi.

Je suivais ses instructions et elle répéta deux fois le compte avant de me lâcher. Alors seulement je lui répondis :

– À part ma mère, ça faisait un moment que personne ne m'avait attaquée directement. Ça faisait du bien.

Courtney insista :

– Résiste. 5. 4. 3. 2. Détends-toi.

Elle laissa passer un instant avant d'ajouter :

– Résiste encore. Tu as l'habitude des bagarres, je crois ?

– Tu ne connais ni mon copain ni mon beau-frère, pour dire ça.

– Détends-toi, dit-elle en me tapotant la jambe. Mais tu as raison. J'ai entendu des trucs sur eux, mais je n'y ai jamais vraiment fait attention.

– Ça vaut sans doute mieux comme ça.

– Ouais, sans doute.

Une fois mes étirements terminés, je m'assis et m'aperçus alors que les autres filles n'étaient pas parties. En fait, elles avaient pris leur douche et attendaient maintenant, sagement en rang. J'interrogeai Courtney du regard.

– Elles attendent Faith.

– Pardon ?

Je n'avais pas bien entendu. Ce n'était pas possible.

– C'est comme ça, reprit-elle l'air navré. Elles ne s'en iront pas tant que Faith n'arrivera pas. C'est la star. Enfin… c'était…

– C'est dingue.

À croire qu'elles lui vouaient un culte ou qu'elles avaient subi un lavage de cerveau. J'examinai leurs visages en me rendant au parking, ils n'exprimaient aucune expression, si ce n'était un peu d'impatience pour certains. Une main sur la hanche, Raelynn semblait poireauter en pestant.

J'aperçus Mason qui m'attendait dans son Escalade et courus le rejoindre. Je m'assis près de lui, et il allait mettre le contact quand je le retins :

– Attends.

– Quoi ? Qu'est-ce qui se passe ?

– J'ai juste envie de regarder.

S'adossant à son siège, il attendit avec moi.

Et, vingt minutes plus tard, Faith passa devant nous en courant pour rejoindre l'équipe. Les filles applaudirent. Raelynn parut se détendre, tandis que les autres tapaient sur l'épaule de son amie.

– Bizarre.

– Quoi ? s'étonna Mason.

– Elles la soutiennent comme des parents avec un enfant. Tu ne trouves pas ça bizarre ?

Il démarra en commentant :

– Elles soutiennent leur championne.

Ce n'était plus elle, la championne. Bon, je n'allais pas dire ça à haute voix, mais je ne pouvais m'empêcher de le penser.

– Tu as commencé aujourd'hui, reprit-il en quittant le parking. Tu as tout bouleversé. Laisse-leur le temps de s'adapter. Elles soutiennent une autre équipière. Un jour viendra où ce sera ton tour.

– Ça m'étonnerait.

– Elle ne va pas lâcher sa place sans résister, c'est sûr.

– Je m'en doute.

– Non, je veux dire qu'elle va multiplier les efforts. Elle a quelqu'un à rattraper maintenant. Elles vont toutes se donner du mal.

– Autrement dit, je les aide, quelque part ?

Ça m'irrita encore plus.

– Quelque part, oui, sourit-il. Mais, on ne se hisse pas à la meilleure place sans combattre. Elle va te l'offrir, ton combat. Et ça risque de ne pas être joli, mais peu importe. Bats-toi jusqu'au bout, et tu y arriveras.

– Ce n'était pas comme ça, au lycée.

– Tu étais déjà au sommet.

– Comment ça ?

– Tu es arrivée, tu as battu Kate. D'après toi, qu'est-ce qu'elle faisait ? Elle ne cherchait pas seulement à me garder. Il y avait plus que ça.

– Je n'étais pas au sommet, au lycée.

Il me caressa la main.

– Tu étais avec nous. On était au sommet.

Je retournai ma main pour entrelacer nos doigts.

– Tu as connu le même genre de situation avec le foot ?

– Je n'étais pas la star en première année. Maintenant, oui. Moi et un autre type.

– Ce n'était pas comme ça, en running.

– Parce que les choses ne se passaient pas de la même façon, mais je suis sûr que tu étais également au sommet.

Peut-être, et pourtant, il avait raison : c'était plus individuel, là-bas. Je poussai un soupir. Je commençais à émerger de ma vague d'adrénaline, et je me sentais défaillir un peu.

M'appuyant sur l'appui-tête, je murmurai :

– Ça fait un moment que je n'ai pas été aussi hors de moi. Enfin, je ne me rappelle pas… C'est différent. C'est…

– Un peu comme à l'Academy ?

– Oui.

– C’est bien ce que je dis : tu livres ton propre combat. Et je ne peux rien pour toi.

S’arrêtant à un feu rouge, il se tourna vers moi :

– J’aurais bien aimé, pourtant.

– Je sais, dis-je en lui serrant la main. J’ai ressenti la même chose quand tu as livré tes propres batailles.

Le feu passa au vert et on ne dit plus rien.

Je pensais déjà à l’entraînement du lendemain.

CHAPITRE 10

MASON

– Yo !

Je traversais le parking en direction du centre sportif quand je me retournai pour apercevoir Logan derrière moi, dans son Escalade jaune. Il sortit un bras par la vitre m'adressa un signe.

Je passai mon sac de gym sur l'autre épaule. Il était encore très tôt – pas tôt genre Sam, mais pour moi, oui. Elle devait déjà en être à sa troisième course avec l'équipe, tandis que ma journée n'allait commencer que dans une demi-heure. Et je serais occupé jusqu'au soir – à faire de l'exercice, à suivre des vidéos de matches, à soulever des poids. On y serait au moins jusqu'à quinze ou seize heures. Le petit-déjeuner d'hier n'avait été que l'affaire d'une fois.

– Qu'est-ce qui se passe ? demandai-je. Tu as dormi à la maison, cette nuit.

– Oui, j'ai emmené Taylor et Sam à leur entraînement ce matin. Qu'est-ce qu'on va faire avec ces deux filles ?

– Sam dit que cette bagarre ne concerne qu'elle.

Perdant son sourire, Logan m'adressa un regard entendu :

– C'est ça. Comme si on allait la laisser faire.

– Elle tient à ce qu'on ne s'en mêle pas.

– Attends, tu n'as vraiment pas l'intention d'intervenir ?

– Arrête !

Voyant mon sourire, il comprit et s'esclaffa :

– C'est bien ce que je pensais. Alors, on la joue comment ?

– D'abord, il faudrait en apprendre davantage sur toute la famille. Je n'aime pas les gens qui menacent *la mienne*.

– Je me disais aussi : ça ne te ressemblait pas de jouer les petits copains complètement passifs. On appelle papa ? Pour lui demander des informations sur la famille de cette fille ?

J'hésitais. Nos relations avec notre père restaient tendues. Les discours qu'on avait sortis à son mariage n'avaient été ni gentils ni respectueux.

– Je ne sais pas si c'est une bonne idée de l'appeler.

Une pensée horrible me traversa l'esprit. Ce n'était peut-être pas si mal, mais…

Logan plissa les yeux. À croire qu'il l'avait captée lui aussi.

– À quoi penses-tu ?

Si on ne s'adressait pas directement à notre père, qui pourrait le faire à notre place ? Qui d'autre portait un intérêt particulier à Sam ? Qui avait juré de faire tout ce qu'elle voudrait, sans chercher à imposer de conditions ? Je ne pouvais pas. Impossible. Je détestais cette personne. Pourtant, elle avait prouvé qu'elle pouvait se dévouer pour sa fille. Récemment.

– Mason ? insista Logan.

– Ann-Lise.

Il écarquilla les yeux.

– Quoi ? Putain, non ! Tu as perdu la tête ?

– Réfléchis. Elle peut perdre encore la tête, mais pas là. Elle fait toujours tout ce qu'elle peut pour Sam.

– À commencer par la laisser tranquille.

– Elle peut nous aider à aider Sam. Ça suffit. Elle n'ira pas lui demander de la remercier ni rien d'autre.

– Quand même… Comment compter sur cette barje ? Tu es sûr ?

Ce n'était pas l'idéal, mais…

– Je ne peux pas laisser papa fouiller dans la vie de cette fille et de sa famille, pourtant, c'est là qu'on a le plus de chances de trouver des informations. Ça vaut la peine d'essayer.

– Comment tu peux savoir si papa connaît ces gens ?

– Il faut vérifier. Si cette gamine a du fric, ce qui semble être le cas, il y a des chances pour que papa connaisse sa famille.

– D'accord. Et quand on annoncera à Sam qu'on s'est occupé de ça dans son dos ?

– On lui rappellera qu'elle en aurait fait autant pour nous.

– Mase !

Matteo attendait devant la porte. Je levai la main, me retournai vers mon frère.

– C'est l'anniversaire de Nate cette semaine. On peut dire qu'on l'emmène à Las Vegas.

– Autrement dit, Fallen Crest ?

Je hochai la tête.

– Il sera horriblement déçu, conclut Logan en riant.

– On pourrait toujours utiliser les relations de papa pour y aller ensuite ?

– Mason ! cria encore Matteo derrière moi.

– Vas-y, finit par dire Logan en levant le poing. Ton petit ami s'impatiente. On se revoit plus tard.

Il s'éloigna en nous faisant un doigt d'honneur.

– C'est ton frère qui t'a amené ? demanda Matteo.

– Non, on avait juste un truc à se dire.

– Bon, mais n'oublie pas qu'on joue notre carrière, là. Pas de conneries !

Voyant que je le comprenais, il parut se détendre. Cependant, je me demandais si le jeu en valait la chandelle.

Est-ce que devenir footballeur professionnel valait toutes les merdes que j'avais commises pour protéger ceux que j'aimais ? Fallait-il que je devienne un saint au contraire de ce que nous avions toujours été, Logan et moi ?

Je commençais à me dire que non.

CHAPITRE 11

SAMANTHA

Cette nuit-là, je fus réveillée par une main qui m'effleurait la hanche et je roulai sur le dos pour découvrir Mason penché vers moi. Il écarta ma fine chemise, prit un de mes seins dans sa paume.

– Hé ! murmurai-je en lui glissant les doigts autour du cou.

Je saisis une poignée de cheveux.

– Qu'est-ce que tu fais ?

Il sourit dans le rayon de lune qui lui dessinait une mystérieuse et superbe silhouette. Peu importait qu'il soit déjà au-dessus de moi. De toute façon, j'aurais eu envie de lui. J'ouvris un peu les jambes. Ses yeux s'assombrirent et il me caressa la cuisse, remonta les doigts.

– Je ne suis qu'un connard égoïste pour te réveiller ainsi, dit-il en m'embrassant dans le cou.

Cela m'envoya des frissons à travers tout le corps. Sa tête se releva mais il ne chercha pas à atteindre mes lèvres. Sa main intensifia sa pression, mais ça ne me suffisait pas encore. Il allait me taquiner, je le sentais à toutes ces petites tentations qu'il s'amusait à provoquer en moi.

Je souris, attirai son visage vers le mien.

– Je n'aime pas quand tu joues comme ça avec moi.

– C'est vrai ?

– Non, soufflai-je en collant ma bouche sur la sienne.

Je tirai sur ses épaules, je voulais sentir tout son poids sur moi, poitrine contre poitrine, nos lèvres collées. Quand il s'allongea enfin, sa main remua entre mes jambes.

Il abaissa le visage sur ma gorge, enfila un doigt en moi.

Aussitôt me saisit la douleur du désir. Je remuai contre lui, lâchant ses cheveux, grattant son dos de mes ongles.

Il enfila un deuxième doigt.

Je me crispai, me soulevai. Je voulais qu'ils s'enfoncent davantage. J'ouvris la bouche, sur le point de protester, quand ils pénétrèrent plus loin.

– Mason !

Agrippée à ses épaules, je me délectais du mouvement de ses muscles tandis qu'il promenait un pouce sur mon sein.

Les sensations se multipliaient alors que ses doigts sortaient pour s'introduire à nouveau. Un troisième rejoignit les deux autres. Il continuait – entrait, sortait, entrait, sortait. Et je remuais avec lui, chevauchant sa main. En même temps, je cherchais ses lèvres car je voulais le goûter, moi aussi.

Ce fut lui qui trouva les miennes et sa langue se glissa sur la mienne. Alors qu'il allait me faire jouir, je ne pouvais que me laisser entraîner, laissant les vagues s'écraser en moi, l'une après l'autre. Après quoi, un nouveau supplice me saisit.

Je voulais Mason en moi, tout de suite, sans chichis. Il ne se fit pas prier longtemps. Je l'enveloppai de mes jambes et ce fut tout de suite la perfection, sauf qu'il restait immobile.

Je lui caressai le visage.

– Qu'est-ce qu'il y a ?

– Je t'aime.

Je souris faiblement, m'écartant un peu pour l'attirer davantage.

– Moi aussi, je t'aime.

Ses lèvres se posèrent sur les miennes dans un doux et tendre baiser. J'eus alors l'impression qu'il voulait me dire autre chose.

– Mason ? articulai-je en reculant pour le regarder.

Il ne répondit pas, les yeux clos, alors qu'il plongeait pour m'embrasser dans le cou et se mettait à remuer. Le souffle court, je le sentis entrer plus profondément et puis se retirer presque complètement, mais il s'arrêta, revint. Et cela se poursuivit ainsi.

Je savourais.

Peu importait ce qui se passait dans nos vies, ces moments-là, *ce moment-là* nous reconnectait toujours.

***

Une heure plus tard, je m'étais presque endormie, blottie contre lui.

– Sam ? dit-il en reposant sa main sur ma hanche.

– Déjà ?

Mais je souriais. Je savais que ce n'était pas ce qu'il voulait. J'ouvris les yeux, pour découvrir que les siens ne semblaient pas rieurs comme les miens, mais sombres comme lorsque nous faisions l'amour. Un frisson me parcourut, j'avais encore envie de lui. Ça m'allait bien. Je me redressai, m'adossai à mes oreillers.

– Qu'est-ce qu'il y a ?

Ses mains englobèrent doucement ma poitrine.

– C'est l'anniversaire de Nate, ce week-end.

– Attends ! Tu me caresses les seins pour me parler de Nate ?

Il sourit. Ses doigts se crispèrent légèrement.

– J'ai toujours envie de te les caresser, chaque fois que je te vois et que je te parle. De quoi que ce soit.

Je reculai encore, tout en riant un peu. Sa main retomba et je m'appuyai au dosseret.

– Qu'est-ce qui se passe ? demandai-je en enveloppant ma poitrine sous mes draps.

Ainsi, il ne pouvait plus me toucher les seins. Non pas que je veuille qu'il arrête, mais je refusais d'associer ce geste à quelqu'un d'autre.

– On emmène Nate à Las Vegas.

Je penchai la tête de côté. Il disait une chose mais j'avais l'impression qu'il se passait tout autre chose.

– Tu me mens, ou quoi ?

– Quoi ? Non.

Trop vite.

Je lui tapai la poitrine.

– Allez, dis-moi ce qui se passe ! Je vois bien quand tu mens. Je l'ai toujours su depuis qu'on s'est rencontrés.

Son sourire s'adoucit et il se pencha pour m'embrasser.

– C'était une époque où j'avais encore l'avantage.

– Ah bon ? Parce que tu ne l'as plus ?

Je plaisantais. Presque.

– Tu crois donc que je l'ai toujours ?

J'esquivai son baiser en riant mais n'allai pas loin. Il me rattrapa, m'étendit sous lui, essaya de m'embrasser mais je détournai encore la tête.

Je croyais ce qu'il avait dit. Il avait toujours l'avantage, et ça m'allait très bien car il n'en abusait pas. C'était le chef, notre chef à tous, pas juste le mien. Ça se passait entre lui, Logan et moi, et, dernièrement, ça s'étendait jusqu'à Nate et Taylor. On était les Cinq Redoutables, et venait s'y ajouter un sixième membre : Matteo. Il allait s'intégrer, c'était juste une question de temps.

Les lèvres de Mason se posèrent sur mon épaule, il murmura contre ma peau :

– Tu crois que le jeu est faussé entre nous ?

Je ne respirais plus, tant j'aimais sentir ses mains sur moi, mais je connaissais la réponse :

– Oui.

Il s'assit sur ses talons, entre mes jambes.

– Tu crois ? Vraiment ?

Je fis oui de la tête. Notre petit bavardage sexuel faisait place à quelque chose de beaucoup plus sérieux

– J'ai tort de croire ça ?

– Non, souffla-t-il l'air troublé. Mais ça ne me plaît pas que tu ne nous croies pas égaux. On l'est.

Je m'assis, posai les mains sur les siennes.

– Je ne disais pas ça pour t'ennuyer. On s'aime de la même façon tous les deux, on se protège mutuellement, mais j'étais contente de te laisser mener la danse. C'est ma faute, Mason.

– Pardon ?

– Ça vient de cette révélation que j'ai eue sur moi-même la semaine dernière. J'ai fermé ma gueule. Pas parce qu'on ne m'écoutait pas, plutôt parce que je n'ai pas pensé à le dire. Toi et Logan décidez pour nous et je sais que vous nous protégez, mais je peux participer aux décisions moi aussi. Tout se passe entre toi et lui. Vous vous planquez tous les deux de temps en temps, et je ne suis pas dans le coup, ni Taylor d'ailleurs.

Il fronça les sourcils.

– Taylor ?

Il n'existait pas de véritable relation entre Mason et la copine de Logan. C'était pourtant la première fois qu'il appréciait une petite amie de son frère, mais je savais qu'il n'était pas près de l'inclure dans leurs conversations sérieuses. Elle sortait pourtant avec Logan depuis presque un an, mais il en faudrait davantage à Mason pour lui faire confiance, si cela devait arriver.

Je n'étais pas sûre qu'il puisse se fier à d'autres qu'à Logan et moi. Il était comme ça.

Il me caressa la nuque.

– Alors je dois t'avouer quelque chose.

Je reculai. Sa main ne me lâcha pas, mais j'avais besoin d'espace.

– Quoi ?

Il parut hésiter.

– Qu'est-ce qu'il y a ? insistai-je.

J'avais raison. Il se passait quelque chose.

– Vous n'allez pas à Las Vegas ? Qu'est-ce que vous faites, en vrai ?

– On va à Fallen Crest.

– Pourquoi ?

– Parce que je voudrais demander à ta mère qu'elle intervienne auprès de James.

Mon sang se glaça.

– Pourquoi ?

– Il me faut des informations sur cette fille de ton équipe. Je veux savoir si mon père sait quelque chose.

– Tu vas passer par ma mère ?

Ça ne me paraissait pas cool du tout. Je m'arrachai à son contact pour me réfugier au bout du lit, contre le dosseret, et ramenai mes genoux sur ma poitrine, entre mes bras.

– Et tu allais me mentir là-dessus ?

– Je…

Évidemment. Il allait complètement me mentir, et je ne me serais doutée de rien. Tout mon corps se figea.

– Mason, je…

– Sam.

Je descendis du lit. Je n'aimais pas ça. Il était minuit passé, on venait de faire l'amour et, pourtant, il avait failli me mentir. Qui plus est au sujet de ma mère ! Ça ne lui ressemblait pas. Ce n'était pas l'homme dont j'étais tombée amoureuse. Secouant la tête, je commençai à m'habiller.

– Qu'est-ce que tu fais ?

Je ne savais pas quoi lui répondre, mes idées s'emmêlaient confusément dans ma tête, j'avais juste envie de m'enfuir.

– Je n'arrive pas à croire que tu allais me mentir.

– Désolé, Sam.

J'attrapai mon pantalon, l'enfilai, échangeai ma veste de pyjama contre un tee-shirt, saisis un sweat trop large que je brandis par la manche.

– Tiens, pour toi.

– Qu'est-ce que tu racontes ? s'étonna-t-il en s'approchant du bord du lit.

Il était nu mais parfaitement sûr de lui – à sa place, j'aurais pris le drap avec moi pour me cacher. Pas lui. Il avait un corps splendide et séduisant, mais c'était avant tout son autorité qui sautait aux yeux. Son assurance. Il ne se posait pas de question. Il ne doutait de rien. Il n'avait sûrement jamais été intimidé de sa vie. Il ne devait même pas savoir l'effet que ça faisait.

Ça me rendait jalouse.

Tout en enfilant mon propre sweat, j'expliquai :

– Quand on a commencé à sortir ensemble, tu as cogné Adam. Sans me demander mon avis. J'aurais préféré que vous ne vous mêliez pas du tout de l'Academy Elite, mais je comprenais. Vous le faisiez pour me protéger, sauf que ça a fini par me coûter très cher. Et puis Logan a dévoilé qui j'étais en me serrant dans ses bras au match de foot. Il ne devait pas se douter que je ne tenais pas à révéler que je vous connaissais. Et surtout pas à Kate. Vous aviez monté un plan pour régler son cas, avec vidéos et tout. Je n'étais pas au courant. Et il y a eu l'histoire de la fraternité. Si vous m'aviez posé la question, je vous aurais dit de ne jamais brûler leur maison. Non, mais tu te rends compte ! Brûler une maison ? C'est dingue. Pourtant vous l'avez fait et tous ceux qui étaient au courant semblaient d'accord.

À mesure que je parlais, de nouvelles récriminations me montaient à l'esprit. Mais elles ne visaient pas Mason. Je ne lui en voulais pas.

Je m'en voulais à moi.

Il ouvrit la bouche et, à son expression, je devinai qu'il allait s'excuser. Je levai la main :

– Ce n'est pas toi, dis-je d'un ton plus modéré. C'est moi. Je suis furieuse de n'en avoir jamais parlé. J'ai été…

Qu'est-ce que j'avais fichu à m'accrocher ainsi à eux ? En espérant qu'ils ne me quitteraient jamais ? Morte de peur à l'idée qu'ils m'abandonneraient comme tous les autres ? Je poussai un soupir. Ils n'étaient pas du genre à vous plaquer. Ils ne me feraient jamais ça.

Mason n'avait jamais cessé de proclamer que c'était pour la vie avec lui.

J'avais juste refusé de le croire. Je ne m'étais pas assez imposée pour me faire entendre, alors qu'ils m'auraient certainement écoutée.

Le problème ne venait pas d'eux, pas de *lui*. Mais de moi.

– Désolée, il faut que j'y aille.

J'enfilai mes chaussures et me dirigeai vers le couloir.

Il me suivit.

– Où vas-tu ?

J'attrapai mon sac et mes clefs.

– Aucune idée, il faut juste que je bouge.

– Sam !

Je sortis, me dirigeai vers ma voiture.

Il s'arrêta sur le seuil de l'entrée.

– Sam !

Je me retournai, lui adressai un signe, puis m'assis au volant.

– Ça va aller, il faut juste que je réfléchisse un peu.

Mon sang bouillonnait, mes idées s'emballaient, j'étais au bord de la panique, pourtant, j'avais dit la vérité. Le problème venait de moi. Il fallait que je le règle.

Je démarrai sans avoir où j'allais.

CHAPITRE 12

On était au beau milieu de la nuit et je me comportais comme une idiote.

Je finis par m'arrêter devant un restaurant ouvert vingt-quatre heures sur vingt-quatre. Mon téléphone n'avait pas arrêté de sonner, avec des appels de Mason, puis de Logan et enfin de Taylor. J'envoyai un texto à ma copine pour lui dire où je me trouvais.

J'arrive, me répondit-elle. Ne bouge pas.

Après quoi, les sonneries s'arrêtèrent, elle avait dû prévenir Mason et Logan.

Un quart d'heure, deux tasses de café et un verre d'eau plus tard, elle venait me rejoindre à ma table, en legging noir et sweat à capuche dix fois trop grand pour elle, une casquette de base-ball sur le front.

J'éclatai d'un rire grincheux.

– Tu pourrais poser pour un magazine dans cette tenue !

Cette année, elle avait laissé pousser ses magnifiques cheveux, et elle en ramenait une partie sur l'épaule, laissant le reste dans le dos.

Je n'étais pas du genre jalouse, pourtant je ressentis le même frémissement que devant Mason tout à l'heure. Taylor ne s'était jamais posé de question sur elle-même. Je savais que c'était une des qualités qui avaient attiré Logan.

Elle me dévisageait d'un air incrédule.

– Tu rigoles ? Tu es à tomber par terre, Sam.

On m'avait déjà dit ce genre de chose mais je n'y croyais pas. Haussant les épaules, je remplis ma tasse du café que la serveuse avait apporté en carafe.

– Là, je dois plutôt faire pitié.

À son tour, elle haussa les épaules.

– Ça nous arrive à toutes. J'estime que chaque fille a droit à ses cinq moments d'effondrement. C'est bon pour l'âme. Ça nettoie.

– Merci, dis-je en riant.

Elle sourit.

– C'est moi qui devrais te remercier. Je viens de gagner des hypers points d'amitié, là. Tu m'as envoyé des textos à moi, pas à Mason ni à Logan. Mon mec n'a rien dit mais il n'en pensait pas moins, ça se voyait.

– Merci d'avoir été là, dis-je en me détendant un peu. Je me sens *moins* ridicule que tout à l'heure.

– Tu ne devrais pas te sentir ridicule du tout. Mais je peux te demander ce que tu fiches ici au lieu de faire des câlins avec ton mec ?

– Mason commençait à me mentir. Ça m'a fait flipper.

Je tenais mon mug entre les mains, sans le boire, mais cette impression de chaleur me faisait du bien.

– Sur quoi il allait te mentir ?

– Je leur avais demandé de ne pas s'occuper de Faith. Mais ils y vont quand même.

– Ah oui ! s'écria-t-elle. Logan a essayé de me vendre la même connerie. Mais j'avais pigé. Las Vegas, mon cul, oui !

– Il a essayé de te mentir à toi aussi ?

– Il ne peut pas, s'esclaffa-t-elle. Il est trop nul.

– En fait, soupirai-je, je n'en veux pas tant à Mason qu'à moi-même.

– Pourquoi ? Tu es une des personnes les plus sympas que je connaisse, comme dit Logan, tu es une super bonne affaire.

Elle me décocha un clin d'œil et je ne pus m'empêcher de rire encore. La serveuse vint demander à Taylor si elle voulait quelque chose et elle commanda un café et des toasts. Je demandai une autre carafe. J'étais accro au café et ça n'allait pas en s'arrangeant.

– On va complètement saboter notre course de huit heures, marmonna Taylor alors que la serveuse s'éloignait.

Elle avait raison. Pourtant, il fallait que je gagne. Que je batte Faith et Raelynn. Chaque fois. J'y arriverai. Pas besoin de m'inquiéter pour ça.

– Il faudra s'y mettre plus tôt lorsque les cours reprendront.

– Pourquoi j'ai cru que ce serait sympa de faire partie de cette équipe ? maugréa-t-elle comme pour elle-même. Parce que je me disais que ça me ferait du bien de m'exercer avec des gens cools, de faire quelque chose avec toi. J'aime courir. Ça me demanderait juste d'effectuer un peu plus de kilomètres que d'habitude. Il faudra peut-être que tu me rappelles tout ça dans quelques heures. J'ai l'impression que je vais commencer à me poser les questions dès le cinquième kilomètre.

– Je te le rappellerai.

– Toi et moi, on n'est pas vraiment sociables, en fait ?

– Moi non, j'ai été houspillée par trop de gens.

– Oui, soupira-t-elle en regardant la table. Moi aussi. Qu'est-ce qu'on a ? Pourtant, Mason et Logan nous aiment. Qu'est-ce qu'ils ont ?

Elle rigolait mais je sentais un rien de sincérité dans ses questions.

La serveuse nous apporta le café et remplit nos verres d'eau.

– Tu crois que ça existe, des crises de début de vie ? C'est peut-être ce qui m'arrive.

– Non, répondit carrément Taylor. Tu changes, tu évolues, c'est tout. J'y crois dur comme fer.

– Ah oui ? dis-je pleine d'espoir.

– Complètement. J'ai cru que je perdais la tête quand j'ai commencé à me remettre de l'assassinat de ma mère. Et puis c'est arrivé un jour. La veille encore je me débattais dans le même merdier, lorsque tout d'un coup, ça s'est arrangé. Je me sentais bien. Je reprenais confiance en l'avenir. Je ne sais pas si c'est comme ça pour tout le monde, mais pour moi, ça a marché.

Elle se versa du café puis reposa la carafe en me regardant.

– C'est juste un mauvais moment à passer, Sam. Ne stresse pas. Laisse courir, ça ira mieux ensuite.

Ses paroles parvinrent à me soulager un peu.

– Logan sait à quel point tu es futée ?

– Tu rigoles ? Je suis totalement géniale ! C'est lui qui le dit. Il est génial mais il me place à l'étage au-dessus.

J'imaginais à quel point ça devait les faire marrer.

Je ressentis un nouveau pincement de jalousie. Et j'avais horreur de ça. Je n'étais pas ainsi, pourtant je ne pouvais m'en empêcher. Il fallait faire face.

– Toi et Logan, vous avez une belle relation.

Elle haussa les sourcils.

– Parce que pas vous, peut-être ?

Ce n'était pas la même chose. Mason m'avait protégée, et je l'avais protégé aussi, mais ce n'était pas pareil.

– Logan est ton meilleur ami, et vice-versa.

– Comme vous, non ? insista-t-elle en posant le menton sur sa main. Tu rigoles ? Mason et toi, vous êtes comme les doigts de la main. Logan et moi, ça se passe bien, mais vous, alors… Vous formez une vraie famille. Il faut des années aux couples mariés pour en arriver à ce point, du moins s'ils ne divorcent pas avant. Encore que ça ne risque pas de vous arriver, à Mason et toi. Pardon… il faut que j'arrête de parler, ça n'arrange rien, là…

– Si, si.

Néanmoins je sentais tourbillonner dans ma tête le flou de cet être que je ne connaissais pas et qui était moi…

Le pire étant que je ne savais même pas ce que j'ignorais. Il me manquait un élément. Ce n'étaient ni Mason, ni Logan. C'était moi. Il me manquait une part de moi-même, et je venais de m'en rendre compte. Je ne savais toujours pas de quoi il s'agissait.

– On peut rester encore un peu ici ? demandai-je.

– Oui, acquiesça-t-elle. Tant que tu voudras.

– Merci, Taylor.

– C'est à ça que servent les amies.

Je la regardai dans les yeux. On *était* amies. Ça avait débuté lentement, à l'époque où elle commençait à sortir avec Logan, et puis l'été était arrivé et, maintenant – après l'équipe et cette nuit – avec Taylor ça devenait à la vie à la mort.

Elle était *mon* amie.

– On aurait dû commander du déca, dit-elle en regardant la carafe.

***

Mason était dans le salon lorsque je rentrai, une heure plus tard. Taylor avait dû regagner sa maison, puisque c'était là qu'ils dormaient avec Logan, cette nuit. Je regardai autour de moi mais, alors que Mason se levait de son canapé, je pus constater qu'il était seul.

– Nate dort toujours ? demandai-je en déposant mon sac sur la table.

– J'ai réveillé Logan et Taylor, dit-il en se frottant les mains, mais c'est tout.

– Elle est venue et on a parlé. Merci de ce que tu as fait.

– Bah, dit-il l'air hésitant. Normal.

Ce n'était pas normal de sa part. On s'exprimait à peine. On n'était même plus sûrs l'un de l'autre. Je trouvais horrible que ça nous arrive à nous. Mason qui d'habitude contrôlait toujours tout. Lui, la tête pensante, celui qui se battait pour nous, toujours trois pas en avant de ses ennemis… Tandis que là, cette frayeur que je lisais dans son regard me rendait malade.

– Désolée, murmurai-je.

Il secoua la tête, vint vers moi, d'un pas encore hésitant, s'arrêta près d'un fauteuil. S'il avait continué, je me serais jetée dans ses bras. Mais non. Il restait là, à frotter les mains sur son pantalon.

– C'est moi qui devrais m'excuser, souffla-t-il. Je ne regarde jamais les choses de ton point de vue. Et puis tu as raison. C'était toujours Logan et moi qui décidions de tout, sans te consulter. Je me rends compte à quel point ça a dû t'enrager. C'est ma faute.

– Non. J'étais brisée quand on s'est connus. Vous m'avez aidée à me reconstruire, Logan et toi. Et c'est comme ça que tout a commencé entre nous. Mais après, c'est resté pareil. Tu me protégeais, tu te battais pour moi, et je te laissais faire. N'importe quelle fille aurait adoré ça. Rien de plus beau qu'un mec qui vient vous sauver. Tu m'as offert ce conte de fées, mais je l'ai laissé trop durer. Je suis censée trouver mon propre rythme pour marcher à tes côtés. Je n'ai jamais essayé.

Je sentis mes larmes me couler, mais tant pis.

– Il faut que je me retrouve, maintenant, et ce n'est pas ta faute. Tu n'y es pour rien. Je ne veux pas que tu te croies responsable de quoi que ce soit.

– Mais tu souffres.

Encore un pas. Il ne me rejoignait toujours pas.

– Ce n'est pas ta faute, répétai-je.

– Je ne sais pas comment t'aider.

Un autre pas. Il arrivait presque à portée de main. J'avais trop envie de le toucher.

– Je sais, lâchai-je d'une voix cassée. Et je ressentirais la même inquiétude à ta place.

Cette fois, il tendit la main. Je la saisis, l'étreignis.

– Je te demande par…

– Ne t'excuse jamais de vouloir me protéger. Jamais.

Je m'approchai de lui, sentant son bras pressé sur mon côté. Encore un pas et je le frôlerais de tout mon corps. Je me retins, préférant juste goûter le plaisir de l'instant.

– Si je peux t'aider, dis-le moi s'il te plaît.

– Bien sûr. Taylor a dit que j'étais en train de changer, et c'est vraiment ce qui m'arrive.

– Elle a dit autre chose ? s'enquit-il avec un léger sourire.

– Qu'un jour je progresserais.

– Elle sait quel jour ?

– Je crois que personne ne le sait.

Il se passa une main dans les cheveux en soupirant.

– Ça devient nul, tu ne crois pas ?

– Si.

J'avais dit ça doucement, sagement, sans trop y réfléchir. Et puis mes yeux se fermèrent tandis que je franchissais le dernier pas. Mon front se posa sur le torse de Mason, sa main me prit la nuque, son pouce me caressa doucement.

– Je t'aime, Sam.

Je sentis ses paroles traverser sa poitrine.

– Je sais.

Là n'était pas la question.

CHAPITRE 13

Comme Taylor l'avait prédit, la course du matin fut difficile. Mais je gagnai.

Logan nous avait déposées, Taylor et moi, et il revint ensuite nous chercher. On retourna à la maison et je les laissai faire la sieste tandis que je m'en allais dormir dans ma chambre. Logan nous emmena de nouveau à quatorze heures, et la deuxième course se déroula nettement mieux. Je gagnai encore.

Mason rentra le soir, après son entraînement. Et tout le monde traîna dans la maison. Même Nate. Il devait sortir avec des amis mais il préféra rester. Logan et Taylor étaient là, ainsi que Matteo, et deux autres joueurs de foot se joignirent à nous.

Quelqu'un lança un film dans la salle du rez-de-chaussée et Logan déclara qu'il était temps pour lui de se mettre au fourneau. Quarante minutes plus tard, on eut droit à un nouveau buffet de grillades : steaks, hamburgers, poulet, saucisses. Il alla même jusqu'à griller du tofu pour Taylor mais, alors qu'elle l'embrassait sur la joue pour cette attention, elle attrapa un blanc de poulet.

Cette nuit-là, on fit l'amour avec une telle tendresse que je me sentis sur le point de fondre.

Le reste de la semaine s'écoula comme d'habitude : Logan nous emmena à nos deux courses. On dormit entre les deux. Le soir, Mason rentrait et tout le monde restait à la maison. Matteo était accompagné chaque soir de deux mecs différents. Le vendredi, bien entendu, la soirée eut lieu chez nous.

Quand je l'interrogeai sur le plan « secret » qui devait les mener voir maman à Fallen Crest, Mason promit de ne rien faire sans me demander mon avis. J'en fus soulagée. Si bien qu'on put consacrer la soirée du vendredi à fêter l'anniversaire de Nate.

Du coup, ils invitèrent encore plus de gens.

Logan grilla assez de viande pour nourrir la ville entière. Les mecs apportèrent des tonnes d'alcool et des fûts de bière, et les filles affluèrent. On installa une cabine de DJ et, dès vingt-trois heures, la soirée explosa.

Je m'étais réfugiée sur les genoux de Mason, sur la véranda, avec Nate, Logan, Taylor, Matteo et quelques autres lorsque Faith et Raelynn firent leur apparition, chacune un verre à la main. Elles avaient dénoué leurs cheveux brillants. Raelynn arborait un jean moulant et un débardeur blanc, comme Faith, qui le portait cependant beaucoup plus court, dévoilant à moitié son ventre, au-dessus d'une jupe longue. Je distinguai ses sandales plates et en conclus qu'il ne lui manquait plus que quelques tatouages de henné sur les bras pour avoir l'air d'une gitane.

– Vous êtes perdues ? lançai-je de ma place.

Mason me tenait toujours entre ses bras mais il dut se pencher pour voir à qui je parlais. Les autres en firent autant et Logan fut le premier à râler.

– Elles doivent être perdues, conclut-il.

Là-dessus, il se leva, escalada la balustrade de la véranda pour atterrir juste devant elles.

– Pas du tout ! rétorqua Faith surprise.

– Vous êtes dans une propriété privée, ajouta Logan en croisant les bras. La prochaine fois, on mettra des pancartes vous interdisant d'entrer.

Plaçant les mains devant la bouche, il fit semblant de murmurer :

– En attendant, vous n'êtes pas invitées, et toi non plus, ajouta-t-il à l'adresse de Raelynn.

– Pas la peine d'être mal élevé.

– Qui est la mal élevée, ici, pour entrer sans invitation ?

Faith se mit à rire, puis se tourna vers moi.

– J'ai entendu tant de trucs sur tes chiens de garde, et c'est tout ce qui se passe ? Juste une petite menace de rien ?

Elle dévisagea Logan des pieds à la tête en plissant le nez.

– Je dois dire que c'est décevant.

Je faillis en rire. Faillis. Mais restai blottie contre Mason. Et toute la véranda semblait partager mes pensées. Taylor secouait la tête avec un sourire mauvais. Nate aussi. Les autres regardaient. Logan n'était pas du genre à ignorer un défi.

– Ah oui ? dit-il en reportant ses mains vers ses oreilles. Qu'est-ce que j'ai entendu, là ? Tu me trouves « décevant » ?

Il se tourna vers nous.

– Mase ?

– Oui, dit Mason en se redressant sans me lâcher.

Les deux filles levèrent la tête et je croisai le regard de Faith où passa un bref éclair d'émotion qui disparut aussitôt.

– De toutes les meufs que j'ai rencontrées, vous en avez entendu une seule qui me trouvait « décevant » ? lança Logan.

– Fais quand même gaffe, le prévint Taylor sans toutefois bouger de sa place sur le banc.

Logan la désigna sans la regarder.

– Vous voyez ? Juste là. C'est une petite amie satisfaite. Je n'ai jamais déçu personne.

À son tour, il examina Faith avec une attention exagérée.

– Je n'en dirais pas autant pour toi. Le bouche-à-oreille du cross-country laisse entendre que tu as été plutôt décevante, cette semaine. Tu pensais pouvoir battre…

Ses yeux se portèrent sur moi avant de revenir vers elle.

Je me redressai lentement. Les bras de Mason se relâchèrent. Faith se raidit.

– Il fallait que je m'adapte. Ça ira mieux maintenant.

– C'est ça. Tu sais que Sam est très douée pour te botter les fesses.

– Comme je t'ai dit, ça va changer maintenant.

– Ça veut dire quoi ? lançai-je.

Je revis la même sombre émotion dans son regard, qui s'évanouit tout aussi vite.

– Quoi ? demanda-t-elle d'un ton glacial.

– « Ça va changer maintenant. » Ça veut dire quoi ?

– Ça veut dire que je sais comment m'entraîner. Et là je vais te battre. Merci d'avance.

Je n'allais pas me laisser prendre à ce piège grossier.

– C'était la première fois qu'on me lançait un défi, reprit-elle. Il était temps, quelque part.

À côté d'elle, Raelynn semblait estomaquée, mais elle ne parut pas la remarquer, s'avançant si près de la balustrade qu'elle se retrouva presque sous mes pieds.

– Grâce à toi, je vais faire des progrès, expliqua-t-elle. Et je vais te battre. Je gagnerai, comme toujours.

– Tu crois ça ? dis-je en me levant. Et qu'est-ce qui se passe quand les choses ne tournent pas comme tu veux ? Qu'est-ce que tu fais si tu n'arrives pas à satisfaire tes ambitions ?

Elle leva les yeux au ciel.

– De quoi tu parles ?

– Je vais te battre. Comme toujours. Tu auras beau t'entraîner, tu auras beau galoper, je resterai la plus rapide. Qu'est-ce que tu feras quand tu seras forcé d'admettre que je suis meilleure que toi ?

Elle ne riait plus. Elle avait perdu toute son arrogance. Son regard noir se posa encore sur moi et, de nouveau, apparut l'éclair d'émotion. Moins fugitif, cette fois. Là, je saisis.

La jalousie.

Alors je compris. Elle savait que j'étais meilleure. Elle savait qu'elle ne pourrait me battre.

– Tu comptes m'agresser physiquement ?

Je m'attendais à capter un rien de surprise, mais non. Ce qui ne fit que confirmer mon idée : elle y avait déjà songé.

– Non, dis-je d'un ton sec, tu ne pourras jamais me distancer.

Je sentis des frissons me parcourir le dos, pas à cause d'elle, à cause de moi.

Je n'étais pas certaine d'avoir envie de savoir jusqu'où j'irais pour conserver la seule chose qui m'ait jamais sauvée.

Car si j'étais en vie c'était grâce à la course.

Elle ricana mais capta ma froideur et, comme elle clignait des yeux, je perçus un accent de défiance dans sa voix.

– Arrête de proclamer que je vais t'agresser ! Tu l'as déjà fait avant en disant que j'allais attaquer ton amie…

Taylor bondit sur ses pieds pour venir me rejoindre.

Faith nous adressa un signe avant d'achever :

– Je n'ai jamais eu envie de faire un truc pareil.

– Ça vaut mieux pour toi. Tu nous agresses, on t'agresse. Tout ce que tu nous feras te reviendra en pleine figure.

Elle serra les lèvres, haussa légèrement ses minces épaules, mais ne répondit pas. J'avais néanmoins aperçu une lueur d'effroi dans son regard.

Raelynn brisa ce court silence d'un rire moqueur :

– Qu'est-ce qui te fait croire…

– La ferme, trancha Faith en l'attrapant par le bras. On s'en va. On n'est pas invitées.

Logan les suivit des yeux un instant avant d'éclater de rire.

– Soit j'ai pissé dans mon froc, soit je viens de voir l'expulsion la plus rapide de ma vie. Vous êtes trop chaudes, toutes les deux ! J'en suis encore tout raide. Ma chérie ?

Il lança un clin d'œil à Taylor :

– Un petit coup vite fait ?

Elle gronda mais ne put s'empêcher de rougir.

– Tu es vraiment le mec le plus romantique que je connaisse. Comment tu as pu rester célibataire jusqu'ici ?

Il escalada les marches pour venir lui prendre la main.

– Sam, lança Matteo en levant sa bière dans ma direction. Je dois te féliciter.

Il se dirigea vers le feu suivi par tous les garçons qui se trouvaient avec nous sur la véranda. Ils m'adressèrent chacun un signe, jusqu'à ce qu'un bras m'encercle la taille. Je fermai les yeux en sentant le corps ferme de Mason contre le mien, ses lèvres dans ma nuque.

– C'est ta façon de demander un petit coup ? dis-je.

Son autre bras m'enserra pour me garder à ma place, ses lèvres remuèrent sur ma gorge avant d'atterrir au coin de ma bouche.

– Ce sera plus long qu'un petit coup, et je dois reconnaître que mon frère avait raison : c'était chaud.

– C'est mon but dans la vie : laisser parler la diablesse qui est en moi pour mieux t'exciter !

Il se pressa contre moi :

– Considère ceci comme un avant-goût de ce qui t'attend.

Je lui entourai la nuque en riant. Je vivais dans une merde pas possible, mais jamais on n'avancerait en terrain miné tous les deux.

– Je peux te demander un petit coup ? soupirai-je en m'appuyant sur lui.

Son regard s'assombrit et il soupira :

– Je croyais que tu ne le demanderais jamais.

Comme il me soulevait par les fesses, je lui enfourchai la ceinture avec mes jambes. Il m'emporta alors à travers la fête jusqu'à notre chambre, où on resta toute la nuit.

***

La maison était déserte lorsque je me réveillai, vers quatre heures du matin, comme chaque fois que je voulais courir. Mon corps ne s'était pas encore habitué au rythme du cross-country. Je ne voulais pas déranger Mason, si bien que je me faufilai dans le couloir pour utiliser les toilettes du palier. J'entendis parler dans la cuisine et préférai me déplacer sur la pointe des pieds, car j'étais trop fatiguée.

– Tu es sûr ? demanda la voix de Taylor alors que je poussais la porte.

Logan était accoudé au comptoir, sa copine appuyée sur lui, en train de téléphoner.

– On sait ce qui s'est passé ? insista-t-elle.

– Qui est-ce ? murmurai-je à Logan.

– Son père, articula-t-il.

Je m'assis sur une chaise déjà écartée de la table, glissai les mains sous mes jambes pour les garder au chaud, et puis j'attendis.

Taylor écoutait en hochant la tête. Elle finit par soupirer :

– D'accord. Merci de m'avoir prévenue. Oui, moi aussi je t'embrasse, papa.

Elle raccrocha sans rien dire au début. Ses épaules retombèrent alors qu'elle gardait son téléphone dans la main.

– C'était mon père, soupira-t-elle encore.

Logan se rembrunit.

Je sentis les battements de mon cœur s'accélérer. Ça s'annonçait mal.

Et sans nous regarder, ni lui, ni moi, elle expliqua :

– Il voulait m'annoncer qu'il y avait eu un accident de voiture. C'est quelqu'un du campus qui l'a appelé.

Je m'attendais à l'entendre prononcer le nom de son ami Jason, ou d'un membre de sa famille.

Mais là, elle se tourna vers moi :

– Raelynn est à l'hôpital. Un ivrogne a heurté sa voiture.

CHAPITRE 14

Faith n'assista pas à l'entraînement du lundi.

Courtney me dit que les filles de l'équipe étaient allées voir Raelynn le samedi. Taylor et moi n'avions pas été invitées, mais je ne voyais pas ce que nous aurions fait là-bas. Taylor souffrait encore de stress post-traumatique chaque fois qu'elle entrait dans un hôpital, depuis qu'elle y avait vu sa mère criblée de balles. Ce que je comprenais très bien, mais moi, je tenais à me manifester. Si bien qu'au lieu de Taylor, ce fut Logan qui m'accompagna le lundi après-midi. Mason était au football. De toute façon, je ne le verrais pas avant le soir.

– Qu'est-ce que tu en penses ? me demanda Logan dans le couloir qui empestait la javel et les produits chimiques. J'ai hâte de voir si elle est vraiment blessée ou si elle joue la comédie. Je parie que c'est du cinéma, de l'arnaque, pour t'accuser d'une façon ou d'une autre.

Je m'arrêtai devant lui :

– Tu plaisantes ? C'est pas vrai ! Tu crois aux complots, toi maintenant ?

– Bah oui… Cette salope est dérangée. Ça ne m'étonnerait pas qu'elle ait demandé à son copain de s'installer dans sa voiture, puis de payer un ivrogne pour balancer un camion contre elle. Je parie qu'elle n'a pas dit au SDF que son copain était là aussi.

– C'est horrible.

– Je ne te le fais pas dire. Mais tu sais c'est le genre de choses qui arrivent aux fils de putes comme moi. Bon, techniquement parlant, ma mère n'est pas une pute, mais je peux te dire que Helen en est une.

– Pas drôle.

– Je ne rigole pas, non plus. Quand je pense à toutes les merdes qu'on nous a faites. Alors là, si cette fille a organisé ça… Encore heureux que ça n'ait pas été ta voiture. Tu te rappelles Nate ?

Budd Broudou avait bien coupé les freins de Nate en croyant s'attaquer au véhicule de Mason. En sortant du parking, il avait été percuté par un camion et ça lui avait coûté des semaines de convalescence.

Je ne savais pas si Faith et sa copine avaient orchestré un coup monté ou non mais je ne tenais pas à entrer dans la chambre d'hôpital de Raelynn avec un tel état d'esprit. Trop tard. Logan avait semé le doute en moi. J'essayai de ne plus y penser. Déjà, elle risquait de ne pas se montrer follement heureuse de me voir mais je tenais à ce qu'elle sache que je compatissais, que j'étais quelqu'un de normal.

– Non mais j'hallucine ? lâcha Faith derrière nous dans un souffle, un gobelet à la main.

Livide, des poches sous les yeux, on aurait dit qu'elle n'avait pas dormi depuis huit jours.

– Fous le camp ! gronda-t-elle les yeux étincelants. Allez ouste !

– Qu'est-ce qui te prend ? marmonnai-je.

Elle s'avança vers nous, renversant la moitié de son café sans paraître s'en apercevoir.

– Que je sache, tu as payé quelqu'un pour lui rentrer dedans ! Tu nous as fait suivre jusque chez moi, et là, le mec l'a attaquée alors qu'elle redémarrait ? C'est bien ça ?

Elle disait n'importe quoi. Je levai les mains en secouant la tête.

– Quoi ? Tu ne crois pas aux accidents ? Que c'était juste un horrible accident ?

– Tout ce que je sais c'est que, depuis ton arrivée dans l'équipe, tu m'as pourri la vie.

– Ça ressemble davantage à un mauvais karma qu'à une stratégie de Sam, bougonna Logan. Je suis sûr qu'elle t'a vue un jour dans l'équipe et qu'elle s'est dit : « Hum. Cette fille a l'air méchante. Je devrais entrer dans cette équipe après avoir provoqué une rencontre fortuite avec mon coach qui insisterait pour que j'y aille et, bon sang, oui, je vais la bousiller. » Et oui ! Voilà Samantha Strattan, ma belle-sœur, l'instigatrice extraordinaire !

– Arrêtez de vous foutre de moi ! gronda Faith. Le mal est fait. Ma meilleure amie est à l'hôpital et les médecins disent qu'elle ne pourra plus jamais courir.

– N'importe quoi !

– Pardon ?

Elle le fusilla du regard, l'air de lui souhaiter de ne plus jamais courir lui non plus.

– C'est ça, rétorqua-t-il en penchant la tête vers elle. J'en ai assez vu dans ma vie pour savoir comment se terminent les disputes après une soirée arrosée. C'est très rare les mecs qui ne peuvent « plus jamais courir » ensuite. Je dirais plutôt que si quelqu'un avait une stratégie dans l'histoire, c'était toi. J'appelle ça bluffer.

– Qu'est-ce que tu racontes ? siffla-t-elle entre ses dents.

– Appelle les flics. Dis-leur que tu accuses Sam d'être derrière tout ça. C'est bien ce que tu sous-entends, non ?

Les joues de Faith s'empourprèrent.

– Tu es…

– Je ne plaisante pas, continua-t-il d'in ton atrocement sérieux. Porte plainte. Officiellement. Quand on lance ce genre d'accusation, il faut aller jusqu'au bout. Après tu verras ce que tu verras.

– C'est une menace ? articula-t-elle.

– Sûrement pas. C'est la réalité. Vas-y.

– Tu es malade.

J'en avais assez. Elle allait cracher et siffler comme un vieux disque. Logan continuerait à la traiter de mytho. J'étais venue pour tout autre chose. Alors je repris mon chemin.

– Où vas-tu ? lança Logan derrière moi.

– Voir comment va Raelynn.

J'espérais qu'il allait continuer à occuper Faith, qu'elle n'allait pas encore me courir après en me crachant ses menaces, mais je n'entendis rien, ni cris ni pas. Arrivée devant la porte de Raelynn, je regardai derrière moi. Logan semblait encore en train de discuter avec Faith. Je ne savais pas si c'était une bonne idée de les laisser seuls mais il savait ce qu'il faisait. Il ne lui donnerait aucune munition.

Je frappai doucement, jetai un coup d'œil dans la chambre.

Pelotonnée dans le lit, Raelynn me tournait le dos. Un drap lui couvrait les épaules mais je vis des bleus dans sa nuque. Je m'approchai tout en comprenant, à sa profonde respiration, qu'elle était en train de dormir. Arrivée face à elle, je faillis pousser un cri et dus me plaquer une main sur la bouche pour l'étouffer.

Tout son visage avait viré au noir et bleu, elle portait un bandage sur l'œil droit, et une coupure lui fendait la bouche.

Ce n'était pas une mise en scène. Il n'y avait rien de plus réel. Soudain son œil gauche s'ouvrit et elle m'aperçut.

Je levai les mains :

– Ne te fâche pas ! Je voulais juste savoir comment tu allais.

Elle se tourna sur le dos, essaya de s'asseoir en grimaçant, me désigna un oreiller sur la chaise à côté de moi. Je le lui tendis et elle le plaça derrière elle, s'y adossa avec précaution.

– Tu es venue me narguer ?

Je m'assis, une main sur la bouche, au bord des larmes. Visiblement, elle souffrait.

– Faith croit que j'y suis pour quelque chose. Mais je te jure que non. Je suis désolée.

– L'autre conducteur était défoncé, articula-t-elle péniblement. Les flics l'ont déjà arrêté. C'est son troisième accident. Il est en taule pour un moment et on va lui ôter son permis. Alors à moins que tu aies chargé quelqu'un de l'enrôler, je doute que tu connaisses Jim DeLuca.

– C'est son nom ?

– Il se fait appeler Jimbo.

– Désolée.

– Arrête, je sais que tu n'y es pour rien.

– D'après Faith, les médecins pensent que tu ne pourras plus courir ?

– C'est une pure menteuse ! Je ne pourrai pas courir *cette année*. Mais je remettrai ça l'année prochaine.

– C'est une bonne nouvelle.

– En fait, ça n'a pas beaucoup d'importance. Il n'y a que deux filles dans l'équipe qui pourraient être sélectionnées en équipe nationale : ça va être toi et Faith. De toute façon, j'aurais été exclue. Et Faith va exploiter mon accident pour attirer l'attention sur elle. Alors je te souhaite bonne chance. Elle va vouloir convaincre tout le monde que tu as couché avec Jimbo pour essayer de me tuer, et que ton riche papa a payé les flics pour fermer les yeux.

– Sérieux ?

– On dirait bien. Ce sera un truc de ce genre. Elle va dresser tout le monde contre toi. Elle sait y faire, je la connais depuis l'école primaire, rien ne l'arrêtera, jusqu'à ce que tu sois tellement harcelée par les autres – y compris les coureuses de notre équipe – que tu finiras par te retrouver à côté de moi dans la chambre ou par abandonner pour te protéger.

Elle jeta un coup d'œil vers la porte.

– Je ferais mieux de me taire car elle pourrait bientôt revenir. Et toi, il vaudrait mieux que tu partes, sinon elle va te crier dessus, pour te faire renvoyer de l'hôpital.

– Non, on l'a déjà croisée dans le couloir.

– « On » ?

– Oui, Logan est venu avec moi. Il la distrait pour qu'on puisse discuter, toi et moi.

– Bon. Alors, comme je ne vais plus pouvoir courir cette année, Faith va vouloir se rabattre sur Nettie. Elles vont devenir les meilleures amies du monde. Tu verras. Pour le moment elle est là, mais, dès qu'elle se remettra à courir, je risque de ne plus la voir jusqu'au jour où elle apprendra que je remets ça l'année prochaine. Tiens, je te parie qu'en mai, elle réapparaîtra. En attendant, méfie-toi d'elle. D'accord ?

Je hochai la tête.

Elle se pencha un peu en avant pour ajouter :

– Je peux te dire quelque chose ? Un truc que personne ne sait ?

– Oui.

– Je suis amoureuse d'elle. Depuis l'école primaire. Elle le sait mais on n'en parle jamais. Elle n'est pas gay. Je sais à quoi m'en tenir, sauf que je l'aime quand même. Tant pis pour moi.

Je voulus lui prendre la main, mais quand je vis à quel point elle était abîmée, je changeai d'avis.

– Pourquoi tu me dis ça ?

– Je ne suis pas méchante, et elle non plus. Elle est plutôt gâtée, elle obtient tout ce qu'elle veut. J'avais l'intention de la surveiller pour toi. Je ne voulais pas qu'elle commette une bêtise qui pourrait lui coûter cher à l'avenir. Mais je ne peux plus. Alors j'ai pensé que le mieux serait de t'avertir.

Sa voix se mit à trembler :

– Merci d'être venue me voir.

– C'est normal, dis-je abasourdie.

– Je vais peut-être dormir encore un peu, dit-elle en appuyant sur le bouton d'appel. L'infirmière va venir me donner quelque chose pour dormir. Mais reviens me voir, tu veux bien ? Faith sera encore dans le coin la semaine prochaine et, après, elle me laissera tomber comme une vieille chaussette.

– Bien sûr, dis-je en tapotant le bord de son lit. Donc, je reviens dans une semaine.

– Merci, Sam. Cours vite, d'accord ?

Je fis oui de la tête et regagnai le couloir.

Logan était seul, adossé au mur, les bras croisés.

– Ta fan numéro un est partie voir l'administration dans l'espoir de nous faire éjecter. Tout ça parce qu'on a osé traverser le couloir. Elle est spéciale dans son genre, cette meuf. Style princesse gâtée, délirante et tarée. Méfie-toi d'elle.

– C'est ce que j'ai cru comprendre.

En m'éloignant, je posai un dernier regard sur la chambre. Je me sentais mal à l'aise depuis la soirée et ma querelle avec Faith, mais ça ne faisait qu'augmenter maintenant. Devais-je croire Raelynn ou m'avait-elle raconté de pures craques elle aussi ? Si j'avais affaire à une sorte de piège, jusqu'où est-ce que ça pouvait m'entraîner ? Je l'ignorais.

De toute façon, il faudrait le découvrir.

– On va devoir organiser une réunion de famille, dis-je à Logan.

CHAPITRE 15

– Cette fille obtient toujours ce qu'elle veut ?

Nate ne cessait de poser cette question depuis une heure. Logan avait convoqué tout le monde à la maison ce soir – y compris Matteo. Et, une fois que j'eus raconté ce qui s'était passé, y compris l'accueil de Faith et les mises en garde de Raelynn, le silence était tombé sur la pièce.

Jusqu'à ce que Nate commence à poser ses questions.

– Elle est trop gâtée ? C'est pour ça qu'elle se conduit ainsi ?

– Oui, dis-je. À en croire Raelynn.

– C'est dingue. Mason, comment on combat une meuf ?

Logan s'adossa sur le canapé en grommelant, posa le bras sur le dossier, derrière Taylor assise à côté de lui.

– Je dirais qu'il est temps de faire front commun. Allez, les filles, vous allez vous retrouver en première ligne, là.

J'étais restée debout pour tout expliquer, mais, maintenant, je m'asseyais sur le repose-pieds de Mason qui venait de m'y faire une petite place.

– Tu n'as jamais repris contact avec la sœur avec qui tu sortais ? demanda-t-il à Nate.

– Non. J'ai dû l'embêter beaucoup plus que je ne croyais. J'ai peur que ça ne soit terminé entre nous.

– Dommage, souffla Logan en regardant Matteo. Tu te sens d'infiltrer encore le lit ennemi ?

– Exprès cette fois ? maugréa Nate.

Cela parut énerver Matteo qui leva les bras dans un geste impuissant.

– Ça va ! J'ai détesté. Alors non, je ne recommencerai pas. Même pas exprès. C'est trop dégueu.

– Comme tu voudras, dit Logan en haussant les épaules, mais moi, toutes ces discussions m'ont donné soif. Je propose qu'on célèbre la disparition de cette fille avec quelques verres.

Nate se tourna vers Mason :

– On devrait peut-être nouer de nouvelles amitiés ?

– Oui, dit Mason en me caressant le dos. Bonne idée.

Matteo leva encore les bras :

– Nouer de nouvelles amitiés ? J'en suis !

– Une tournée des bars, proposa Mason. Voilà longtemps qu'on n'a pas fait ça.

– Il serait grand temps de s'y remettre, approuva Nate. Tiens, si on était sympas, on pourrait inviter quelques pique-assiette.

Et d'indiquer Logan du menton pour appuyer sa proposition.

– Attends ! s'exclama celui-ci. C'est moi, le pique-assiette ? Alors que j'ai lancé l'idée, abruti ! S'il y a un pique-assiette, ici, c'est toi.

– Ah, d'accord ! dit Nate en se levant lentement. C'est moi qui rôde autour de toi ? Je me rappelle quand tu n'étais qu'un gamin maigrichon qui avait volé le sac de Mason pour attirer son attention.

– On n'en est plus là, rétorqua Logan en souriant.

Cependant, ça sentait l'arrogance et le combat de coqs. Logan pencha la tête comme pour défier Nate.

– J'ai grandi et je suis devenu génial. Alors que toi… ?

La main de Mason se posa dans mon dos.

– C'est le faux duel le plus nul que j'aie entendu, les gars. Vous êtes plus marrants quand jouez les maris gays.

La tension s'abaissa d'un coup. Tous se remirent à rire mais Logan cravata soudain Nate.

– Alors, c'est qui le génie, hein ? Qui a les hashtags ?

– Ta gueule !

D'un mouvement leste, Nate inversa la position mais, au lieu d'enserrer à son tour le cou de Logan, il le repoussa par à-coups, en riant.

– Personne n'irait jamais croire que Mason et toi vous détestiez comme certains frères.

– En tout cas, c'est ce qui arrive à ma sœur, lâcha Matteo.

Tout le monde se tourna vers lui, assis au fond du salon. Il ne regardait pas spécialement quelqu'un, l'air plutôt perdu dans ses pensées. Quand il s'aperçut qu'on l'observait, il cligna plusieurs fois des yeux, l'air surpris.

– Oh ! Je parle de ses chats. Il y a Chloe et son frère, Dingbat. Chloe déteste Dingbat. Chaque fois qu'il traverse la maison, elle se lance à sa poursuite. Au point que ma sœur a dû les séparer, mais Dingbat revient régulièrement. Chaque fois qu'il arrive, elle dit : « Tiens, voilà Dingbat. » C'est drôle. Mais, oui, ces chats se détestent.

Le silence s'appesantit, jusqu'à ce que Logan vienne poser une main sur l'épaule de Nate :

– À propos… je t'ai trouvé un nouveau surnom.

– Je vois ça d'ici, connard ! s'esclaffa celui-ci.

Et tous deux firent mine de se battre en riant. Quant à moi, je m'étais réfugiée contre le torse de Mason qui m'entourait de ses bras et m'embrassait dans la nuque.

– Tu tenais vraiment à ce qu'on envoie la sœur ? me murmura-t-il.

– Non.

Ça ne mènerait à rien, comme l'avait dit Nate. Je regardai Taylor regagner tranquillement sa place.

– Peut-être qu'au lieu de vous, il vaudrait mieux que ce soit moi qui demande cette faveur à ma mère.

Mason se crispa. Nate et Logan s'immobilisèrent.

– Qu'est-ce que tu viens de dire ? demanda ce dernier.

– Que je devrais peut-être demander à ma mère d'interroger elle-même James. Ou alors… Je pourrais m'adresser directement à James. Il ne me fera aucun reproche. Il n'osera pas.

– Voilà pourquoi on n'y est pas allés, le dernier week-end, maugréa Logan. Tu lui as tout dit, Mason.

– Oui, et ça ne lui a pas plu.

– C'est pour ça que vous vous êtes disputés ?

– Tu ne lui as pas dit ? demandai-je à Taylor.

– Bah, il n'a pas besoin de tout savoir, non plus.

– Merci quand même ! lui lança Logan.

Je sentis Mason se marrer doucement derrière moi, et, malgré la conversation, j'eus une envie folle de l'entraîner dans la chambre pour sentir son souffle sur tout mon corps, pas juste sur mon épaule. Son emprise se resserra.

– Laisse ta copine tranquille. C'était entre Sam et moi, et elle respecte notre intimité.

– Je te rappelle quand même que c'est ma belle-sœur.

– Et alors ? dis-je en grimaçant.

Il s'arrêta, réfléchit un instant, puis :

– Vous savez tous de quoi je veux parler.

– Pas moi, répliqua Nate. Aucune idée de ce que vous racontez, et ça ne me plaît pas.

– Comme toi, mec, renchérit Matteo.

– Alors ? reprit Nate à notre adresse. Qu'est-ce qui s'est passé ? Vous vous êtes bagarrés ou quoi ? J'étais où, moi ?

– Tu dormais, dit Mason. Et ça ne te regarde pas. Ni toi non plus, Logan. Mais non, on ne va pas demander à mon père d'informations sur la famille de Faith.

– Attends, dit Nate en levant une main. On n'allait pas vraiment à Las Vegas, c'est ça ?

– Je croyais qu'il fallait être plus intelligent que ça pour obtenir son master, ronchonna Logan.

Je vis Taylor se rembrunir. Je me demandai si elle connaissait la cause de cette prise de bec. Mais ce fut Nate qui répondit :

– Ne t'emballe pas contre moi parce que j'habite ici et pas toi. Ce n'est pas moi qui ai choisi de prendre une petite a…

– Ta gueule, Nate ! gronda Logan.

– Une petite amie qui préfère dormir chez elle et pas ici. Si ça te manque de vivre avec Mason et Sam, c'est ta faute, pas la mienne. Ras le bol que tu m'accuses de tes merdes. Je ne t'ai jamais rien fait, Logan.

– Ta *gueule* !

– Toi aussi.

Logan demeurait complètement immobile, plus que menaçant. À m'en faire frissonner. Nate venait de dire des saloperies d'une façon presque aimable.

– Sérieux ? souffla Logan.

Les paupières plissées, les lèvres contractées, on le sentait au bord de l'attaque. À coups de poing ou de paroles, ça arrivait et ce serait sanglant.

D'un seul coup, Mason me reposa sur le canapé et se leva.

– Arrêtez, tous les deux.

– Non, gronda Nate. J'en ai marre. Chaque fois que Logan s'énerve contre quelque chose, c'est moi qui prends.

Mason s'interposa entre eux.

– Tu sais quoi ? poursuivit Nate en se penchant pour le contourner. Je ne t'ai rien fait. Je suis parti quand on était gamins, parce que mes parents s'en allaient. Ils ne voulaient pas que je fréquente Mason. Quand je suis revenu, tu m'avais remplacé. Tandis que moi, pas. Et il n'avait pas que ça. Sam était entrée dans nos vies. Je suis passé du numéro deux au numéro quatre, si cette place existait encore. Qu'est-ce que ça m'a fait, d'après toi ? Pourtant, je me suis adapté. Je croyais qu'on en valait la peine.

– STOP !

Mason l'écarta puis se retourna pour s'assurer que Logan n'avait pas bougé.

– Arrêtez vos merdes ! On forme une famille, tous autant qu'on est. Y compris toi, Matteo même si on ne te le montre pas trop.

– Merci, j'apprécie.

Je riais intérieurement. Personne ne semblait trop choqué par cette altercation. Matteo devait commencer à s'habituer. Ça se bagarrait sec, mais ça finissait toujours par s'apaiser. On était comme ça. En soi, c'était sympathique.

Tout d'un coup, je la cherchai des yeux :

– Où est Taylor ?

Sa place sur le canapé était vide.

Logan jura.

Elle était partie.

CHAPITRE 16

Logan sortit la chercher, puis revint réclamer l'Escalade de Mason car Taylor avait pris la sienne.

Mason sortit ses clefs en réprimant un sourire.

– Ne commence pas, ronchonna son frère en tendant la main.

– Tu n'as qu'à lui dire la vérité. Elle comprendra.

– Ouais. Si j'arrive à lui parler.

– T'inquiète. Tu l'aimes et elle t'aime. Mets ton égo de côté, montre-toi vulnérable et tout sera possible.

J'en éprouvai un doux élan de chaleur. Je savais qu'il parlait de nous – de ma peur du mariage, de son besoin de me protéger envers et contre tout. Il avait raison. Tout se passerait bien. J'en étais persuadée.

– Merci, dit Logan en me jetant un regard en coin. Je ne sais pas ce qui se passe entre vous, mais va doucement avec lui. Mase fait toujours de son mieux. Il est beaucoup moins autoritaire qu'il n'en a l'air.

– D'accord ! s'esclaffa Mason. Vas-y, maintenant. Réconcilie-toi avec elle.

Une fois Logan sorti, Nate et Matteo déclarèrent qu'ils n'avaient pas de petites amies et que c'était une raison suffisante pour aller boire un coup, si bien qu'ils s'en allèrent à leur tour. Comme il y avait entraînement de foot le lendemain, je fus étonnée de ne pas les voir revenir quand on alla se coucher, vers vingt-trois heures. Ils étaient partis en voiture.

– T'inquiète, dit Mason. Matteo prendra un taxi s'ils ont trop bu.

Il sortait de sa douche, dans son pyjama délicieusement bas sur ses hanches, laissant apparaître ses superbes tablettes de chocolat et ce V qui plongeait dessous. Je rabattis ma couverture en bavant de désir.

Voilà quatre années qu'il provoquait les mêmes réactions en moi. Je pliai les genoux sur ma poitrine en espérant qu'elles ne me quitteraient jamais. Il dut le remarquer, car :

– Quoi ?

– Je suis juste follement amoureuse de toi. C'est tout.

Un léger sourire adoucit son expression mais disparut bientôt :

– Tu ne t'inquiètes pas au sujet de cette Faith ?

– Bof, je n'en sais rien. On a vu pire. Je ne vois pas en quel honneur Faith Shaw dépasserait les autres. Je suis sûre que tout ira bien.

– Alors, pourquoi tu détournes la tête ?

La boule au ventre qui m'avait envahie pendant la bagarre entre Logan et Nate, revint brusquement.

– Pour rien.

Je n'arrivais pas à soutenir son regard.

– Sam.

Le lit s'enfonça sous son poids quand il vint s'asseoir et poser une main sur mon genou.

– Qu'est-ce qui se passe ?

Je secouai la tête. Je me sentais trop nulle.

– Je te jure, Mason, dis-je d'une voix cassée. Tout va bien.

– Hé !

Il avait dit ça si tendrement, si doucement… et moi je gâchais bêtement tout. J'en eus les larmes aux yeux et tâchai de les essuyer.

– C'est trop gênant…

– Quoi ? Tu sais au moins pourquoi tu pleures ?

– Non ! Et je déteste ça. Je ne sais pas ce qui m'arrive. Taylor dit que j'ai un souci, mais c'est ce qui arrive aux filles déjantées. Elles pleurent pour un rien. Pas moi. J'ai des problèmes et ils remontent parfois à la surface et me font pleurer, alors que je ne me sens même pas triste. Je pleure, c'est tout, et je ne sais pas pourquoi.

Ça le fit rire doucement, il m'attira sur ses genoux, m'encercla de ses bras, comme toujours, et je me blottis contre lui.

En soupirant.

Cette sensation, quand il m'étreignait ainsi, c'était l'une des plus belles choses que puisse m'offrir Mason Kade. Aucune autre fille ne pouvait comprendre ça. Ça n'arrivait qu'à moi. Je renversai la tête en arrière, les yeux clos, tandis que sa main me caressait les cheveux.

– Tu es vraiment merveilleux, murmurai-je en sentant mes larmes revenir.

– Hé ! souffla-t-il en me tapotant sous les yeux. Tu peux me regarder ?

Ce que je fis, pour découvrir son expression adoratrice.

– Quoi qu'il t'arrive, reprit-il, que tu trouves ça ridicule ou pas, je tiens toujours à le savoir. Pour moi, ça reste important. Tu comptes plus que tout.

Je pris son visage entre mes mains.

– Pourquoi as-tu voulu m'aimer ? Parce que j'étais là ? La fille qui avait emménagé dans ta maison ? Ça aurait pu être n'importe qui.

– Tu plaisantes ? sourit-il.

Jusque-là, cette question ne m'avait pas effleurée mais, maintenant que j'y pensais, je me rendais compte qu'elle avait toujours été en moi, au fin fond de mon esprit.

– Je n'étais rien du tout.

Il allait protester mais je poursuivis :

– Non ! Je sais que tu vas dire que c'est faux, mais non. Je n'étais même pas populaire dans mon école. J'avais deux meilleures amies, un copain, une maman et un papa. Voilà. Et je les ai tous perdus le même jour. Logan et toi, vous n'avez rien eu à faire pour moi, même pas être gentils, pourtant vous l'étiez. Vous m'avez soutenue, accueillie parmi vous.

– On n'était pas si gentils que ça. Tu enjolives le tableau. Je suis resté tard un soir pour te cuisiner sur toi et ta mère. Je ne trouve pas ça gentil. Je me suis conduit comme un con.

– Justement, tu ne t'occupais plus de toi ou de ton frère. Avec maman, on avait envahi votre maison. Je m'attendais à ce que vous me détestiez.

Sauf que je n'avais jamais ressenti ça de leur part. Jamais un soupçon de haine.

– Pourquoi tu ne m'as pas détestée ?

– J'aurais dû ? demanda-t-il en reculant.

Il s'appuyait maintenant sur ses mains, mais je restais sur ses genoux, juste assez droite pour me tenir toute seule.

– Je détestais mon père, expliqua-t-il. Je n'aimais pas particulièrement ta mère, mais je ne t'ai jamais détestée. Tu ne faisais rien du tout. Tu n'étais qu'un dommage collatéral, comme Logan et moi. Cela dit, si tu avais fait des trucs qui ne me plaisaient pas, je t'aurais peut-être détestée.

Il rangea une de mes mèches derrière mon oreille, me caressa la joue.

– Je ne déteste même pas ta mère. Après tout ce qu'elle t'a fait, je ne l'apprécie pas, mais je ne la déteste pas. Je ne peux pas. Elle t'a amenée à moi et, quelque part, je lui en suis reconnaissant.

Je posai mon poing sur son torse, le tapotai doucement.

– Avec n'importe quel autre mec, j'aurais pris ça pour le discours le plus nul de ma vie. Mais pas toi. Tu vois, tous les deux, on est en pâmoison l'un devant l'autre.

– Ah oui ?

Son sourire s'élargit, son regard s'attendrit, puis s'assombrit de désir. Il posa un bras autour de mon dos, me caressant la cuisse de l'autre main.

– Écoute, commença-t-il d'un ton grave. Je ne sais pas ce qui t'arrive mais, tant que tu ne me quittes pas, ça ne m'inquiétera pas trop. Je crois que Taylor avait raison. Tu as un souci, mais tu en sortiras grandie, plus forte. Et puis la vie te semble un peu bizarre en ce moment, depuis qu'on est fiancés sans l'être. C'est comme si trop de cercles se refermaient. Tu as tes deux pères. Tu as Malinda comme maman. Heather est une grande amie – ce qui n'est pas rien de ma part – et Taylor m'a l'air cool. Sans compter que Logan devient officiellement ton beau-frère. Et puis tu as Mark. Tu as récupéré tout ce que tu avais perdu, et plus encore. Toi et moi, ça devient la cerise sur le gâteau. N'est-ce pas ?

– Évidemment, dit comme ça…

La boule s'apaisait.

– Je crois que tu as raison, ajoutai-je. Tout va bien se passer.

– Parfaitement, Strattan.

– Strattan ? dis-je en haussant les sourcils. On en est aux noms de famille, maintenant ?

– Parfaitement, dit-il en m'attirant contre lui. Quand je serai en toi, ce soir, je veux t'entendre crier mon nom. On représente chacun un nom tellement fort pour l'autre.

Je me mis à rire car cette phrase ne voulait rien dire, mais il semblait s'en moquer. Moi aussi, d'ailleurs. Puis ses lèvres se posèrent sur les miennes et mon rire vira au gémissement.

Tant de sensations m'envahirent… bientôt, il fut en moi et je *criai* son nom. En espérant que cela, comme tout le reste, ne cesserait jamais.

CHAPITRE 17

La vitre se brisa.

Bling !

Et puis ce fut le silence.

Je m'assis d'un bond dans le lit. Mason en fit autant. La pendule indiquait un peu plus de quatre heures. Il sortit sans un bruit, prit son téléphone. Ce fut là qu'on entendit un autre bruit. Comme un souffle, et puis un autre choc.

– *Merde.*

Je croisai le regard de Mason. Ce mot avait été à peine murmuré, mais on l'avait tous les deux entendu. Il ne venait pas de nous. Quelqu'un d'autre se trouvait dans la maison.

– Police, articula Mason en me tendant l'appareil.

Je le pris en soupirant, et dus fermer les yeux une seconde pour me calmer. Quand je les rouvris, il se dirigeait vers la porte. Je l'y rejoignis, le cœur battant. Je ne voulais pas qu'il s'en aille mais ne pouvais l'arrêter, de peur de faire du bruit.

Alors qu'il se glissait dans le couloir, je me faufilai à l'autre bout du lit, pour aller me réfugier dans la penderie, en fermai la porte et composai le 911.

Le cœur presque défaillant, j'entendis à peine l'opératrice.

– Police, à votre écoute ?

– Quelqu'un est entré chez nous, murmurai-je.

– Où êtes-vous ?

Je lui donnai l'adresse, mon nom et celui de Mason. Je lui dis tout ce que je savais. J'ignorais si Nate était à la maison, pas plus que Logan ou Taylor. Elle me dit de rester au téléphone et de ne pas quitter la penderie.

Ce fut là que je raccrochai.

Je n'allais pas laisser Mason tout seul. Je mis mon téléphone en mode silencieux et le rangeai dans ma poche. Mason tenait quelque chose à la main quand il était parti. Je ne savais pas si c'était un pistolet mais je regrettais soudain de ne pas avoir pris de cours de maniement des armes à feu lorsque Logan me l'avait suggéré. Je n'aimais pas ces choses-là.

Là, je commençais à changer d'avis.

Les mains tremblantes, je transpirais malgré le froid. J'avais peur, d'abord et avant tout de ne jamais revoir Mason, ce qui était pire que quoi que ce soit d'autre. Cela me permit juste de me déplacer dans le couloir, jusqu'à ce que l'aperçoive, debout devant le placard de l'entrée, non loin de l'escalier. À cet instant, j'entendis un troisième coup, à l'étage, cette fois. Je compris alors que c'était l'endroit le plus proche où il pouvait se tenir sans risquer d'être vu.

Je me dirigeai vers le salon mais Mason m'aperçut et me fit signe de retourner vers la chambre.

Je ne réfléchissais plus, je regagnai la penderie, le téléphone à la main. La porte se referma. J'étais à l'abri et les flics allaient arriver.

Sauf que ce ne fut pas du tout ce qui se passa dans la réalité. Je me voyais encore, toujours immobile, alors que Mason essayait de me faire repartir.

Et moi je faisais non de la tête. Je ne voulais pas partir.

Quatrième choc au-dessus de nos têtes. Des pas.

Quelqu'un quitta une chambre pour en ouvrir une autre.

– Merde.

Deuxième murmure d'une voix que je ne connaissais pas.

Mes genoux se mirent à trembler. Heureusement, ça ne faisait pas de bruit, car je ne pouvais les en empêcher. La fille qu'ils portaient demeurait pétrifiée sur place.

Elle ne pouvait rien faire.

Tout juste lever les yeux.

En haut, la personne remua encore. Sans plus chercher à se cacher.

Ouvrant des tiroirs.

Jetant des affaires par terre.

Une porte se ferma, une autre s'ouvrit.

Une lumière apparut, pour aussitôt disparaître.

Quelqu'un se trouvait dans la salle de bains.

Qui retourna dans le couloir.

Je me regardais et je voyais les pensées tourbillonner dans la tête de cette fille, son front se plisser. Elle se mordait les lèvres, si fort qu'elle les fit saigner. Sans s'en rendre compte.

Je regardais tout ça sans pouvoir lui *(me)* dire d'arrêter.

Voilà longtemps qu'elle avait cessé de s'écouter.

La personne entra dans une chambre, puis dans une autre. Seuls Logan et Nate en avaient une là-haut. La personne passa devant la salle de bains. La dernière porte était celle d'une penderie.

Les pas continuèrent.

Sans s'arrêter à la penderie.

Ils descendaient l'escalier.

Ils arrivaient dans notre direction – Mason et la fille pétrifiée.

L'alerte retentissait en moi mais je ne pouvais rien dire. Ni rien faire. Jusqu'à ce que Mason lève les mains et qu'un rayon de lune scintille sur un objet de métal.

Une arme à feu.

Il la brandissait de ses deux mains, bien planté sur ses jambes. Les pas s'arrêtèrent en haut de l'escalier. Soudain, des lueurs rouges et bleues scintillèrent dans le salon. D'abord petites et de plus en plus envahissantes.

Un juron retentit en haut, et des pas résonnèrent dans l'escalier.

En moi, tout s'était arrêté. Mon cœur. Ma respiration. Mes pensées. La fille écarquillait les yeux, trop épouvantée pour pouvoir émettre un mot.

Les doigts de Mason remuèrent et il retira la sécurité.

Des sirènes retentirent. On entendait les flics approcher. Les véhicules s'arrêtèrent de l'autre côté de la porte. Elle entendit des pas de course, des gens qui venaient à leur aide, précis, vigoureux, bien différents de ceux de l'intrus qui avaient paru hasardeux, de moins en moins hésitants, comme certains d'être les seuls dans la maison.

Grave erreur.

Tout se passa en une seconde. Mason était adossé à la porte du placard. Les flics allaient entrer en trombe et la porte d'entrée le heurterait. L'intrus descendait et il se trouverait juste là, sous le feu des flics.

Si Mason tirait, ce serait de la légitime défense.

Si les flics tiraient… ils n'en auraient peut-être pas besoin.

Il fallait que Sam fasse quelque chose. *Je devais faire quelque chose.*

Rassemblant le reste de mes forces, je m'arrachai à ma paralysie, interdis à mes genoux de vibrer, à mes mains de trembler. D'un seul coup, j'étais là. Je sentais le froid du salon, je percevais avec une totale acuité que quelque chose de terrible allait arriver, quelque chose qui changerait nos vies.

– Mason, arrête !

Ma voix venait de s'arracher à sa prison.

L'intrus s'immobilisa dans l'escalier, tourné vers moi. Puis il vit Mason.

Et jura.

Les flics frappaient à la porte.

– POLICE !

Mason remit la sécurité puis fixa l'intrus et tous deux passèrent à l'action.

Mason me lança le pistolet avant de se jeter en avant.

L'intrus essaya de sauter par-dessus la rampe pour atterrir juste là où je me trouvais.

J'attrapai l'arme à l'instant où les deux mecs se rentrèrent dedans.

La porte s'ouvrit.

Pistolets, lumières et cris emplirent le salon tandis que quatre flics entraient en trombe. Deux attrapèrent Mason en le faisant reculer.

– Il habite ici ! hurlai-je.

Les deux autres saisirent l'intrus et le plaquèrent contre le mur.

– Sam !

Mason essayait de se dégager.

Là, je me rendis compte que j'avais une arme dans la main. Je la glissai dans ma poche. Le poids déforma mon pantalon de pyjama, alors j'essayai de le remonter et de le retenir sous ma main.

– Je vais bien ! criai-je.

Je vais bien.

Je vais bien.

Je ne cessais de me le répéter.

Je n'allais pas bien.

– Lâchez-moi. Elle a peur.

Un agent hocha la tête et l'autre lâcha Mason, qui se précipita vers moi. Je me retrouvai dans ses bras et on se retourna ensemble.

Les flics allumèrent et l'un d'eux ôta la cagoule de l'intrus.

– Adam ?!

CHAPITRE 18

C'est hallucinant.

Je ne cessais de me le répéter en secouant la tête. C'était de la folie. Adam Quinn qui était entré par effraction dans notre maison, et pas celle de Fallen Crest. Non, il était venu jusqu'ici, à Cain. Pourquoi visait-il cette demeure, au juste ? Il dit aux flics que c'était un canular.

Mason et moi nous étions habillés, tandis que dans le salon, la police interrogeait toujours Adam. Celui-ci en vint à lui lancer :

– Pas vrai, Mason ? On est en pleine guerre de canulars. C'est tout.

L'enfoiré voulait qu'on le couvre.

J'allais m'écrier *tu rigoles ?* mais Mason me prit la main pour me faire taire.

– Ouais. Juste un canular idiot. C'est tout.

Le flic abaissa son bloc-notes.

– Vous ne voulez pas porter plainte ?

– Non…

Mason avait soufflé ça bien calmement, les yeux fixés sur Adam, mais je le sentais vibrer de colère, à m'en faire frissonner. Il savait ce qu'il allait lui faire, sans passer par les voies légales.

– Holà !

On entendit des bruits et une voix retentit dans l'entrée.

– Mason ! lança Logan en lui adressant un signe.

La police l'empêchait d'entrer.

– J'habite ici ! insista-t-il. Dis-leur que je peux entrer.

– Moi aussi, ajouta Nate en passant la tête.

– Oui, approuva Mason. C'est mon frère et mon meilleur ami. Ils habitent ici aussi.

Le flic indiqua l'escalier d'un geste :

– Ce sont eux qui occupent les chambres du haut ?

– Oui.

– Les chambres qu'inspectait ce monsieur, ajouta-t-il en désignant Adam.

Il rangea son bloc-notes en soupirant.

– Et je parie que ces messieurs ne sont pas au courant de votre petite « guerre des canulars », c'est ça ? Ils ne voudraient pas porter plainte, par hasard ?

Adam ferma les yeux et se cacha la tête dans les mains. Il était entièrement vêtu de noir, armé d'une torche, que les flics avaient confisquée, ainsi que sa cagoule.

On laissa entrer Logan et Nate, suivis de Taylor. Mon frère se précipita vers Adam.

– Qu'est-ce qui te prend, connard ?! J'aurais pu être là, et Taylor aussi.

Adam rouvrit les yeux et leva les mains comme pour se rendre, avant de se tourner vers Mason :

– C'était juste un canular.

– C'est ça, railla Logan. Parce qu'on est en pleine guerre des canulars ! N'importe quoi !

Pourtant, il se tourna vers son frère :

– Tu étais au courant, toi ?

– Oui, dit Mason avec un demi-sourire. Et je ne devais pas le dire, ça faisait partie du jeu.

– C'était même le clou, marmonna Logan dans un rire forcé.

Cependant ses yeux étincelaient de colère. Il balança un dernier regard noir vers Adam, puis entraîna Taylor par le bras.

Les flics dirent qu'ils avaient quelques questions à lui poser, ainsi qu'à Nate, mais qu'ils devaient d'abord inspecter leurs chambres. Taylor les suivit puisqu'elle vivait là à mi-temps. Quand ils eurent constaté que rien ne manquait, ils regagnèrent la cuisine pour s'entretenir avec la police tandis que Mason s'asseyait près d'Adam sur le canapé. Je l'y rejoignis mais pas trop près… Les bras croisés, Mason parla à mi-voix pour que le flic resté dans le salon ne l'entende pas.

– Qu'est-ce que tu foutais ?

– Ça ne peut pas attendre qu'ils s'en aillent ? Après, je te dirai tout.

– Réponds maintenant.

Adam laissa échapper un autre soupir puis se passa une main sur le visage.

– Bon. Vous êtes au courant pour mon père. C'est à cause de vous qu'il a été arrêté.

Mason savait forcément puisque c'était lui qui avait trouvé la preuve l'accusant.

– Mon père voulait envoyer une équipe vérifier si vous aviez autre chose contre lui. Vous êtes entrés dans la datcha et la sécurité a prouvé que vous aviez également visité le garage. Il y avait quelque chose là-bas que ses hommes n'ont pas retrouvé.

L'air soucieux, Mason me lança un regard en coin. Il ne m'avait pas trop raconté sa visite dans cette maison. Je savais qu'il avait copié les dossiers de l'ordinateur, cependant, selon lui, c'était tout ce qu'il y avait trouvé. L'air toujours aussi impénétrable, il se tourna vers Nate et Logan, mais je savais déjà qu'il n'avait rien d'autre. Si quelqu'un était entré dans ce garage, ce n'était pas lui.

Néanmoins, il se contenta de répondre à Adam :

– Et il allait envoyer une « équipe » ?

– Oui, c'est pour ça que j'ai proposé d'y aller. J'avais peur qu'ils ne fassent du mal à quelqu'un s'ils se laissaient surprendre.

Et Adam se tourna vers moi avant d'ajouter :

– Je ne voulais pas qu'ils blessent quelqu'un.

Captant son regard, Mason se rembrunit.

Quant à moi, je mis un certain temps à saisir. Adam qui s'inquiétait pour moi ? Je m'emportai :

– Arrête ! Ne fais pas comme si tu t'inquiétais pour moi. Tu sais que c'est par pure loyauté envers moi que Becky nous a donné l'enregistrement complet de Mason. Alors qu'est-ce que tu fiches là ? Tu voulais me punir ? Parce que Becky t'a lâché et que tu m'en crois responsable ?

– Contrairement à la triste opinion que tu as de moi, je n'ai jamais cessé de penser à toi.

Pourtant, son visage n'exprimait rien. Aucune réaction. Il ne détourna pas les yeux, ne les écarquilla pas. Rien.

Je m'éloignai en marmonnant :

– Je ne crois pas un mot de ce que tu dis. Tu as déjà prouvé à quel point tu pouvais être menteur, malhonnête.

– Ni plus ni moins que vous tous ! rétorqua-t-il. Comme si vous ne cherchiez pas à protéger les vôtres ! C'était tout ce que je faisais. J'ai bien envoyé l'enregistrement pour discréditer Mason, afin d'aider mon père. C'est tout. Je n'avais aucune intention de vous faire du mal.

– Ça aurait pu briser ma carrière de foot.

– Putain, le pauvre mec… Alors à la place tu vas devoir te contenter de gérer les millions de ton papa ? Je te mets à ce point dans la merde ? Tu dois rentrer dans le rang et te conduire comme un petit saint pour ne pas te faire virer de ton équipe ? J'ai un scoop pour toi, Mason : tu n'es pas un saint. Je parie que ça te tue de devoir jouer les citoyens modèles. Tu me foutrais bien la raclée, comme le fait si bien ton frère, sauf que tu ne peux pas, parce que si c'est enregistré sur une vidéo ou s'il y a des témoins… adieu ta carrière de footeux. Remets-toi, mon pote. Tu ne joueras jamais à la NFL et tu le sais très bien. C'est juste que tu ne veux pas l'admettre.

– Il y a un problème, ici ? demanda le flic au bloc-notes en sortant de la cuisine.

Logan, Taylor et Nate le suivaient.

– Pas de problème, assura Mason sans quitter Adam des yeux. Tout va bien.

– Parfait. Vous m'assurez tous que ceci n'était qu'un canular idiot. Si vous vous apercevez qu'un objet a disparu, appelez-moi. Nous arrêterons le coupable.

Il nous tendit une carte à chacun.

– Pourrions-nous vous déposer quelque part ? demanda-t-il à Adam.

Celui-ci regarda autour de lui et s'éclaircit la gorge.

– Non. J'ai ma voiture. Merci.

– Très bien. Dans ce cas, nous pouvons y aller.

En quittant la maison, il se mit à parler dans sa radio.

Peu après, toutes les voitures étaient parties et le calme revint, comme avant que la vitre se brise.

Logan regarda Mason.

Nate regarda Mason.

Tout le monde guettait la réaction du chef mais Mason se tourna vers moi.

– Tu voulais faire partie…

Mon cœur se serra, mais je savais ce qu'ils voulaient faire. Mason ne pouvait laisser passer ça. Il aurait lâché la vidéo, mais pas ça. Je m'approchai d'Adam :

– Tu aurais autre chose à nous dire ?

– Non, maugréa-t-il en se frottant le front. Pourquoi ?

– Tu es vraiment venu chercher un truc pour ton père ?

Sa main retomba sur le côté.

– Je te l'ai dit, Sam. Je suis venu pour que mon père n'envoie pas une équipe à la place. Ces mecs sont du genre à balayer tout ce qu'il y a sur leur chemin, personne ou objet. Ils vous auraient fait du mal.

– Du moins ils auraient essayé.

Adam se tourna vers Mason.

– Quoi ? demanda-t-il en nous interrogeant du regard.

Quand il croisa ceux de Logan et de Nate, il changea d'expression, comme s'il les découvrait pour la première fois.

– Qu'est-ce que vous allez faire ?

– Adam, commença Logan. Tu nous prends pour qui, au juste ? Tu crois qu'après t'être introduit chez nous on allait te laisser repartir avec une petite tape dans le dos ? Tu n'es pas con à ce point.

Cette fois, la peur apparut dans son regard.

– Sam, non…

Mason s'interposa :

– Tu t'en es tiré une fois, mais c'est fini.

– Vous rigolez, là ?

Il fit mine de se lever mais Nate le repoussa à sa place, gardant la main sur son épaule. Mason se tourna vers moi :

– Sam ?

Il demandait la permission. J'acquiesçai de la tête.

– Il est à vous, dis-je tranquillement.

Après quoi je pris Taylor par la main et quittai la maison. On entendit Adam crier :

– Qu'est-ce que vous foutez ? Allez… arrêtez !

Taylor s'arrêta en chemin, se retourna, l'air soucieux.

– Qu'est-ce qu'ils vont lui faire ?

– Tu as tes clefs ?

– Oui, dit-elle en tapotant son sac.

– Alors on va au restau. Ils font ce qu'ils ont à faire.

Elle garda l'air soucieux en se mettant au volant et en démarrant. Elle n'avait pas l'habitude. Mais si vous touchez l'un de nous, on vous le rendra, c'était notre devise. Je l'avais promis à Faith, et c'était ce qui se produisait en ce moment.

On était comme ça.

CHAPITRE 19

MASON

Je dis juste deux mots :

– Tenez-le.

C'était le signal. Adam essaya bien de s'enfuir, en vain. Logan et Nate lui tombèrent dessus en une seconde. Ils le plaquèrent contre le mur et je changeai de place avec Nate. Je me plantai devant Adam tandis que Nate s'en allait fermer portes et fenêtres, tirer les rideaux. Personne ne verrait ce qu'on allait faire.

Adam ouvrait des yeux fous. Il essaya de se libérer de Logan à coups de pied, mais on le gifla pour qu'il cesse de bouger.

– Que… qu'est-ce que vous allez faire ?

Logan ne dit rien. Nate non plus.

C'était mon tour de parler.

– D'après toi, Quinn ?

Ce qui fit ricaner Logan.

Nate éteignit toutes les lampes, à part une petite dans un coin. Après quoi il revint prendre ma place. Je reculai, les bras croisés. Adam ne se débattait plus. Il demeurait totalement immobile et attendait, en nous regardant.

– Tu ne trouveras pas de point faible en nous, si ce que tu cherches. Tu crois que mon frère ou mon meilleur ami vont se retourner contre moi ?

Adam déglutit. Des gouttes de sueur se formaient sur son front.

– Lâche-moi, Mason. Je ne dirai rien, juré.

Logan rit encore, sans faire de commentaire. C'était de nouveau mon tour.

– Et qu'est-ce que tu pourrais dire ? Que tu as brisé une fenêtre pour entrer ici ? Les flics t'ont demandé si tu voulais partir. Tu es resté de ton plein gré. Ce sera consigné dans leur rapport. Et je parle juste de ce soir. Sans compter que tu as envoyé à la police de Fallen Crest une vidéo destinée à me faire arrêter, et ta propre fiancée…

– Ex, corrigea Logan. Elle l'a largué.

– Ton ex-fiancée m'a innocenté. Quoi que tu dises, tu auras juste l'air d'avoir encore voulu me piéger. Tu as déjà essayé une fois. Sans mentionner Caldron qui a déclaré publiquement que ton père le payait pour s'en prendre à Samantha, cette fille à laquelle tu penses tout le temps, soi-disant. Quoi que tu dises, ça te retombe toujours dessus.

– Et alors ? Vous allez me tabasser pour ça ?

Je fermai le poing. J'avais déjà les articulations contusionnées par le football.

– Peut-être, dis-je en m'avançant.

Sans un mot, Logan et Nate reculèrent. Je me trouvais à quelques centimètres d'Adam.

– Qu'est-ce que tu faisais ici, en fait ?

– Je te l'ai dit.

– Non, ça c'était des craques. Nate, va voir en haut s'il n'a pas déposé quelque chose.

– Je ne ferais jamais un truc pareil ! protesta Adam.

Sans relever, Logan me demanda :

– Tu crois que c'est pour ça qu'il est là ?

– Va vérifier ton ordi, au cas où il aurait pu y entrer.

– Tu crois ça ? lâcha Logan en jetant un regard sur Adam.

Si ce connard esquissait un geste, j'aurais une excellente excuse pour le frapper.

– J'en suis sûr, insistai-je.

– Je n'ai rien déposé du tout, assura Adam. Juré, Mason.

– Alors qu'est-ce que tu fais là ?

– Parce que mon père…

– Jamais de la vie ! m'écriai-je. Ton père n'embaucherait pas des hommes de main pour venir ici, quitte à nous tabasser si on les dérangeait. S'il faisait ça, ce serait la guerre entre lui et mon père. Ce serait négatif pour son dossier et, si tu es vraiment là pour l'aider, tu le sais très bien. Mon père embaucherait les meilleurs enquêteurs pour trouver le fin mot de l'histoire, et il retournerait cette information contre le tien.

Adam voulut protester, mais, voyant que je n'avais pas l'intention de bouger, se mit à rire. Il y avait là un certain accent de vérité. Je me détendis. On allait peut-être aboutir à quelque chose. Adam leva les yeux au ciel.

– C'est bon, laissa-t-il tomber. Je ne peux pas vous sacquer, tous les deux. Oui, je suis venu déposer quelque chose ici, mais je ne voulais pas toucher Nate ou Logan. Je cherchais votre chambre. Je croyais qu'elle était là-haut.

– C'était quoi ?

– Un virus. Que j'allais charger sur *ton* ordinateur.

– Tu l'as sur toi ?

– Oui, dans ma poche droite.

– Les flics t'ont fouillé. Ils ne l'ont pas pris ?

– Si, mais ils me l'ont rendu. Ça ne ressemble pas à une arme ou à de la drogue.

Je ne bougeai pas. Il haussa un sourcil.

– Tu ne vas pas le prendre ?

– Si, mais je veux d'abord savoir ce qu'il provoque.

– C'est juste un bug qui me donne accès à tous tes dossiers sans que tu t'en aperçoives. Tes e-mails. Tes comptes. Tes papiers. Tes réseaux sociaux. Voilà, ça me permet d'entrer dans tout ce que tu as pu ouvrir sur ton ordi.

– Et qu'est-ce que tu allais faire de ces infos ?

– N'importe quoi. Je voulais te pourrir la vie.

Logan redescendait l'escalier et Adam leva les yeux vers lui.

– Je te crois quand tu dis que tu vas faire du droit rien que pour me torturer. Tu m'as déjà pourri la vie, dès le lycée, et tu as continué à mesure qu'on grandissait. Maintenant, on va être des adversaires en tout. Quoi que tu fasses, ce sera toujours toi contre moi. J'ai juste voulu commencer le premier et te salir autant que possible.

Logan plissa les paupières mais ne dit rien. C'était à moi de répliquer. Nate descendit à son tour, en annonçant :

– Rien trouvé.

– Déshabillez-le, dis-je. Je veux savoir ce qu'il peut avoir apporté avec lui.

Adam leva encore les bras :

– Ça va, les gars…

Ils l'attrapèrent et, peu après, il se retrouva nu comme un ver au milieu du salon, tenant un coussin devant lui. Logan fouilla son pantalon, en retourna les poches, tandis que Nate attaquait sa chemise. Ils jetèrent sur la table un trousseau de clefs, une clef USB et de la monnaie.

Logan brandit un préservatif.

– Attends, tu avais l'intention de violer quelqu'un ? Je t'en prie, dis oui, que je puisse te taper dessus !

Tremblant de froid, Adam serra le coussin contre lui.

– Non. C'est juste qu'on ne sait jamais. J'avais l'intention d'aller voir Becky ensuite.

– Ah ! Trop chou. Tu allais violer ton ex-fiancée à la place ?

– Non ! Ta gueule ! J'allais… pas la violer. Sûrement pas. Elle m'aime et j'espérais pouvoir la faire changer d'avis. C'est tout. Juré.

Nate jeta la chemise par terre.

– Je ne trouve rien.

Je désignai les chaussettes et les chaussures d'Adam.

– Ôte-les.

– Quoi ? Tu rigoles ?

– Allez ! insista Logan en joignant ses mains qui tenaient toujours le pantalon. Je t'en prie ! Refuse. Donne-nous cette excuse !

– Je suis à poil !

– Les chaussettes !

Adam se mit à ronchonner mais, comme Logan et Nate s'avançaient vers lui, il recula vers le mur.

– C'est bon ! J'y vais. Arrêtez !

Il tendit une main vers eux, puis se mit à délacer sa chaussure. Il les enleva l'une après l'autre, les envoya vers la pile de ses vêtements, suivies des chaussettes. Le tout sans lâcher l'oreiller qu'il tenait toujours devant lui.

– Là, vous êtes contents ?

– Si tu crois qu'on fait ça pour te voir tout nu, tu te fourres le doigt dans le cul. Tu sais, ma copine a un ami. Je pourrais te présenter ? Encore qu'à mon avis, Delray ferait mieux l'affaire.

– Va te faire foutre !

Achevant de fouiller les poches, Logan jeta le portefeuille sur la table puis lança le pantalon sur la pile.

– C'est ça le truc, commenta-t-il. Tu pourrais te faire foutre avec Delray, mais je crois qu'il a mieux à faire. Il court avec des barons du crime, pas avec le mec qui pourrait lui servir de salope en prison… Si tu vois ce que je veux dire.

Adam ne répondit rien.

Je savais que Logan attendait mon feu vert. Il avait visiblement quelques idées en tête, à commencer par brûler les merdes. Comme je hochais la tête, il s'exclama :

– Ouais !

Il attrapa les vêtements et les emporta.

– Hé… Où est-ce qu'il va ?

Adam voulut le suivre mais je le ramenai à sa place.

– Reste là.

– Mais… mes fringues.

– Qui t'a dit que tu pourrais les porter ailleurs qu'ici ?

– Mais…

Là, il parut comprendre et laissa tomber l'oreiller en déglutissant.

– Tu rigoles…

Ce fut Nate qui s'esclaffa derrière moi :

– Au début, c'était drôle. Maintenant ça devient vexant. Après toutes les raclées qu'on a mises, tous les gens qu'on a affrontés, tu croyais qu'on allait te laisser repartir indemne ? Tu nous connais mieux que ça ! Il ne t'est jamais rien arrivé depuis le lycée ?

– Mais…

– Arrête avec tes mais, gronda Nate. Ça devient lassant.

Une boule de feu jaillit dans le jardin. Ce devait être Logan qui avait arrosé les vêtements d'essence et venait d'y jeter une allumette.

– Fini les fringues, murmurai-je en regardant Logan rentrer.

– Elles ont bien cramé, commenta mon frère. Je les ai jetées dans le foyer. T'inquiète, elles seront bientôt réduites en cendres. Qu'est-ce qu'on fait, maintenant ?

J'avais envie de frapper Adam, mais s'il n'esquissait aucun geste contre moi, je n'aurais aucune excuse. Brûler ses vêtements, c'était une chose, lui mettre une raclée c'en était une autre. Je ne pourrai le justifier, si bien que je finis par lâcher :

– Laissez-le s'en aller.

– Dommage grommela Logan, j'avais envie de m'amuser un peu. Mon pauvre Adam, tu as bien fait de jouer les chochottes, ça t'aura évité quelques bleus.

Là-dessus, il me lança la clef USB.

– Hé !

Je la rangeai dans ma poche, les yeux fixés sur Adam.

– Arrête de nous prendre pour des cons. C'est toi le taré.

– Ça va, les gars…

Il voulut récupérer ses clefs sur la table mais Logan les envoya à Nate, prit le portefeuille, en sortit le liquide, examina le reste.

– Rien là-dedans, à part des cartes de crédit, sa carte d'identité et son permis.

– Laisse les cartes de crédit et l'argent. Brûle le reste.

– Quoi ?! rugit Adam.

Je le plaquai brutalement contre le mur.

– Sauf si tu veux te battre pour les récupérer ?

Il recula, son oreiller toujours devant lui.

– Bande de connards.

Ce qui fit marrer Nate. Il se dirigea vers la sortie, détacha une clef du trousseau.

– Pourtant, c'est toi qui es entré par la fenêtre.

– Qu'est-ce que tu fabriques ?

– D'après toi ?

Il lança le trousseau d'Adam aussi loin qu'il le put.

– On habite près d'un bois. Ces saloperies vont s'y cacher.

Puis il revint, balança une claque dans le dos d'Adam.

– Je te souhaite bien du plaisir pour rentrer chez toi.

Il ne restait rien à part le portefeuille. Logan le lui lança, avec les cartes de crédit et l'argent. Adam l'attrapa au vol, laissant tomber le coussin au passage.

Alors qu'il se penchait pour le ramasser, je l'envoyai promener d'un coup de pied, puis désignai la porte.

– Va te faire foutre.

– On le laisse vraiment partir sans une raclée ? s'enquit Logan.

Adam s'arrêta, comme s'il attendait lui aussi la réponse.

– Fous le camp ! lançai-je. Avant que je change d'avis.

– Oh, attends ! dit Nate en brandissant la clef qu'il avait détachée du trousseau. On va laisser ta voiture dans une station-service. Pas besoin de revenir la chercher ici.

Adam se rendit vers la porte, en tourna la poignée.

– Je vous déteste.

– Pas tant que nous, répondis-je. Remets les pieds ici et tu n'auras pas autant de chance.

Adam sortit et, dès que la porte se fut refermée, Logan râla :

– Pourquoi on ne lui a pas cassé la gueule ?

– Parce que ça, ça n'éveillera pas les soupçons. Alors que si on l'avait tabassé, il aurait pu porter plainte.

– Tandis que si on le largue tout nu dans la nature, ils ne pourront rien dire ?

Je haussai les épaules. Ils n'iraient pas jusque-là.

– Tu appelles qui ? s'enquit Nate.

– Un flic, ami du père de Sam. Garrett passe l'été ici. Il m'a fourni les noms de quelques personnes à appeler en cas de besoin. Ce mec sera sûrement intéressé d'apprendre qu'un type est sorti à poil de chez nous, celui-là même qui s'était introduit par effraction un peu plus tôt.

– Excellent ! pouffa Logan.

Il alla brûler le reste des affaires trouvées dans le portefeuille d'Adam.

– Logan ! lançai-je. On lui fera sa fête une autre fois.

– Je veux ! Il mérite un petit souvenir.

Il n'y couperait pas.

CHAPITRE 20

SAMANTHA

Qu'on me traite de pétasse revancharde, rien à fiche.

Mais, lorsque Mason me raconta ce qu'ils avaient découvert sur Adam et ce qu'ils lui avaient fait, j'en rajoutai une couche. J'appelai Becky pour lui raconter comment Adam s'était pointé chez nous avec l'intention d'aller la voir ensuite pour « se réconcilier ». Je lui parlai du préservatif, car toute fille adore savoir qu'elle va forcément dire oui. Après quoi, je précisai qu'il n'avait pas fait que « passer » à la maison, mais qu'il s'y était introduit par la fenêtre car il voulait installer un maliciel dans l'ordinateur de Mason pour pouvoir l'espionner. Avant de raccrocher, je conseillai à mon amie de ne jamais le laisser approcher le sien.

Maintenant que je repensais à la colère froide dans laquelle ces infos l'avaient mise, j'avais envie de courir encore plus vite.

L'accident de Raelynn remontait à quinze jours et notre confrontation avec Adam à une semaine. Tout s'était passé exactement ainsi que Raelynn me l'avait prédit. Faith exploitait la situation tel un chat qui ne laisserait pas passer la moindre goutte de lait. À la fin de sa première séance de retour à l'entraînement, tout le monde se conduisait comme si c'était elle qu'on avait attaquée dans sa voiture. Et, hier après-midi, lorsque je passai voir Raelynn, celle-ci me dit que Faith avait déjà cessé de venir.

Moi qui avais voulu entretenir un scepticisme salutaire, il me semblait de plus en plus que Raelynn disait la vérité. Ses paroles ne provenaient pas d'un plan complexe de manipulation.

Tout en courant, je demeurais sur mes gardes envers tout ce qui m'entourait. En principe, j'aimais bien m'en détacher pour ne plus songer qu'à ma course, mais là, c'était impossible avec Faith derrière moi. Non pas que je sente son souffle dans ma nuque. Elle devait bien se trouver à huit cents mètres de moi, pourtant je n'arrivais pas à me détendre. Alors que j'y étais presque, je me mettais à redouter qu'elle n'attaque, ou ne lance quelqu'un pour le faire à sa place. Le coach Langdon semblait satisfait de mes temps, cependant je savais qu'à force de me méfier, je perdais un peu de vitesse. Le jour où je pourrais à nouveau me détacher du monde alentour, il serait encore plus content.

Pourtant, j'explosai encore mes résultats sur la ligne d'arrivée.

– Joli temps ! commenta le coach en arrêtant son chrono.

Je me sentais capable de mieux. Aujourd'hui avait été un « jour facile » et le coach voulait qu'ensuite on fasse un peu de poids et haltères. Alors, au lieu de me lancer dans un autre écart comme j'en avais envie, je ralentis et attendis que Taylor passe à son tour la ligne. Courtney arriva ensuite, puis Grace… suivie d'une autre prédiction de Raelynn qui se réalisait : alors que toutes deux me rejoignaient, leur troisième amie se rangeait aux côtés de Faith. Nettie avait remplacé Raelynn comme bras droit de Faith !

En croisant Courtney et Grace, elle ne leur accorda pas un regard. Comme si elle ne les connaissait pas.

– Trop triste ! commenta Taylor.

– Oui, dis-je.

Courtney serra les dents et Grace suivit des yeux Nettie qui s'était engagée dans une conversation animée avec Faith. Elle lançait les bras dans tous les sens, pourtant, cette dernière semblait presque l'ignorer, ne lui jetant que de rares coups d'œil.

– Raelynn reviendra l'été prochain, dit Grace. Qu'est-ce qui se passera, alors, pour Nettie ?

On arrêta de marcher, afin de s'étirer un peu dans un coin de pelouse. Croisant les jambes, Grace se pencha en avant.

– J'ai du mal à croire que Faith ne voudra pas récupérer sa meilleure amie.

– Sauf qu'elle n'est pas aussi rapide que Nettie, dit Courtney.

Ce qui fit rire Taylor.

– Vrai ! Nettie est une rapide là aussi.

– On soulève les poids cet après-midi, Mesdemoiselles ! aboya le coach Langdon avant de regagner son bureau.

On ne le reverrait pas avant le lendemain où nous attendait une course plus facile, avant notre première compétition de l'année. Je savais que le kilométrage serait plus important qu'au lycée, avec des adversaires plus entraînées. J'ignorais à quelle place je me situais mais ne m'inquiétais pas trop. Il fallait juste que je batte Faith. C'était mon principal objectif.

– L'équipe de foot est là aujourd'hui, murmura Courtney.

– Quoi ?

Elle avait l'air de surveiller l'horizon d'un air préoccupé.

Comme si tout le monde l'avait entendue, les regards se tournèrent vers l'équipe de foot qui se dirigeait vers la salle d'athlétisme. Le coach avait dit qu'on pourrait courir avec eux, mais il semblait plutôt que ce soit pour faire de la muscu.

Certaines filles arborèrent un sourire gourmand, d'autres grimacèrent.

– Génial, grommela Courtney en se penchant vers ses pieds. Maintenant on va devoir se contenter de la salle de musculation ou faire la queue pour les appareils. Le coach aurait dû réserver la salle pour nous seules.

– Sûre que ça lui serait venu à l'idée ! railla Grace en se lançant dans un autre mouvement.

Après quoi, on rentra tranquillement vers la salle de gym. C'était la première fois qu'on s'y rendait et, une fois à l'intérieur, j'entendis les bruits des appareils.

Je m'arrêtai sur le seuil.

Tous ces mecs bodybuildés.

J'en reconnus quelques-uns, seulement là, on était sur leur territoire et il y avait quelque chose de primaire dans leur façon de s'approprier les équipements.

– Je ne sais pas vous, mais moi je suis terrifiée, murmura Courtney derrière moi.

Je me retournai :

– On dirait bien, en effet.

Quant à Taylor, elle frappa dans ses mains, le sourire aux lèvres.

– Suivez-moi, les filles ! Je vais vous montrer comment vous imposer.

Là-dessus, elle se lança, suivie de Courtney et Grace. Je fermais la marche.

En fait, je voulais juste trouver Mason. Je savais qu'il serait gentil, que les autres le soient ou non. Taylor s'arrêta devant une machine de muscu.

– Tu sais qui est mon père ? demanda-t-elle.

Le mec se redressa en grommelant mais s'en alla. Elle grimpa à sa place en rigolant.

Et ce fut ainsi qu'on put faire de la musculation. Taylor s'approchait, posait sa question. À la troisième machine, les mecs la virent venir mais aucun n'insista, si bien qu'on pouvait toutes passer après elle. On en était à la moitié de nos exercices lorsqu'un bras m'entoura la taille.

Le nez de Mason me frotta l'oreille.

– Qu'est-ce que tu fais ?

Frissonnante, je désignai Taylor en riant. On avait un petit problème : le type sur la machine qu'on visait était Matteo.

– C'est marrant de voir les gars sur le point d'envoyer promener Taylor jusqu'au moment où ils se rendent compte à qui ils ont affaire, alors ils s'éclipsent la queue entre les jambes.

Sa main glissa vers ma hanche et il me garda contre lui.

– Non, la queue entre les jambes, c'est parce qu'ils ont envie de la frapper, mais se rappellent que c'est la fille de Broozer et la copine de Logan.

Il baissa les yeux vers moi, l'air plus grave.

– Je ne savais pas que tu serais là, cette fois. J'allais me rendre à une séance d'entraînement avec le coach. Si j'avais su, j'aurais pris un autre horaire.

– Moi non plus, je n'étais pas au courant jusqu'à ce qu'on finisse, il y a une heure.

– Si tu fais de la muscu pour ton entraînement, on pourrait y aller ensemble.

– Matteo ! cria Taylor. Laisse-nous cette machine.

Il reposa ses haltères en râlant et s'assit.

– Tu ne me fais pas peur, Bruce. Je fréquente les mêmes gens que toi, alors vous n'avez qu'à attendre que je termine, toi et tes canetons. C'est comme ça qu'on travaille sur ces machines. On attend son tour.

Il se pencha et entreprit de faire travailler ses jambes. Les mains sur les hanches, Taylor le fusilla du regard.

– Il te faut deux fois plus de temps que nous. On fait de la course. On n'a pas besoin de prendre de la masse. On cherche juste du tonus.

– Pas mon problème. Je déteste le favoritisme. Allez, fais la queue, Broozer junior !

Je me mis à rire et Mason m'entraîna vers une autre machine.

– Tu as déjà essayé celle-là ?

– Non.

Je suivis ses conseils et restai avec lui jusqu'à la fin de ma séance. À un moment, Taylor s'approcha, le regard brûlant d'irritation.

– Je ne sais pas ce que je vais faire à Matteo, mais ça va barder !

– Tu ne peux pas lui reprocher ça, dis-je. On n'a pas respecté les files d'attente !

Plissant le nez, elle se tourna vers Courtney et Grace qui s'approchaient. Elles regardèrent Mason terminer avant de me laisser la place. Alors que, d'habitude, elle avait tendance à le dévorer du regard, là, elle n'y prêta pour ainsi dire pas attention.

– Je sais, me dit-elle, mais maintenant tous les autres vont faire comme lui. Ils ne lâcheront plus leurs machines pour nous. Il a gâché nos séances rapides. En plus, il est là avec son équipe, il ne comprend pas. Les filles n'aiment pas faire de la muscu avec toute cette testostérone. Déjà l'odeur ne nous plaît pas.

Mason acheva ses derniers exercices puis se leva et adapta le poids à ma constitution.

– Si on proposait à Logan de travailler avec toi ? suggéra-t-il à Taylor.

– Tu crois que ça marcherait ? Il faut reconnaître qu'il y a ici beaucoup plus de mecs que de filles. Je parie que la moitié d'entre elles n'oseront jamais revenir.

– Appelle Logan. Il est bon en muscu, même s'il bavarde un peu trop. Et puis il adore emmerder Matteo, aussi.

– On a presque fini, aujourd'hui, mais la prochaine fois, c'est ce que je ferai. Je ne me rendais pas compte que Logan aimait tellement ça.

Alors que je terminais, Mason se dirigea vers une autre machine en souriant.

– Il aime surtout bavarder. Et puis, il sera ravi d'en rajouter devant sa meuf.

– Finalement, je devrais l'appeler tout de suite, alors ? rigola-t-elle.

Alors que je quittais ma machine, Taylor s'en approcha. Matteo arriva, sortant tout juste d'un autre exercice, mais il eut un mouvement de recul car elle se faufila plus vite que lui.

Elle lui fit un doigt d'honneur.

– Et alors ? Tu voulais couper la file ?

– Ça va ! dit-il en essayant de lui attraper le doigt, mais elle l'esquiva.

Il sourit, jeta un regard en coin vers Courtney et Grace.

– On peut toujours essayer, pas vrai ?

Courtney écarquilla les yeux.

– Qu… quoi ? balbutia-t-elle.

– Tu ne peux pas me reprocher d'essayer. Bon, à présent, il faut que j'attende après vous trois. Quoique… maintenant que j'y pense, je me demande si je n'ai pas tout faux depuis le début.

Taylor termina et s'en alla.

Courtney et Grace attendirent mais Matteo leur adressa un signe.

– Après vous, Mesdames. Je me rends compte qu'on a tout à gagner à jouer les gentlemen.

Voyant Grace s'installer, il adressa un clin d'œil à Courtney :

– Ça va me permettre de passer un peu plus de temps avec toi.

Matteo se tourna vers nous en souriant :

– Merci d'avoir amené tes amies, Sam !

– Ouais, lança Mason en riant, ça peut servir, parfois, les copines.

Je m'arrêtai en plein effort.

– Copine ? lâchai-je avec regard entendu à Mason.

Son regard s'assombrit. Je n'étais pas juste sa copine. J'étais plus, maintenant.

– Tu sais ce que je veux dire, murmura-t-il.

Voilà un moment qu'on n'avait plus parlé de nos fiançailles. On avait eu pas mal d'autres choses à traiter. Et puis, il n'avait toujours pas fait sa demande avec la bague, alors qu'entre-temps je me sentais de plus en plus d'accord avec l'idée de me marier.

Je n'étais pas Ann-Lise.

Il n'était pas James.

On formait un couple totalement différent.

En nous rendant vers une autre machine, je regardai Taylor qui continuait de discuter avec Matteo. Pour le moment, le ton restait à la plaisanterie. Elle avait compris qu'il préférait faire le joli cœur avec Grace que réclamer la machine.

Elle finit d'ailleurs par s'avouer vaincue. Au point que je vis Taylor lever les bras en l'air.

– Va avec Matteo ! s'écria-t-elle. Je pense qu'il t'aidera mieux que moi.

Grace était rouge comme une tomate, en même temps, on l'entendit rigoler jusqu'à la fin de la séance.

Courtney et Taylor restèrent avec Mason et moi. Et, en voyant l'attention que lui portait Courtney, je remarquai une pointe de jalousie dans son regard. Ça ne me fit pas peur par rapport à Mason, mais j'étais un peu à cran quand je voyais comment les filles réagissaient vis-à-vis de moi. Je ne voulais pas d'une autre situation à la Kate. Mais ce n'était pas le genre de Courtney. S'il fallait que je me méfie de quelqu'un, ce devrait être plutôt de Faith.

Un peu plus tard, alors qu'on regagnait le parking, je la vis entrer dans une Yukon.

Quand on parle du loup.

Taylor s'arrêta près de moi :

– Je la déteste, cette fille.

– Il y a une autre salle de muscu dans le campus ?

– Il y a une salle VIP réservée aux joueurs stars, dit Courtney à côté de moi. En fait, vous devriez y avoir accès, toi et ton copain.

Mason arriva derrière nous et je me tournai vers lui :

– Tu as accès à une salle de muscu VIP ?

– Oui.

– Tu aurais pu m'y emmener ?

– Toi, oui.

Il regarda les autres et je compris le sous-entendu. Elles n'auraient pas pu venir, si bien qu'il n'en avait parlé, car il savait que je ne les aurais pas abandonnées.

– C'est pour les joueurs qui ont besoin d'un entraînement spécial, dit Taylor. Ou pour ceux qui reprennent après un accident. Mais en général, c'est réservé aux vedettes et à ceux qui ont du fric.

– Tu étais au courant.

– Évidemment, avec mon père…

– Ah…

Mason ouvrit son Escalade et y rangea son sac. Il claqua la portière et m'attendit.

– Qu'est-ce que tu fais, maintenant ? demandai-je à Taylor.

– Tu sais, je sors avec un mec. Je ne l'ai pas vu de la journée, alors je vais aller le chercher. Et on va peut-être se peloter un peu.

– L'esprit de Logan est contagieux, on dirait.

– Il est chez toi, en ce moment. Je me disais que j'allais rentrer en stop.

On regarda Courtney. Grace et Matteo sortaient du bâtiment et arrivaient dans notre direction.

– Et vous deux ? cria Taylor. Je parie que je peux convoquer le chef Logan. Il pourra nous faire la cuisine.

– Avec plaisir, dit Matteo sans quitter Grace des yeux.

Taylor toucha le bras de Courtney.

– Vous voulez venir, toi et Grace ?

– Euh… Si vous êtes d'accord, oui.

– Pourquoi pas ? dis-je. Mais, franchement, si Logan découvrait qu'on ne vous avait pas invitées, il me botterait les fesses.

En même temps, je voyais Grace se frotter les cheveux en grimaçant.

– Si vous voulez prendre une douche ou vous changer, ajoutai-je, allez-y et venez après. Vous savez où nous habitons.

– D'accord. Bonne idée.

Le bras de Mason m'enveloppa les épaules.

– Matteo, tu viens tout de suite ?

– Oui, si c'est d'accord ?

Grace et Courtney partirent chercher leurs véhicules et on avait l'impression d'entendre de quoi elles parlaient. Grace jetait sans cesse des coups d'œil à Matteo qui semblait tout à fait les capter.

Il se tourna vers Taylor une fois que les deux filles eurent pris leurs voitures.

– Je peux t'amener chez ton mec ? proposa-t-il. J'ai des questions à poser. Et toi des réponses à donner.

– Ah oui ? Vraiment ? Non, je plaisante. Je viens, mais je ne trahirai aucun des secrets que Grace pourrait m'avoir confié.

Elle se tourna vers nous :

– À tout à l'heure ?

Je hochai la tête mais, une fois qu'on se retrouva dans l'Escalade, Mason lâcha :

– Non, pas question.

– Qu'est-ce que tu dis ?

Il démarra l'air sombre, sortit du parking.

– Je suis peut-être égoïste, mais j'ai envie de passer un moment tranquille avec toi. Ça ne me dit rien de me retrouver dans notre chambre alors que la maison est pleine.

Je m'adossai à mon, siège en souriant.

Ça m'allait très bien.

CHAPITRE 21

Je me demandais où Mason allait m'emmener. Sans doute un hôtel. On prendrait une suite, on ferait l'amour comme des fous… si bien que, quand il se gara sur un chantier et sortit pour ouvrir une barrière, j'en restai muette de surprise.

Je ne savais même pas où on était.

Il reprit sa place et conduisit l'Escalade à l'intérieur, s'arrêta, redescendit fermer la barrière.

J'allais sortir mais il me signe de rester à l'intérieur.

– Il faut qu'on roule encore un peu.

On ne voyait que des alignements de bâtisses, avec des camions et des grues partout.

– C'est quoi cet endroit ? demandai-je alors qu'il s'engageait dans un chemin.

– Tu te rappelles quand Logan a parlé de cet ancien parc d'attractions où il a emmené Taylor l'année dernière ?

– C'est ça ?

– Ce qu'il en reste, on en fait une espèce de résidence. C'est James qui l'a acheté et je suis tombé sur une partie des plans cet été. Du coup, j'ai un peu creusé et trouvé ce qu'ils avaient déjà édifié. J'ai piqué le code d'accès et je sais qu'ils ne travaillent pas ce soir ni demain. On est tranquilles.

– Oh ! dis-je en posant ma main sur son bras. Tu es trop adorable ! C'est le genre d'endroit où toutes les filles rêvent de se faire violer.

– Tu riras moins quand tu verras où je t'emmène.

– Je plaisantais, mais sérieux, j'apprécie ton initiative.

– Logan me manquera quand il fera ses études de droit, et je sais que Nate finira par s'en aller lui aussi, mais on aura la maison pour nous seuls.

Jusque-là, elle semblait plus pleine chaque année.

– On arrive, annonça-t-il.

Il se gara devant une grande bâtisse. Quand je sortis, il me prit par la main mais je n'aurais jamais imaginé qu'il puisse m'entraîner dans un tel endroit.

– Mason !

On n'était pas au bord d'une simple piscine, mais d'un de ces grands bassins comme on en trouvait dans les parcs aquatiques, avec un toboggan et une pataugeoire. Au milieu apparaissait une énorme sculpture en forme de papillon, aux ailes scintillantes et multicolores. Je ne voyais plus que du bleu, du vert, de l'orange et un surprenant turquoise. On se serait cru dans un conte de fées.

Des palmiers entouraient les bords, et un bar se trouvait au bout, avec des tabourets pour s'asseoir sur l'eau. Tout ça semblait si réel.

– On peut essayer, si tu veux.

L'air était humide et sentait le chlore. Mason alluma puis vint me rejoindre et m'embrassa sur la joue.

– Les gens s'en servent pour les soirées piscine après le bureau. Je crois qu'ils l'ont louée à plusieurs reprises. C'est la grosse affaire de Cain en ce moment. Je croyais que mon père allait la revendre, mais il a été approché par des gens qui l'ont fait changer d'avis. C'est futé quand on pense à tous les sports pratiqués par l'université. Ça fait beaucoup de trésorerie. James va capitaliser dessus.

Comme je me retournais vers lui, sa main retomba sur ma hanche.

– Il sait qu'on vient là ?

– Tout ce que je sais, moi, c'est que les lieux sont vides pour le moment.

Son sourire s'assombrit et, brusquement, je me retrouvais dans les airs. Je poussai un cri dont l'écho se répercuta sur les murs. Puis je tombai dans l'eau.

Elle était à la fois tiède et rafraîchissante. Soudain, je redevenais une gamine. D'un coup de pied, je remontai à la surface, juste à temps pour voir Mason ôter sa chemise. Son pantalon de jogging était déjà par terre, avec ses chaussures et ses chaussettes. Puis il s'élança au-dessus de moi pour plonger en fusée, m'arrosant encore au passage.

J'attendis, le cœur battant, mais il ne remontait pas. Jusqu'au moment où deux mains me saisirent par la taille pour m'entraîner sous l'eau.

Je ressortis en criant mais il avait déjà atteint l'autre bout de la piscine.

– Attrape-moi si tu peux, Strattan !

Le défi était lancé. Je remontai, ôtai mes vêtements trempés, pour ne garder que mon slip et mon soutien-gorge, puis plongeai à côté de lui. Il disparut sous la surface en me regardant du fond de la piscine. J'essayai de l'attraper, mais il me saisit les mains, m'enveloppa la taille et me remonta ainsi, avant de me lancer à nouveau en l'air.

J'eus ainsi droit à quelques plongeons, essayai plusieurs fois de le surprendre, mais il était fort et rapide. Et ce fut ainsi qu'on nagea plus d'une heure, tandis que, peu à peu, nos gestes ralentissaient, que nos contacts devenaient plus insistants. Sourires et rires prirent un ton plus appuyé, marqués par le désir. Peu après, je me retrouvai plaquée contre le bord de la piscine.

Mason me bloquait de ses bras tendus autour de moi et de ses jambes sous moi. Pour rien au monde, je n'aurais voulu me retrouver ailleurs, alors je l'enfourchai, les mains derrière moi sur le rebord, tout en me penchant de façon à l'effleurer du bout de mes seins.

Il émit un grognement, les yeux presque noirs de désir.

– Tu vas me tuer, Sam.

Tout en m'embrassant dans le cou, il murmura :

– Et s'ils avaient posé des caméras ?

– Tu n'as qu'à éteindre la lumière.

Mais comme j'avais trouvé sa bouche, plus rien d'autre ne compta. Nos lèvres se joignirent et j'en frissonnai de tout mon corps. J'avais tellement envie de lui que ça en devenait douloureux. Je ne voulais sentir que lui entre mes jambes. Ma raison me fuyait, si bien que je finis par lâcher le rebord pour m'abandonner entre ses bras.

– Mason, dis-je en l'embrassant.

Sa langue caressa la mienne et il finit par demander :

– Tu es sûre ?

– Oh oui !

Il remonta pour aller éteindre et, dans l'obscurité, je sentis bientôt ses mains revenir sur moi. Il m'entraîna vers un coin plus sombre de la piscine, sous la statue du papillon, et ses lèvres retrouvèrent les miennes.

Je lui passais la main dans les cheveux sans cesser de l'embrasser. J'étais affamée.

– Sam, souffla-t-il.

Je poussai un geignement. Le supplice continuait et je remuai encore, j'avais trop envie de me frotter contre lui. Il était bien là. En trois secondes, il pourrait entrer en moi. Mais il attendait. Et j'attendais. Et ma respiration devenait plus haletante.

Il m'embrassa la gorge, avant de me retourner pour que je me retrouve devant le papillon, quasi immobile alors que ses baisers me parcouraient le corps. Puis il détacha mon soutien-gorge, l'envoya promener, et vint poser ses lèvres sur mes seins.

Dans un soupir, je m'arc-boutai contre lui.

Je l'enserrai entre mes jambes.

Il ne cessait de m'embrasser, de me caresser. Sa main se glissa entre nous puis entra en moi.

Un son guttural m'échappa. Je le désirais trop. Comme toujours.

– Mason !

Pour un peu, je l'aurais supplié. En même temps, je me sentais totalement à l'abri, chez moi, chez lui. Mes bras s'enroulèrent sur sa nuque et je remuai les hanches au rythme de son doigt. Il en introduisit deux autres.

– Je t'aime.

Ses mots formaient comme une caresse sur mes lèvres et ses doigts s'enfonçaient si loin que je me sentais au bord de l'évanouissement.

– Mason !

Il continua, retenant son propre plaisir tant que je n'aurais pas ressenti le mien. Je l'aimais, ce Mason, avec sa volonté de fer. Il s'arrangeait toujours pour que je jouisse la première et, lorsque je n'étais plus qu'une chiffe molle, il entrait en moi et m'entraînait dans une autre chevauchée.

Ce qui semblait être son objectif de ce soir.

Au bord de l'orgasme, je me mis à crier. Alors Mason nous débarrassa du reste de nos vêtements puis entra en moi, tout en me retenant de ses muscles vibrants. Il attendit mais pas trop longtemps, me laissant juste le temps de l'envelopper. Je saisis ses fesses et commençai.

Je remuais avant qu'il soit prêt.

– Sam ! gémit-il.

– Laisse-toi aller, dis-je en l'envahissant de mes hanches.

– Oh oui !

Et on se mit à cavaler ensemble.

Il sortit, revint plus fort encore, et je le chevauchais.

J'allais où qu'il aille, vite, au ralenti, peu importait. Mon cœur battait la chamade. Plaisir, désir, ardeur, tout tourbillonnait en moi et m'envahissait, jusqu'à ce que je ne puisse plus que supplier et répondre à tous les ordres qu'il donnait à mon corps.

Il était sur le point d'exploser, lui aussi, pourtant, il se retenait encore. Sortant et rentrant, m'accordant le temps d'adopter son rythme, afin d'être avec lui quand il viendrait.

Un besoin bestial m'habitait. Je saisis Mason par les épaules en l'implorant de continuer plus fort. Plus durement.

– Sam.

– Je te le demande.

Les dents crispées, j'attendais quelque chose de plus mordant, de plus sombre en moi.

Alors il me le donna, me martelant de l'intérieur, tandis qu'il me retenait par la gorge pour m'empêcher de me déplacer.

Je retombai anéantie entre ses bras et faillis pleurer lorsqu'un deuxième orgasme me saisit. Je me sentais comme déchirée en deux. Et ce fut là que Mason me rejoignit. Son corps sursauta une dernière fois, m'écrasant presque, avant de déposer un tendre baiser sur mon épaule, puis de promener tendrement sa main sur mon bras.

– Ça va ?

– Je t'aime, dis-je en lui caressant le visage.

Ses yeux s'embuèrent. Je savais qu'il n'aimait pas me faire mal et là, il y était allé fort, mais à ma demande.

Je l'embrassai sur les lèvres.

– C'était ce que je voulais.

– J'aurais pu te blesser.

Je fis non de la tête. Je me sentais vivante. Si vivante. Je l'embrassai encore, l'enveloppai de mon corps. Il sortit de moi et me retint un instant. Et puis on resta ainsi, les cœurs battant l'un contre l'autre. Jusqu'à ce que je me mette à frissonner. Alors il m'entraîna au bout de la piscine, me déposa sur le rebord.

– Reste là.

Je ne savais pas trop ce qu'il faisait. J'entendis quelques éclaboussements, et puis il arriva derrière moi, marcha un peu, je vis alors apparaître une lumière dans une chambre, juste ce qu'il fallait pour qu'on voie sans être vus. Il finit par revenir, me tendit mes vêtements et des serviettes.

– Je vais mettre l'Escalade en route, et lancer le chauffage.

Je n'avais pas envie de m'habiller, surtout avec ces trucs encore tout mouillés. J'avais plutôt envie de m'envelopper dans ces larges peignoirs. Mason revint, pieds nus dans son jogging, en me voyant, il finit par ôter sa chemise qu'il me tendit.

– Tiens, mets au moins ça.

Ça m'allait très bien, je me rincerais les yeux à le regarder conduire torse nu.

– Tu vas attirer l'attention des autres conducteurs.

Il haussa les épaules puis, d'un seul mouvement, me souleva pour me jeter sur son épaule.

– Mason !

J'eus droit à une claque sur la fesse.

– Je suis trop aimable. Il faut que je t'emmène dehors.

Cessant de me débattre, je lui montrai mes chaussures. Il avait déjà dû ranger les siennes dans l'Escalade. Il ferma la porte derrière lui puis m'emporta dans sa voiture. J'enfilais ma ceinture quand il lâcha :

– Merde !

– Quoi ?

– Attends.

Il repartit, pour ne revenir que dix minutes plus tard.

– Qu'est-ce que tu faisais ? lui demandai-je lorsqu'il s'installa au volant.

– On s'était installés dans un coin loin des caméras mais pour plus de tranquillité, j'ai tout débranché.

– Ça ne risque pas de te faire des ennuis ?

– Mais non !

Il sortit ouvrir la barrière, de nouveau pour la refermer, ensuite il me prit la main.

– Je suis sûr que Logan a explosé nos répondeurs, mais j'avais besoin de ce moment.

– Moi aussi.

On échangea un regard avant qu'il ne s'engage sur la route.

Arrivés devant la maison, on trouva trop de voitures garées devant pour pouvoir nous arrêter dans l'allée. Du coup, il alla ouvrir le garage et on passa par là. Dans l'entrée, on fut accueillis par une musique à fond et des rires. Instinctivement, Mason se glissa devant moi, comme pour me protéger.

– Salut !

J'entendis la voix de Logan mais fonçai vers la chambre, alors que Mason répondait :

– On est allés se baigner.

– Tu ne pouvais pas me le dire ?

– Laisse-nous le temps de nous doucher et de nous chan…

La porte claqua sur ces mots mais, alors que j'entrais sous la douche, je compris qu'il allait m'y rejoindre. Ce qu'il fit quelques minutes plus tard, sauf que cette fois, je ne me retournai pas mais l'embrassai. Je m'appuyai sur lui et il me tendit le savon, puis on se lava la tête. J'aurais pu me coller contre lui pour demander une deuxième reprise, mais j'avais décidé de n'en rien faire et restai de marbre. D'autant que j'étais épuisée. Je le regardai en souriant et, une fois propres, on sortit ensemble.

– Il y a beaucoup de monde ? demandai-je.

– Un peu plus que Matteo et tes deux amies.

Encore une soirée.

– Le chef Logan a dû passer quelques coups de fil.

Je lui tendis une serviette, m'enveloppai dans mon peignoir.

– Je crois qu'il y a des potes de Nate, et je jurerais que Matteo a fait venir des joueurs de l'équipe.

– Nate a des potes ? demandai-je en rigolant.

Enfin presque. Car ils ne se manifestaient pas souvent.

Mason acheva de s'essuyer puis sortit des vêtements propres et j'en fis autant.

– Il fait le barman là où Taylor travaillait l'année dernière. Je crois que c'est elle qui l'a recommandé.

– Vrai ?

J'enfilai mes sous-vêtements, puis un jogging. Mason avait paru tellement à l'aise à la piscine. J'avais envie d'en faire autant. J'attrapai un de ses maillots de foot avec l'intention de passer la nuit dedans.

– J'aime bien quand tu portes mes affaires, dit-il l'œil sombre.

– Moi aussi.

J'échappai à son emprise, enfilai des tongs et me dirigeai vers la porte en promettant :

– Cette nuit.

– Oh oui !

Il se précipita pour me l'ouvrir et on sortit ensemble.

CHAPITRE 22

Deux jours plus tard, c'était ma première compétition de cross-country. J'étais en train de m'échauffer quand Logan tendit un doigt vers mon visage.

– Sois la plus forte, la plus résistante, bats-moi toutes ces salopes et cours plus vite qu'elles.

– Salut !

Il tourna son doigt vers Taylor à côté de moi :

– Attends une seconde.

Après quoi, il lui fit face de la même façon :

– Sois la plus forte, la plus résistante, bats-moi toutes ces connasses…

– Ça va, sois correct ! maugréa-t-elle. Tu parles d'un pom-pom boy !

Il se redressa pour nous saluer l'une après l'autre.

– Je fais mon devoir de copain et de frère. J'espère que vous allez les battre toutes les deux, mais Taylor, en toute sincérité, on sait tous que c'est Sam qui va devenir notre nouvelle légende, aujourd'hui. Légende, Samantha. L-é-g-e-n-d-e.

Là-dessus, il s'éloigna.

– Merci ! lançai-je.

Je ne savais pas trop s'il fallait le prendre pour un compliment ou un sarcasme. J'avais trop le trac, au point que je transpirais déjà par tous les pores de ma peau.

Le grand jour était arrivé, à moi de me montrer à la hauteur – et je n'étais pas la seule à guetter ces moments. Toutes les autres équipes allaient me repérer. À moins que ce ne soit le jour de ma défaite ultime.

J'essayai de me calmer. J'avais battu Faith à chacune de nos courses, sans me forcer une seule fois. Pourtant j'avais entendu dire qu'elle avait terminé ex aequo avec une autre étudiante, l'année dernière à cette compétition. C'était Raelynn qui m'avait mise au parfum lorsque je lui avais rendu visite, au début de la semaine. D'après elle, Faith avait sûrement vérifié les temps de cette fille et, au lieu de chercher à me battre ces quinze derniers jours, elle avait dû se concentrer sur sa rivale précédente.

Quand on s'aligna sur nos points de départ, je n'eus pas de mal à repérer la coureuse en question. Elle avait le même air de diva que Raelynn et Faith, le premier jour où j'avais couru avec elles. Droite comme un I, avec sa démarche de ballerine et sa tresse presque blanche, si les filles ne se maquillaient pas trop pour ce genre d'événement, tout en assurant le minimum à cause des photos, celle-ci avait les joues scintillantes, mais ce n'était pas la seule, loin de là. En fait, elles avaient dû toutes se donner le mot.

– C'est Emily Kostwich, annonça Faith en s'installant à côté de moi.

Notre coach nous avait placées au milieu de la ligne.

– C'est nous tes rivales, aujourd'hui, ajouta-t-elle en agitant les mains.

– Elle le sait, au moins ?

Emily haussa le menton avant de tourner vers nous son regard hautain, l'œil froid, et encore plus glacial quand il croisa celui de Faith.

– Oh non ! pouffa celle-ci. Je parie qu'elle croit que ta réputation est surfaite. Houlà !

Plissant le nez, Emily se détourna pour regarder de nouveau devant elle.

– Je la déteste, maugréa Faith. Je ne fais pas partie de tes fans mais, si tu bats quelqu'un aujourd'hui, arrange-toi pour que ce soit elle. Il faudrait la remettre à sa place.

J'essayai de ne rien laisser paraître.

– Ah oui ? C'est ce que tout le monde dit de toi.

Et au diable le coach, je me déplaçai derrière deux autres filles. Je préférais courir à côté de quelqu'un en qui j'avais confiance. Faith Shaw n'entrait pas dans cette catégorie.

– Strattan !

Sans l'écouter, je me penchai légèrement. Le départ allait être donné d'un instant à l'autre.

Je connaissais le circuit, il était sans surprise. On était sur un parcours de golf et je l'avais exploré la veille au soir avec Mason, Logan et Taylor. Il me fallait des points de repère et, aujourd'hui, tout le trajet serait parsemé de drapeaux et de pancartes, avec quelqu'un à chaque kilomètre.

Certains coureurs attendaient la fin de la première partie pour vraiment se lancer. Pour d'autres, c'était le contraire. Perso, je n'avais pas de stratégie de ce genre – je courais, et, avec la foule d'aujourd'hui, j'avais l'impression qu'il ne me faudrait pas davantage d'adrénaline.

Je respirai, sentis mes mains moites. Il fallait que je me calme. J'allais y arriver.

Reste calme. Reste forte. Reste vraie.

C'était mon adage et je commençai à me le répéter mentalement. Rien d'autre ne comptait.

D'abord tout éliminer.

Les autres coureuses.

Les murmures.

Les rumeurs.

Le battage.

Faith.

Même cette Emily.

Rien de tout ça ne comptait.

C'était moi. C'était le parcours. C'était la course.

C'était ma vieille amie. C'était cette nouvelle soirée où il fallait que je coure. Sans doute en voulais-je à ma mère. Sans doute en voulais-je à Kate et son groupe qui m'avait attaquée. Sans doute en voulais-je à Cass, la petite amie de Mark qui me détestait depuis le lycée. À moins que je ne pense à Becky et Adam, à sa tentative pour piéger Mason, ou alors à Budd Broudou, qui lorgnait la copine de Mason quand il voulait la déchirer à coups de bite.

Tous ces ennemis qui me passaient dans la tête.

J'en avais eu tant, mais celle qui dominait tous les autres était Ann-Lise. Et ce n'était plus mon ennemie.

Ils avaient tous disparu. J'en avais fini avec eux.

Non. Aujourd'hui, il n'y avait que moi. Moi et mon amie, la course.

Le coup de pistolet retentit et ce fut le départ.

***

Tout le monde démarra vite. J'entendis les gens sur les côtés qui nous criaient de ralentir. On ne devait pas partir si vite, mais peu importait. Personne ne ralentit. Faith surgit devant moi, avec Emily sur ses talons. Je me retins un tout petit peu. Il y avait quelques concurrentes entre nous.

Les deux premiers kilomètres passèrent.

Je me positionnai à l'arrière du groupe de tête.

Quatrième kilomètre.

Il nous en restait vingt-deux.

Le groupe de tête renforça son avantage. Celui du milieu se trouvait déjà à près d'un kilomètre. J'attendais toujours, me contentant de rester derrière les autres mais, une fois qu'on eut passé le huitième, puis le dixième, puis le douzième, je commençai à sentir des fourmillements.

Il fallait que j'accélère.

Faith et Emily se placèrent en tête. Emily avait mené le groupe deux kilomètres auparavant, mais Faith restait collée derrière elle.

Allez.

J'entendais la voix dans ma tête. Je ne savais pas si c'était la mienne ou celle de Mason, ou de quelqu'un d'autre. Peut-être ma mère, mais non. C'était moi. Ma voix.

C'est le moment.

Les larmes m'inondaient le visage. J'avais l'estomac noué, mais la voix avait raison. Je pouvais aller plus vite, plus fort. Il nous restait treize kilomètres, et même un peu moins.

Vas-y.

Je me déplaçai sur le côté, accélérai. En trente mètres, j'avais dépassé les dernières du groupe de tête. Encore trente mètres, et j'étais devant les suivantes directes de Faith et Emily. Il me fallut encore près d'un kilomètre pour me retrouver juste derrière Faith.

Elle avait senti ma présence, c'était évident. Elle jeta un regard en arrière mais ne réagit pas. Elle attendait elle aussi. Je plantai mes talons un peu plus fort et me retrouvai à côté d'elle. Nos bras remuaient en phase, nos jambes couraient au même rythme, et elle m'adressa un imperceptible signe de tête. On allait de l'avant.

On atteignit Emily ensemble.

Elle aperçut Faith derrière elle, son regard éteint disait assez à quel point elle était épuisée, pourtant, elle ne montra pas la moindre émotion. Et puis ses yeux se posèrent sur moi, s'écarquillèrent légèrement. Cependant, elle refusait de se concentrer sur moi, préférant regarder droit devant elle, elle ne pouvait se permettre de perdre la moindre seconde, encore que ça n'ait plus d'importance. Mais elle ne le savait pas.

On passa vite devant, puis on la sema, petit à petit. Et puis je vis des larmes couler sur le visage de Faith.

– Vas-y, dit-elle.

Il ne m'en fallait pas plus.

Je courus.

Je cessai de réfléchir.

Je me détachai des gens.

Je me détachai des coureuses.

C'était moi.

Il me restait juste mon amie – la course.

Rien qu'elle et moi. À faire ce qu'on faisait tout le temps.

Au début, j'entendis le coach Langdon me crier de ralentir. Il avait peur que je ne m'effondre. Mais non. Je ne regardais pas derrière moi. Je savais que j'étais la seule en tête et, à chaque kilomètre, je voyais la surprise des gens, soit parce que c'était moi, soit parce que j'arrivais plus tôt que prévu.

Je m'en fichais.

Je continuai jusqu'au bout sans personne derrière moi et, en franchissant la ligne d'arrivée, je pus constater que la foule ne réagissait pas. Je m'arrêtai, la poitrine en feu, le visage en larmes. Il s'était passé quelque chose. Je ne savais pas quoi, mais je sentais que je venais d'effectuer l'une des meilleures courses de ma vie.

Et puis Logan surgit, poussa un cri, me prit dans ses bras pour me faire tourbillonner. Nate le suivit, qui m'étreignit. Mason n'avait pu venir, il avait un match de foot à préparer mais je savais que Logan l'avait eu au téléphone. Il brandissait encore son appareil, et je l'attrapai. Je voulais parler à Mason.

Tout mon corps vibrait, aussi, quand Logan me tapa sur l'épaule et me dit quelque chose. Je ne l'entendis pas tout de suite, je vis d'abord sa bouche vibrer, et puis je saisis :

– Tu as battu le record, Sam ! dit-il en me serrant les épaules. Le record !

– Non, intervint le coach Langdon en arrivant l'air abasourdi. D'après mon chrono, vous pourriez vous qualifier pour les Jeux olympiques.

***

Ensuite, ce fut la folie.

Même Faith paraissait contente. Elle m'étreignit dès qu'elle eut passé la ligne.

– J'ai fait le meilleur temps de ma vie ! me souffla-t-elle à l'oreille. Merci, merci, merci !

Elle répétait ça en sanglotant. Un groupe vint la féliciter, puis ce fut mon tour.

Tout le monde me félicitait.

Taylor pleurait. Elle était arrivée quatorzième sur soixante-dix. Le coach Langdon avait l'air épuisé, même une fois qu'on eut reçu nos médailles. Ce qui ne nous valut pas de favoritisme pour autant. Je demandai si Taylor et moi pourrions rentrer avec Logan et Nate. Il dit non. Il voulait qu'on prenne le bus avec l'équipe pour pouvoir nous débriefer pendant le trajet du retour.

On s'arrêta en chemin pour prendre une collation, et de nombreuses familles nous rejoignirent, si bien qu'on occupa tout un restaurant. Et moi, je ne songeais qu'à retrouver Mason.

Je n'avais échangé que quelques paroles au téléphone avec lui, et ça ne me suffisait pas. Je n'entendais rien, les gens m'entouraient de plus en plus. Et puis il a dû raccrocher.

Après le repas, je me faufilai au dehors pour le rappeler, sans trop savoir s'il allait pouvoir décrocher ou non. Il n'était pas loin de dix-huit heures, autrement dit, il se trouvait soit dans la salle de muscu, soit déjà en route pour se reposer la maison en attendant le match du lendemain.

– Salut !

Je poussai un soupir de soulagement.

– Tu as pu décrocher.

– Pour toi, c'est quand tu veux.

– On croirait entendre Logan ! dis-je en riant.

– Il m'arrive d'avoir de l'humour, moi aussi.

Puis il reprit un ton plus sérieux :

– J'ai cru comprendre qu'il fallait te féliciter.

Il l'avait déjà dit, mais ça me faisait plaisir de le réentendre.

– Merci, dis-je la gorge serrée.

– Même les mecs d'ici en ont entendu parler.

Je serrai un peu plus mon téléphone entre mes doigts.

– C'est vrai ?

– Tu te rends compte ? Ce n'est pas rien d'avoir une concurrente aux Jeux olympiques dans notre université. Toute ta vie en sera changée, Sam.

Quelque part, il me mettait en garde.

– Je sais, murmurai-je. J'ai du mal à y croire, mais, de toute façon, on n'y est pas encore. Ce n'était qu'une première course. Peut-être juste un coup de bol.

– Arrête.

– Quoi ?

Mais je voyais de quoi il voulait parler.

– Tu sais très bien que ce n'était pas un coup de bol. Tu sais que ça va continuer comme ça. La seule différence étant que, maintenant, tout le monde t'évalue à ta juste valeur.

Ces fichues larmes qui se remettaient à couler.

– J'ai entendu ta voix dans ma tête.

– Ah oui ?

– Elle me disait d'y aller.

C'était aussi la voix de ma mère, et puis la mienne, mais je gardai ces précisions pour moi. Je ne savais pas ce que ça voulait dire et je ne voulais pas en créditer Ann-Lise. Elle ne le méritait pas.

– Moi aussi, j'entends parfois ta voix dans ma tête.

– C'est vrai ?

Je m'assis sur un banc. Les gens commençaient à quitter le restaurant pour se diriger vers leurs véhicules.

– C'est vrai, assura-t-il. Quand je m'apprête à jouer un coup important. Si je me retiens, tu me cries d'y aller. Pourquoi est-ce que j'attends ? Pourquoi est-ce que je ne me lance pas ?

– Tu plaisantes ?

Il partit d'un petit rire.

– Si on veut. Je ne me retiens jamais quand je dois jouer un coup important, mais j'entends ta voix qui me pousse sans arrêt, et ça m'encourage. Alors tu vois, c'est important pour moi d'entendre que tu ressens la même chose avec moi.

Je gardai un instant le silence, guettant juste la suite.

– Je t'aime, dit-il.

– Je sais. Tu me le dis souvent.

– Je le ressens souvent. En fait, tout le temps.

– Moi aussi, je t'aime.

La porte s'ouvrit et j'entendis la voix de Logan.

– Il faut que j'y aille. Je crois que ton frère me cherche.

– Dis-lui que je te prends au parking. Je tiens à ce privilège.

– Tu y es déjà ?

– Oui. Je t'attends.

Il n'était pas le seul. Quand le bus se gara, ce fut toute l'équipe de foot qui nous accueillit. Les familles et les amis partis en avant se trouvaient là aussi et tous applaudirent tandis qu'on descendait.

Je fondis en larmes. Impossible de m'en empêcher. Revêtue du survêtement fourni par l'université, je portais un sac à la main. Je me couvris le visage de l'autre. Je détestais pleurer, mais en public c'était encore pire.

Mason surgit le premier de la foule. Il me souleva contre lui et je l'entourai de mes bras et de mes jambes.

Après quoi, je me laissai aller.

CHAPITRE 23

– Ma chérie, ton père et moi venons aujourd'hui pour le match de Mason. Si j'avais su pour ta compétition… nous n'étions pas au courant. C'est si formidable d'apprendre à quelle vitesse tu as couru. Mais ça ne me surprend pas du tout.

Malinda s'extasiait avec enthousiasme au bout du fil, tandis que j'essayais de m'habiller tout en bavardant. Je m'étais levée tard car Mason ne m'avait pas réveillée en quittant le lit.

Et ma belle-mère de poursuivre :

– Et ne t'inquiète pas pour nous trouver une chambre ou faire la cuisine. Nous allons à l'hôtel. J'ai déjà réservé, et nous vous inviterons à dîner. Tous.

– À dîner ?

– Bien sûr ! Il faut fêter ta course et le premier match de la saison de Mason.

J'essayais de me rappeler si nous n'avions pas prévu autre chose. La nuit s'était écoulée dans une sorte de flou. Le coach Langdon et mon coach de course avaient tous deux parlé d'une fête en équipe, sauf que je ne me rappelais pas quand elle devait avoir lieu. En même temps, j'ignorais que Malinda et David devaient venir en ville jusqu'à ce qu'elle appelle ce matin.

Le match de Mason était prévu à quatorze heures. Il fallait que je retrouve Logan, Taylor et Nate pour nous rendre au stade et nous y trouver des places.

Non… je plongeai par terre pour y récupérer mes chaussures. À vrai dire…

Le coach Carillo nous avait priés de nous joindre à lui dans une loge privée. Comment avait-il pu en obtenir une ? Je ne me rappelais même plus ce que je lui avais répondu.

En fait, c'était Mason qui avait pris la parole :

– Elle va sans doute s'installer avec mon frère et quelques autres. Elle pourra passer vous voir demain ?

Le coach avait hoché la tête.

– Bien sûr, c'est compréhensible.

Et puis on était rentrés à la maison où nous attendait une autre fête, mais Mason devait se coucher tout de suite. Du coup, Logan avait proposé d'aller boire un verre dehors. Je refusai. Je voulais rester avec Mason.

C'était donc ce soir que nous attendait la véritable fête, et Malinda et David allaient s'y joindre.

On allait s'amuser.

Après avoir dit au revoir à Malinda, j'achevai de m'habiller et repris mon téléphone. Il fallait que j'appelle Logan mais, là, je pus constater qu'une masse de textos m'attendaient, signés Garrett, mon père biologique.

Salut ! On vient avec Sharon
pour le match de Mason.
C'est un peu en dernière minute
mais ma boîte a une loge privée.
Voulez-vous vous joindre à nous,
toi et tes amis ? Seb est resté à Boston
avec les grands-parents.

Merde.

Je répondis : Vous avez de la place pour moi, Logan, Taylor, Nate, Malinda et David ? Ils sont là aussi.

Il répondit presque aussitôt : Il y a quelques sièges mais aussi des places debout. Si ça ne les dérange pas ? On aura aussi de la nourriture et des boissons.

Je répondis : Vendu.

J'aurais sans doute dû choisir les propositions de mes coachs mais je ne tenais pas à me retrouver loin de la famille. Et puis, quelque part, je me demandais s'ils m'auraient invitée si je n'avais pas couru aussi vite la veille. Sans doute que non.

En me dirigeant vers la cuisine, je m'arrêtai pour vérifier si j'entendais quelqu'un. Rien. Silence complet.

– Logan ? Nate ? Taylor ?

Toujours pas de réponse.

Je montai frapper à la chambre de Nate.

– Nate ?

Un craquement retentit à l'intérieur, suivi d'un juron.

– Ouais ? grommela-t-il.

– Le match de Mason commence bientôt. Tu es prêt ?

Je mentais mais tout allait prendre beaucoup de temps, cet après-midi. C'était un match de première division. La circulation serait hyper surveillée dans les alentours et il nous faudrait un temps fou pour accéder à l'intérieur du stade. Comme Taylor et moi faisions maintenant partie de l'équipe d'athlétisme, nous avions un permis d'accès spécial pour nous garer plus près de l'entrée. J'espérais pouvoir en profiter dès aujourd'hui, pour avoir moins à marcher. Je me demandais en même temps combien d'athlètes se disaient la même chose.

Je me rendis à la chambre de Logan qui s'ouvrit avant que je puisse frapper. Il me dévisagea un instant puis laissa tomber :

– Je t'adore, Sam, tu es ma sœur, mais si tu me cries dessus ou frappes à ma porte dans la demi-heure qui suit, on va avoir des problèmes.

– Tu t'envoies en l'air ?

– Oui. Dégage.

Alors que je me retournais, une fille sortit de la chambre de Nate, les cheveux en bataille, ses chaussures à la main. Sa robe froissée lui couvrait à peine la moitié du corps. J'entendis la douche de Nate en train de couler. La fille essayait de se tirer en douce.

– Salut !

Elle sursauta en criant, les yeux écarquillés.

– Oh ! souffla-t-elle en se passant une main dans les cheveux. Merde. Salut. Je suis Valérie.

Elle voulut me tendre la main mais s'aperçut qu'elle tenait ses chaussures et jura encore. Elle changea de main puis me tendit la droite.

Je lui adressai un signe :

– T'inquiète. Pas besoin de politesses. Tu veux que je t'appelle un taxi ?

– Tu ferais ça ? Oh ! Ce serait génial !

Elle jetait encore des regards en coin vers la porte de Nate, l'air de ne rien comprendre, jusqu'au moment où je lui demandai :

– Tu te rappelles ta nuit ?

Elle se mordit la lèvre et me suivit sans l'escalier jusqu'au salon.

– Je me rappelle être entrée dans une discothèque avec des amis. Et là on a bu. Plein de verres. Puis on est allés dans un bar, et dans un autre, une sorte de pub, mais tellement rempli… Et puis je me rappelle un mec trop chaud. Ouais… le reste de la nuit qui s'est passé comme dans une bulle, mais je me rappelle qu'on a fait l'amour… alors là !

Je vérifiai dehors si, à tout hasard, elle n'avait pas laissé sa voiture devant la maison, encore que je ne risquais pas de savoir laquelle ce serait. Je fus soulagée de constater la seule présence de l'Escalade de Logan et de la voiture de Taylor. Celles de Nate et la mienne étaient garées à l'intérieur.

Je composai le numéro de la station de taxis.

– Ils seront vite là.

– Super ! dit Valérie. Euh… il y a des toilettes quelque part ?

– Première porte à gauche.

– Oh, merci !

Elle se précipita dans le couloir. On m'avait mise en attente pour le taxi, lorsque Nate apparut. Il me prit mon téléphone.

– Non, n'appelle pas de taxi.

– Trop tard…

Il le porta à son oreille en râlant.

– Allô ? lança-t-il. Oui, je voulais annuler le taxi. C'est une erreur. Pardon ? Bien sûr qu'elle va bien. Tenez.

Il me tendit l'appareil :

– Ils veulent savoir si tu vas bien.

Je répondis :

– Oui, merci, en fait j'appelais pour lui, mais il n'en a pas besoin.

Je raccrochai en demandant à Nate :

– Qu'est-ce que tu fiches ? Elle voulait un taxi.

– Où est-elle ?

Bruit de chasse d'eau dans le couloir.

– Ah oui ! dit-il en se penchant vers moi. Écoute, je ne fais rien de mal, je voudrais juste la ramener chez elle. Je ne sais pas qui c'est et j'ai envie d'en apprendre un peu plus sur elle avant de la lâcher.

– Pourquoi ?

– Le bar était rempli de reporters, cette nuit.

– À cause de moi ?

– Quoi ? Non, pas toi ! Ils ne savent pas encore. Pour le match. Je ne me rappelle pas grand-chose sur cette nuit, je veux juste m'assurer qu'elle n'est pas journaliste.

La porte s'ouvrit et Valérie sortit, les cheveux coiffés, presque brillants. Au début, ils m'avaient paru à peu près blonds, maintenant j'y percevais un peu de roux. Sa robe avait repris sa place, couvrant tout ce qu'elle était censée couvrir et ses chaussures protégeaient ses pieds. Elle tenait à la main une pochette que je n'avais pas encore repérée. Elle se dirigea vers moi mais, voyant Nate, fit un bond en arrière.

– Oh ! dit-elle en s'agrippant à la porte pour ne pas tomber. Euh, bonjour…

– J'espère que ça ira, lança-t-il en me désignant. Je lui ai dit d'annuler le taxi. C'est moi qui te ramène.

– Le match, dis-je en lui frappant le bras.

– Oui. Ça ira, je reviens.

Puis il se tourna vers elle :

– C'est d'accord ? Je peux te ramener ?

– Bien sûr, dit-elle en serrant son sac des deux mains devant elle. Mais je ne vais pas à Cain University. Je n'y habite pas. Je suis venue avec des amis pour le match.

– Ah bon ?

Il paraissait soulagé. Je le frappai de nouveau.

– Quoi ?

La voyant se rembrunir et baisser la tête, je la désignai du doigt à Nate. Cette fois, il parut comprendre :

– Oh, non ! Je te prenais pour une journaliste. Si tu es avec des amis pour le match, j'espère que tu n'es pas journaliste.

– Pourquoi ça t'inquiéterait ?

– Parce qu'il y en avait beaucoup au bar, cette nuit.

Elle secoua lentement la tête, comme si elle essayait de se rappeler.

– Je crois que c'est pour ça que mon amie voulait se rendre à ce bar. Elle adore un des présentateurs télé.

– Mais toi, tu n'es pas journaliste.

– Non. Je suis les Gammit.

C'était l'équipe qu'on affrontait aujourd'hui. J'attrapai le bras de Nate en souriant.

– Tu veux bien nous laisser une minute ?

Elle restait plantée là, jusqu'au moment où elle saisit :

– Oh ! Vous voulez que je… d'accord.

Elle se dirigea vers la porte-fenêtre.

– J'attends dans le jardin. Ne m'oubliez pas.

Dès que la porte se fut refermée sur elle, je lâchai le bras de Nate.

– Elle te plaît bien, non ?

Il la regardait à travers la vitre.

– On a vraiment bien baisé, cette nuit.

– Assez pour lui dire qui tu es, quitte à mettre Mason en danger ?

– Pourquoi voudrais-tu que ça mette Mason en danger ?

On ne connaissait pas cette fille. Sans doute voudrait-il se la faire encore une ou deux fois mais ce n'était pas pour rien qu'on formait un groupe tellement soudé. Tout le monde ne pouvait pas s'y infiltrer. Or, l'attitude de Nate me semblait plutôt étrange pour une fois, et ça m'inquiétait.

– Nate.

– C'est bon ! dit-il en levant les bras. J'ai compris. Je la ramène à l'hôtel et je ferme ma gueule. À l'évidence, elle n'est pas comme nous. Elle n'est pas prudente, je peux lui poser toutes sortes de questions sans rien lui dire. Je la laisse parler, et je prends son numéro sans qu'elle sache qui je suis.

– Parfait !

Je m'inquiétais sans doute pour rien. Cette fille pouvait être une alliée mais pourquoi prendre des risques ? De toute façon, il ne la verrait pas longtemps.

– Bon, dit-il en récupérant ses clefs et son portefeuille. J'appelle dès que je l'aurai déposée. Tu me diras ce qu'on fait. Ça va être l'horreur, la circulation, aujourd'hui.

– Garrett a dit qu'on pouvait le rejoindre dans la loge de sa boîte.

– Ton père biologique ?

– Oui. J'attends que la Sex Machine s'arrête pour les prévenir eux aussi.

– Ça me va, dit-il en souriant. Je vous appelle.

– Attends ! Je vois bien qu'elle te plaît. Je ne te dis pas de ne pas t'attacher ni de couper tous les ponts, mais juste…

– Je sais. Prudence, prudence.

– Oui.

Il ouvrit la porte-fenêtre.

– Je t'appelle.

– D'accord.

J'adressai un signe à Valérie.

– Ravie de te connaître !

– Moi aussi, répondit-elle.

Puis elle se tourna vers Nate :

– Comment elle s'appelle ?

– C'est juste une colloc…

La porte se referma et je n'entendis pas la suite.

– Yo ! lança Logan de l'escalier.

– Tu as vite fait ! lançai-je en souriant.

Il s'arrêta sur la dernière marche.

– Pas drôle, Sam. Pas drôle du tout.

– Ah, je croyais…

– Bon, qu'est-ce qui se passe, ici ? Tu n'es pas du genre à frapper aux portes.

Je le mis au courant de tout et il reconnut qu'on ferait bien de partir aussi vite que possible. Il monta s'habiller en disant qu'il allait prévenir Taylor, et je regagnai moi-même ma chambre pour me changer.

Je connaissais mon père biologique et sa femme. Ils fréquentaient des cercles de l'élite, autrement dit, mieux valait bien s'habiller. Sharon était gentille mais trop snobe à mon goût. Quand je la voyais, elle me paraissait toujours très belle, très soignée, comme Malinda, maintenant que j'y pensais. J'oubliais toujours ce détail car, pour moi, Malinda était Malinda. Aimante, chaleureuse, impertinente, ce qui ne l'empêchait pas de fréquenter les cercles les plus guindés. Elle était plus mordante que Sharon, mais là, on allait se retrouver dans l'univers de Garrett et sa femme, et je ne doutais pas qu'ils y rencontreraient de vieux amis.

Bref, je ne savais pas trop à quoi m'attendre.

Quarante minutes plus tard, on se mettait en route avec Logan et Taylor. On devait récupérer Nate à l'hôtel où il avait déposé Valérie. Mieux valait continuer à une seule voiture car on allait retrouver là-bas tous mes parents.

J'avais parlé à Malinda. On s'était donné rendez-vous devant le stade pour rejoindre ensemble la loge de Garrett.

Après avoir récupéré Nate, il nous fallut encore une demi-heure pour arriver au stade.

Ça fourmillait déjà de gens. Il ne resterait certainement pas une place vide.

– Hé ! lança Taylor en désignant un groupe qui se dirigeait vers notre entrée. Regardez.

Faith et Nettie arrivaient parmi d'autres filles de l'équipe.

– Je ne vois ni Courtney, ni Grace, ajouta-t-elle.

– On aurait peut-être dû les inviter avec nous ? m'inquiétai-je.

– Attends, je vais leur envoyer un texto.

On n'avait pas beaucoup parlé de la soirée précédente, car tout tournait autour du match mais, en suivant l'équipe, je m'aperçus qu'elle se retrouvait dans la loge voisine de la nôtre.

J'arrêtai Taylor :

– Tu as déjà envoyé ton SMS ?

– Oui.

Je me sentis traversée d'une intuition glaciale en examinant les personnes qui s'installaient à côté de nous.

– Tu veux boire quelque chose ? me proposa Faith l'air hautain, un verre à la main.

– C'est fini les « merci de m'avoir aidée à courir plus vite » ?

Haussant les épaules, elle avala une gorgée.

– Ça c'est quand on court.

– Tu n'es pas très aimable.

– Je n'ai jamais cherché à l'être. Mais toi, tu n'as pas invité tes deux copines de l'équipe ?

– C'est le coach Langdon qui vous a prêté sa loge ?

– Non, là on est dans celle de mon père. Le coach aime rester avec ses potes, dans leur loge à eux.

Je ne précisai pas que j'y avais été invitée.

– Bon, alors amuse-toi bien avec le match, dit-elle.

– Sûr.

– Et je vais m'amuser à regarder ton copain, ajouta-t-elle.

Je ne voyais pas trop ce qu'elle sous-entendait par là mais me tournai vers Taylor qui venait d'entrer.

– Envoie un texto à Courtney et Grace pour les inviter ici.

On ne pouvait pas les laisser tomber. Jamais je ne leur ferais ça.

Je m'aperçus que Garrett et David m'attendaient.

Dans un soupir, je m'approchai de mes deux papas.

CHAPITRE 24

Garrett et David s'étaient assis l'un à côté de l'autre. Tout comme Sharon et Malinda.

Ils parurent contents de me voir, de même que mes amis. Ils me félicitèrent pour ma course. Garrett et Sharon n'étaient pas au courant mais Malinda s'était empressée de le leur dire, après quoi elle avait insisté pour qu'ils se joignent à notre dîner.

En fait, elle invita tout le monde, y compris Matteo, Courtney et Grace. Quand ils eurent donné leur accord, elle appela le restaurant et, après le match, on nous conduisit tous dans une salle privée.

– Ma chérie, tu dois être tellement heureuse, aujourd'hui ! dit-elle en me donnant un petit coup d'épaule.

Elle avait trouvé le mot. *Heureuse.* Tout le monde semblait heureux, je n'avais juste pas l'habitude de ressentir autant d'émotions authentiques autour de moi. Mais j'avais bien couru et Mason avait marqué deux touchdowns pour aider Cain University à gagner son premier match de la saison. J'étais entourée d'amis et de membres de ma famille…

– Très heureuse, répondis-je. Et je suis contente que vous et mon père ayez pu venir.

– Moi aussi, dit-elle en jetant un coup d'œil vers la salle. Tout le monde s'installe. Je devrais présider en bout de table, mais je voulais bavarder trois minutes avec toi d'abord. Comment vas-tu ? J'ai été suffoquée en apprenant que tu faisais maintenant partie de l'équipe de cross-country. Je sais que tu courais seule, ces dernières années.

– Je sais, mais je voulais faire…

Comment le lui expliquer sans paraître égoïste ?

– Quelque chose pour toi ? enchaîna-t-elle à ma place.

Ce qui me détendit.

– Oui. Jusqu'ici ça s'est bien passé, mais avec les cours qui commencent la semaine prochaine…

– Bon, ce sera plus compliqué, mais tout se passera bien avec Mason. Vous en avez déjà tellement vu ! Il faut que vous viviez d'autres moments comme celui-là. Surtout si vous vous mariez ou restez ensemble pour toute la vie. Il y a des maris militaires qui disparaissent pendant des années. Je pense que Mason et toi avez beaucoup de chance de pouvoir profiter ainsi de cette vie et je sais que vous tenez à faire de votre relation quelque chose de durable.

David s'approcha en faisant signe à Malinda de les rejoindre. Elle pouffa de rire.

– Crois-moi. Quand on en a trouvé un bien, on s'y accroche. Ne va surtout pas voir ailleurs. Cela dit, je ne crois pas que tu ferais un truc pareil. Tu es étonnante. N'importe quel mec serait content de vivre avec toi. Bon, il faut que j'y aille. Tu attends Mason ?

Je fis oui de la tête. Mason et Matteo devaient prendre une douche et se changer après le match. Sans parler de tous les gens avec qui ils devaient s'entretenir avant leur départ.

Elle m'embrassa sur la joue puis entra dans la salle. Je l'entendis lancer en riant :

– Je suis là ! La soirée peut commencer, maintenant, n'est-ce pas, Logan ?

– Tout à fait, maman Malinda.

Je revins à l'avant du restaurant, contente de pouvoir attendre dehors l'arrivée de Mason et Matteo. Une brise tiède me rafraîchissait et, après toutes les attentions auxquelles j'avais eu droit dans la loge et depuis hier, j'étais contente de ce bref moment de solitude. Je poussai un soupir et regardai les gens aller et venir. C'était le meilleur restaurant de Cain, si bien que je n'aurais pas dû m'étonner de voir Faith arriver du parking.

Je l'ai constamment dans les pattes.

Elle ne portait pas le jean et le petit sweat qu'elle arborait au match, mais une robe noire, des talons aiguilles, et elle avait relevé ses cheveux en chignon au sommet de la tête. Un châle blanc lui enveloppait le dos et les bras. Si je ne la connaissais pas, je l'aurais prise pour une sorte de célébrité.

Elle était accompagnée de Nettie, en robe blanche, elle. Et du coup, avec un châle noir, et les cheveux retombant en boucles sur ses épaules.

Je ne pus m'empêcher de ricaner.

Ce qui attira automatiquement l'attention de Faith. Elle écarquilla un instant les yeux, fit la moue et vint me rejoindre sur mon banc.

– Tu me harcèles ou quoi, Strattan ?

– Pour autant que je sache, j'étais au match de foot avant toi.

Elle leva les yeux au ciel.

– À peine. Tu étais à l'entrée avant mais tu nous as suivies à l'intérieur. Si ma mémoire est bonne.

Et moi je poursuivais, comme si elle n'avait rien dit :

– Et là, encore, j'arrive avant toi. Tu me harcèles, ou quoi ? C'est bien ce qui se passe, là ? Je sais que maintenant tu es amoureuse de moi quand je cours, mais il serait temps que tu reconnaisses tes sentiments en dehors des courses également.

– C'est facile. Je te déteste, je te hais. Et ne t'y trompe pas, si je te suis reconnaissante, en course, c'est juste pour une chose : la concurrence. Jusqu'à ton arrivée, je n'ai jamais cherché à faire trop d'efforts et, hier, j'ai battu Emily Kostwich. Je peux battre n'importe qui, maintenant.

– Sauf moi.

Elle agita l'index, l'air de dire non.

– N'en rajoute pas, Samantha. On ne sait jamais. Un de ces jours, tu pourrais ne plus courir. Comme Raelynn…

Elle pencha la tête de côté avant d'ajouter :

– J'ai entendu dire que vous étiez de grandes amies, maintenant.

– J'ai entendu dire que tu l'avais laissée tomber comme une vieille chaussette.

– Attends, je ne vais pas passer mes journées auprès d'elle, non plus !

– Quelque part, ce serait compréhensible, sauf le premier jour où je lui ai rendu visite. Elle m'a prédit que tu la jetterais carrément. Elle reviendra courir, tu sais. Elle passe juste cette année.

– Elle t'a dit ça ? C'est drôle, parce que les médecins ne sont pas de cet avis. Mais bon, tu étais dans sa chambre en même temps qu'eux, c'est ça ? Non, attends… C'était moi, pas toi. Raelynn est ma meilleure amie depuis l'école primaire. Je ne la laisse pas tomber, mais je dois vivre ma vie et continuer à m'entraîner.

Elle remonta son châle, haussa le menton.

– On retrouve mon père à l'intérieur, avec quelques amis de la famille. Tu permets ?

– Raelynn n'est pas ton amie, lançai-je alors qu'elle s'éloignait.

Elle s'arrêta, toute droite, se retourna lentement, le regard méfiant. Elle savait ce que j'allais dire mais ça me faisait trop plaisir, de toute façon. Je m'assurai juste que mon ton était aussi glacial que le sien :

– Elle est amoureuse de toi, mais tu le sais très bien.

– Tu sais ce que tu viens de faire, là ? dit-elle en retenant son souffle.

Oui, car durant notre dernière visite, Raelynn m'avait demandé de le rappeler à Faith.

– Crois-moi, dis-je, j'ai reçu la permission de t'en parler. Si tu tiens vraiment à elle, va la voir. Ses sentiments sont importants.

– Je ne suis pas lesbienne.

– D'accord. C'est sûrement la meilleure réaction possible quand on découvre que sa meilleure amie est amoureuse de vous depuis l'école primaire. Dire que tu n'es pas lesbienne. Nos sentiments sont réciproques, je te déteste au moins autant que toi, sauf que pour moi ça atteint un autre degré. J'adore te compter dans *mon* équipe.

– C'est mon équipe ! râla-t-elle. Pas la tienne. Ce ne sera jamais la tienne.

Je vis Mason et Matteo approcher mais ne pus m'arrêter. Je ne faisais pas que détester Faith. Je commençais à vraiment la haïr.

– Si tu n'arrives pas à me battre, je me doute que tu essaieras de trouver une nouvelle orientation à l'équipe. Dis-moi, Faith, si tu avais l'intention de me faire tomber, comment tu t'y prendrais ?

Tu me bousculerais ? En espérant que je me casse la cheville ? Ou autre chose ? Qu'est-ce que tu ferais ?

J'avais trop envie de le savoir, mais elle resta de glace.

– J'ai envie de te battre de la meilleure des façons : en courant plus vite que toi. C'est juste une question de temps avant que tu me sentes arriver derrière toi. Comme je t'ai dit, je n'ai encore jamais vraiment connu de concurrence.

C'était la deuxième fois qu'elle faisait allusion à une forme de concurrence. J'avais senti une réaction de Nettie, la première fois mais n'y avais pas pris garde. Là, je vis qu'elle ne me fusillait pas du regard, comme j'aurais pu m'y attendre. Non, elle considérait Faith d'un air contrarié, les bras le long du corps, avec son châle qui glissait sans qu'elle s'en rende compte.

– Tiens, répliquai-je, on dirait qu'une de tes amies n'est pas d'accord avec toi.

– Sam ! lança Mason.

Avec Matteo, ils se tenaient devant l'entrée en jean et tee-shirt Cain University. Ils n'avaient pas besoin de se mettre en tenue de soirée. Quoi qu'il fasse, Mason avait toujours l'air brillant, grâce à son allure et à cet air en permanence un rien menaçant. Nettie et Faith régirent ensemble, je n'étais pas la seule fille à le dévorer des yeux. Nettie se caressa le ventre, laissa retomber une boucle sur son épaule.

– Ça va ? me demanda-t-il.

– Oui, dis-je en contournant les deux filles.

Il me posa une main au creux des reins pour me faire passer devant lui. Devant le comptoir, je m'arrêtai brusquement.

Valérie, la copine d'un soir de Nate attendait avec un groupe qu'on leur prépare une table. Elle était habillée à peu près comme Faith et Nettie, d'une robe scintillante. Parmi tous ces gens, elle était une des seules filles qui ne soit pas accompagnée d'un garçon.

Et là, elle m'aperçut.

– Ouah ! s'écria-t-elle en reculant si fort qu'elle trébucha.

– Val ! lança un type en l'attrapant au vol. Allez !

Elle lui adressa un signe en marmonnant un vague merci, sans me quitter des yeux, puis se mit à défroisser sa robe sans s'apercevoir qu'elle avait attrapé le bord de la veste du type qui l'avait aidée.

– Val !

– Quoi ? Oh, pardon !

Elle lâcha la veste et détourna les yeux d'un air faussement décontracté. Elle se gonfla les cheveux tandis que je passais devant elle.

– Qu'est-ce qu'il y a ? demanda Mason.

– Demande à Nate.

On passa entre les dernières tables avant d'entrer dans la salle privée, mais Mason m'attrapa la main pour m'attirer sur le côté.

– Ça va ? On dirait que ça chauffait, là-bas ?

– Oui.

Prise de migraine, je portais une main sur mon front, au-dessus d'un sourcil.

– Elle a juste… Ce n'est pas quelqu'un de bien. Disons ça comme ça.

– Je vais demander à mon père de faire des recherches sur sa famille.

– Mason…

– Laisse-moi t'aider. Je vais parler à mon père.

J'éprouvais soudain une folle envie de le remercier d'être avec moi. Je lui passai le bras sur la ceinture, posai la tête sur son épaule. Pas besoin de dire quoi que ce soit. Il savait, et ses lèvres vinrent se poser sur les miennes.

CHAPITRE 25

MASON

– Mason.

Garrett, le père biologique de Sam, me tendit la main alors qu'on entrait dans la salle privée. Sam s'immobilisa, levant les yeux vers moi. Elle me demandait silencieusement si je voulais qu'elle reste en guise d'intermédiaire entre nous deux, mais je fis non de la tête. C'était bien de sa part de l'avoir proposé.

– Monsieur Brickshire, dis-je en lui serrant la main, comment allez-vous ? Merci encore pour votre aide lors de cet incident au début de l'été.

– Appelez-moi Garrett. Nous avons traversé trop de choses ensemble pour que vous m'appeliez par mon nom de famille, mais je reconnais que c'est un accueil beaucoup plus agréable que celui auquel vous m'aviez habitué, les gars.

J'abondai dans son sens :

– Oui, mais ça c'était quand vous vous conduisiez comme un con avec votre fille. Depuis ça a changé et vous m'avez aidé.

Logan s'approcha en ricanant.

– Je pense, soupira Garrett, que je l'ai bien cherché. J'ai disparu un bon moment.

Juste deux ans, mais qui tenait de tels comptes ?

– Merci d'être venu au match, dis-je en souriant.

– De rien.

Il semblait soulagé.

– D'autant, ajouta-t-il, que ça a été un grand match, surtout pour le premier de la saison. Deux touchdowns. Ils ont parlé de vous à la télévision.

– Oui, en même temps, à l'université, tout le monde parle de la course de Sam, hier.

Je me tournai vers elle. Elle s'était assise en bout de table et discutait avec certaines de ses camarades de cross, mais elle jetait des regards dans ma direction.

Jusque-là, on n'avait pas encore trop parlé d'elle. Ça n'allait pas durer. Je savais que les autres filles parlaient de sa course et que la nouvelle allait se répandre. Les gens allaient vouloir vérifier si elle pouvait tenir un tel temps. J'étais sûr que certains pensaient qu'il s'agissait d'un hasard passager, mais pas moi. Sam courait ainsi depuis que je la connaissais.

En outre, je m'avisai que je ne l'avais pas poussée à faire du cross-country. Je lui avais demandé une fois si ça la tentait mais elle avait répondu que la piste lui allait très bien. Je m'en voulais maintenant de ne pas avoir insisté. Je savais que c'était un peu à cause de moi si elle avait choisi ce sport saisonnier. J'aurais dû tout faire pour m'assurer qu'elle ne regrettait pas le cross-country. Finalement, elle y était arrivée.

Elle n'aimait pas trop qu'on s'occupe d'elle, pourtant je savais que, quelque part, elle était contente. Il fallait que je sois là pour elle, et je n'y manquerais pas mais, alors que je regardais son père, j'espérais bien qu'il lisait entre les lignes. Je voulais que tout le monde soit là, y compris lui.

À elle de briller un peu.

Il toussota, plissa les yeux.

– Oui, c'est ce que j'ai entendu dire. J'étais enchanté lorsque je l'ai appris.

– Elle fait des temps dignes des Jeux olympiques. Vous avez entendu ça ?

Il s'immobilisa, haussa les sourcils. Il ne savait pas.

– Ça va devenir fou.

– Oui, murmura-t-il en se tournant vers elle. Je n'en doute pas. Les JO, dites-vous ?

– Oui.

Il pigeait, maintenant ?

– Vous savez, dis-je, je n'aurais pas pu réussir dans ma carrière sans soutien. C'est très important. Le soutien. De la famille et des amis.

Fallait-il que je le répète ?

Il me regarda d'un air entendu. Il avait capté le message.

– Mason, dit Malinda en se levant à l'autre bout de la table un verre de vin à la main. Arrêtez d'interroger Garrett et asseyez-vous. Tous les deux.

Elle adressa un signe à toute la tablée et j'allai me glisser à ma place auprès de Sam. Garrett regagna la sienne à l'autre bout, près de sa femme et de David. Malinda leva son verre.

– Portons un toast à Mason pour son match exceptionnel aujourd'hui. Et un autre à Samantha pour avoir marqué l'histoire de Cain U hier, en préambule à bien d'autres exploits. Et un autre à toute l'assistance. Si vous êtes là, c'est pour soutenir l'un de vos enfants et parce que vous l'aimez. À mon sens, il n'y a rien de plus important au monde. Merci du fond du cœur. À vous tous !

On leva nos verres et on but une gorgée.

Malinda avait déjà commandé les amuse-gueules qui arrivaient au milieu de la table. Après quoi, les serveurs vinrent prendre chacune de nos commandes individuelles.

Assis à côté de Grace, Matteo se pencha vers nous.

– Hé, qu'est-ce qui s'est passé avec ton papa Bio ?

Sam reposa son verre un peu brutalement, comme s'il lui échappait des mains et qu'elle le rattrapait au vol.

– Tu te crois obligé de l'appeler comme ça ?

– C'est quoi, son nom ?

– Garrett. Appelle-le Garrett.

Matteo parut y réfléchir un instant, puis il haussa les épaules.

– Papa Bio, ça me semble plus adapté, mais comme tu veux.

Il se tourna vers moi :

– Alors ? Toi et… Garrett, qu'est-ce qui se passe au juste ?

– Rien de spécial. On bavardait.

– C'est ça ! Vous, les frères Kade, vous êtes connus pour votre art du bavardage.

Nate se pencha vers nous en rigolant :

– Qu'est-ce qu'il y a ?

Je croisai le regard de Sam et vis qu'on pensait la même chose. Puis je captai l'expression soupçonneuse de Logan. Il avait compris que quelque chose se passait, alors je haussai les épaules.

– On est tombés sur une de tes connaissances à l'entrée, dis-je à Nate.

Il en relâcha le petit pain qu'il allait saisir.

– Quoi ? maugréa-t-il.

– Quelqu'un de récent, genre cette nuit…

Logan se mit à rire.

– Il parle d'une meuf ou d'un mec ? Si c'est un mec, ça me va mais préviens-moi. Je te rappelle que je suis ton mari !

Il avait ajouté ça dans un clin d'œil pourtant Nate ne parut pas apprécier.

– La ferme ! Alors vous êtes tombés sur elle ? Merci, quand même, Sam !

– Désolée, répliqua-t-elle sans conviction.

– Lâche-la, dis-je en caressant le dos de ma copine. De toute façon, j'aurais pigé. Elle ne passe pas vraiment inaperçue.

– J'ai bien aimé.

– Qui est-ce ? demanda Logan intrigué. Je veux la voir !

– Vous êtes pas drôles, les gars ! maugréa Nate. On partage un repas familial, là. Ce n'est pas le moment de parler de mes escapades sexuelles.

– Mmmm ?

Apparemment, Malinda avait entendu. Elle se redressa.

– De quoi, de quoi ? Nate qui fait des escapades sexuelles ?

Logan pouffa de rire. J'allais dire quelque chose mais mon ami me fusilla du regard.

– Mason !

Alors je levai la main avant de lui répondre doucement :

– On plaisante. On n'a pas parlé à cette fille. Sam a juste dit que tu la connaissais, c'est tout. C'est Logan qui m'a parlé de cette fille d'un soir.

– Quoi ? lui lança Nate. Ça s'est passé juste cette nuit !

– Et alors, pas besoin de te la raconter juste pour une meuf. Sauf…

Un éclair traversa le regard de Nate. Logan inclina brièvement la tête, s'éclaircit la gorge.

– Alors, dit-il, Matteo.

– Oh non ! s'écria celui-ci en reposant sa pizza miniature. Arrêtez les mecs, pas ça ! J'ai juste envie de manger, moi.

– Tu as déjà invité Grace ? poursuivit Logan impitoyable.

Celle-ci poussa un petit cri et s'empourpra lorsque retentit son nom. D'un regard circulaire, elle put constater qu'elle était au centre de toutes les attentions et couina de nouveau.

– Oooh non !

– Non Logan ! rétorqua fermement Matteo. Tu ne vas pas commencer. Tu divagues. Je ne te laisserai pas faire. Va voir ailleurs, mon pote.

Les yeux de Logan s'assombrirent. S'il considérait Matteo comme un ami, il ne pouvait supporter que quiconque lui donne des ordres, à part Sam ou moi.

– Ah oui ? lâcha-t-il. Là tu attises ma curiosité. Je crois que c'est toi qui divagues. Tu entends, Grace ?

Elle tourna vers lui un visage hésitant.

– Logan, arrête, souffla Matteo.

Une lueur diabolique traversa le regard de mon frère, en même temps qu'un petit sourire lui étirait les lèvres.

– Il ne t'a pas encore proposé de sortir avec lui ? Ou alors si, c'est déjà fait ? Et il n'a pas été trop nul…

– Attention, Logan !

Je ne voyais pas les yeux de Sam, mais son ton sévère en disait assez.

– Ne manque pas de respect à mes amis !

Logan parut aussitôt se reprendre et s'adossa à son siège :

– Si on s'en prenait plutôt aux vrais ennemis ? Je veux bien qu'on me désigne une cible, là.

Sam tendit le doigt par-dessus son épaule.

– Tiens, Faith Shaw est dans la salle. Vas-y !

Il ne se leva pas mais je vis tout de suite qu'il y réfléchissait. Sam nous avait déjà empêchés de la remettre à sa place, s'il le faisait maintenant rien que pour se défouler, ce pourrait être désastreux.

– Arrête ! dis-je doucement.

Il poussa un grognement mais s'arrêta et un silence plus pesant s'abattit sur nous.

– Très bien ! lança Malinda en se levant de nouveau, un deuxième verre de vin à la main.

– Je voudrais porter un autre toast, mais celui-ci risque de me faire pleurer un peu.

Ce disant, elle se passa un doigt au coin de l'œil. Elle renifla, s'éclaircit la gorge.

– Bon, alors voilà ! reprit-elle en levant son verre. Je ne cherche pas à mettre qui que ce soit de côté mais je voudrais d'abord me concentrer sur mes trois enfants. Nate, Matteo, je ne vous connais pas aussi bien, pourtant je vous aime déjà et je sais que vous aimez aussi ces trois-là.

Elle sourit aux coéquipières de Sam.

– Et vous deux, vous me paraissez charmantes.

Elle se tourna vers Taylor, assise en face de Logan, à côté de Courtney.

– Je ne te connais pas depuis très longtemps, mais tu me sembles parfaite pour Logan. Je peux affirmer qu'il est très heureux avec toi. Quant à vous trois…

Elle essuya encore une larme et ses lèvres se mirent à trembler quand elle nous regarda, Logan, Sam et moi.

– Vous trois, vous avez bouleversé ma vie. Et je suis trop heureuse d'avoir rencontré David, mais le jour où est arrivée sa fille, Samantha, mon cœur s'est envolé.

Pressant une main contre son cœur, elle laissa encore échapper un flot de larmes.

– Et vous vous entendez si bien avec mon Marcus. Oh, mon petit garçon ! Mais il a trouvé une sœur en toi, et maintenant tout le monde sait que Samantha ne va jamais sans Mason et Logan.

Éclatant de rire, elle se pencha vers David.

– Je dois reconnaître que nous nous sommes demandé quoi faire de toi, Mason. Tu revendiquais plus de droits sur elle que moi-même. Plus que David. Tu la protégeais de nous. Ça m'a arrêtée net. Je n'y pouvais rien, jusqu'au moment où j'ai compris. Logan et toi êtes ses anges gardiens, et j'espère que ça ne cessera jamais. Jamais. Vous la protégez du monde entier, c'est l'une des personnes les plus chanceuses que je connaisse.

Elle s'éclaircit la gorge.

– Samantha, je t'envie pour la relation que tu partages avec Mason et Logan. Je suis une adulte mais vous trois continuez à me donner des leçons, par votre loyauté et l'amour que vous partagez. Je ne peux qu'espérer former un tel trio avec David et mon fils. Et je suis tellement heureuse de vous avoir rencontrés, tous, et vous trois…

Elle leva encore son verre.

– Alors à votre amour. Puissions-nous tous avoir la chance d'en connaître un semblable au moins une fois dans notre vie.

Elle s'arrêta, se tourna vers chaque adulte pour cogner leurs verres. La femme de Garrett semblait elle aussi lutter contre les larmes, et ils avalèrent tous une gorgée pour se joindre à ses vœux.

Sam nous regardait l'un et l'autre, Logan et moi, l'air abasourdi. Elle finit par lever son verre en direction de sa belle-mère.

– Merci, Malinda ! murmura-t-elle.

Tout le monde but un coup et le silence retomba sur la salle.

Logan me jeta un regard interrogateur. Je haussai les sourcils. S'il croyait que j'allais porter un toast moi aussi, c'était un pur débile. Et il le comprit, rien qu'à mon expression.

– Bon, marmonna-t-il avec un léger sourire.

Il se leva, le verre à la main.

– Je vous adore, maman Malinda, et je ne parle pas aussi bien que vous, mais…

– Plus de discours de mariage ! coupa-t-elle fermement. Nous avons assisté à celui de James et Ann-Lise.

– Non, s'esclaffa Logan. Mais, techniquement, mon discours était sympa, ce jour-là. Il fallait que je sois gentil. C'était Mason, le méchant.

– J'ai juste dit la vérité, lançai-je en toussotant.

Logan tendit son verre dans ma direction.

– Et à propos de vérité…

Nate s'affala sur son siège.

– Oh non ! s'écria-t-il en jetant sa serviette sur son assiette.

– Logan ! dit Malinda d'un ton grave.

– Vous pouvez vous détendre un peu ? Je vais être franc, mais pas pour ce que vous croyez.

Là-dessus, il marqua une pause, l'air d'attendre leur autorisation.

– Vas-y, Logan ! dis-je.

– Bon. Merci, frangin.

Il s'éclaircit la gorge, se frappa la poitrine.

– Il y avait une fois un petit garçon.

– Quoi ? lâcha Nate en m'interrogeant du regard.

– Laisse-le parler. C'est Logan. On ne sait jamais où il veut en venir.

– Merci, frangin.

– C'est bien ce qui m'inquiète, grommela Nate.

– Bien, reprit Logan, comme je disais, il y avait une fois un petit garçon qui grandissait dans un palais, et il y avait une mère triste et solitaire, qui aimait boire pour oublier ses malheurs et ses coupe-faim, et il y avait aussi un grand frère. Et ce grand frère était surveillé par le petit frère qui le vénérait, l'idolâtrait. Et quand le grand frère s'énervait, s'enivrait ou se bagarrait, le petit garçon voulait faire comme lui.

Je soupirai. Je l'avais bien cherché.

– Un beau jour, continua Logan en riant, lorsque le méchant roi revint au palais, chevauchant l'une de ses nombreuses juments… le grand frère en a eu assez. Il s'est mis à crier après son père, lui a tourné le dos. Ce fut le jour où tout changea dans le royaume. La reine, toujours triste et solitaire, partit pour un autre royaume et reporta son amour sur le voyage. On n'entendit plus parler d'elle, mais les deux frères s'allièrent. Ils chassèrent le méchant roi du royaume, avec sa nouvelle jument, celle dont il était tombé amoureux et qui était aussi mauvaise que lui. Mais vous savez que l'histoire ne s'arrête pas là. Non. La conquête du roi prit la forme d'une femme et devint sa nouvelle reine, elle avait amené une fille avec elle. Et cette fille devait être sauvée du méchant roi et de la méchante reine, et les deux frères savaient qu'ils ne pourraient jamais vivre heureux dans leur propre royaume avec leurs propres juments. Ils savaient qu'ils devaient sauver cette petite princesse, alors ils enfourchèrent leurs juments et dévastèrent le nouveau royaume de leur père pour sauver la princesse.

Là, je crus bon d'intervenir :

– Logan. Vas-y, boucle-nous ce conte de fées.

– Tu tenais à une totale transparence au mariage. Et puis excuse-moi, mais c'est un conte de fées. Tout le monde sait qu'il y a une morale.

– Laisse-le finir, dit Nate. Ça me plaît bien.

– Merci, dit Logan. Et dire que tu ne voulais pas que je fasse de discours.

– C'est vrai, je reconnais. Vas-y, continue avec tes juments.

– Oui, il y en a plein dans cette histoire. Mais, quand les deux frères ont ramené la fille de la nouvelle méchante reine, celle-ci a jeté un sort sur eux et leur royaume. Sauf que ce n'était pas un mauvais sort. C'était juste un acte magique. L'un s'est vu destiné à devenir le nouveau roi à ses côtés et l'autre à toujours la protéger et la chérir comme doit le faire un bon frère.

Son regard se posa un instant sur Sam et il reprit d'un ton plus léger :

– Et voilà. Le nouveau royaume était créé et la nouvelle reine si aimante a remplacé à la fois la méchante reine mais aussi la reine triste et solitaire dont on n'entendit plus jamais parler. Alors buvons à ce drôle de conte de fées un peu tordu.

Après avoir levé son verre, il allait se rasseoir, tandis que tout le monde avalait une gorgée, quand une nouvelle voix s'éleva de l'entrée de la salle :

– C'est tout ce que tu penses de moi ?

Helen se tenait sur le seuil, l'air peiné.

– Tu me crois triste et solitaire, tu dis que tu n'as plus jamais entendu parler de moi ? Tu crois que je vous ai abandonnés ?

Logan ne répondit pas.

Je connaissais mon frère. Il le pensait mais il ne dirait jamais rien car il éprouvait encore une certaine forme de loyauté envers elle.

Pas moi.

– Si tu le dis, *maman*.

CHAPITRE 26

SAMANTHA

– C'est tordant !

Croisant les bras, Helen décocha un regard méprisant à Mason. Elle portait une jupe droite et une blouse de soie blanche. Avec ses talons pointus, elle avait l'air d'un mannequin à l'ancienne, sortie d'un magazine économique. Ses cheveux blonds étaient relevés en un chignon tordu mais, chaque fois que je voyais Helen, elle était coiffée ainsi.

Garrett se leva :

– Helen, à quoi devons-nous le plaisir ?

Taylor se racla la gorge, attirant tous les regards sur elle, et elle agita la main.

– Pardon. Elle a envoyé un texto disant qu'elle ne parvenait pas à joindre Logan. Je lui ai dit qu'on était à un dîner et qu'il reprendrait certainement contact à son retour. Je ne savais pas qu'elle était en ville.

– Ni que ton téléphone m'a permis de localiser votre restaurant ? enchaîna-t-elle d'un ton irrité. Désolée de vous déranger, tous autant que vous êtes. Malgré la joie que manifestent mes fils à mon arrivée, il faut que je les prenne à part un moment.

Elle se tourna vers Mason :

– Un ami journaliste m'a donné des tuyaux sur un article qui sort lundi. Je suis peut-être triste et solitaire, je vous ai peut-être abandonnés, mais avec cette nouvelle, je ne pouvais pas me tenir à l'écart. Pourrions-nous discuter tranquillement quelque part, je vous prie ?

Mason la suivit, l'air excédé mais, une demi-heure plus tard, on se retrouvait dans la suite de l'hôtel de David et Malinda. Celle-ci avait insisté et Helen prit le temps d'examiner de nouveau la pièce. Mason tenait à ce que les parents soient présents, avec Nate, Logan et moi-même. La seule adulte qui n'ait pas voulu se joindre à nous était Sharon, la femme de Garrett. Je ne savais pas trop si c'était à cause de la brève idylle de son époux avec Helen ou juste parce qu'elle n'estimait pas sa présence nécessaire. Quoi qu'il en soit, je la comprenais. D'ailleurs, Helen n'avait semblé que médiocrement contente de la voir s'esquiver dans un sourire lorsqu'on quitta le restaurant.

– Il faut vraiment tout ce monde ? redemanda Helen à Mason.

Il haussa les épaules tandis que je prenais place sur un canapé. Logan resta debout près de lui, et ils gardaient tous les deux les bras croisés.

– N'importe comment, ils finiront tous par savoir, répondit Mason. Au fait…

Il désigna Garrett :

– Je te présente mon nouvel avocat. Si je me souviens bien, vous vous connaissez tous les deux, au sens biblique ?

Mon père biologique fit la grimace en se passant une main sur le visage. Helen parut s'irriter :

– C'est tout ? Vous avez échangé vos rôles, avec Logan ? Maintenant c'est toi qui ricanes ?

– Non, dit Logan en s'adossant au mur. Il est juste un peu plus vache que moi avec toi. Tu m'as emmené à Paris et tu es gentille avec ma copine. Mason n'a pas ce genre de raisons pour le freiner. Tu t'es comportée comme une harpie avec sa meuf. Crois-moi, maman, je fais une distinction subtile entre mon irritation sur ton attitude envers Sam et ma reconnaissance sur l'accueil que tu as réservé à Taylor. Mais continue comme ça et je te jure que Taylor n'en aura plus rien à fiche de toi.

– Compris.

Elle me jeta un regard noir avant de pousser un soupir en sortant un magazine qu'elle jeta sur la table.

– Il sort lundi. C'est un article qui dit que mon fils a eu droit à des prérogatives spéciales à cause de son avenir « prometteur ». Il a été arrêté pour coups et blessures mais relâché sans aucune conséquence grâce à l'administration de Cain University.

Mason poussa un juron furieux.

Ce qui n'empêcha pas Helen de poursuivre :

– Ça devait passer plus tard ce mois-ci. Ils voulaient attendre un match important mais on l'a finalement avancé à cause de la course impressionnante de Sam, hier après-midi. Un deuxième article sortira mardi, racontant dans le détail, l'histoire de mon fils avec sa compagne future candidate aux Jeux olympiques, ainsi qu'avec mon autre fils. Voilà. Alors avais-je raison ou non d'interrompre ce sympathique dîner familial ?

– Ça va maman, dit Mason en prenant le magazine. N'ironise pas sous prétexte que tu n'étais pas invitée. Si tu vivais dans les parages, je suis sûr qu'on aurait pensé à toi.

– Je sais, je sais, soupira-t-elle. Bon, il nous manque quelques personnes mais nous en avons d'autres en plus, ajouta-t-elle en regardant Nate puis Malinda. Étiez-vous à la première réunion ? Lorsque nous avons appris à quel point Mason et Sam étaient devenus sexuellement actifs ?

– Impossible, maugréa Logan. Je ne peux pas rester gentil dans mon coin. Bons souvenirs. On était tous d'accord sur notre haine envers Ann-Lise. Désolé, maman mais, apparemment, l'enfer a gelé et c'est toi maintenant qui prends sa place.

– C'est bon ! intervint Garrett en se plantant au milieu de la pièce. Il y a là quelques problèmes qui doivent être réglés, je veux bien, mais… parlons d'abord de cet article. Il faudrait trouver un moyen de l'empêcher de sortir. Il peut causer de gros dégâts.

– Non, dit Helen. Si j'ai obtenu cet exemplaire, c'est grâce à la gentillesse d'un ami qui travaille à la rédaction.

Mason acheva de le lire et me le tendit, la mâchoire serrée. Mais ce fut sa seule réaction.

– Quel ami ? demanda-t-il.

Helen ne dit rien.

– Réponds à la question, maman, grommela Logan.

Elle lui jeta un regard agacé.

– Tu es plus gentil quand tu n'es pas avec ces deux-là.

– Je suis plus gentil quand tu ne fais pas ta salope.

– Mon Dieu ! soupira-t-elle. Comment peux-tu être aussi mal élevé ?

Logan se remit à rire. De mon côté, j'en avais assez lu pour sentir mon cœur flancher. Tout était là. Tout ce qui s'était passé cet été.

Je me levai, excédée par toutes ces médisances.

– Arrêtez !

Je ne pouvais en lire plus. Ça me faisait vomir.

– Votre ami vous a parlé de cet article, dis-je en le jetant par terre. Vous êtes la mieux placée pour arranger ça. Qu'est-ce que vous faites ici ?

– Quoi ? lâcha-t-elle surprise.

Je m'approchai d'elle en croisant les bras moi aussi. Je baissai la voix sur un ton aussi cruel qu'elle.

– Vous auriez pu arranger ça. Si vous avez les moyens d'obtenir une copie anticipée, vous auriez dû filer voir votre ami au lieu de venir ici. Vous le saviez depuis des jours. Il fallait aussitôt rentrer d'Europe, songer à envoyer un SMS à Taylor, pas à vos fils. D'ailleurs, avez-vous seulement prévenu Logan comme vous l'avez annoncé à Taylor ?

– Non, répondit Logan. J'ai vérifié. Il n'y avait pas de message d'elle.

– Tu m'as bloquée ?

– Non, maman ! Pourquoi j'aurais fait ça ? Tu venais de nous emmener à Paris avec ma copine. On était en bons termes jusque-là.

– Mais que me reproches-tu ? C'est bien moi qui vous ai fait part de ce problème !

J'empêchai Logan de répliquer :

– Parce que vous êtes sa mère. James a beaucoup de défauts, mais il aurait réglé ça avant d'en parler à Mason. Ma mère aussi.

Cette dernière phrase, c'était un peu une gifle et, effectivement, elle ferma les yeux. Quand elle me regarda de nouveau, le dégoût avait monté d'un cran.

– Je suis furieuse que mon fils se soit entiché de vous. C'est à cause de vous que tout ceci est arriv…

– TA GUEULE ! cria Mason.

Il fonça vers elle, faisant sursauter tout le monde par sa brusquerie mais ce fut seulement pour me saisir le bras d'un geste mesuré, afin de m'attirer derrière lui. Logan le rejoignit pour compléter le rempart.

– Tu détestes Samantha parce que c'est la fille d'Ann-Lise. C'est l'unique raison. Reprends-toi.

Il s'exprimait d'un ton calme mais on le sentait bouillir d'une rage qui me fit frémir, même si je savais qu'il ne toucherait jamais un cheveu de sa mère.

– Alors, continua-t-il, je te le dis une fois pour toutes : si tu ne te réconcilies pas avec Sam, toi et moi, c'est fini.

– Moi aussi, Helen, ajouta Logan.

Je ne la voyais pas, mais j'entendis son brusque soupir.

– Je me fiche que tu aimes Taylor ou pas, ajouta Logan. Mais tu as intérêt à aimer ma sœur, sinon c'est terminé. Et n'essaie pas de soudoyer Taylor dans mon dos. Elle est loyale envers Sam.

Garrett intervint à son tour :

– Regarde autour de toi, Helen. Tout le monde dans cette pièce est loyal envers Samantha, *ma* fille.

– Et la mienne aussi, ajouta Malinda d'un ton bouleversé.

Puis ce fut le tour de Nate :

– Elle fait partie de ma famille. Je sais que vous n'avez rien à fiche de ce que je pense, mais je tenais à le dire.

Là, David s'éclaircit la gorge.

Je retenais mon souffle. Cet homme m'avait élevée. Il avait supporté les mensonges d'Ann-Lise. Nous n'avions aucun vrai lien de parenté, pourtant, il était resté. Il ne voulait pas risquer de me perdre. Il ne parlait pas beaucoup mais, quand ça lui arrivait, ce n'était pas en l'air. Déjà tremblante, je me penchai, appuyant ma tête sur le dos de Mason. Sa main rejoignit la mienne et nos doigts s'entremêlèrent. J'entendis alors mon père se mettre à parler :

– J'ai toujours éprouvé une certaine sympathie pour vous, car, même si Ann-Lise n'a pas directement brisé votre mariage, je sais qu'elle y est pour quelque chose. Je sais également que c'est la femme qui est parvenue à rendre votre ex-mari fidèle quand vous n'y êtes jamais arrivée.

Helen poussa un soupir tremblé.

– Je sais que je ne parle pas beaucoup et que je n'ai rien à dire sur votre relation avec vos fils, mais je suis de l'avis de tous dans cette pièce. Il serait temps de cesser d'attaquer ma fille. Ce n'est pas elle qui a déchiré votre famille, ni qui continue à la diviser. C'est vous. Vous êtes l'adulte, il vous revient d'effectuer le premier pas pour vous réconcilier avec vos fils. Même si Samantha était comme Ann-Lise, ce qui n'est pas le cas, la responsabilité vous en incomberait encore. Vous êtes la mère. Pas elle. Vous êtes au sommet hiérarchique de cette famille, avec James. Tant que vous continuerez à mettre vos fils au-dessus de vous dans l'espoir qu'ils vous offriront un amour et un soutien inconditionnels, cela ne marchera pas. Vous privez vos fils du privilège d'être vos fils. Malinda a montré d'une façon extraordinaire ce que pouvait être l'amour d'un parent pour ses enfants. Je pense que vous aimeriez beaucoup ma fille si vous appreniez l'humilité. On peut beaucoup apprendre d'un enfant, mais ça commence toujours par les parents. Soyez une mère, pas juste une épouse dédaignée.

Je ne pouvais m'arrêter de trembler.

Mason s'en aperçut. Et Logan dut sentir que je ne voulais pas qu'on me voie dans cet état car il se colla contre son frère, me cachant à la vue de tous. Et Nate vint se poser de l'autre côté, tel un troisième rempart.

J'aspirai de longues goulées d'air en essayant de songer à des choses apaisantes. Mais ça ne marcha pas. J'étais en train de m'effondrer et je ne comprenais pas pourquoi.

Mason me regarda avant de lancer à la cantonade :

– On pourrait avoir la salle pour nous un instant ? Juste Nate, Logan, Sam et moi ?

– Quoi ? commença Helen.

– S'il vous plaît, juste un instant.

– On doit encore parler de l'arti…

– Maman ! cria Mason. Dégage de cette pièce une minute !

Nate et Logan ne dirent pas un mot, ne bougèrent pas d'un pouce. Dès que le dernier adulte fut sorti, refermant la porte derrière lui, Mason se retourna vivement, me prit dans ses bras.

– Qu'est-ce qui se passe ?

Incapable de parler, je l'entourai de mes bras et de mes jambes. Je voulais juste qu'il me porte, qu'il m'apaise.

Il me serra comme une enfant apeurée et alla s'asseoir sur le canapé tout en me caressant les cheveux.

On demeura ainsi un long moment. Après avoir sagement attendu une dizaine de minutes en silence, Logan observa :

– Elle a l'habitude qu'on ne soit que tous les deux à s'occuper d'elle. Même Nate n'était pas très favorable, au début. Et maintenant, tout le monde prend son parti.

Mon Dieu.

Les frissons me reprirent de plus belle.

Je n'étais qu'un bébé. Mason recula et je vis sa chemise trempée par mes pleurs.

– Sam ? C'est de ça qu'il s'agit ?

– Aucune idée, balbutiai-je. C'est comme ça depuis le début de l'été. À cette époque, j'avais senti que ça n'allait pas. Ça s'est arrangé quand on est rentrés et que je me suis remise à courir, mais la présence de ta mère, et puis ce que mon père a dit… Je… je ne sais pas pourquoi je réagis comme ça. J'aimerais bien le savoir.

– Bon, dit Mason en me serrant de nouveau contre lui. Ça ira, tu vas voir. Ça ira bien pour nous tous.

– Sam, demanda Logan, on pourrait parler de cet article ? Tu veux ?

Je fis oui de la tête contre le torse de Mason. J'avais envie de participer, je faisais ce que je pouvais. Mes tremblements avaient presque complètement disparu. Il me fallait juste encore un peu de temps. La main de Mason continuait de me caresser.

Ça aussi, il m'en fallait un peu plus.

Je tournai la tête vers Logan et le vis désigner l'article.

– Qu'est-ce qu'on fait pour ça ? Encore une fois, on sait tous très bien que Helen ne lèvera pas le petit doigt.

– Tout ce qui s'est passé cet été est là, dit Mason. Ce sont les Quinn, j'en suis sûr. Je parie que si on pose la question à Garrett, il va nous dire que le procès du père d'Adam vient de commencer. Ils ont fait ça pour m'accuser à sa place.

– Tu as l'air d'un gosse de riche, assez favorisé pour toujours échapper à la justice, renchérit Nate.

– Exactement !

– Ça bousillera ta carrière de foot.

Comme Mason soupirait, je sentis sa poitrine se soulever sous ma tête.

– Sans doute, surtout avec cette histoire à l'université.

Nate leva la main :

– Justement, si on en parlait ? Il suffirait de prendre les devants. Tu lances la discussion avant la parution de l'article. Tu racontes à tout le monde ton passé, ce qui est arrivé cet été, tu montres la bonne vidéo de ce jour à la fête foraine. Et on emmerde Quinn Jr. Sers-t'en.

Logan se pencha, appuyant les coudes sur ses genoux.

– C'est risqué. Voilà tout.

Ce fut là qu'une idée me saisit, sauf que je ne l'aimais pas. Moi qui ne voulais pas attirer l'attention, en général plutôt négative, je savais que celle-ci allait braquer tous les projecteurs sur moi.

Mais…

Repoussant mon appréhension, j'essayai d'avaler la grosse boule dans ma gorge. Elle était constamment là, guettant les mauvaises nouvelles. Bien qu'il me soit arrivé des choses plutôt agréables, ces derniers temps, quelque part j'étais toujours tendue, inquiète de ce qui pourrait s'ensuivre.

Cette fois-ci, je pris ma décision.

Je me dressai sur les genoux de Mason.

– Sers-toi de moi.

– Quoi ?

– Utilise mon histoire. Je n'ai pas toujours été riche et privilégiée. Je viens d'une famille qui pouvait à peine tenir la tête hors de l'eau. Mon père en était le seul soutien en tant que prof de lycée et coach. Ma mère a souffert toute sa vie de maladie mentale. Elle a passé deux ans dans un centre de traitement, et c'est vous qui m'avez redonné une famille. Servez-vous de moi. Je suis l'opprimée. Qui ne voudrait pas aider une opprimée ?

Logan m'avait écouté avec un sourire qui tourna carrément à la banane lorsque je terminai. Il claqua dans ses doigts.

– Une opprimée qui va finir par participer aux Jeux olympiques.

– Exactement.

Je repoussai la panique glaciale qui s'emparait de moi.

CHAPITRE 27

MASON

Ce n'était pas bien d'utiliser Samantha.

Elle avait déjà pris la décision de se sacrifier. Il s'agissait de la défendre en tant qu'opprimée, si bien que les gens allaient m'aimer pour l'avoir « sauvée ». Ça marcherait peut-être. Ou pas. Mais à ce moment-là, ça se retournerait contre elle. Or, je ne voulais pas utiliser la femme que j'aimais. Que les gens m'apprécient ou pas, je m'en moquais.

D'autant que je ne sauverais pas Sam.

Cependant, on décida de lancer notre histoire avant la parution de l'article et chacun rentra à la maison. Logan, Taylor et Nate vinrent chez nous avec Sam et moi. On but, on bavarda et on ne se coucha qu'à l'aube. J'avais l'impression qu'on n'avait fait que se raconter ma vie. Si ça ne marchait pas, je survivrais mais une partie de mes rêves disparaîtrait. Nos vies changeraient définitivement. Je ne savais pas trop comment. Personne ne le savait, c'était juste notre impression.

Je tenais Sam sur mes genoux tout en buvant du whisky avec mon frère et en riant avec mon meilleur ami. C'était ma famille et, tandis qu'ils parlaient de la future ascension de Sam aux yeux du public, je faisais comme toujours.

Je prévoyais la suite.

Je réfléchissais.

Je calculais et j'essayais d'imaginer ce que ça ferait d'utiliser sa copine comme une béquille pour expliquer pourquoi j'avais commis toutes ces conneries dans ma vie. Mais, chaque fois que je m'aventurais dans cette voie, la même certitude revenait.

Il n'en était pas question.

J'aimais cette femme.

À l'époque de notre rencontre, Sam était en guerre contre le monde. Elle présentait un aspect glacial, cependant j'avais aussitôt perçu la flamme en elle et m'étais senti attiré dès le premier soir à la station-service. Elle m'avait regardé, de ses yeux éteints et j'avais perçu le message. Un pur et simple *je t'emmerde*. Je l'avais tout de suite désirée. Je voulais la prendre, la pénétrer avec une ardeur qu'elle n'aurait jamais sentie chez aucun autre mec. L'être primaire en moi voulait s'emparer d'elle mais je n'avais pas pour habitude de m'arrêter à ce genre de pulsion.

J'aimais baiser. Point. C'était juste un passe-temps pour moi, mais je ne m'attachais à aucune fille.

Cela changea à la seconde où je discernai l'attitude à la *je t'emmerde* de Sam, qui me regardait sans détourner les yeux. Elle me provoquait sans s'en rendre compte. Je sus alors que Logan la désirerait, mais pas question. Celle-ci serait pour moi. Je la ressentais au plus profond de moi. Et je n'aimais pas ça. Seul Logan avait le droit de m'émouvoir ainsi. Pourtant, elle y était parvenue, et cela continuait, semaine après semaine. Je ne pouvais me passer d'elle.

J'avais essayé.

Avec acharnement.

Essayé de l'ignorer.

Essayé de l'intimider.

Essayé de la virer de mon esprit.

Tout essayé à part la malmener – ça, je ne pouvais pas.

J'étais un abruti, comme toujours. Je n'avais jamais eu peur de malmener quelqu'un qui m'attaquerait, moi ou un être cher. Les autres filles, je les baisais. Je me foutais éperdument des gens, des adultes en général. C'était pour ça que les parents de Nate avaient voulu l'écarter. Ils craignaient ma mauvaise influence.

Je n'étais pas un mec sympa, pas plus alors que maintenant.

J'étais le salaud, le connard.

Et Sam m'avait sauvé.

Tout ce qu'il restait de bon en moi, c'était elle. Elle apaisait ma colère. Elle m'apprenait à aimer. Elle me donnait envie de chercher le meilleur en moi. Même si j'avais encore envie de massacrer certaines personnes. À commencer par Adam Quinn. Et peu m'importait si je l'envoyais à l'hôpital ou pire. J'en avais envie. Presque besoin, parfois.

Quant à mon frère, je l'avais condamné. J'avais fait de lui ce qu'il était devenu. Comme à ce dîner où il avait besoin de quelqu'un pour endosser sa colère ? J'étais là. J'avais introduit cette haine, cette noirceur en lui. Il ne vivait plus que pour se battre. Moi, j'utilisais le combat pour chasser mes démons, mais pas lui. C'était moi qui l'avais introduit dans ce monde de haine, de dégoût et de violence. Il y était devenu accro. Je pouvais y échapper, pas lui. Ce serait éternellement un problème dans sa vie. Par ma faute.

Je ne pouvais pas provoquer d'autres problèmes.

Tandis qu'ils discutaient de ma déclaration pour la conférence de presse, je savais déjà ce que j'allais faire. Je ne laisserais rien leur retomber dessus. Même pas Nate, qui voulait que je parle de l'époque où il avait rejoint la fraternité et comment Sebastian était devenu notre ennemi depuis deux ans.

C'était moi, entièrement moi. Et ce serait peut-être la dernière fois que je prendrais une décision pour le groupe sans les consulter. J'étais leur chef, du moins pour une journée encore. Je ne le serais sans doute plus ensuite, mais peu importait.

Ma vie.
Mon histoire.
Mes fautes.
Mon problème à régler.

***

– Prêt ? lança le coach Broozer en m'envoyant une tape sur l'épaule.

En ce lendemain après-midi, on se tenait devant la salle où avaient parfois lieu les interviews pour l'équipe, et elle était remplie de journalistes. Ce serait sans doute la dernière pour moi, à cet endroit. J'entendais bavarder comme souvent après un match sauf que, cette fois, les journalistes ignoraient la raison de cette conférence. Ils n'avaient pas préparé de questions pour moi. C'était moi qui les avais conçues.

– D'accord.

Le coach ouvrit la porte et recula, laissant les lumières et les voix emplir le couloir avant de la refermer.

– Ils sont tous là. Tu es sûr de vouloir y aller ?

Je fis oui de la tête. Je n'avais pas le choix.

Il poussa un profond soupir. L'anxiété le gagnait. Il plissait les yeux – comme chaque fois que quelque chose le contrariait.

– Je ferai tout mon possible pour te garder dans l'équipe, dit-il. Il se peut que tu sois suspendu un certain temps, mais je vais insister.

Peu m'importait. Si cela m'arrivait, aucune équipe de la NFL ne m'approcherait. C'était l'unique carte qui me restait en main si je voulais seulement essayer de rester footballeur. Je connaissais les enjeux. Mes chances étaient des plus réduites. J'espérais juste pouvoir garder un minimum d'espoir.

– Je suis prêt.

– D'accord.

Il se dirigea vers la porte mais j'avais perçu un léger couac dans sa voix. Ce n'était pas normal. Il ne montrait jamais aucune émotion. Mauvais signe.

– Mason, insista-t-il en me prenant encore l'épaule. Tu es sûr…

– Je suis sûr, coach.

– Non, je veux dire, tu es sûr de ne pas vouloir voir Logan ou ta copine ici ? Je comprends que tu essaies de les épargner, quelque part, mais si Taylor traversait ce genre d'épreuve, j'aimerais être là pour elle.

– C'est votre fille. Vous êtes un bon père.

– On est de la même famille, comme toi avec eux.

Peut-être. Peut-être aurais-je dû leur dire ce qui se passait. Ils s'attendaient à me voir rentrer une fois que j'aurais discuté avec les coachs, après quoi on organiserait une conférence de presse dans la soirée. Mais, en quittant la maison, je savais que ça n'allait pas se passer comme ça. J'avais tout dit aux coachs, avant de leur demander d'alerter les médias. Je voulais que ce soit fait avant que Logan et Sam se doutent de quoi que ce soit.

Le coach attendait toujours, sur le point d'ouvrir la porte, et je répétai :

– Je suis prêt.

À notre entrée, le silence se fit dans la salle, et on n'entendait plus que les flashs. D'habitude, il y faisait chaud et humide, mais pas cette fois. Une brise fraîche balayait les lieux, comme une sorte de courant d'air. À moins que ça ne vienne de moi. Pour une fois, je n'arrivais pas en sueur comme à la sortie d'un match.

Peu importait. Rien de tout ça ne comptait.

Je m'attendais à être seul en arrivant là. Mais non. Les deux coachs s'assirent auprès de moi. Ils ne dirent pas un mot. Tout dépendait de moi, mais ce n'était pas rien de les voir à mes côtés. Pour un peu, j'aurais aimé que l'un d'entre eux soit mon père. Alors, peut-être, ne me serais-je pas trouvé dans cette situation. Et puis non. Car je n'aurais pas eu non plus Sam, et si j'avais dû choisir, ç'aurait toujours été elle.

Elle représentait la seule voie possible pour moi.

– De quoi s'agit-il, coach ?

C'était le moment.

Les journalistes se bousculaient pour me tendre leurs micros. Le coach me désigna.

– Mason vous a demandé de venir. C'est lui qui doit vous parler et, quoi qu'il arrive, je vous demanderai de rester corrects.

Il me jeta un regard.

À moi de jouer.

Je considérai la salle mais ne parlai pas tout de suite. C'était la fin d'une partie de ma vie et l'émotion me submergeait. Je l'écartai. J'avais provoqué ce foutoir, à moi de le nettoyer.

– Mason ?

Ce fut le même journaliste qui posa la première question. Il était ami avec le coach et, alors qu'il baissait un peu la voix, j'eus l'impression qu'il savait déjà de quoi on allait parler.

Il m'avait appelé par mon prénom, comme si on était amis, alors que je ne le connaissais pas plus que les autres. J'avais l'impression que c'étaient tous les mêmes, qu'ils n'avaient pas changé depuis mon arrivée à Cain U. Ils m'interpellaient toujours avec de gentils sourires, plaisantaient comme si on était des potes. Ensuite, ils rentraient rédiger un article qui convienne à leur journal, au ton parfois cinglant, parfois vaguement aimable, mais il y en avait quand même des sympas.

Bon, très bien, ils voulaient qu'on fasse comme si on était amis, ils n'allaient pas être déçus. J'allais essayer en tout cas.

Je m'éclaircis la gorge avant de me pencher vers le micro sur la table :

– Demain, un magazine va publier un article disant que j'ai bénéficié d'un traitement particulier en raison de mes aptitudes sportives et grâce à la fortune de mon père.

Un murmure intéressé emplit la salle. Les regards s'aiguisèrent et chacun retint son souffle tandis que je continuais :

– Je tenais à faire le point avant la sortie de cet article pour vous dire ce qu'il y a de vrai ou pas dans ses affirmations.

Mes deux coachs se tournèrent vers moi.

– Mason ! souffla Broozer.

Le micro le capta, faisant tressaillir l'audience. L'atmosphère devenait des plus sérieuses. Ils sentaient qu'ils tenaient là quelque chose d'important et les stylos se mirent à courir sur les blocs-notes.

– Mason, reprit le premier journaliste. Que contient au juste cet article ?

– Mon père est James Kade. Il possède et dirige une compagnie multimillionnaire, ainsi que de nombreuses entreprises dérivées. Cet été, j'y ai fait un stage. J'ai travaillé sur un projet commun avec un dénommé Adam Quinn, le fils de Steven Quinn. Il s'agissait de me rapprocher d'Adam afin de vérifier si son père ne faisait rien d'illégal.

Je m'apprêtais à avouer une tentative d'espionnage industriel, charge dont je serais reconnu coupable, mais je n'avais pas le choix.

– Au début, je n'ai rien trouvé. Et je ne me suis pas rapproché d'Adam. Je n'ai jamais aimé ce type, mais je me suis rendu dans leur datcha familiale et j'y ai trouvé des dossiers sur un ordinateur.

– Y aviez-vous été convié ?

– Pardon ?

Le journaliste qui avait posé cette question se tenait prêt à tout noter. Il reprit :

– Ou êtes-vous entré par effraction ?

– Non, c'était ouvert.

– Est-ce que quelqu'un vous en avait parlé ?

Je ne voyais pas où il voulait en venir.

– Oui.

Je me rappelais la fois où Adam l'avait mentionné au cours d'une conversation.

– Vous a-t-on suggéré d'y passer un certain temps ?

Suggéré ?

– Suggéré ? souligna Broozer d'un air entendu.

– Euh… Oui, je crois que Becky et Adam me l'ont tous les deux suggéré à un moment.

Impossible de me le rappeler précisément.

– Alors vous vous êtes peut-être trompé ? Vous êtes peut-être entré là et avez juste voulu vérifier vos e-mails ou quelque chose comme ça ?

Il m'offrait une issue de secours mais moi je restais planté là, abasourdi. Je ne connaissais même pas ce type.

– Euh… Peut-être, oui. Je dois en parler avec mes avocats.

Un éclat de rire souleva l'audience. Mais il fallait bien que je continue :

– J'ai trouvé des e-mails prouvant que Steven Quinn avait versé des pots-de-vin pour obtenir des permis. À l'époque, il payait également l'un des employés de mon père pour harceler et menacer ma copine du moment. Quand ça a été rapporté à la police, Adam s'est vengé contre moi en montrant une vidéo à la police, où je protégeais ma copine. La vidéo avait été montée de façon à laisser croire que c'était moi qui avais agressé le type. J'ai été arrêté par les flics mais pas officiellement inculpé. Ils m'ont gardé tout le week-end, tandis que la propre fiancée d'Adam Quinn remettait la vidéo originale à ma copine qui est allée la remettre à la police. Alors on m'a libéré. Aucune charge n'a été retenue contre moi.

– C'est tout ? C'est ce que cet article va raconter ?

Ma gorge se serra.

– Non. Le magazine va dire que le personnel d'entraînement avait été prévenu de l'incident et qu'ils auraient dû mener une enquête. Ce qui n'a pas été le cas.

– Vous n'avez jamais été inculpé.

– Pardon ?

Tout le monde se retourna vers le premier journaliste.

Il abaissa son bloc-notes.

– Ils ne peuvent pas mener d'enquête si vous avez été interpellé par erreur. À mon avis, c'était normal.

Je me rembrunis. Quoi ? Mais…

– D'après vous, reprit-il, d'où provient la fuite qui a permis à ce magazine d'écrire un tel article ?

– Des Quinn.

– Pourquoi ?

– Parce qu'ils disent que c'est à cause de moi si Steven Quinn a été arrêté, et, à mon avis, c'est pour détourner l'attention de son dossier.

– De quels faits disposez-vous pour soutenir cet argument contre eux ?

– Adam Quinn n'a cessé de solliciter ma copine au lycée. Je l'ai plus d'une fois envoyé se faire fou…

Quelques journalistes sourirent.

– Autre chose ? reprit le premier, l'air de vouloir m'amener à dire une chose qu'il savait déjà.

– Le type que les Quinn ont payé pour harceler ma copine nous a attaqués, mon meilleur ami, mon frère et moi, avec quinze mecs.

Les murmures s'élevèrent de plus en plus fort. Des téléphones jaillirent.

– D'autres accrochages ?

– Lui et dix de ses amis nous ont attaqués, ma copine et moi, durant une fête à Roussou, en Californie.

Je marquai une pause. Ce type *était au courant*. Il m'avait amené jusque-là. Je me penchai de nouveau vers le micro :

– Et Adam Quinn est entré par effraction dans ma maison, ici, à Cain.

Toutes les têtes se relevèrent.

– Pourriez-vous répéter ?

– Adam Quinn est entré par effraction dans ma maison, il y a quinze jours. Nous nous y trouvions seuls, ma copine et moi. La police est venue le surprendre.

– Ils l'ont arrêté ?

– Non. Je n'ai pas porté plainte.

– Pourquoi ?

– Parce que je savais qu'il ne dirait pas la vérité sur ce qui l'avait amené à faire ça. Après leur départ, il m'a avoué qu'il ne venait pas voler quoi que ce soit. Il cherchait mon ordinateur pour y coller un virus afin de pouvoir surveiller mes e-mails et tout ce que j'y avais installé.

– Dans quel but ?

– Parce qu'il voulait me pourrir la vie. Sa fiancée a rompu avec lui après qu'il a tenté de me faire arrêter pour coups et blessures. Et il me reproche aussi ce qui est arrivé à son père.

– Vous avez dit qu'il y avait une mésentente entre vous au lycée. C'était à propos de votre copine ?

– Oui. Il voulait sortir avec elle mais c'est moi qu'elle a choisi.

Le deuxième journaliste, celui qui m'avait amené à un autre scénario sur la façon dont j'avais accédé à l'ordinateur des Quinn, leva la main.

– Avez-vous autre chose à nous raconter, Mason ?

Je n'eus pas besoin de me poser la question. Je répondis sans hésitation :

– Je ne suis pas un mec gentil. Il m'arrive de me battre pour protéger les gens que j'aime. Si je vous ai fait venir, c'est parce que je voulais clarifier mon histoire, je voulais présenter mon point de vue avant que vous n'appreniez combien je suis un riche connard privilégié qui pourra toujours se sortir des pires situations. Ce n'est pas ma vie. Je ne suis pas comme ça…

– Votre mère est multimillionnaire, n'est-ce pas ? insista le premier journaliste.

Je fis oui de la tête.

– Pourtant, avec votre frère, vous avez préféré fréquenter des écoles publiques alors que vous auriez pu choisir les plus prestigieux établissements privés ?

– Oui.

– Et on a coupé les freins de votre meilleur ami à cause d'une rivalité au lycée, c'est ça ?

– C'est pour ça que sa voiture a été accidentée.

– Votre copine a été hospitalisée après avoir été tabassée dans les toilettes de votre lycée. N'est-ce pas ?

Je hochai la tête. Où voulait-il en venir ?

– Avez-vous fait quoi que ce soit contre qui que ce soit au lycée ou depuis que vous êtes à Cain University ?

– Oui.

Il écarquilla les yeux.

– Mais seulement pour protéger les gens que j'aime.

– Avez-vous tenté de blesser cet Adam Quinn ?

– Non.

Le premier journaliste jeta un regard circulaire sur la salle. Tous semblaient de son avis. Il haussa les épaules.

– Je pense qu'il ne me reste qu'une question : vous avez déclaré tout à l'heure que votre copine était votre « copine du moment. » Pourquoi ça ? Avez-vous rompu ?

Oh, merde ! *Pardon, Sam.*

Cependant, je ne pouvais pas mentir, pas à ce sujet, par sur une chose dont j'étais si fier.

– Non. C'est ma fiancée, maintenant.

CHAPITRE 28

SAMANTHA

Une heure plus tôt.

– Sam.

Je laçais mes baskets. Mason était parti raconter à ses coachs ce qui se passait. On avait dormi hyper tard, la moitié de la journée était déjà passée. J'avais envie de courir avant qu'il n'appelle pour nous tenir au courant de ses projets. Je levai les yeux car Logan venait d'ouvrir la porte du patio en prononçant mon nom. En voyant son expression, je me sentis défaillir.

– Qu'est-ce qu'il y a ?

Soudain, j'avais les mains moites et je les frottai contre ma culotte de course.

– Viens à l'intérieur, dit-il. Il faut que tu voies ça. C'est sur la chaîne câblée de l'université.

Pas besoin de m'en dire davantage, j'avais compris.

Mason était tellement calme en partant. Trop calme. Déjà, il l'avait été toute la nuit et à sa façon de me faire l'amour… Je réprimai un frisson de délice. Il avait été si tendre, si amoureux. Il avait comme vénéré mon corps avant de nous entraîner tous les deux dans une frénétique chevauchée. Ça avait été exaltant mais, maintenant, je savais pourquoi.

J'entendis sa voix à la télévision du salon :

– Mon père est James Kade. Il possède et dirige une compagnie multimillionnaire…

Derrière moi, Logan se mit à rouspéter, les bras croisés.

– C'est n'importe quoi ! Il y est allé tout seul.

– Tu t'attendais à autre chose ?

Nate descendit l'escalier. Il ne fut pas choqué comme moi, ni furieux comme Logan, mais résigné, l'air quasi attendri.

– Il est comme ça, Logan. Tu devrais le savoir.

– On avait décidé ça tous ensemble.

– Non. C'est sa carrière, sa vie. C'est lui qui a décidé. Pas vraiment nous.

– La ferme ! s'insurgea Logan l'air de vouloir le frapper.

– Non, dit Nate en se plantant devant l'écran. Lâche-le, un peu !

– On est tous concernés.

– Surtout lui. Tu vas voir, il ne nous nommera même pas, il ne mettra aucun de nous en danger, tu le sais très bien. Il prend tout sur lui. Pas besoin de l'écouter pour savoir que j'ai raison.

La voix de Mason emplit le silence qui s'ensuivit :

– … j'ai trouvé des déclarations sur l'ordinateur qui présentaient des anomalies, mais aussi…

– Tu vois ? lança Nate en se retournant vers la télévision. *« J'ai »*. Il parle à la première personne. Il ne dit pas *nous* ou mon nom, ni le tien. Si tu veux te mettre en pétard, au moins que ce soit pour une bonne raison.

Logan ne répondit pas.

– Tu es furax parce qu'il ne t'a rien dit, murmura Nate d'une voix à peine audible. Mais c'est sa façon de te protéger.

Logan restait silencieux, mais il respirait lourdement.

Je m'affalai sur un canapé, les mains devant ma bouche. Je ne pouvais pas écouter, mais je ne pouvais pas m'en aller non plus. Il prenait tout sur lui. Il devait avoir eu si peur… en même temps, Nate avait raison, c'était sa façon de nous protéger.

J'écoutai un instant, jusqu'au moment où je me rendis compte que les deux journalistes l'aidaient, détournant son récit vers autre chose, faisant de lui une victime des deux méchants, Adam et son père.

Bravo ! s'écria une petite voix en moi.

– Vous n'avez jamais été inculpé, dit un journaliste à Mason.

– Pardon ?

La voix du journaliste retentit derrière les caméras :

– Ils ne peuvent pas mener d'enquête si vous avez été interpellé par erreur. À mon avis, c'était normal.

Logan poussa un juron en se rapprochant de la télévision.

– Ils l'aident.

– C'est ma faute.

Je fermai les yeux. La voix de Taylor. D'un seul coup, tout devenait clair. En je me retournant vers elle, je la vis se tordre les mains, affichant un sourire navré.

– Je ne pouvais rien dire.

– C'est pour ça, dis-je, que tu as disparu l'autre soir, une fois qu'on est rentrés ici. Tu appelais ton père ?

– Il le fallait.

Logan ne réagissait toujours pas. Elle posait sur lui des regards inquiets mais revint vers moi :

– Ce n'est pas la première fois qu'un athlète a des ennuis. Mon père connaît du monde. Des gens qui peuvent tirer quelques sonnettes, attirer quelques avantages. Il fallait que je le prévienne. Qu'il ait au moins une chance d'intervenir. Mason le méritait bien.

– Ça marche, dit Logan en désignant l'écran.

Elle s'assit à côté de lui, toute droite, les mains sur les genoux.

– Tu m'en veux ?

– Non, ma puce. Jamais.

Elle soupira, se détendit.

L'un des journalistes reprit la parole :

– Ils l'ont arrêté ?

– Ce journaliste, reprit Taylor, comme l'autre que vous avez entendu tout à l'heure, est une pointure dans le monde du sport. Ils font toujours leur possible pour aider mon père. Parfois ils y arrivent, parfois non, mais là, ils font fort. À mon avis, ils n'aiment pas Steven Quinn, pour une raison ou pour une autre. Ou c'est juste qu'ils adorent Mason…

On se regardait tous.

– Non, finit par lâcher Nate.

– Impossible, maugréa Logan. Qui peut aimer Mason ?

Je me contentai de rire, ravie qu'ils puissent en arriver à plaisanter. J'avais le cœur moins serré et la conférence de presse semblait toucher à sa fin. Je me levai. Il fallait que j'aille chercher Mason. J'attrapai un sweat-shirt et mon sac lorsque j'entendis :

– … vous avez déclaré tout à l'heure que votre copine était votre « copine du moment. » Pourquoi ça ? Avez-vous rompu ?

Non.

Je me figeai, la main en l'air, et j'entendis Mason répondre presque trop vite.

– C'est ma fiancée, maintenant.

Je déglutis.

Il n'avait pas fait ça.

Si.

Je me détournai vivement. Dans la pièce, ils étaient tous là, à me regarder, l'air plus ou moins surpris. Nate écarquillait les yeux, Taylor esquissait un sourire et Logan – celui que j'avais le plus peur de regarder – restait imperturbable.

– Logan.

Levant la main, il me fit taire et, sans dire un mot, sortit du salon. Taylor se leva à son tour, l'air navré.

– Sam, je…

– Vas-y, rejoins-le, lui dis-je.

Elle passa en hâte devant moi, me serrant le bras juste le temps de murmurer :

– Félicitations !

Et elle fila en claquant la porte derrière elle.

Il ne restait que Nate et moi.

Il se passa une main sur le visage, dans la nuque, avant de la laisser retomber. Puis il m'ouvrit les bras :

– Félicitations, Sam ! Viens ici.

Je me serrai contre lui mais j'étais tendue. Et lui aussi. Logan était furieux et il fallait que je prenne le parti de Mason.

Cependant, je parvins à répondre :

– Merci, Nate.

Il m'étreignit encore une fois avant de me lâcher.

– Logan est juste vexé, tu le connais.

– Oui, mais ça ne me console pas.

Je repartis vers la porte quand Nate m'appela de nouveau :

– Tu sais qu'on va faire une super fête, maintenant ?

Je voulus lui rendre son sourire mais j'avais le cœur gros.

– Chaque chose en son temps.

– D'accord, va rejoindre ton mec. Et au fait…

Je m'arrêtai de nouveau.

– Il n'a pas menti à ton sujet. Il est extrêmement fier de t'avoir dans sa vie. Jamais il ne voudrait que tu puisses croire autre chose. C'est pourquoi il a dit ça.

Je ne puis lui offrir qu'un triste sourire.

– Je sais, dis-je en partant.

***

En arrivant, je trouvai Mason et ses coachs en train de serrer la main à deux hommes.

L'un d'eux était en train d'expliquer :

– On aurait pu tordre votre récit dans tous les sens, mais on n'est pas idiots. On a presque tous eu affaire à Steven Quinn. Un vrai taré. Après comment s'étonner d'entendre qu'il a pu engager quelqu'un pour vous attaquer et vous harceler ? Croyez-moi, vous serez surpris de constater la réaction des gens à la sortie de nos articles. Au point que le magazine risque de vouloir se rétracter et de vous présenter des excuses.

Après quoi, le mec balança une tape sur l'épaule du coach de Mason.

– C'était super, Hank. Merci pour les infos.

Les deux hommes s'en allèrent et Mason se tourna vers son coach :

– Vous étiez au courant ?

– Taylor m'a appelé dès que Logan l'a informée. Un jour, tu feras partie de ma famille, Mason. Et puis tout ça n'était que la pure vérité, cette fois. Avec ton frère, vous commettez parfois de belles âneries, mais pas là. Tu voulais vraiment protéger ceux que tu aimes.

Broozer releva la tête et m'aperçut.

– Et j'ai cru comprendre qu'on en était à l'heure des félicitations. Félicitations, Samantha. Je sais que Taylor vous adore.

Il me tendit la main, et je la serrai, éberluée. Puis il tapota l'épaule de Mason.

– Je ne peux rien te dire d'officiel pour le moment mais, si tu veux vraiment faire carrière à la NFL, je suis sûr qu'ils t'attendent.

– Merci, soupira Mason. Merci à tous les deux.

– Ça fait partie de notre boulot. On ne veut pas abandonner nos joueurs. On vous protégera tous et toujours dans la mesure du possible.

Les coachs s'éloignèrent et Mason se tourna vers moi, le regard anxieux. Cependant, il parut vite se reprendre.

– Je ne pouvais pas mentir. Pas à ton sujet. Je ne pourrai jamais mentir à ton sujet.

Pourtant, je connaissais une époque où c'était arrivé. Il avait envoyé une autre fille affronter l'agression qui m'attendait. À l'époque c'était pour me protéger, comme maintenant.

– Je sais, dis-je doucement. On en reparlera plus tard.

Je lui posai une main sur le visage et il s'appuya dessus, fermant un instant les yeux.

Ma gorge se serra.

– Comment vas-tu ?

M'attirant contre lui, il me serra fort, enfouit le visage dans mon cou.

– Mieux. Beaucoup mieux.

Je l'étreignis à mon tour et on demeura un long moment sans bouger.

CHAPITRE 29

– Alors, demanda Mason, Logan est vraiment en pétard ?

On était retournés à notre piscine, de nouveau immergés sous la statue au papillon. Je m'étais assise sur le rebord, les jambes dans l'eau, tandis que Mason m'arrosait régulièrement.

– Il était choqué que tu donnes cette conférence sans nous, mais Nate a pris ta défense et Logan s'en est remis.

Je détournai les yeux, une boule dans la gorge.

– Et puis tu as annoncé nos fiançailles. Il est parti après ça.

Jurant entre ses dents, il plissa un peu les yeux :

– Et toi, tu n'es pas furieuse ?

– Nate m'a rappelé que tu avais dit ça parce que tu étais fier de moi et que tu ne pouvais sans doute pas mentir à mon sujet.

Je n'étais pas furieuse, mais blessée.

– Ah, dit-il en remuant légèrement les mains sous l'eau. Mais tu es blessée, c'est ça ?

Mes épaules s'affaissèrent. Pourquoi essayais-je seulement de lui cacher quoi que ce soit ? Il releva la tête et je lui laissai voir la vérité.

– Oui.

– Pardon.

Je soulevai une épaule contre ma joue.

– C'est comme ça. On ne peut plus reculer maintenant.

– C'est-à-dire ?

Il vint vers moi en nageant, posa les mains sur mes jambes.

– Je suis blessée.

Il tressaillit et ses mains s'éloignèrent, mais il ne me quitta pas des yeux.

– C'était une chose qu'on devait annoncer ensemble, et puis tu avais dit que tu allais refaire ta demande.

Sa voix s'enroua :

– C'est ce que tu veux ? Que je te refasse ma demande ?

– Oui, avec la bague, et que ce soit bien romantique.

Il me dévisagea un long moment tandis que mille questions semblaient lui jaillir à l'esprit.

– Tu seras prête, cette fois ?

Étais-je prête ? Il fallait que j'y songe. Je tremblais intérieurement.

– J'ai peur.

Il détourna la tête vers l'eau.

Je vis à quel point il s'était crispé. D'un seul coup, je compris combien mes peurs étaient vaines. Rien que des déchets dont je devais me débarrasser. Je me glissai dans l'eau et la tête de Mason se redressa brusquement quand il sentit mes jambes se nouer autour de sa ceinture. Il allait me faire de la place. Je le percevais instinctivement et n'y tenais pas pour le moment. Alors je m'accrochai, avant qu'il ne bouge. Et je le sentais bien là, à sa place, entre mes jambes. Mon bras lui entoura l'épaule et Mason m'attrapa pour que je ne change pas de position. Je lui passai les doigts dans les cheveux. Nos visages se trouvaient à quelques centimètres l'un de l'autre. Je murmurai contre ses lèvres :

– Tu ne peux pas mentir à mon sujet ? Je ne peux pas te mentir. Je ne sais pas comment ça se fait, mais j'ai peur. Je ne supporterais pas de te perdre.

– Sam, souffla-t-il en me caressant le visage. Tu as sans doute vu ta mère dans ses pires moments, mais tu as aussi vu David. Il est resté. Il a tenu bon parce qu'il t'aimait. Elle l'a quitté, mais lui non.

– Si. Une fois.

Mason jura encore, et ses lèvres retombèrent sur mon épaule qu'il se mit à mordiller légèrement.

– Désolé. J'avais oublié l'époque où…

Où elle a tué ses bébés.

Il ne pouvait pas dire ça. Pas plus que moi.

Posant ma tête contre sa poitrine, je l'étreignis. Je ne savais pas ce que l'avenir nous réservait, mais j'étais certaine qu'il y aurait aussi de bons moments.

Il existait une telle force, une telle certitude entre nous… pourtant, je ne pouvais le nier, il y avait aussi de la peur.

Sentant mes larmes monter, je me hâtai de murmurer :

– Il faut nous marier maintenant.

– Quoi ?

Il recula pour mieux me dévisager.

Et mes larmes coulèrent.

– Faisons-le maintenant. Avant…

Avant qu'il ne soit trop tard. Avant qu'on ne construise des remparts autour de nos cœurs, car c'était ce que ma mère m'avait dit de faire.

J'avais fini par comprendre et cette révélation se répandit en moi à un rythme d'enfer. Je me protégeais. Au début, ç'avait été contre elle, mais ça finirait par arriver contre Mason. Ça faisait partie de mon ADN. Je n'en prendrais conscience que trop tard.

Il ne fallait pas que ça se produise. Je ne pouvais pas me cuirasser contre lui.

Mes doigts agrippèrent sa peau.

– On y va. Avant de faire des conneries et que ça se termine mal.

– Sam.

Il allait dire non, que tout irait bien. Il dirait tout ce qu'il faudrait, qu'on s'en tirerait, qu'on s'aimait, qu'on ne ferait jamais ce qu'avaient fait nos parents. Il avait sans doute raison mais je sentais encore qu'arriverait un moment où ni l'un ni l'autre ne se rendrait compte de ce qui se passait. Quelque chose nous placerait l'un contre l'autre et ce serait la fin.

– Je t'en prie, Mason.

Il promena ses doigts dans mes cheveux, remit quelques mèches à leur place derrière mes oreilles.

– Tu me fais confiance ?

Je fis oui de la tête. C'était en moi que je n'avais pas confiance.

– Si tu me fais confiance, crois-moi quand je te dis que ça ira bien. Je n'ai jamais rien fait qui puisse te blesser. Tu ne m'as jamais blessé. Tout ira bien. Je te le promets.

Il me caressait le visage mais je lui saisis le poignet, m'accrochai à lui, essayant d'accepter ce qu'il me disait, sauf que mes tripes hurlaient le contraire. Il allait arriver quelque chose. Quelque chose que ni lui ni moi n'allions voir venir et ça nous déchirerait.

Fermant les yeux, je posai le front sur son épaule.

– Sam, dit-il en me caressant les cheveux. Tout ira bien. Je te le promets.

J'avais confiance en *lui*. Le problème, c'était moi.

Je ne pus que murmurer :

– D'accord.

– D'accord ?

Il souriait, et puis son regard s'assombrit. Ses lèvres se posèrent sur les miennes.

– Ça ira. Je ne permettrai pas qu'il nous arrive quoi que ce soit, ni à toi ni à moi. Promis.

Encore ce mot.

J'allais le détester ce mot, comme quand Ann-Lise me faisait une promesse. Elle prenait toutes sortes d'engagements. Et les oubliait tous.

Pourtant, je hochai la tête en soupirant :

– D'accord.

– D'accord ?

Ma tête faisait toujours oui et je fermais les yeux. Je sentis de nouveau ses lèvres et, cette fois, elles ne se détachèrent pas. Elles restèrent là, s'appuyèrent. Elles m'emmenèrent dans un autre voyage et, quand Mason se glissa en moi, je remuai avec lui, pourtant, je n'arrivais pas à faire taire mes tripes.

Notre temps était compté.

CHAPITRE 30

MASON

Sam s'endormit pendant le trajet de retour.

Comme je n'avais pas le courage de la réveiller, je la transportais à la maison dans mes bras lorsque Logan apparut dans le couloir. D'un doigt, je lui fis signe de ne pas parler trop fort. Je ne lui demandais qu'une minute. Il recula vers le salon tandis que j'entrais dans notre chambre.

On s'était rincés avant de quitter la piscine et j'étais retourné effacer les enregistrements des caméras durant le temps qu'on avait passé ici. En regagnant l'Escalade, j'entendis le moteur tourner. Sam avait mis le chauffage et s'était pelotonnée sur la banquette arrière. Je sus qu'elle dormait avant même d'entendre sa respiration profonde.

Elle ne remua même pas alors que je la glissais sous les couvertures.

J'attrapai quelques vêtements propres et me changeai dans la salle de bains avant de rejoindre Logan.

Ça sentait le bourbon. Il s'était rempli un verre en m'attendant et me désigna le bar.

– Vas-y. J'ai envie de picoler ce soir.

Même si Sam ne me l'avait pas dit, j'aurais immédiatement compris. Mon frère était dégoûté, blessé comme jamais.

Je me servis à mon tour et vins le rejoindre.

– Désolé.

– Pourquoi, frangin ?

Son visage ne montrait pas la moindre émotion mais ses yeux étincelaient de rage.

– Pour être allé te sacrifier sans moi ? Ou pour avoir demandé Sam en mariage sans me prévenir ? Je l'ai entendu à cette putain de télé ! Comme n'importe qui d'autre !

– Désolé.

Il avala une gorgée en ronchonnant.

– Tu as intérêt. Tu m'as évincé. Je ne suis pas le dernier venu, juste celui qui t'a toujours soutenu.

– Je sais.

– Ah oui ?! Moi je t'aurais averti avant de demander Taylor en mariage. Merde ! Tu aurais fait partie du programme, ou alors tu aurais été le premier que j'aurais appelé une fois qu'elle aurait dit oui. Ou même si elle disait non. Ça remonte à quand ?

– Quand j'ai fait ma demande ?

– Depuis quand tu es fiancé sans me le dire ?

– Un mois.

Il donna un coup de tête en arrière.

– Sérieux ? Un mois complet ?

Je m'assis à table. Il n'alluma pas les lampes de la salle à manger, ce dont je lui fus reconnaissant, mais il vint me rejoindre, la bouteille à la main. Il la plaça entre nous.

– Elle n'a pas dit oui.

Il s'immobilisa, releva la tête.

– Tu te fous de moi, là ?

Je fis non de la tête, achevai mon verre, le rempli. J'avais entraînement demain après-midi – du moins je l'espérais – mais rien à fiche pour le moment. Logan avait raison, j'aurais dû le prévenir tout de suite, en avouant les hésitations de Sam, je sentais un poids me libérer les épaules.

Je m'adossai à ma chaise.

– Elle a peur, elle n'était pas prête. Moi-même je ne l'étais pas. J'avais décidé ça un jour et je m'étais lancé. J'avais allumé des tas de bougies à la con, les filles aiment ça, et je les avais disposées autour du sentier où elle aime courir.

– Ouais… railla Logan. Trop romantique !

– Ta gueule. Tu feras des trucs encore pires pour Taylor, tu le sais très bien.

– Peut-être, reconnut-il en remplissant son verre. Tu as raison, je risque de complètement noyer ta petite mise en scène.

Ce qui me fit grincer des dents. Ça me rappelait comment nous avions fait l'amour dans la piscine. Elle était avec moi, elle éprouvait les mêmes sensations que moi, pourtant je la sentais lointaine, dévorée par le doute. Parfois, ça l'envahissait comme une couverture de plomb. Et l'idée de m'épouser… l'angoissait. Je ressentais comme un coup de couteau chaque fois que je me disais ça.

J'étais prêt.

Je pouvais attendre mais j'étais prêt. Je ne ressentais ni doute ni peur.

Je ferais n'importe quoi pour elle. Mais la femme que j'avais placée sur un piédestal au-dessus de moi n'était pas certaine de vouloir m'épouser. Elle le prétendait, elle en murmurait les paroles, mais je savais qu'elle n'était pas prête. Bien que j'aie annoncé à la télévision qu'on était fiancés, quelque part, elle ne l'était en rien. Quelque part, elle ne songeait qu'à s'enfuir.

Je reposai mon verre, l'emplis pour la troisième fois.

– Ça va ?

Je relevai la tête au son anxieux de sa voix.

– Tu es encore en pétard ?

– Mais non ! Pas maintenant que je sais qu'elle a dit non.

C'était vraiment nul. Pire. Ça me dévorait.

– Ouais.

– Tu veux qu'on aille faire des conneries ? Comme ça nous arrivait au lycée ?

– Comme quoi ?

De toute façon, j'allais le suivre. Qui qu'il propose. Il fallait qu'on se retrouve, comme quand c'était lui et moi contre le monde entier. À l'époque, tout semblait avoir beaucoup plus de sens.

– On va chercher Adam Quinn, ricana-t-il. On met le feu à sa caisse.

– Comme avec les Broudou.

C'était nul.

C'était idiot.

Le genre de chose qu'on faisait au lycée.

Je vidai mon troisième verre.

– J'en suis. Mais juste la caisse. Rien d'autre.

– Bien sûr. On n'est pas cons à ce point.

On échangea un sourire et j'ajoutai :

– Il nous faut un chauffeur.

On leva ensemble les yeux au plafond. Trente secondes plus tard, on réveillait Nate.

– Hé ! dis-je en lui secouant l'épaule.

Logan ne perdit pas de temps : il envoya promener la couverture de Nate.

– Hé ! cria celui-ci. Je suis à poil !

– Alors habille-toi vite, dis-je. On a besoin d'un chauffeur.

Logan avait déjà regagné le couloir. Il tapa sur le mur de Nate.

– Bouge-toi les fesses, Monson. On doit foutre la merde quelque part.

Il ronchonna mais on l'entendit se lever. Logan alla se changer, quant à moi j'étais prêt. Ce n'était pas malin, mais je m'en foutais. Je remplis de nouveau mon verre et attendis.

Logan me décocha un sourire moqueur en voyant que je m'étais resservi.

– Voilà ce que j'aime chez toi, commenta-t-il.

Il m'imita et on alla ensemble attendre Nate à la cuisine. Il apparut enfin, en jean et sweat noir.

– À quoi vous jouez ? demanda-t-il.

Logan me désigna du doigt :

– Avec Sam, ils se sont à moitié fiancés, à moitié pas. Elle a commencé par dire non.

Nate écarquilla les yeux.

– C'est vrai ?

Je n'avais pas envie d'en parler et vidai mon verre.

– On y va.

– Où ça ?

Logan termina le sien aussi puis décrocha du mur les clefs de Nate, les lui lança en annonçant :

– Tu conduis. On va faire un tour chez Adam Quinn.

– Sérieux ?

Faisant oui de la tête, Logan sortit son téléphone. On se dirigeait vers le véhicule de Nate lorsque quelqu'un répondit à son appel.

– Tate ! lança-t-il. Tu me dois un service.

Silence, puis :

– Rien à foutre de l'heure. Où habite l'ex-enfoiré de ta cousine ? J'ai dans l'idée qu'elle le sait.

Il attendit encore puis répondit :

– D'accord. Compris. Merci et, au fait… je ne te conseille pas de prendre la moindre initiative à ce sujet. Pigé ?

Alors qu'on s'installait dans le pick-up de Nate, il expliqua :

– Adam habite à la datcha pour échapper à la presse. Apparemment, ils ne l'ont pas encore repéré.

Nate démarra.

– Et ses parents ? demandai-je.

– J'étais sûr que son père était en liberté conditionnelle.

Logan me décocha un sourire mauvais.

– Le cher papa est en ville, ce qui lui permet de voir plus facilement ses avocats. Sa maman se trouve à Fallen Crest aussi. Adam est seul.

J'avais un jour glissé à Adam que s'il me pourrissait la vie, avec Sam, avec ceux que j'aimais, j'allais l'anéantir. Je ne savais pas comment ni quand, mais un jour, il verrait autour de lui que personne ne serait là pour l'aider.

Ce jour était arrivé.

***

SAMANTHA

Quelque chose ne tournait pas rond.

Je l'avais senti dès mon réveil. Mason n'était pas à côté de moi. Je n'avais aucune raison de croire que quelque chose n'allait pas, pourtant ce fut le cas et je me fiai à mon instinct. Je m'habillai, tirai mes cheveux en queue-de-cheval puis allai réveiller Taylor. Je découvris sans grande surprise que Mason, Logan et Nate avaient disparu. Je vérifiai à la cuisine, dans le salon, dehors, jusque dans leurs chambres.

Blottie de son côté, Taylor dormait profondément. Je lui tapotai l'épaule :

– Hé, Taylor !

Elle s'éveilla brusquement, fit volte-face, repoussant sa couverture, se passa la main dans les cheveux.

– Quoi… Sam ? Qu'est-ce qu'il y a ?

– Je ne sais pas. Les mecs sont partis. Je crois qu'ils vont commettre une bêtise.

– Tu crois ?

Elle n'était pas là à l'époque de leurs bagarres. Elle les avait vus la défendre, la sauver des ennemis de ses amis, mais c'était tout. Logan l'avait toujours protégée des aspects sordides de leurs affrontements. Je n'en ferais pas autant. Il fallait qu'elle sache. Mais je commençai par seulement lui répondre :

– Je ne sais pas. C'est juste une impression. Il faut qu'on les trouve.

– D'accord.

Elle se leva et allait mettre sa robe de chambre quand elle vit comment j'étais habillée : jean et sweat-shirt noirs.

– Pourquoi ai-je l'impression que je ne suis pas près de revenir dormir ? soupira-t-elle.

Je me tournai vers la porte.

– Parce que c'est la vérité.

Je descendis l'attendre et mis en route l'appli de tracking qui me reliait au téléphone de Mason. Il était au courant. Il l'avait installée sur mon appareil, alors j'avais insisté pour en faire autant avec le sien. On l'avait également fait avec celui de Logan, sauf que lui ne le savait pas, du moins j'en doutais. Il y avait tellement de trucs sur le sien… !

– Où va-t-on ? demanda Taylor en arrivant.

Je lui montrai mon téléphone.

– Tu conduis. Je te guide.

On prit sa voiture et elle démarra. Je suivis le point qui se déplaçait sur la carte.

– Tu sors de la ville, direction Fallen Crest.

CHAPITRE 31

MASON

– C'est quoi, le plan ?

On était en route depuis trois heures lorsque Nate posa la question. On avait d'abord pris la direction de Fallen Crest puis bifurqué plein nord sur une route secondaire depuis une demi-heure. On approchait du but.

Logan se pencha.

– À part se bagarrer ?

– Je croyais qu'on allait juste jeter quelques pétards dans sa caisse.

Logan s'adossa à son siège en râlant.

– Oui. Mais rouler trois heures juste pour un petit feu d'artifice, tu rigoles ?

– Vous êtes bourrés tous les deux.

Logan esquissa un sourire. On avait apporté la bouteille de bourbon, bien que le trajet ait commencé à me dessaouler un peu. Il fit une grimace dans le rétroviseur.

– Quoi ? demanda Nate. On ne va rien faire du tout. On ne peut pas. Mason, tu viens de passer à la télévision en accusant ce type.

– Il est à la datcha, dit Logan. Il se cache.

– Et alors ?

– Tu crois vraiment qu'on ne va rien faire ? Il a voulu faire accuser Mason, lui bousiller sa carrière. Il s'est introduit dans la maison. Il est entré dans ta chambre, mon pote. *Ta* chambre. S'il n'est pas entré dans celle de Mason, c'est parce qu'il avait commencé par les nôtres. Et s'il avait implanté ce virus dans ton ordi ?

Nate se crispa, comme s'il n'avait pas envisagé cette éventualité.

– Qu'est-ce que tu racontes ? Tu crois qu'il a mis cette merde dans mon ordi ?

– J'étais avec toi quand tu as vérifié ta chambre. Ton ordi était allumé. S'il n'a pas de mot de passe, c'est bien possible.

– Tu dis ça pour m'emmerder, Logan ?

– Non, je te dis juste la vérité. Quinn n'est pas un pauvre petit chou innocent, arrête de le traiter comme ça. Tu le sais, toi, Mason.

Nate se tut un instant, puis me jeta un regard.

– Tu vas lui taper dessus ?

Si je pouvais le tuer…

– On verra bien ce qui se passera, dis-je.

– Autrement dit, Mason va examiner sagement la situation pour voir ce qu'on peut faire sans se mettre dans les ennuis.

– Tu me connais bien, frangin.

– Juste depuis le jour de ma naissance.

La datcha apparut au loin et Nate éteignit les phares puis se gara, non loin de la route.

– Ne courez pas le risque de vous faire arrêter, dit-il. On n'est plus des gamins. Vous avez trop bu, j'ai horreur de ça.

– Hé ! s'esclaffa Logan. Oh, merde ! je ne sais plus ce que je voulais dire…

– Tant mieux. Bon, les gars, je vous ai déjà posé la question mais vous n'avez pas répondu. C'est quoi, le plan ?

Tous deux se tournèrent vers moi, comme s'ils attendaient les ordres. Et, peu à peu, mes idées se remirent en place. Je me rappelai Adam, toutes les merdes qu'il avait causées, mais particulièrement à l'époque de la datcha de Nate. Je l'avais trouvé en train de bavarder avec Sam dans un couloir et je voyais très bien où il voulait en venir. Il faisait l'aimable et flirtait avec elle. Et j'en avais senti mon sang se glacer. Sam était à moi. Je n'avais aucune envie de le lui rappeler, juste de le lui prouver.

J'avais foncé droit sur lui.

– *Qu'est-ce que tu fous ici ?*

Il avait joué les étonnés. C'était peut-être le cas. À moins qu'il n'ait été surpris que je lui crie dessus. S'il désirait Sam, il devait prouver qu'il était un homme, montrer qu'il saurait me tenir tête.

Ça n'avait pas été le cas.

– *Comment ça ?* avait-il balbutié.

– *D'après toi, connard ? Qu'est-ce que tu veux ? Elle ?*

Je voulais tout étaler au grand jour, que Sam sache à qui elle avait affaire.

– *Qu'est-ce que tu veux ? Oui, elle me plaît. J'ai envie d'elle, d'accord ?*

J'en souriais maintenant, comme si c'était arrivé la veille. C'était ce que je voulais. Qu'il ne puisse plus se cacher.

– *Depuis combien de temps elle te plaît ?* avais-je alors demandé.

– *Depuis la classe de cinquième...*

Je me souvenais que Sam avait alors commencé à se montrer mal à l'aise, comme si elle éprouvait de la pitié pour lui. Mais je n'allais pas permettre ça. Non. Je l'avais poussée derrière moi, si lentement, si doucement qu'Adam ne parut même pas s'en apercevoir.

Il avait essayé de revenir à moi en disant que je désirais Sam moi aussi.

Hé oui, connard.

Là j'avais senti Sam se serrer contre mon dos, tremblante, le cœur battant trop vite. Mais je savais que ce n'était pas de peur. Et puis Adam avait commencé à se tortiller. Je voyais l'hésitation sur sa physionomie. Il allait reculer.

– *Je le reconnais,* avais-je dit. *Sauf que je ne vais pas baiser une autre fille en me racontant que c'est Sam. Et tu sais pourquoi ?*

J'allais le tuer. Mais je m'étais tourné vers Sam. Je faisais ça pour elle aussi. Elle ne pouvait pas me renier, se cacher.

Je m'étais pressé contre elle, mon genou calé entre ses jambes et j'avais senti son cœur battre. Elle avait fermé les yeux, sentant ce que je pouvais lui donner. Je m'étais rapproché, frottant mon nez sur sa joue et elle s'était cambrée contre moi, alors…

Ses mains avaient glissé sur mes bras, remontant vers mes épaules, afin de m'entourer la nuque. Maintenant encore, mon cœur s'emballait à cette pensée. Je ressentais exactement les mêmes émotions, Sam serrée si fort contre moi alors que je la pressais contre le mur.

Mes mains avaient soulevé ses fesses, et elle m'avait enveloppé de ses longues jambes harmonieuses. Elle se tassait contre moi.

Elle était mienne, comme maintenant.

Quinn se trouvait toujours là mais ce moment m'appartenait. Je l'avais décollée du mur. Je voulais sentir tout son poids sur moi.

Un tressaillement l'avait parcourue et je l'avais embrassée sur l'oreille, sur la joue, dans le cou, en lui murmurant autre chose mais elle seule comptait.

– *Mason*, avait-elle soupiré.

Là, juste à cet instant, elle avait succombé.

Je m'étais tourné vers Quinn.

– *C'est pour ça que je ne ferai jamais ce que tu voudrais faire. Elle est à moi. Pas besoin d'en rêver.*

Et ça ne s'était pas arrêté là. Il avait encore désiré Sam. Il avait tenté de devenir son ami, il lui avait offert son épaule pour pleurer. Ce fut le plus terrible. Lorsque j'entendis qu'il avait été là pour elle, et pas moi. Cette pensée me brûlait encore.

– Ça a été notre premier mec, tu sais, dit Logan en m'arrachant à mes souvenirs.

– Quoi ? s'écria Nate.

– On avait nos disputes, nos accrochages, mais Adam c'est le premier contre lequel on s'est battus pour Sam. Il voulait Sam et il essayait sans cesse de nous la prendre.

Nous la prendre.

Me la prendre.

On avait conclu une trêve mais ça s'était arrêté cet été. Sauf qu'on ne se battait plus avec Adam pour Sam… encore que, je ne pouvais m'empêcher de me poser la question, parfois. La désirait-il toujours, au plus profond de lui-même ? Les disputes de nos pères ne lui avaient-elles pas servi d'excuse pour essayer de se rapprocher d'elle ?

Je sortis de la voiture.

– On y va.

Je n'avais pas de plan précis, sauf qu'il était temps de nous occuper d'Adam.

Nate et Logan me suivirent en silence et on trouva Adam dehors, dans le patio. Il traînait sur un banc, exhalant un nuage de fumée, il allait reporter le cigare à sa bouche quand il nous vit.

Il sursauta, nous jeta un regard paniqué dans cette semi-obscurité, se leva maladroitement.

– Qu'est-ce que vous faites là ? demanda-t-il d'une voix presque tremblante.

– D'après toi ? dis-je en m'avançant.

Il esquissa un mouvement vers la porte.

– Je ne suis pas seul…

– Quoi, tu as une meuf avec toi ? demanda Logan en essayant de regarder à l'intérieur. Parce que, d'après nos infos, tu es seul.

– Tu te caches, ajouta Nate.

– Ouais, grommela Adam. Au fait, merci pour cette conférence de presse. Ça va bien aider mon père !

– C'est toi l'enfoiré qui t'es introduit chez nous.

J'étais sur le point de le saisir par la peau du cou, tâchant de me rappeler pourquoi je ne devrais pas. Une petite voix dans ma tête… celle de Sam ? Elle n'aimerait pas que je le frappe, mais il n'arrêtait pas. On avait bien fait de le laisser partir de la maison, sans le toucher, ni rien, à part cette belle humiliation, mais il était reparti sur ses deux jambes. Et il reviendrait à la charge.

– Quand est-ce qu'on sera débarrassés de toi, Quinn ? dis-je en entrant dans le patio.

– Qu'est-ce que tu fous ?

Il sauta devant la porte, son cigare encore à la main, le regarda, puis le déposa sur le banc.

– Laisse-moi passer.

– Mas…

Nate et Logan passèrent à l'acte. Ils l'attrapèrent mais, au lieu de le pousser derrière nous, Nate ouvrit la porte, et Logan l'envoya à l'intérieur. J'entrai le dernier. Une musique rap retentissait à travers la demeure, pas trop fort, et une odeur de bourbon se mêlait à celle du cigare.

– Regardez-moi ça.

Logan poussa encore Adam avant d'aller renifler le verre qui traînait devant le bar. Un infâme rictus lui plissa les traits.

– Tu fêtes quelque chose, Quinn ? dit-il en répandant le contenu par terre.

– Hé ! cria Adam.

Mais Nate se planta devant lui pour le faire reculer.

– Qu'est-ce que vous voulez ? me demanda Adam.

– Je t'ai fait une promesse il y a quelque temps.

S'en souvenait-il ?

– J'ai promis que si tu m'emmerdais, moi, ou Sam ou quelqu'un que j'aimais, j'allais te bousiller. Te prendre tout ce à quoi tu tiens. Ta maison. Ta copine. Ton argent. Ta réputation. Et je te laisserais seul, mais pas avant de t'avoir ruiné. On a décidé que l'heure avait sonné.

Adam se mit à rire.

– Quoi ? Qu'est-ce que tu peux me faire, maintenant ?

– Tu vas voir.

J'adressai un signe de tête à Logan. Il savait quoi faire et se mit à l'œuvre.

– Que… dit Adam appuyé contre Nate. Il cherche quelque chose ?

– D'après toi ? Je viens de te dire ce qu'on allait faire. Réfléchis, Adam ! Devine ce qu'on fait.

Alors qu'il s'écartait de Nate en grimaçant, je regardai mon meilleur ami.

– Tu permets qu'on en prenne une pour l'équipe ? Pendant un certain temps au moins.

Nate pencha la tête de côté en protestant :

– Tu rigoles ?

Il savait.

– Sam a dit que tu aimais bien Becky.

Exaspéré, il renversa la tête en arrière.

– Sérieux, Mason ! Je ne veux pas sortir avec Becky Sallaway !

– Quoi ? s'écria Adam. Qu'est-ce que tu dis ?!

Il fonça vers nous mais, avec Nate, on leva la main ensemble pour le repousser, et il tomba sur le canapé derrière lui.

Je baissai la voix :

– Juste un petit peu. Tu veux sortir avec l'autre meuf dès maintenant, non ? Ça pourrait mal tourner.

– Sam va le savoir.

– Elle n'a pas besoin de l'apprendre dès maintenant. Et oui, Becky saura, mais elle s'en fichera.

On se retourna ensemble vers Adam qui s'était pris la tête dans les mains.

– J'ai l'impression qu'elle sortira un soir avec toi, dis-je à Nate. Peut-être même plusieurs fois.

– D'accord, dit-il en sortant le téléphone d'Adam. Il est tard mais elle ne dort peut-être pas encore. Je crois que Sam l'a appelée une fois de mon appareil. On va voir si elle veut bien nous parler.

– Be… cria Adam pour la prévenir.

Je lui balançai une gifle qui le renversa en arrière. Mais il se redressa aussitôt et, cette fois, je lui balançai mon poing dans la figure. Nate se retourna en souriant, nous regarda et coupa la communication.

– Qu'est-ce qu'il ne sait pas, là ?

J'allai jeter un œil dans la chambre d'Adam. Logan m'y rejoignit quelques minutes plus tard.

– J'ai effacé toute la vidéo surveillance, annonça-t-il. On est tranquilles. Et ça, qu'est-ce que c'est ?

Il lui tendit la caméra que je venais d'examiner.

– Appuie sur *Play*.

Ce qu'il fit, et on entendit des gémissements. Il écarquilla les yeux.

– Merde ! C'est… ?

Il appuya sur *Pause*. Je me levai alors qu'il zoomait sur la fille nue dans le lit d'Adam. Elle était menottée aux montants du lit, un bandeau sur les yeux, et il l'embrassait entre les jambes.

– Oui, dit-il, c'est Sullivan.

Finalement, il ne visait pas l'ex d'Adam.

– Je sais, lui dis-je.

– Putain !

Il passa à la vidéo suivante. De nouveau Tate, puis à une autre. Et une autre fille sur le dixième film.

– Et celle-là… c'est Miranda ? Non, attends. C'est l'autre meuf du groupe de l'Elite de Fallen Crest. Amelia ou je ne sais quoi ?

Je lui pris la caméra.

– Sam m'a dit que Becky s'inquiétait à propos d'autres filles mais qu'elle n'avait trouvé aucune preuve d'une infidélité de Quinn.

– Sauf que son intuition affirmait le contraire ?

Toujours se fier à son intuition.

– Merde, gronda Logan. La maison, la réputation, l'argent, les filles. Voilà ce qu'on prend si on veut dépouiller quelqu'un.

Ça m'exaspérait. Je n'avais pas envie de dépouiller Quinn. Juste l'anéantir.

– Tu crois que je vais trop loin ?

– En disant *je*, s'esclaffa-t-il, tu veux dire *nous* ? Tu n'es pas tout seul dans l'affaire.

– C'est moi qui endosserai la responsabilité.

– Pour quoi ? On ne risque rien, là.

– Sam sera furieuse après moi.

Elle voulait que je cesse de prendre des décisions à sa place. Elle tenait à être au courant de tout. Il s'assombrit.

– On ne l'exclut pas. On la protège des conneries qu'on fait parfois.

Il avait raison, mais elle serait quand même furieuse. Je me levai, emportai dans le salon l'ordinateur d'Adam. Je n'avais trouvé rien d'autre dans sa chambre, juste la caméra et quelques magazines pornos. Je montrerai la caméra à Sam, ainsi, elle pourrait décider.

– On s'est bien marrés, dit Nate en levant la tête du téléphone. Mais…

Il n'acheva pas sa phrase cependant j'avais compris.

On était arrivés à moitié bourrés, mais on avait eu le temps de dessaouler. Entre le moment où j'avais aperçu Adam dans son patio, puis celui où j'avais trouvé sa caméra dans sa chambre, je n'étais plus le même.

– Tu sais, murmurai-je, à une époque j'aurais fichu le feu à cette baraque.

– On peut toujours, dit Logan.

– Non.

On n'était plus comme ça. Je lui désignai la caméra :

– Là, on de quoi l'anéantir. S'il fait quoi que ce soit, on diffuse ces vidéos. Ça massacrera tout ce que Quinn pourrait bâtir au cours des années à venir.

– Quelles vidéos ?

Je balançai la caméra à Nate qui se mit à suffoquer en regardant les images. Il me la rendit au bout d'une minute.

– Si tu diffuses ça, il faudra que tu floutes les filles. On doit respecter leur identité.

Bonne remarque.

– Tu as raison. Et je vais le montrer à Sam également.

Le silence retomba. C'était décidé. Nate allait prendre cette fille – du moins Adam le croyait. Moi je saperais sa réputation. Quant à l'argent, on pourrait s'en occuper plus tard. Mais il restait une chose.

Logan regardait la pièce autour de nous.

– Bon, autrement dit, on ne met pas le feu à cette maison ? C'est ça ? Parce qu'on pourrait. Je ne demande que ça.

– Oui, mais non, dis-je en riant.

J'en avais envie. L'ancien Mason l'aurait fait, et il existait encore au fond de moi, seulement j'avais changé. Je devenais meilleur. Un peu.

Je brandis la caméra.

– Ça suffit !

– Tu es sûr ? s'écria mon frère. Il nous reste les pires à voir.

– On ferait mieux d'y aller, s'esclaffa Nate. Au cas où Quinn aurait déclenché une alarme quelque part. On ne sait jamais, avec lui.

Adam était toujours inconscient et on le laissa là où il était. On venait de s'installer dans le véhicule et on allait démarrer quand Nate appuya sur les freins.

– Que…

Je levai la tête et vis pourquoi il s'arrêtait.

Sam et Taylor se trouvaient devant nous.

CHAPITRE 32

SAMANTHA

Logan jaillit de la voiture de Nate pour se précipiter vers la nôtre et il ouvrit ma portière.

– On échange. Je rentre avec Taylor.

Je mis un certain temps à détacher ma ceinture.

– Qu'est-ce que vous fichiez ? demandai-je en me levant.

– Rien de spécial, répondit-il en jetant un regard sur la route derrière nous. Mais on ferait mieux d'y aller au cas où une alarme se déclencherait. Vaut mieux pas qu'on nous voie ici.

Il s'assit à ma place et je me précipitai à côté de Mason qui venait de s'installer derrière Nate. Taylor fit demi-tour et on la suivit.

J'attendis quelques minutes avant de demander :

– On pourrait savoir ce qui s'est passé ?

Nate interrogea Mason du regard dans le rétroviseur et mon mec se pencha pour ramasser une caméra à ses pieds.

– Tu n'as qu'à voir toi-même.

La première vidéo me dégoûta.

La deuxième me retourna l'estomac, et la troisième me donna carrément des haut-le-cœur. J'attrapai la poignée de ma portière mais Mason me saisit les mains pour m'attirer contre lui.

– Hé là ! souffla-t-il. Tout va bien.

Ravalant ma nausée, je préférai ne rien dire.

Il me tendit un sac et je me laissai aller.

J'en avais vu assez pour comprendre qu'il y avait d'autres filles dans ces vidéos, cependant c'était celle de Becky qui m'avait soulevé le cœur.

Alors que je vomissais encore, Mason me caressait le dos. Il avait récupéré l'appareil et il parcourait les images que j'avais vues. Tout d'un coup, je l'entendis s'exclamer :

– Houlà !

– Quoi ? demanda Nate.

Je me redressai un peu, et ce fut à moi que Mason s'adressa :

– Je ne savais pas, je n'avais pas vu celle-là.

Fermant les yeux, je m'appuyai sur lui et il me caressa l'épaule en poursuivant :

– Je ne les avais pas toutes regardées. Il y en avait une…

Je le sentis se tourner vers moi mais ne rouvris pas les paupières.

– C'était Becky.

– Oh merde ! souffla Nate.

– Désolé, Sam, ajouta Mason.

Je secouai la tête, cependant mon estomac allait mieux. Au moins, il était vide maintenant. Je fermai le sac.

– On devrait le jeter quelque part.

Peu après, Nate se garait dans une station-service. J'allai aux toilettes me nettoyer un peu, acheter une brosse à dents et du dentifrice. Taylor entra alors que j'achevais de me laver les dents. Elle se passa une main dans les cheveux, l'air soucieux.

– Ça va ?

Je n'avais pas envie de lui parler de Becky. Ni d'aucune autre de ces vidéos. Elle avait fait la connaissance d'Adam et Becky cet été. Après tout, j'avais peut-être tort, mais je voulais la protéger un peu. Alors je me contentai de répondre d'une voix cassée :

– J'ai eu le mal d'auto.

– Ça t'arrive souvent ?

– En fait, non.

J'essayai de sourire mais elle ne parut pas très convaincue.

Elle se mordit les lèvres et me suivit dehors. Logan sautillait autour de Nate alors que Mason s'était adossé à la voiture.

– Ça va, Sam ? me demanda Logan l'air soudain sérieux.

Il interrogea son frère du regard et, le voyant hocher la tête, prit un air navré :

– Ah ! Désolé, Sam.

J'appuyai une main sur mon ventre.

– Moi aussi. C'est nul le mal d'auto.

Je soutins son regard dans l'espoir qu'il capte le message.

– Ouais, répondit-il. C'est à vomir.

– On continue ? lança Mason en souriant. J'ai l'impression que je vais m'offrir une bonne gueule de bois. Il faudrait que je dorme un peu.

Il n'était pas loin de six heures du matin quand on rentra dans la maison. Personne ne dit rien alors qu'on gagnait chacun nos chambres, mais notre sommeil serait de courte durée. Demain/ce matin c'était la rentrée. Le pire moyen de s'y préparer.

Une fois dans la chambre, je me serrai contre Mason :

– Je suis fatiguée.

– Je sais, dit-il en me caressant le visage. Tu ne m'en veux pas trop ?

– J'étais furieuse que tu sois parti, et surtout quand j'ai compris où tu allais. Mais quelque part, je ne t'en veux pas trop. C'est contre Adam que je suis folle de rage. Quand je pense à ce qu'il a fait à Becky ! Et si je ne vous ai pas demandé ce que vous lui avez infligé à lui, c'est parce que j'ai peur que ça me fasse plutôt plaisir. Je sais bien que tout ça ne tient pas debout.

Je lui passai une main sur l'épaule, l'autre autour du cou, attirant sa bouche vers la mienne.

– Mais je n'ai pas envie de parler d'Adam maintenant, car j'ai trop, *trop* envie de toi !

Dans un soupir, il posa ses lèvres sur les miennes et les mêmes palpitations me reprirent. Je laissai mon corps se dissoudre sur le sien. Au début, ce fut doux et gentil, et puis il ouvrit la bouche, me commandant la même ardeur. Je fis comme il voulait. Mon corps s'échauffa et une vague de plaisir me parcourut.

– Sam, souffla-t-il.

Je remuai à son rythme, l'entourai de mes jambes tandis qu'il me soulevait. Il ne me déposa pas sur le lit pour autant, préférant continuer de m'embrasser, et je compris que ça ne s'achèverait pas vite. Même ses baisers… il remuait lentement les lèvres comme s'il dégustait chaque millimètre de ma peau.

Finalement, il effectua un pas vers le lit et m'y allongea, mais toujours pour continuer de m'embrasser.

J'avais l'impression qu'il essayait de se plonger en moi, jusqu'à mon âme.

– Samantha, murmura-t-il en s'allongeant.

Là, tout son corps s'appesantit sur moi. Il remua et nos jeans se frottèrent l'un contre l'autre, puis il s'immobilisa et je sentis ses muscles trembler sous l'effort.

Ce qui ne fit qu'augmenter mon tourment.

Un gémissement m'échappa tandis que je remuais les hanches. Il était là, et, sans nos vêtements, il serait déjà en moi. J'étais prête à l'accueillir, mais j'entendis un petit rire et il souleva la tête.

– Non, non. Je prends mon temps maintenant.

J'eus droit à un long baiser sur la joue, sur le cou, sur l'épaule.

– Je me suis rappelé ce soir quand il avait essayé de t'arracher à moi.

Un baiser.

– Et je l'ai senti de nouveau. Combien tu étais mienne.

Un deuxième baiser.

– Et jamais à personne d'autre.

Un troisième baiser.

– Et combien je suis à toi.

Il posa sur moi son regard ardent. Je vis le désir le parcourir. Il roula sur le côté, s'appuyant sur un coude, m'enlaçant les doigts de l'autre main pour la remonter au-dessus de ma tête.

– Je voulais encore te revendiquer, à moi et rien qu'à moi. Je voulais qu'il s'en souvienne.

Une boule dans la gorge, je ne savais plus qu'aimer, désirer, implorer – c'était tout ce que je ressentais.

– Je crois qu'Adam l'a pigé depuis longtemps.

– Peut-être, répondit Mason, mais je ne peux m'empêcher de croire que tout le reste n'était qu'une excuse pour encore te courir après.

Essayant de me concentrer, je relevai la tête. Son pouce me caressait le doigt et cela me rendait folle.

– Si c'était ça, je suis sûre que tu le lui as encore rappelé cette nuit.

Les yeux de Mason étaient si sombres que le vert en avait presque disparu. Il se serra contre moi.

Je retins mon souffle, lui caressant la hanche de ma main libre. Je me léchai les babines et il s'en aperçut, se remit à m'embrasser. Sauf que je désirais autre chose. Je défis son jean, y glissai la main.

Je sentis d'abord la chaleur, puis m'avançai un peu et l'attrapai, le tins dans ma paume. Mais il était déjà rigide.

Il ferma les yeux, posant la tête sur mon épaule et je me mis à le masser.

– Tu avais besoin de me revendiquer, n'est-ce pas ? murmurai-je.

– Mmmm-hmmm… Ce n'est pas la première fois, tu sais.

Je m'arrêtai, levai la tête.

– Quoi ?

Il rouvrit les yeux.

– La première fois, il fallait que je te revendique. C'était une autre époque.

Son sourire devint lascif, son expression frémissante.

– La douche.

Ma main se serra, juste un peu. Les battements de mon cœur s'accélérèrent.

– La douche ?

– Avant la scène avec ta mère. Tu te rappelles ?

Je me rappelais.

Je me tenais sur le seuil et Mason venait d'allumer sa douche. Il était nu, l'air de se moquer qu'on le voie ou pas.

Il n'en montrait alors que plus de confiance en lui. Il savait que j'étais là et s'en fichait.

Je lui souris.

– Tu m'avais demandé de te rejoindre.

Il éclata de rire et cela s'acheva dans un gémissement, alors que ma main le parcourait sur toute sa longueur.

– Oh que oui !

Mais il y avait eu autre chose.

Je voulais aller vers lui et c'était ce que j'avais fait. J'étais entrée et là, toute effronterie l'avait quitté pour faire place à une expression aguichante, comme s'il m'attendait, depuis trop longtemps.

– J'ai embrassé…

Ma voix s'interrompit. Non. On était restés proches l'un de l'autre, assez pour nous toucher. C'était avant qu'on ne sorte ensemble, lorsque la présence de Mason suffisait à faire exploser mes sens. Il avait posé la main sur ma hanche, juste une petite caresse. Et ça avait suffi. Un élan m'avait aussitôt saisie entre les jambes, j'en soupirais encore.

– Tu me faisais peur.

– Moi ?

Il ne me quittait pas des yeux.

Prise d'une impression de pouvoir euphorique, je promenais le pouce sur son gland et il frémit. J'éclatai d'un rire guttural en me rappelant le reste.

– Tu m'as embrassée sur le front. C'est ce qui m'avait fait peur. Je te désirais tant, en même temps, je savais que si tu me prenais à ce moment-là, tout serait bouleversé. Et je n'étais pas prête, pas encore… Et puis tu m'as dit quelque chose dans cette douche, mais je ne t'entendais pas. Je ne te l'ai jamais avoué. Qu'est-ce que tu m'as dit ?

– Oh ! s'exclama-t-il avec un rire vorace. Tu tiens ma queue dans tes mains et tu veux savoir ce que j'ai dit quand j'étais encore au lycée ? J'étais un petit merdeux.

Ma main se resserra encore, lui arrachant un geignement.

– Sam, bon sang !

– Qu'est-ce que tu as dit ? Je veux le savoir maintenant.

– Je t'ai dit que je te baiserai jusqu'à ce que tes jambes ne te portent plus.

– Ah oui ?

Mon corps réagit brusquement, dans un élan de fièvre douloureuse. J'étais complètement trempée.

Il s'en aperçut.

– Je croyais me comporter en gentleman en offrant de te faire exploser.

Je me mis à rire, même si j'avais de plus en plus de mal à respirer.

– Arrête ! Et si je te retournais la politesse dès maintenant ?

Il ne put articuler un mot entier mais j'eus droit à un grognement lorsque je promenai ma main sur toute la longueur de son membre.

– Tu voulais me revendiquer, j'en fais autant, dis-je en resserrant mes jambes autour de lui pour l'amener encore plus près, avec ma main entre nos corps.

Tout en parlant, je le caressais, lentement, lui arrachant d'autres geignements.

– Je sais que d'autres filles te désirent, mais elles ne pourront pas t'avoir.

Caresse.

– Tu es à moi.

Autre caresse.

– Tu ne seras jamais à personne d'autre.

Ma main accéléra un peu et je perçus la respiration de plus en plus lourde de Mason.

– Et maintenant, je vais te faire exploser, ajoutai-je.

En même temps, je retirai ma main. Je savais exactement comment le toucher, quand m'arrêter, quand m'adoucir, quand accélérer, quand attendre, ou cesser d'attendre. Je le connaissais par cœur et je le lui prouvais en ce moment même.

– Peut-être que tes jambes ne vont plus fonctionner cette nuit, murmurai-je dans son cou.

– Merde ! brama-t-il en changeant de position.

Il revint sur moi, ce qui coinça ma main au passage, sa bouche trouva la mienne et ses doigts se faufilèrent sous mon jean. Il avait déjà dû l'ouvrir – je ne m'en étais pas rendu compte. Mais à présent, si. Je retins mon souffle quand son doigt entra en moi, m'écarta, marqua une pause, s'introduisit plus loin.

Et je sentais son sourire sur mes lèvres.

– Tu aimes ça ? me demanda-t-il.

Seigneur, oui !

Je m'agrippai davantage à ses épaules, lui parcourant le dos de mes caresses.

Il s'arc-bouta au-dessus de moi, enfonça un deuxième doigt, le sortant, le rentrant. Et j'accompagnais ses mouvements de mes hanches. Je remuais pour lui, comme si on était attachés, sans plus pouvoir nous séparer.

Maintenant qu'il était sur moi, je ne pouvais plus que rester là, à sursauter, reprendre mon souffle, au rythme de mes sursauts. Et ils se faisaient de plus en plus nombreux, tandis qu'il me vénérait. Il souleva mon chemisier, sa langue s'empara de mes seins, les encercla, tandis que ses dents taquinaient mes tétons.

Je poussai un cri, saisie d'une sensation enivrante, quasi carnassière.

J'aimais trop cet homme !

– Mason…

Il fallait que je le sente en moi, j'en avais trop besoin. Je voulais porter son corps tout entier sur moi. Il était à moi. À personne d'autre. Jamais.

Il rit encore, l'air réjoui, avant de se remettre à me taquiner les mamelons, tandis que ses doigts continuaient de me fouiller.

– S'il te plaît ! geignais-je.

– Non ! Je vais te faire jouir, Samantha.

Mon nom, cette façon qu'il avait de le prononcer. J'en avais le corps tout frémissant.

– Ensuite, je prendrai mon temps pour explorer chaque centimètre de ton corps.

Et il se mit à lécher mes seins, ma poitrine, ma gorge, remonta vers mes lèvres, introduisit sa langue dans ma bouche pour l'emmêler avec la mienne.

Une seule chose me manquait encore : que ce soit lui qui bouge en moi, pas juste ses doigts. Mais il se retenait pour que je passe avant lui. Or je voulais que lui aussi perde le contrôle, pas seulement moi.

– Mason…

Je replaçai ma main entre nous et l'attrapai, fermai mes doigts autour de lui.

Marquant une pause, il reprit son souffle.

– Si tu ne mets pas ceci en moi, je te torture sur-le-champ.

Il me jeta un regard avide.

– Qu'est-ce que tu vas faire…

Je promenai mon pouce sur son gland et il poussa encore un soupir.

– Ceci.

Un seul mot suffit à lui offrir mille promesses et avertissements. Refermant ma main sur lui, je l'immobilisai.

Ses doigts continuaient d'aller et venir, et je sentais le plaisir monter en moi. Il savait très bien que j'étais au bord de l'orgasme. Il me sourit alors que j'essayais de le tenir en otage. Ça ne marchait pas.

J'ouvris la bouche mais ne pus rien dire. J'allais exploser. Là, il introduisit un troisième doigt en moi, pénétra profondément, et cela suffit.

Dans un gémissement, je me laissai envahir par les sensations, chevauchant ces vagues de plaisir sous son regard attentif. Il paraissait content de lui et je poussai un juron, sentant mon corps trembler, mais il ne perdait rien pour attendre.

Je parvins à ne pas le lâcher et, bientôt, je me mis à le frotter. De haut en bas. Non, ça ne suffisait pas. Je voulais le goûter, et je me retournai, juste ce qu'il fallait pour pouvoir baisser la tête.

Il était déjà dur comme du bois. Ce serait délicieux mais Mason lança qu'il avait d'autres projets.

Alors que mon corps tremblait encore, il détacha ma main, sortit ses doigts, puis il se déshabilla et, en quelques secondes, il revenait. Je n'avais pas eu le temps de ressentir son absence. Ses mains se posèrent sur mes cuisses et il les écarta.

Il m'empala, s'enfonça profondément, jusqu'au bout. Je le sentais dans mon ventre. Puis il s'allongea sur moi et, tandis qu'un doux baiser m'effleurait l'épaule, il se mit à remuer, me faisant à nouveau frémir de partout.

Peu après, je murmurai :

– Qu'est-ce que tu vas faire de cette vidéo ? À propos de ces filles ?

– Rien.

Il changea de position, m'encerclant de son bras pour me tenir par-derrière. Il m'embrassa la nuque.

– Mais si Quinn nous emmerde encore, je lui ferai ce qu'il m'a fait. Je retoucherai cette vidéo de façon à protéger l'identité des filles, et je la diffuserai.

Il glissa sa jambe entre les miennes.

– Oh ! ajouta-t-il en me mordillant l'épaule. Il croit également que Nate va essayer de sortir avec Becky, mais ne t'inquiète pas. C'est juste du bluff.

Je me retournai d'un coup.

– Quoi ?

CHAPITRE 33

Tout le monde regardait.

Tout le monde bavardait.

Tout le monde savait.

Il était nul, ce premier jour de fac. À l'instant où on mit les pieds sur le campus, tous les regards se tournèrent vers nous. Logan nous vit arriver, Mason et moi – il était venu plus tôt avec Taylor pour je ne savais quelle raison – et il se précipita pour nous prendre ensemble dans ses bras.

– Tu as vu ? lança-t-il à son frère. On est des célébrités. Un rêve qui se réalise !

– Arrête de te foutre de moi !

– Je compte plus cher en fonction de l'attitude. Mais on fait aussi des prix d'ami.

Il nous lâcha, non sans m'envoyer un coup de hanche.

– À toi aussi, Sam, *'tite-sœur*, ajouta-t-il avec un clin d'œil.

– Je vois, dis-je en me frottant le front. On forme le Groupe des Âmes Sœurs ?

– GAS, dit-il en se frappant la poitrine. Il a fallu que je demande à Matteo si on pourrait s'agrandir, et il était d'accord.

Oui. La migraine était bien là. Plus Logan se réjouissait, plus elle augmentait.

– Ça ne te fait rien, tous ces gens qui nous regardent ?

Il haussa les épaules.

– J'ai l'habitude, depuis le lycée. Mon frère m'avait déjà montré l'exemple, tu vois ?

Il agitait les mains tandis qu'on se dirigeait vers la cafétéria. De temps en temps, des gens nous lançaient des bonjours et il tendait le doigt vers chaque personne à laquelle il répondait. La plupart des saluts étaient adressés à Mason. On venait le féliciter ou le saluer en lui tapant la paume, mais Logan s'en moquait. Il avançait la tête haute, les épaules droites, avec son éternelle assurance.

– Donc, Taylor a parlé à son père, nous expliqua-t-il, et il lui a dit que tout allait bien. Il n'y aura pas d'enquête puisque les charges ont été abandonnées et que tu en es « sorti blanchi. » Ça a bien limité les dégâts. Tu devrais être lavé de tout soupçon. Et pas besoin de s'inquiéter si l'autre meuf raconte quelque chose sur notre soirée.

Il parlait de Nettie. J'en étais soulagée. Même si elle se mettait à raconter des histoires, la conférence de presse de Mason était déjà publiée. Les gens seraient plus enclins à le croire lui, qu'elle.

Comme Mason ne répondait pas, je levai les yeux vers lui. Il me regardait. Je lui pris la main et ses doigts se mirent à me caresser l'annulaire, là où j'aurais dû porter ma bague. Nous n'avions pas encore trop parlé de notre annonce de fiançailles mais, dans ma tête, je voyais mille images de nous deux, nos membres emmêlés, ou lui entrant en moi avec le sourire – et mon corps en sursauta de joie.

Pour un peu, j'aurais poussé un gémissement. Rien qu'un tout petit rappel et je brûlais d'ardeur. Je lui étreignis la main. Décidément, j'étais folle de lui. Je ne savais même pas comment je pourrais vivre sans lui.

– Ouah ! lança Logan en s'arrêtant.

Il avait les yeux fixés sur notre droite et je me retournai, grinçai des dents. Faith Shaw arrivait dans notre direction, Nettie collée à ses basques. Elles étaient accompagnées d'autres coureuses mais ni Courtney ni Grace.

– Samantha !

Je répondis à son salut :

– Shaw.

– Quoi ? s'étonna-t-elle avec un petit sourire. On n'en est pas aux prénoms, maintenant ?

– C'est réservé aux amis.

– Depuis quand ?

– Depuis que j'ai commis la connerie de te parler.

– Quelle salope, quand même !

– Euh… intervint Logan en se plaçant entre nous le doigt levé. C’est toi qui nous as abordés. Nous.

Il nous désigna, de lui à moi, en passant par Mason.

– Tu sais, ajouta-t-il, on n’est pas des gens très sympas. Tu crois que c’est une bonne idée d’aborder Sam et de l’insulter ? Peut-être qu’on ne pourra rien te faire physiquement, mais si on trouve un angle par lequel te pourrir la vie, crois-moi… On s’y jettera, avec plaisir.

Elle plissa les yeux.

– Vous ne pouvez rien me faire.

– Tu n’aurais pas couché avec un certain Adam Quinn ? s’enquit-il d’un air diabolique.

– C’est bon, coupai-je alors que Mason lui tapait sur l’épaule.

– Ça suffit, lui dit-il.

Pas gêné le moins du monde, Logan se pencha pour mieux la voir.

– Parce que sinon, dis-le moi. Je peux te brancher.

J’en avais assez. S’il restait, il allait devenir de plus en plus féroce.

– Tu l’emmènes ? demandai-je à Mason.

– Je te rappelle qu’on a un cours de psycho ensemble.

– Garde-moi une place. J’arrive.

– D’accord, dit-il en attrapant son frère par la peau du cou. Viens par ici, toi, avant de nous faire des ennuis.

Se laissant entraîner, Logan ne quittait pas Faith des yeux. Il finit par se retourner et Mason le lâcha alors qu'une foule de mecs venait les encercler. Je repérai quelques joueurs de football mais plusieurs autres m'étaient inconnus. Je vis aussi arriver Matteo, son sac jeté sur l'épaule. Nate était à côté de lui. J'ignorais où se trouvait Taylor, mais elle était peut-être tout simplement prise par ses cours d'infirmière. On n'avait plus d'entraînement du matin, du moins pour quelques semaines.

Faith s'éclaircit la gorge. Je me tournai vers elle en soupirant.

– J'espérais que tu aurais disparu.

– Comme un génie ?

– Comme un pet. Tu sens mauvais.

– Ha, ha ! fit-elle mine de s'esclaffer. On ne peut pas dire que vous soyez très matures, toi et tes deux mecs.

Des images me traversèrent l'esprit, emplies de voitures qui explosaient, de maisons qui brûlaient ou de Mason en train de me lancer une batte avant d'esquiver un coup de poing.

– Oui, dis-je. Tu as tout compris. Qu'est-ce que tu veux ?

À elle d'envoyer promener son équipe, ce qu'elle fit d'un mouvement de la tête et, une fois les embrassades terminées, elle me fit de nouveau face, les bras croisés.

– Attends, dis-je. Tu es venue présenter tes félicitations ?

– Quoi ?

– Rien.

Apparemment pas.

– Non, reprit-elle. Je voulais te parler avant l'entraînement de cet après-midi. On a un autre meeting jeudi, et le coach voudrait nous parler à toutes les deux. Je me suis dit que je devrais te prévenir, peut-être en parler avec toi d'abord. Comme ça on serait sur la même longueur d'onde.

Pour un peu, elle m'aurait fait rire.

– Non.

Je me tournai pour rejoindre Logan et Mason. Ce fut la décision la plus facile de ma vie.

– Quoi ? Attends !

Elle me rattrapa.

– Lâche-moi ! dis-je. Je peux te battre quand je veux.

– Décidément, maugréa-t-elle, toujours aussi adulte !

Et merde. Je m'arrêtai, fis volte-face vers elle. Au point qu'elle faillit me rentrer dedans mais je n'attendis pas qu'elle reprenne son équilibre. Je lui posai un doigt sur le visage.

– Dégage ! Je ne croirai jamais un mot de ce que tu racontes.

Il s'était passé trop de choses ce week-end, cependant, je me rappelais encore comment elle m’avait étreinte après la course, pour ensuite se montrer plus que glaciale au restaurant.

– Tu n’es qu’une salope déloyale. Jamais je ne te ferai confiance. Va-t’en !

J’agitai les doigts comme pour chasser une mouche.

Un cri à peine maîtrisé lui échappa de la gorge mais elle garda la bouche fermée, en tapant du pied. Là, j’aurais peut-être dû l’écouter ? Elle n’avait tapé du pied qu’une fois, pas deux, comme une gamine de cinq ans en train de piquer sa colère.

– Quoi ? demandai-je. Tu n’arrives pas à obtenir ce que tu veux ? À me manipuler ? Je ne me range pas sagement parmi tes autres suivantes ? Allez, dégage !

– Arrête !

J’allais repartir mais il fallait d’abord que je réponde :

– Dépêche, Shaw. Je n’ai pas le temps, aujourd’hui.

– Mais qu’est-ce qui t’arrive ? Tu as l’air plus énervée que jamais.

J’aurais pu lui énoncer toute une liste de raisons.

La mère de mon copain/fiancé était en ville, et elle me détestait.

Nos fiançailles étaient annoncées officiellement dans tout le pays et je ne savais toujours pas qu’en penser.

Ce même copain/fiancé avait découvert une caméra sur laquelle une de mes meilleures amies avait été enregistrée en train de faire l’amour.

Oh, et j'avais moi-même eu droit à une partie exceptionnelle de baise qui ne s'était achevée qu'une demi-heure avant de nous lever, ce matin.

– Dis ce que tu as à dire tant que je suis là.

– Le coach va nous faire courir ensemble.

– Non.

Je repris mon chemin. Elle me rejoignit.

– Perso, je te déteste, continua-t-elle, mais je t'admire en tant que coureuse et je suis sûre que tu ressens la même…

– Pas une seconde. Rien à foutre de toi sur aucun plan : personnel, professionnel, course et tout.

Le groupe de mecs qui entouraient Mason et Logan était toujours là. Mais je n'avais aucune envie de les rejoindre. Je passai devant eux, entrai dans le bâtiment et me dirigeai vers ma classe. On avait tous synchronisé nos emplois du temps pour prendre ce cours ensemble – à part Taylor car elle l'avait déjà suivi.

J'allais ouvrir la porte lorsque Faith saisit la poignée, m'empêchant d'entrer.

– D'accord, j'ai compris, dit-elle. Insultes, insultes, insultes. Pigé. Au début, j'étais la plus salope de nous deux, alors j'ai mérité tout ça. Je veux bien, mais je te dis que le coach veut nous faire courir ensemble. Il veut qu'on se stimule l'une l'autre et il pense que c'est possible juste entre nous. Si on court avec les autres, on est forcément plus distraites.

– Parle pour toi.

– Non, toi c'est pareil. Tu te laisses distraire par ton amie Taylor. Tu t'inquiètes pour elle.

– Courtney et Grace peuvent courir avec elle.

– Tu sais ce que je veux dire.

Comme j'ouvrais la porte, elle se mit à crier alors que d'autres étudiants arrivaient :

– Attends !

– Quoi ? Qu'est-ce que tu veux encore ?

– Que tu coures avec moi.

– Et pourquoi je ferais ça ?

Je revins vers elle d'un seul pas et elle parut instantanément se méfier. Sa tête se redressa, son regard s'illumina et elle se mit à reculer.

– Pourquoi pas ? On est coéquipières.

– On est dans la même équipe. Malheureusement.

Je retournai vers la porte.

Elle se mit à regarder autour d'elle, sans je sache qui elle pouvait chercher. Et puis elle s'immobilisa, les mains dans le dos, la tête penchée.

– Qu'est-ce que tu racontes, Samantha ? Que tu ne veux pas courir avec moi ? Tu n'as pas le choix. On est dans la même équipe.

– Tu as raison ? Je n'ai pas le choix là-dessus, mais je l'ai pour ce qui est de courir seule avec toi. Je ne te fais pas confiance. Qu'est-ce qui t'échappe dans cette phrase ? Je sais pourquoi le coach veut nous faire courir ensemble, mais ça n'a rien à voir avec ma distraction. Je suis une pro en matière d'isolement. Si je veux y aller, j'irai. Non, il veut que je t'aide. Que tu perfectionnes ta compétitivité, et si on court juste toutes les deux ensemble, ce sera pour aider une seule personne. Toi. C'est toi qui feras des progrès.

Elle déglutit, l'air intimidé, mais cela ne dura pas longtemps. Ses yeux se plissèrent pour ne plus former que des fentes et elle feula :

– Grâce à ton temps de vendredi, cette université bâtit maintenant des espérances olympiques. Tu sais ce que ça peut rapporter à la fac ? Tout l'argent ? Ils pourront s'en vanter partout. C'est énorme. Et grâce à mes progrès, j'ai prouvé que je pouvais encore me perfectionner. Tu m'aides, c'est vrai. Tu continueras à m'aider, c'est vrai. Il te suffira de faire partie de l'équipe, seulement si tu crois pouvoir refuser de courir seule avec moi, réfléchis-y. Ce n'est pas une idée qui vient du coach, mais du boss de son boss. Tu courras avec moi ou tu ne courras pas du tout. Je suis là pour gagner du temps car on sait toutes les deux que, quand le coach nous parlera de ça, tout à l'heure, tu réagiras de la même façon. Sauf que tu es nouvelle en matière de sport d'équipe. Tu ne sais pas ce qui se passe derrière les portes closes, et crois-moi quand je dis que tu trouveras plus facile d'accepter de courir seule avec moi plutôt que de te bagarrer constamment sur ce point. Et tu as tort. Ça va t'aider aussi parce que mieux je me porterai plus ça t'embêtera et plus tu chercheras à m'anéantir.

Matteo et Nate venaient d'apparaître au coin du couloir. Ils s'immobilisèrent.

Ils étaient accompagnés d'autres garçons. J'attendis. Logan et Mason apparurent bientôt. Ils s'arrêtèrent juste derrière Faith, l'air plus ou moins contrariés. Matteo semblait plutôt intrigué, Nate sur la défensive, jetant des regards furtifs à Logan et à Mason près de lui. Quant à ces deux derniers, ils fronçaient les sourcils aussi sévèrement que face à Adam, sauf que là, c'était contre Shaw.

Elle ne semblait pas comprendre, avec son attitude arrogante, finissant ce qu'elle était en train de dire, les mains sur ses hanches étroites.

– Compris ?

Maintenant, c'était mon tour.

– Tu crois que je ne sais pas ce que c'est que la politique ?

Ignorait-elle qui était Mason ? Il avait quasiment atteint le premier rang des athlètes de l'université.

– Tu es complètement idiote si tu crois que je ne connais pas les règles du jeu. Les gens peuvent dire ce qu'ils veulent, je ne t'aiderai pas, et personne ne m'y obligera. *Vu* ?

Un silence total régnait dans le couloir. Je savais à qui il était dû. L'apparition de Mason, Logan, Nate et Matteo avait capté toutes les attentions et les gens s'arrêtaient pour voir ce qui se passait. Certains nous regardaient, Faith et moi, d'autres ne voyaient que les mecs.

D'un seul coup, Faith parut s'en apercevoir et ne put réprimer un mouvement de surprise.

– Oh !

Quelque part, je me sentais assez contente de moi. Fallait-il qu'elle soit idiote pour se laisser ainsi impressionner. Et dire qu'elle avait voulu railler mon inexpérience ! Je croisai le regard de Mason et sus aussitôt que si je refusais d'obéir aux ordres, j'aurais son appui pour faire comme je voudrais.

Les yeux de Mason se posèrent sur Faith et elle déglutit sous l'intensité de son expression. Je me rappelai l'impression que ça donnait, parfois. Il pouvait littéralement vous déshabiller du regard, comme s'il lisait chacune de vos pensées. Faith chercha une échappatoire, s'écarta de deux pas, mais la foule ne bougea pas et elle se retrouvait coincée. On était complètement encerclées.

– Tu es venue menacer, commander ou intimider Sam ? murmura-t-il d'une voix dangereusement calme.

Elle ne répondit pas et je n'étais même pas certaine qu'elle ait enregistré la question. Elle se contenta de cligner des paupières.

– Alors ? insista-t-il.

Elle sursauta, se tapota la tête d'un air distrait.

– Que… hein ? Qu'est-ce que tu as dit ?

– Ouais, ricana Logan. Tu fais trop peur. Sam devrait trembler de trouille. T'inquiète, frangin, elle pisserait dans son froc si elle jouait ne serait-ce qu'un jour avec nous. Cette demoiselle n'est qu'une petite princesse gâtée.

– Merci.

– Mais de rien !

Il s'avança, comme s'il allait lui passer la tête dans la classe mais s'arrêta net, la dévisagea des pieds à la tête.

– Mason et moi aurions pu connaître exactement la même vie, mais on a refusé parce qu'on n'a aucun respect pour les gens qui s'enfouissent la tête dans le sable. En fait, on méprise complètement ce genre de gens.

Son dédain était clair. Après quoi, il se tourna et vint vers moi. La foule s'écarta et il entra dans la salle.

Toutes les têtes se tournèrent dans sa direction.

– Si tu menaces encore une fois Sam, si tu lui donnes encore un ordre ou si tu essaies encore de l'intimider, tu verras à quel point tu es nulle. On n'a rien dit jusqu'ici parce qu'elle nous l'a demandé, mais c'est fini. Tu touches à l'un d'entre nous, on te le fait payer.

Après quoi il passa aussi devant elle, me prenant par la main au passage.

La foule nous ouvrait toujours le passage. Logan était allé s'installer au fond de la salle, où attendaient déjà d'autres étudiants mais, quand on grimpa les marches, ils se levèrent et descendirent. Ils s'assirent devant nous et tout notre groupe prit le dernier rang.

Je passai devant Mason et Logan pour me mettre en bord de rangée. Tout le monde nous regardait ostensiblement. Et j'avais l'impression qu'il en serait ainsi jusqu'à la fin du semestre.

Et puis le professeur fit son entrée en annonçant :

– Bienvenue au cours de Psychologie des Sports.

CHAPITRE 34

– Hé !

Je me dirigeais vers la bibliothèque, après le déjeuner, lorsque Logan vint me rejoindre.

– Tu as mangé ?

– Pas vraiment.

Je m'étais rendue à la cafétéria. J'avais essayé d'avaler quelque chose, puis j'avais fini par tout laisser après avoir contemplé mon assiette pendant une demi-heure. Cette confrontation avec Faith me pesait encore. J'avais ressenti un moment de détente après la conférence de presse de Mason. Je n'avais plus trop à m'inquiéter sur ce qui pourrait lui arriver. Je me fichais que Faith essaie d'utiliser Nettie contre nous, mais, pour commencer, cette confrontation n'aurait jamais dû avoir lieu. Je regrettais d'avoir servi d'appât. J'en avais marre de tous ces gens qui tentaient de nous marcher sur les pieds. Logan m'arrêta en me posant une main sur le bras.

– Qu'est-ce qui t'arrive ?

– Rien. J'ai juste envie de courir.

Ces temps-ci, je ne me lançais que lorsque quelque chose n'allait pas. Logan le savait. J'aurais mieux fait de me taire.

– Oui, reprit-il doucement. À part ça, qu'est-ce qui t'arrive ?

– Je me suis pris la tête avec elle, aujourd'hui.

– Qui ?

Une ligne lui barra le front et il se frotta la joue :

– Shaw ? C'est une Ann-Lise en miniature.

– En fait, c'est elle qui a commencé. D'habitude je ne réponds pas, mais aujourd'hui c'était différent. Elle est venue m'annoncer que notre coach allait demander qu'on coure ensemble. Elle m'a toujours enquiquinée à ce sujet, mais on avait fait la trêve. Et là, je lui ai crié d'essayer de m'attaquer, pour voir.

– Non ! lâcha-t-il en secouant la tête.

– Pas grave, mais je m'inquiète un peu de ce que vous pourriez faire cette fois. Déjà, j'ai cru que vous alliez faire quelque chose d'horrible à Adam, hier soir. Mais là, c'est ma faute, mon problème. À moi de le régler.

– Tu es comme Mason.

Je repris mon chemin mais il attrapa l'arrière de mon jean pour me retenir.

– Arrête de t'énerver. Ne fais rien contre Ann-Lise junior. On va s'en occuper.

Comme je le regardais de travers, il ajouta en souriant :

– Cette meuf est différente de Quinn. On ne va pas lui faire la même chose, mais on s'en occupe et tout *ira* bien. D'accord ?

– D'accord.

J'essayai de hocher la tête malgré ma nuque raide.

– Qu'est-ce qui se passe ? lança Nate en courant derrière nous.

Comme Logan ne disait rien, je répondis :

– Rien. J'ai juste envie de courir.

– Oh non ! Là, tu me fais peur !

– Il va falloir trouver un autre mensonge, Sam ! s'esclaffa Logan. On te connaît trop bien.

Je faillis lever les yeux au ciel mais me l'interdis. Ce n'était pas après eux que j'en avais.

– Je me suis rendu compte que j'avais peut-être tenté le diable, c'est tout.

– Terrible, marmonna Nate. Tu décodes ?

– Shaw, dit Logan en désignant la cafétéria. Elle embête Sam.

– Bah ! marmonna Nate en haussant les épaules. On va s'occuper d'elle s'il le faut.

– Tu vois ? me dit Logan en lui frappant l'épaule. Il faut nous faire confiance, Sam. Ann-Lise junior s'en tirera bien. Elle est du genre à bégayer. Je ne crois pas qu'elle te pose beaucoup de problèmes.

Il me serra dans ses bras.

– Allez, Sam, tout se passera bien ! On va la faire taire. On trouvera peut-être même de quoi lui jouer le coup du chantage. Nate, tu fréquentes toujours sa sœur ?

– Non. Je l'ai énervée beaucoup plus que je n'aurais cru.

– Je suis peut-être en dehors du coup, mais si tu as besoin d'un cours…

Nate se mit à rire.

– T'occupe.

Logan sortit son téléphone qui sonnait mais poussa un juron en voyant qui l'appelait. On sut bientôt pourquoi :

– Bonjour, maman.

On échangea un regard avec Nate. Un appel de Helen, ce n'était jamais bon signe.

– Pour dîner ? soupira-t-il sans enthousiasme. Tu crois ? Arrête ton baratin. Qu'est-ce que tu as derrière la tête ? Je vais prévenir Sam et Mason mais si tu déconnes avec elle, ça se terminera mal pour toi.

Il allait raccrocher quand il rapprocha l'appareil de son oreille. Elle n'avait pas fini de parler.

– D'accord ! Je te l'ai dit. Je vais prévenir Sam et Mason. Mason te répondra. Et non, Taylor ne vient pas.

Il raccrocha sans rien dire d'autre, poussa un soupir.

– Merde ! Elle veut nous réunir autour d'un dîner de famille ce soir.

– Quoi ?

– Ça inclut qui ? demanda Nate.

– Mason et moi, et Sam. Personne d'autre.

– Elle a invité Taylor aussi ? demandai-je.

– Helen a été sympa avec Taylor, qui, de son côté aime bien ma mère aussi, mais ce soir… Non, si elle s'en prend encore à toi, on casse tout. Taylor n'est pas une nymphe innocente, mais je tiens quand même à la protéger de certains aspects trop brutaux de ma famille.

– Ta famille ? lança la voix de Taylor qui arrivait, son sac sur l'épaule.

Instantanément, Logan se métamorphosa, passant de son air revêche à un sourire radieux. Il l'attira contre lui, lui passa un bras sur l'épaule.

– Non rien, dit-il. Ça va, toi ?

– Logan… marmonna-t-elle d'un ton de reproche.

– Ça va, je te dirai ça tout à l'heure, pas envie d'en parler maintenant. Ça s'est bien passé tes premiers cours d'infirmière ?

– Oui, souffla-t-elle, mais l'année s'annonce difficile. On a plein d'heures de labo. Sam, il va peut-être falloir que je quitte l'équipe. Je ne vais pas pouvoir faire les deux à la fois. Désolée.

Les paroles de Faith me revinrent à l'esprit : *« Tu te laisses distraire par ton amie Taylor. Tu t'inquiètes pour elle. »*

– Pas grave, ça ira, répondis-je hâtivement.

– Tu es sûre ?

Elle interrogeait aussi Logan du regard mais il ne réagit pas.

– Bien sûr, insistai-je. Il faut te concentrer sur tes études.

– Oui, mais tu n'auras plus personne pour assurer tes arrières.

– J'ai Courtney et Grace. Et puis, je pourrai demander au coach de me laisser courir un peu toute seule cette semaine.

– Ah bon, tu es sûre ? lança-t-elle soulagée. Ce serait bien s'il acceptait.

– Oui, dis-je en regardant Logan. Je suis sûre que je trouverai un moyen de lui forcer la main.

Il hocha la tête imperceptiblement, juste ce qu'il fallait pour que je le voie sans qu'elle s'en aperçoive, mais mon message était clair. Si nous trouvions un moyen de pression à utiliser contre Shaw, nous en trouverions également contre le coach Langdon. Pas question que j'aille cirer les pompes de Faith ni courir avec elle, il fallait donc bien trouver une solution.

– D'accord, répondit Nate en se levant. Je dois préparer mon cours d'économie d'entreprise. On se retrouve ce soir. Ou, attendez…

Ses yeux se posèrent sur Taylor :

– Ou pas. Laissez tomber.

– Bon, demanda celle-ci alors qu'il s'en allait. Vous me dites ce qui se passe ? Et n'essayez pas de m'entuber, je vous connais, tous les deux.

– Rien, je t'assure, me hâtai-je de répondre.

– Sam ? lâcha-t-elle d'un ton affligé.

– Tu as raison… Il y a quelque chose, mais fais-moi confiance. Je te raconterai tout ça un peu plus tard.

Non pas que je veuille la tenir en dehors du coup, mais elle était comme Courtney. Elle en avait assez vu comme ça. Ça ne l'empêchait pas de rester gentille, toutefois elle s'impliquait trop. Logan semblait comprendre mon point de vue. Il parut soulagé.

– Ce n'est pas pour t'exclure, Taylor, ajoutai-je doucement. C'est pour te protéger.

– C'est bien ce qui t'énervait avec ton copain, non ?

Elle avait raison.

Mais tant pis.

J'étais la reine des hypocrites.

– Je t'expliquerai, mais pas maintenant. Pas tant qu'il ne se produira rien.

Elle venait d'annoncer qu'elle allait quitter l'équipe. Si on la mettait au courant maintenant, elle changerait d'avis et resterait, or Faith avait raison : je me préoccuperais trop pour elle. Au moins, ainsi, elle serait en sécurité. Tout se passerait mieux. Elle serra les dents.

– S'il te plaît, insistai-je. Je te jure que je t'expliquerai ça plus tard.

Elle parut se radoucir :

– Promis ?

Je fis oui de la tête. Moi aussi, je me sentais mieux.

– Bon, soupira-t-elle en s'appuyant contre Logan. Si vous pensez que ça vaut mieux comme ça. Je ne mentais pas en disant que cette année allait être difficile. J'ai peur de ne pas avoir assez de temps pour vous.

Il lui passa le bras autour du cou.

– Tu peux étudier à la maison. On donnera moins de soirées.

– Oui, peut-être, mais je rentrerai chez moi ce soir. Je voudrais essayer de prendre de l'avance, tu comprends ? Moi à jour dans mes études, totalement impensable ! Bon, j'ai des travaux pratiques dans vingt minutes. Juste le temps d'avaler un truc et de foncer.

Elle caressa la joue de Logan et se dirigea vers la cafétéria.

– À plus, vous tous, je dois encore filer ma démission au coach, donc je vous croiserai peut-être à l'entraînement. Salut !

On la regarda faire demi-tour et s'éloigner. Et puis Logan commenta à voix basse :

– Si ça s'étend à Taylor et que Shaw lui fait du mal…

Il n'en dit pas plus mais son regard était éloquent.

– Il n'arrivera rien, assurai-je. On trouvera une solution. Je te le promets.

– Ne fais pas de promesses que tu ne pourrais pas tenir.

Jusque-là, c'était plutôt lui qui me rassurait. Mais je fis ce qui se faisait en famille, lui prenant le bras :

– Il ne lui arrivera rien. Je te le promets, Logan.

CHAPITRE 35

Il n'y eut aucune réunion entre le coach Langdon, Faith et moi. Lorsque je me pointai à son bureau, Taylor s'y trouvait et, ensuite, il fut occupé ailleurs. Je ne savais pas si c'était à cause d'elle ou autre chose, mais peu importait. Tout le monde acheva de s'échauffer et il porta le sifflet à sa bouche.

Après quoi, il brailla :

– Continuez à courir. Vous avez fait une bonne course vendredi, alors ce n'est pas le moment de vous relâcher. Strattan, allez-y à fond, aussi loin que vous voulez, aussi vite que vous voulez.

Je regardai Faith qui me contemplait déjà d'un air mauvais, et lui décochai un sourire arrogant. *C'est parti.*

Dès le départ, je sentis sa respiration dans ma nuque. Elle avait tout compris. Peu après, je me détachai du groupe et, au bout d'un kilomètre, je ne la vis plus.

Je fis comme le coach me l'avait dit.

Je courus deux heures durant, de toutes mes forces. À un moment, je sentis mon téléphone vibrer. C'était un texto du coach me demandant où j'étais. Je lui répondis que j'étais toujours en route et il me pria de consigner mon kilométrage et mon temps lorsque je rentrerais. Tout le monde avait terminé et regagné ses pénates.

Ce matin-là, c'était Mason qui m'avait amenée, et lui aussi m'écrivit pour savoir si je voulais revenir avec lui. Je lui répondis la même chose qu'au coach, en ajoutant que j'allais courir jusqu'à la maison. J'en avais besoin. Je ne m'étais pas exercée du week-end et le ressentais trop fort.

À mon arrivée, j'avais parcouru un peu plus de trente-deux kilomètres en deux heures, dix minutes et vingt-trois secondes.

J'avais pris ma douche et m'étais déjà installée à la table de la cuisine pour faire mes devoirs lorsque Mason rentra. Il vint m'embrasser sur le front.

– Ta journée s'est bien passée ?

– Bien. Et toi ?

Je lui parlerai plus tard de Faith et de mes inquiétudes.

Il paraissait fatigué, avec des poches sous les yeux. Il s'était changé pour un blazer noir Cain University. Je préférai ne pas trop regarder à quel point ça lui tombait bien sur les épaules. J'en avais l'eau à la bouche, mais il fallait que je mange, pas que je me lance avec lui dans de nouvelles activités physiques.

Il sortit une boisson énergisante et une pomme du frigo puis vint s'asseoir à côté de moi.

– Ça s'est bien passé, reprit-il. Normalement, je devais rencontrer toute l'administration de l'entraînement, mais, en fin de compte, ils m'ont juste donné un avertissement pour ne pas recommencer.

– Quoi ? La conférence de presse ?

– Oui, et de laisser entendre qu'ils étaient au courant de mes accusations cet été, mais n'en ont pas tenu compte. Selon eux, ce n'était pas à moi d'en parler à la presse.

– Je croyais que ton coach principal et le père de Taylor étaient d'accord pour cette conférence de presse.

– Oui, sauf qu'ils ne savaient pas que j'allais reconnaître ça. Et toi, tu as beaucoup couru, ce soir ?

– Plus que d'habitude. Il fallait que je rattrape ma paresse du week-end. J'avais de l'énergie à dépenser.

– Comment ça ? s'étonna-t-il.

– Non rien.

– Tu mens, là ! Arrête !

Je serrai les lèvres.

– Sam, reprit-il d'un ton grave. Je te connais. En long en large et en travers, toute nue, jusqu'à ton âme. Tu mens comme un arracheur de dents, là. Qu'est-ce qui s'est passé ?

M'adossant à mon siège, je lui racontai tout.

Lorsque je terminai, il réagit comme Logan :

– On va trouver quelque chose. Ne t'inquiète pas, ni à cause d'elle ni de ton coach. Elle a été reléguée à l'arrière-plan, mais je peux encore appeler mon père si tu veux.

– Oui.

Finalement, c'était peut-être la meilleure chose à faire. Oublier ma mère, afin qu'ils puissent se tourner vers James ? Pourtant, je ressentais depuis ce matin un petit pincement dans l'estomac.

Je bus une gorgée dans la cannette de Mason, alors il la poussa devant moi et alla en chercher une autre.

– Ma mère a appelé, tout à l'heure.

– Pour le dîner ?

– Tu savais ?

– Oui, j'étais avec Logan.

– Et il ne veut pas que Taylor y participe ?

Je fis oui de la tête.

– Bien calculé, observa-t-il. Mais elle veut nous voir ce soir.

– Pas ce soir.

Une demi-heure de sommeil, une journée gavée d'adrénaline et trente-deux kilomètres plus tard, la fatigue allait me tomber dessus d'une minute à l'autre. En fait, je l'attendais.

Il me passa une main dans le dos.

– On pourrait y aller sans toi. Tes parents sont toujours en ville ?

Malinda m'avait envoyé un texto dimanche matin pour dire qu'ils rentraient à la maison, et Garrett m'avait informée pendant le match qu'ils partaient cette nuit.

– Non, il n'y a plus que ta mère.

– Bon, mais tu sais que rien ne t'oblige à accepter l'invitation. On ira juste Logan et moi.

– Je veux y aller.

Il le fallait. Tout le monde avait quelque chose à faire ce soir. Je n'avais plus personne à joindre dans la famille. Sans compter que j'avais rompu avec Ann-Lise. Il ne me restait que Helen.

– D'accord, dit-il en me caressant encore avant de se lever. Mais tu as mangé quelque chose, au moins ?

Je lui jetai un regard contrit, il connaissait déjà la réponse.

– Bon, on dirait que non, sourit-il en sortant son téléphone. J'appelle Helen et on reporte ce dîner à demain. Ensuite, je te fais la cuisine.

Helen rouspéta mais finit par accepter. On devrait la rejoindre dans la suite de son hôtel où nous serions servis. J'en eus le cœur retourné. Pour organiser une telle soirée, elle devait avoir quelque chose d'important à nous dire. Je n'avais pas trop hâte.

Mais, déjà, Mason ouvrait le réfrigérateur qu'il trouva aux trois quarts vide. Rien à préparer. J'avais faim, lui aussi. Alors il proposa d'aller acheter de quoi dîner. Un quart d'heure plus tard, on partait pour le bar où travaillait Taylor.

– Ils préparent des repas à emporter ici ?

– Nate a envoyé un texto quand on partait. Il nous a dit de passer l'attendre là. Il nous rejoindra plus tard.

– Je vais m'endormir bientôt.

Il me prit la main.

– Je t'emporterai à la maison.

Je le regardai un moment dans les yeux. Parfois, il était dangereux. Amoureux *tout* le temps. Et à moi pour toujours.

Ma vraie moitié.

– Je t'aime, soufflai-je.

Ses yeux s'éclaircirent d'un léger sourire. La plus belle de mes récompenses.

– Moi aussi, je t'aime.

On entra main dans la main dans le petit bar. Très vite, les consommateurs s'aperçurent que Mason Kade était là, et les regards se tournèrent vers nous. Il adressa un signe à Nate derrière le bar.

– Salut les gars, dit-il en nous rejoignant dans le box où on venait de s'asseoir

Il s'assit à côté de moi, posa les coudes sur la table.

– Changement de plan, annonça-t-il. Je vous avais dit que la frangine ne voudrait pas me répondre. Eh bien, elle est là.

– Là ? m'écriai-je en sursautant.

Je me retournai mais n'aperçus que tous les regards fixés sur nous.

– Elle est au fond ?

– Oui, avec Matteo. Comme je m'intéresse à une autre fille, il tente sa chance. Il va flirter avec elle, voir si elle lui dit quelque chose.

– Il a couché avec Grace.

À peine avais-je dit ça, je me demandai en quoi ça me concernait. Ces mecs pouvaient coucher avec autant de filles qu'ils voulaient, du moins tant qu'ils ne s'étaient pas engagés, comme Mason et Logan.

– Laisse tomber, je ne sais pas pourquoi j'ai dit ça.

Nate se leva en riant.

– Je ne crois pas qu'il va coucher avec elle, il veut juste vérifier si l'alcool ne lui délie pas la langue. Bon, je retourne bosser, vous voulez quelque chose ?

– Manger un morceau ?

– Avec une bière ?

– Non, juste de l'eau.

– Je vais vous trouver ce qu'il y a de meilleur. Ce n'est pas proposé sur la carte, alors ne le dites pas aux autres clients.

Comme il s'éloignait, Mason sortit du box pour venir s'asseoir à côté de moi.

– Je suis contente que Nate travaille ici.

– Ah oui ?

De notre place, on voyait toute la salle ainsi que le comptoir, mais si on s'enfonçait un peu dans le canapé, rares étaient les tables d'où on pouvait encore nous distinguer. Ce qui nous laissait un peu d'intimité. J'allais m'endormir d'une minute à l'autre.

– Oui, répondis-je. Ça nous donne une petite cachette. Pas comme dans le salon, chez nous.

– Tu es sûre que tout va bien ?

– Oui, à part l'histoire avec Faith.

Il me prit la main et je posai la tête sur son épaule.

Nate nous apporta notre dîner et, le temps qu'on termine, deux joueurs de football étaient venus nous dire bonsoir. Assis en face de nous, ils bavardaient et riaient avec Mason qui gardait ma main sur ses genoux. Je vis plusieurs fois le regard envieux de certaines filles. Quelques-unes tentèrent de flirter avec les autres mecs. L'une d'elles essaya avec Mason mais il ne la regarda même pas.

Vers minuit, je commençais à m'endormir, la tête toujours sur l'épaule de Mason. À présent, il m'entourait d'un bras et sa main reposait sur ma jambe. Je me sentais en totale sécurité.

À un moment, j'aperçus un groupe de filles en train de quitter le bar. Matteo en tenait une par la taille, mais il finit par la lâcher pour apporter une chaise et s'asseoir à côté de Mason. Je remarquai que son rire était un peu moins relâché que d'habitude. Soit il était bourré, soit il venait de se faire jeter.

J'essayai de me rappeler pourquoi j'y attachais de l'importance, mais mes paupières retombèrent.

***

Je fus réveillée peu après par des rires.

– Dernier rappel ! disait Nate. Vous voulez boire quelque chose, les gars ?

J'étais pelotonnée contre Mason dont la main reposait sur ma hanche pour bien me tenir, et ma tête reposait sur quelque chose de doux.

Je m'évadai de nouveau.

***

Je soulevai la tête de l'épaule de Mason, il me portait dans ses bras. La portière arrière de la voiture était ouverte et il m'allongea sur la banquette.

– Mason ? dis-je en lui prenant la main. Qu'est-ce qui se passe ?

– Rendors-toi. On rentre à la maison.

La portière se referma et j'entendis Matteo grimper sur le siège passager avant.

– Tu as appris quelque chose de la frangine ? s'enquit Mason.

– Elle prend sa petite sœur pour une sale gamine gâtée.

– Et c'est tout ?

– Non, mais elle était bourrée. Et j'ai l'impression que ces deux meufs ne s'entendent pas très bien. Tu veux que je continue à l'étudier ?

– Non. Je vais juste interroger James. Après si on lui doit…

Je recommençais à m'endormir mais j'eus encore le temps d'entendre Matteo demander :

– On n'aurait peut-être pas dû rester aussi longtemps ?

– Si elle voulait partir, elle l'aurait demandé. De toute façon, elle dort mieux auprès de moi. Où qu'on se trouve.

Il démarra et je me sentis sourire. Il avait raison. Où qu'il se trouve, je voulais être avec lui.

Je me rendormis.

***

Mason me mit au lit et m'ôta mes vêtements. Il allait m'enfiler mon petit short de nuit lorsque je m'assis, l'entourai de mes bras.

– Non.

– Sam ?

Je lui passai une main sur le torse puis l'attirai vers moi, pour coller ma bouche contre la sienne.

Fini la sieste. Je voulais autre chose, maintenant.

Une seconde plus tard, son bras se glissait sous mon dos et il me soulevait un peu plus haut sur le lit avant de me rejoindre. Je voulais de nouveau sentir son poids sur moi, entrer dans de nouvelles convulsions comme il savait si bien m'en donner.

CHAPITRE 36

– Non.

Le lendemain, on eut droit, Faith et moi, au baratin du coach Langdon. Il voulait qu'on coure ensemble. Nous étions tous les trois seuls dans son bureau.

Croisant les bras, je répétai :

– Pas question.

– Pourquoi ?

Il paraissait catastrophé, et il avait raison. Voilà plus d'une demi-heure qu'il essayait de me faire changer d'avis. Mais non.

– Sam, dit-il en se levant.

Je m'en fichais. Il pouvait se mettre debout, faire les cent pas, se tordre les mains, faire tout ce qu'il voudrait. Ça ne marcherait pas.

– Il faut me dire pourquoi, soupira-t-il l'air d'essayer de se calmer.

Puis il regagna sa place. Assise à côté de moi, les jambes et les bras croisés, Faith s'était installée dans l'angle de la pièce comme si cela lui permettait de mieux profiter du spectacle.

Pour un peu, je l'aurais bien vue manger du pop-corn.

– Je vous l'ai déjà dit, je n'ai aucune confiance en elle.

– Mais… ça, c'était au début. Je croyais que les choses avaient changé.

– Non. Elle croyait pouvoir tenir le rythme, au début, parce que j'ai commencé par me ralentir. Une seule chose a changé : elle sait maintenant qu'elle ne peut pas.

Il tourna les yeux vers Faith, comme s'il s'inquiétait de sa réaction. J'embrayai à sa place :

– Elle le sait très bien. Elle vient juste d'apprendre qu'en courant contre moi, elle fait des progrès. Et il faudrait que je l'aide ?

– Bien sûr, c'est votre coéquipière ! s'exclama-t-il en ouvrant grand les bras.

– Elle ne l'a pas voulu. Moi si. J'ai rejoint l'équipe. Elle a essayé de m'en chasser. Mais ça n'a pas marché.

Je faisais mon possible pour ne pas ricaner, ce serait mal venu. Mais j'avais du mal. Tandis qu'elle partit d'un rire narquois, sans toutefois rien dire.

– Ça ne tient pas debout, protesta-t-il. Je n'ai jamais vu aucun coureur refuser de faire tout son possible pour aider un partenaire.

– Foutaises.

– Pardon ? s'écria-t-il en écarquillant les yeux.

– J'appelle ça des foutaises. Vous connaissez Faith Shaw ? ajoutai-je en tendant la main sur ma droite.

– C'est déplacé.

– Non ! Pas du tout. Elle a incité toute l'équipe à nous exclure, Taylor et moi, d'un petit-déjeuner. Elle nous a aussi menacées, ainsi que Taylor, en disant que je ne pourrais pas la protéger si je courais devant tout le monde. Elle est l'exemple type de la personne qui refuse d'aider un partenaire.

– Vous savez ce que je voulais dire.

Je me penchai sans décroiser les bras.

– Vous avez raison, mais vous ne vous rendez pas compte que vous êtes partial, là. Vous ne vous mettez pas à ma place, sinon, vous comprendriez pourquoi je ne veux pas courir avec elle. Sa seule gentillesse aura été après la course du vendredi, quand elle m'a remerciée de l'avoir aidée. C'est tout.

Il fronçait les sourcils, comme s'il me voyait pour la première fois, puis il se tourna vers Faith :

– Ce n'est pas possible.

– Si.

À mon tour, je la regardai. La voilà qui se montrait loyale, maintenant ? Elle haussa les épaules.

– Quoi ? Je veux dire, il y a des témoins pour tout ça. Même si j'essayais de mentir, je sais qu'au moins Raelynn te soutiendrait. Ou qu'elle aurait dû. Et tu avais raison. Elle croyait que j'avais rejeté son amitié.

J'en restai bouche bée. C'était mauvais signe.

– Autrement dit, ce n'est plus le cas ?

– J'apprends vite, moi aussi, répliqua-t-elle avec un petit sourire. Tu m'as menacée et je lis entre les lignes. J'ai resserré les boulons dans un sens et, oui, Raelynn est redevenue une de mes meilleures amies. Grâce à toi.

Et merde…

– Alors je te remercie, continua-t-elle. Tu as fait de moi une meilleure coureuse et une meilleure amie.

Ça me brûlait les tripes. Je grillais de partout en ce moment.

– Écoutez, coach, reprit-elle en se redressant sur son siège. Samantha soulève un point valable. J'étais immonde avec elle, au début, et je le suis encore. Donc, vous ne pouvez pas la forcer à courir avec moi. Si elle portait plainte contre vous, elle gagnerait. L'opinion publique prendrait son parti. Alors tant pis. Je ne vais pas forcer ma coéquipière à faire quelque chose contre sa volonté.

Je levai les yeux au ciel :

– Vraiment trop aimable !

– Je fais ce que je peux.

Je la dévisageai. Pour un peu, je l'aurais cru *sincère*. Mais elle me décocha un autre sourire qui gâcha tout.

– Seulement tu as tort sur un point, dit-elle en se levant.

J'attendis.

– Je vais te battre. Un jour. Peut-être pas cette année, mais ça viendra. Tu n'es pas la seule à pouvoir te qualifier pour les Jeux olympiques.

Elle paraissait si sûre d'elle. La tête haute, elle soutenait mon regard. Elle y croyait. Qu'elle aille se faire foutre.

– Laissez-nous courir chacune de notre côté, reprit-elle à l'adresse du coach.

– Je n'aime pas ça, grommela-t-il.

– Allez ! Les autres filles me distraient aussi. Vous voulez qu'on progresse. Ça ira très bien.

– Vous allez courir et vous entraîner ?

Il nous avait posé la question à toutes les deux.

Je fis oui de la tête.

– Vous savez que je le fais déjà, répondit Faith.

– Je fais de l'athlétisme avec mon copain.

– Et vous, reprit-il à mon adresse, vous courrez également avec lui.

Je me levai à côté de Faith.

– Tout à fait.

Il laissa passer une minute puis nous désigna la porte.

– Bon. Allez-y. Prochain rendez-vous vendredi. Faites-moi part chaque jour de vos résultats.

Je suivis Faith pour lui demander, une fois dehors :

– À quoi tu joues ? Ça voulait dire quoi, tout ça ?

Elle s'arrêta, me fit face, la tête penchée sur le côté :

– Alors tu crois que c'était une arnaque ? Pourquoi je ne te serais pas reconnaissante de m'avoir rendue meilleure, aussi bien en course qu'en amitié ? Je suis devenue quelqu'un de bien, grâce à toi.

– Qu'est-ce que tu as derrière la tête ?

– C'est ça, railla-t-elle en faisant mine de s'éloigner. Tu parles d'une belle tactique : révéler ses projets à ses ennemis. Je te croyais plus douée que ça.

Je l'étais… mais non. Ça, c'était le boulot de Mason et Logan. Ils menaient les combats. Moi je suivais et récupérais les bénéfices.

– Tu as raison.

– Quoi ?

Elle s'arrêta, l'air interloqué.

– Tu as raison. Je n'ai jamais été douée pour ce genre de conflit. Mason et Logan ont toujours réglé les choses eux-mêmes : les complots, les manipulations, les trucages. Moi, quand je me dispute, c'est avec des paroles. Et, la dernière fois que j'ai affronté une autre fille, elle a appelé tout son groupe pour m'agresser dans des toilettes. Ça s'est terminé à l'hôpital.

Va te faire foutre, Kate, et ta vieille clique.

Mais Faith avait raison. C'était une Mason version féminine. Elle commandait. Pas moi. Une nouvelle forme d'humilité me saisit. J'avais critiqué Mason, furieuse qu'il ne m'inclue pas dans ses décisions, mais qui étais-je pour m'énerver sur ce point ? Il ne faisait que me protéger. C'était son seul objectif.

Faith me dévisageait comme si une deuxième tête venait de me pousser.

– Ça va, Strattan ? Qu'est-ce qui t'arrive ?

– Rien. Merci, Faith.

– Moi ? s'étonna-t-elle en haussant les sourcils. Pour quoi, au juste ?

– Toi aussi tu m'as aidée.

Je voulais voir Mason. Il était en plein entraînement, il ne rentrerait que tard ce soir. J'avais promis au coach de courir et de m'exercer avec Mason, mais ça nous prendrait encore une heure, et on devait dîner avec Helen, ce soir.

Je ne pouvais rien faire pour le moment. Pour une fois, je n'avais pas envie de faire la seule chose qui me tentait en permanence.

Je le fis quand même. Je partis courir.

CHAPITRE 37

MASON

– Tu as gagné.

Paroles que j'aurais normalement adoré entendre dans la bouche d'Adam Quinn mais, alors que je rangeais mon sac dans l'Escalade, je ne ressentis que de la méfiance en le voyant apparaître devant mon véhicule. Il était livide, avec des poches sous les yeux, comme s'il n'avait pas assez mangé ou pas assez dormi.

– Depuis quand tu n'as pas dormi, Quinn ?

Un rire rauque lui échappa et il fourra les mains dans les poches de sa veste.

– C'est comme ça que tu réponds quand on t'annonce que tu as gagné ?

– Qu'est-ce que tu fiches ici ?

– Aie au moins la correction de m'appeler par mon nom. Je suis là. Je reconnais ma défaite. Tu. As. Gagné. Tu. As. Gagné. Tu dois être content, non ? Parce que ce doit être pour ça que tu as détruit ma vie.

Sa voix enfla et il cracha presque la suite :

– Non ? Tu as obtenu ce que tu voulais. Tu m'as brisé. Becky ne veut plus entendre parler de moi, et cette vidéo… tu pourras constamment l'utiliser comme une menace contre moi, n'est-ce pas ?

Mon téléphone vibra dans ma poche, je bouclai l'Escalade avant de me tourner fermement vers Adam qui continuait :

– Mon père est dans une situation désastreuse. Il va faire de la taule, mais ça n'y changera rien, sa réputation est brisée. Alors maintenant, tu t'en prends à moi. Tu m'as privé de ma copine, de ma réputation, et je ne peux même pas t'en vouloir. Je suis tombé dans mon propre piège. En utilisant cette vidéo contre toi, en entrant chez toi par effraction. La totale !

Secouant la tête, il répéta plus bas :

– La totale.

Triste écho.

Il voulait que je le prenne en pitié ? J'étais fou de rage. Il avait tenté de m'anéantir à plusieurs reprises, et tout ça après plusieurs années de trêve. Je serrai les dents. Je n'éprouvais aucune pitié pour lui. Ce n'était qu'une bête sauvage. Blessée, le dos au mur, mais qui reviendrait à la charge. Je n'en doutais pas un instant.

– Pourquoi tu portes une veste ? lui demandai-je.

– Hein ?

– On est en Californie, il fait vingt-sept degrés. Tu n'as pas besoin d'une veste.

Il l'écarta comme s'il ne se rendait pas compte qu'il la portait.

– Je sais pas, murmura-t-il. Je voulais juste te dire que tu avais gagné. Et moi, qu'est-ce que je vais faire maintenant ? Mon père est furieux, mais il va en prison. Il sera condamné. Les preuves contre lui sont en béton. Becky ne veut plus m'adresser la parole. Je n'ai plus personne.

Le parking était presque vide. J'avais mis plus de temps que prévu à me préparer car j'avais prévu de retrouver Sam et Logan à l'hôtel pour le dîner de Helen. Je sentis mon téléphone vibrer dans ma poche, ils devaient se demander ce que je fabriquais. À la rigueur, j'aurais pu répondre, mais ils risquaient d'entendre que Quinn était là et ils viendraient.

Ils ne devaient pas venir.

Si Quinn voulait s'en prendre à quelqu'un, ce ne pouvait être qu'à moi. Et personne d'autre.

– J'avais l'intention de faire mon droit, Mason. J'étais fiancé à une fille géniale. Becky m'aimait pour moi-même. Elle était là depuis le début. Elle avait toujours été là pour moi et je ne la regardais même pas. Pas comme ça. Il n'y avait que Sam qui comptait pour moi. Bon Dieu, elle était trop belle !

Il releva la tête, les yeux brillants de larmes.

– Je suis tombé amoureux d'elle bien avant Sallaway. J'arrivais le premier. Elle était incroyable. J'ai essayé de lui parler, mais elle ne me voyait même pas. Et puis il a débarqué et elle n'a plus vu que lui. Alors je suis sorti avec Ashley, mais je n'ai jamais oublié Sam.

Le feu en moi commençait à me dévorer. Je n'appréciais pas du tout cette balade dans les souvenirs d'Adam.

– Alors quand j'ai appris qu'il la trompait, continua-t-il, je n'ai plus hésité. Elle allait le découvrir et elle le quitterait. Forcément. Une fille comme elle ! Elle avait du caractère, des valeurs… et ses imbéciles d'amies… toutes les deux. Elles étaient immondes. L'une d'elles baisait le petit ami et l'autre était au courant. J'ai rompu avec Ashley. J'ai sauté sur la première occasion. J'avais enfin toutes mes chances. Ce n'était plus qu'une question de temps. J'attendrais et, dès que Sam le virerait, je rappliquerais et elle tomberait amoureuse de moi.

Il me contemplait, l'air hargneux.

– Et puis tu es venu, je ne le savais même pas. C'était là mon erreur. Je n'ai rien compris.

Je haussai un sourcil.

– Tu serais allé plus vite ?

– Oui. Je lui aurais tout de suite fait ma demande. Je n'aurais pas essayé de devenir d'abord son ami.

– Tu aurais pu le devenir depuis le CP. Je n'étais pas là.

Une veine frémit sur son cou.

– Ta gueule.

– Pardon ?

– Tu as très bien entendu.

Il avait resserré les poings, comme s'il allait me foncer dedans, mais ne bougea pas.

– Toi et ton putain de frère. J'aurais jamais cru que je pourrais tant vous détester.

– Et si tu l'avais cru ?

– Je m'en serais occupé avant.

Qu'est-ce qu'il racontait, cet enfoiré ?

– Tu veux qu'on en discute ?

Des phares balayèrent le parking mais la voiture se gara loin et je ne pus voir à qui elle était. Une lourde atmosphère régnait sur nous. Si je bougeais, je ne savais pas ce que Quinn allait faire.

Je ne voyais toujours pas à quoi lui servait cette fichue veste. Il ne l'avait pas enfilée par hasard. Il avait forcément une raison.

– Pas besoin, répliqua-t-il les yeux étincelants de rage. Tu as tout pris, Kade. Tout.

Des voix résonnèrent à la porte du gymnase. C'étaient deux joueurs de foot, mais ils ne vinrent pas dans notre direction, se dirigeant plutôt vers la voiture qui venait de s'arrêter.

– Et Becky, reprit Quinn en baissant la tête.

On tournait en rond. Je ne savais pas pourquoi il était venu ici mais il ne faisait que répéter ce qu'il avait déjà dit.

Ce fut là que quelqu'un apparut dans le fond, derrière lui. J'ouvris la bouche pour lui crier de partir, mais ces paroles demeurèrent coincées dans ma gorge.

Sam me vit enfin, puis Adam, et elle blêmit, l'air soudain horrifié.

Non.

Non.

Complètement glacé, je ne pus que secouer la tête en lui faisant signe de s'en aller.

Mais elle continuait d'avancer.

J'articulai « NON ! » sans émettre un son, levant juste la main pour qu'elle s'arrête.

Elle s'immobilisa, les yeux fixés sur Adam, l'air interrogateur, puis elle ferma les paupières.

Je respirai un bon coup. Elle ne dirait rien.

Je lui fis signe de partir.

Elle secoua la tête.

Je recommençai d'un geste presque sauvage.

Secouant de nouveau la tête, elle croisa les bras.

Cette femme…

Adam leva sur moi des yeux égarés.

– Pourquoi m'avoir pris Becky ?

Sam se rembrunit encore.

– Kade ! aboya-t-il.

Merde. Il attendait une réponse.

– Quoi ? dis-je en me passant une main sur le visage.

Ça pourrait tourner au vinaigre. Sam devait s'éloigner. Comment la faire partir sans qu'il s'aperçoive de sa présence ?

– Monson l'a appelée. Qu'est-ce qu'il a dit ?

Un signal d'alarme sonnait en moi. Voilà pourquoi il était là. Pas pour Sam mais pour Becky, parce que

Nate l'avait appelée. En fait, il ne lui avait même pas parlé, c'était du bluff.

– Comment sais-tu qu'il n'a pas été sincère avec elle ?

Ses narines se dilatèrent :

– Tu as dit à ton meilleur ami de me la prendre. Logan a couché avec Ashley. Tu m'as pris Sam. Maintenant, c'est le tour de Nate ? Il va rendre Becky folle de lui, c'est ça ?

Quoi ?

J'étais distrait.

Par la présence de Sam.

Il parlait.

Nate.

Becky.

– Kade ! cria-t-il.

– Qu'est-ce que tu racontes ? Tu as essayé de me piéger, enfoiré.

Joue les offensés. Mets-le sur la défensive. Alors j'attaquai :

– Cette vidéo aurait pu me mettre à l'ombre pendant des années. Bousiller mon avenir.

Il recula. Ça fonctionnait.

– Sûrement pas, contesta-t-il. Vous vous en tirez toujours, toi et Logan. Tu as la fille. Tu as la vie que je voulais. Tu as un avenir.

– Je ne veux pas être avocat.

– Logan, si.

– À cause de toi. De toi et de ton père qui n'avez pas cessé de nous emmerder. Il a envoyé

Caldron contre Sam. Pour qu'il lui fasse du mal sous tes yeux.

Je bouillais à présent. Peu importait ce que j'infligeais à sa vie alors qu'il s'en était pris à la mienne !

– Tu étais là, enfoiré ! continuai-je. Tu n'as rien fait. Tu es resté là *sans rien faire !*

– Je ne savais pas. Je ne les avais pas vus et, quand Becky me l'a dit, je n'ai pas pu l'arrêter. Il était là avec ses amis. Tous contre moi. Ça n'aurait pas marché.

Sa rage semblait diminuer, il avait presque l'air de s'excuser.

– Je n'ai jamais voulu faire de mal à Sam. C'était un accord que j'avais passé avec mon père. J'avais insisté pour qu'elle ne soit jamais blessée. Ce jour-là, Caldron s'est énervé.

– Et la première fois qu'il nous a attaqués, elle et moi ? Tu ne te rappelles pas cette fois-là non plus ?

– Au combat de ton ami ? Il n'était pas censé la toucher non plus. Juste toi.

– Lui et dix de ses amis.

– Et alors ?

Comme s'il était normal d'envoyer toute cette troupe pour m'attaquer. J'avais envie de lui en faire autant. Encore et encore. La rage me reprenait, au point de devoir me rappeler que j'avais déjà eu ma vengeance. C'était d'ailleurs pour ça qu'il se trouvait là, mais il ne voulait pas s'en aller. Ce crétin ne me lâchait plus.

– Mais pourquoi Becky ? Pourquoi elle ?

– Parce que tu l'aimais, et c'est toi qui l'as perdue. Pas moi. Et elle n'est même pas au courant pour la vidéo. Alors imagine ce qu'elle dirait si elle savait que tu as fait ça.

Il pâlit mais ne répondit pas. Il ne pouvait pas. C'était lui qui avait merdé, il le savait très bien. Impossible de retourner la situation en accusant quelqu'un d'autre, et ma patience ne faisait que faiblir. S'il était venu chercher quelque chose, qu'il le dise – avant de se rendre compte que Sam était là. Je n'avais pas confiance en lui. Il prétendait ne pas vouloir faire de mal à Sam, mais je ne le croyais pas.

– Tu l'as perdue tout seul, grondai-je en serrant les poings. Toi et toi seul. J'étais sans doute en pétard que tu aies essayé de me piéger, et sans doute plus encore une fois que tu t'es introduit chez nous. Mais qu'est-ce qu'on en a à foutre ? À moins que Nate n'ait été au courant qu'elle se retrouvait seule. Elle a dit à Sam qu'elle avait rompu avec toi. Il voulait peut-être savoir comment elle allait, et il a appelé une fois pour vérifier, et ça aurait abouti à autre chose.

– Tu mens, lâcha-t-il d'une voix tremblante. Arrête de mentir !

Je me rapprochai de lui. Encore un pas. *Allez, enfoiré ! Fais ce que tu es venu faire.*

Je parvins cependant à garder une voix égale.

– Tu t'es demandé pourquoi elle a répondu à l'appel ? S'il s'agissait de toi, c'est Sam qui aurait appelé. Ou peut-être qu'elle n'a pas répondu ?

Peut-être qu'il a appelé et qu'elle l'a juste laissé déposer un message ?

J'attendis une seconde. Je voulais que son esprit suive. Qu'il imagine son point de vue à elle, qu'il comprenne ce que je disais. Là, je mentais un peu, mais tant pis. Je voulais qu'il agisse maintenant, pas plus tard, quand il saurait que Sam était là.

– Ça veut dire qu'elle l'aurait rappelé. Qu'elle aurait composé son numéro.

Il tremblait plus que jamais. Je n'aurais pas cru qu'il puisse blêmir davantage. Pourtant il devenait blanc comme une feuille de papier, mais le regard toujours aussi furieux, quasi noir.

– Arrête ! gronda-t-il.

Sûrement pas.

– Je ne connais pas ses raisons, pourtant elle l'a fait. Elle. Pas moi. Ni lui. Elle. Elle t'avait déjà quitté, mais là, pour remuer le couteau dans la plaie, elle allait coucher avec le meilleur ami de ton ennemi.

La veste restait dans un coin de ma tête.

Pourquoi la veste ?

Je risquai un coup d'œil par-dessus son épaule. Sam avait plaqué une main sur sa bouche, visiblement terrifiée.

Je voulais qu'elle s'en aille. Nos regards se croisèrent. J'essayai de le lui faire comprendre.

Elle fit non de la tête.

– Pars, articulai-je encore.

Un autre non de la tête.

Quinn m'observait. Il fallait que je le regarde ou il comprendrait. Et alors il se retournerait… je devais le ramener à moi. La veste. Je la contemplai de nouveau en m'efforçant de ne plus penser à Sam.

Elle n'aimait pas que je m'amuse ainsi avec Adam. Car c'était ce qu'elle croyait. J'étais le gentil qui tourmentait le méchant. Elle ne voyait pas à quel point il était toxique. Il revenait sans cesse à la charge. Il voulait encore me prendre celle qui m'appartenait.

Je ne voyais pas quoi faire d'autre.

Mais Sam était gentille. Pas moi.

Je n'allais pas le laisser s'en prendre à elle. Jamais.

– Pourquoi tu fais ça ? demanda-t-il les mains de nouveau dans ses poches. Je suis venu te voir. Je devrais t'attaquer mais c'est toi qui le fais. C'est peut-être ma faute. Parce que, quand tu te retrouves le dos au mur, tu passes à l'attaque, c'est ça ?

Comme une bête sauvage – juste ce que je pensais de lui.

Je lui décochai un sourire ironique.

– Peut-être que je suis trop impatient ?

– Non. Il s'agit pas de ça. Tu es patient. C'est une qualité que tu sais très bien utiliser. Je sais. Je te connais. L'impatient, c'est Logan. Pas toi. Toi… si tu attaques, c'est pour une bonne raison.

Il posa sur moi un regard glaçant, mort…

J'aurais bien reculé, mais je me l'interdis. Peu importait ce qui arriverait, j'étais là. Je le descendrais avant qu'il arrive quoi que ce soit.

Et là, je vis ses mains remuer dans ses poches. Non. Juste la droite. Comme s'il saisissait quelque chose, prêt à le sortir.

Je préférais ne pas savoir quoi mais il fallait que Sam s'en aille. Vite. Qu'elle prenne ses jambes à son cou.

En attendant, elle me montrait un visage baigné de larmes et j'aurais juré qu'elle ne s'en rendait même pas compte. Les deux mains sur la bouche, elle fit encore non de la tête. Elle ne voulait pas s'en aller.

Il le fallait, pourtant.

Oubliant le froid et la rage qui m'habitaient, je ne voulais plus considérer que la chaleur et l'amour qu'elle m'inspirait. Et elle parut le comprendre malgré son expression encore horrifiée.

Elle allait dire quelque chose, ou éclater en sanglots, faire du bruit, et il saurait qu'elle était là.

Impossible. Je laissai tomber :

– Qu'est-ce que tu veux, à la fin, Quinn ? Que je pousse Nate à rompre avec Becky ?

Il grimaça, comme si je l'avais giflé. Je me rapprochai de lui, adoucis le ton :

– Parce que c'est ce qui va se produire. Ne fais pas celui qui l'ignore. Peu importe qu'elle ne cherche qu'à lui parler, tu sais combien Nate peut se montrer charmant. Les filles l'adorent. Elles ouvrent leurs jeans pour lui, soulèvent leurs jupes pour lui, ôtent leur slip et le lui donnent s'il le leur demande. Ça plaît à Becky, tout ça ?

Incapable de me répondre, il me fusillait d'un regard brûlant de haine. Il était bel et bien venu pour me tuer.

– Et tu ne connais pas la meilleure ? ajoutai-je. Il est allé jusqu'à lui avouer qu'il appelait à ma demande, et elle a quand même accepté. Elle l'a choisi. Alors, ça te fait quoi ? De savoir que tu vas perdre une deuxième femme à cause de moi ?

Cette fois, ça marcha.

Un rugissement sauvage lui échappa et il s'apprêtait à sortir sa main lorsque je me ruai sur lui.

Sam hurla.

Saisissant le bras d'Adam, je le coinçai violemment contre mon Escalade. Il devait lâcher son arme. Mais non, sa main demeurait crispée dessus. Couvert de sueur, il poussa un grondement tout en me décochant un sourire carnassier.

– Je ne pourrais jamais te blesser, Mason. J'ai essayé, mais ça ne marche pas. C'est pour ça que je suis venu. Je voulais te donner ceci…

Cette fois, il sortit la main de sa poche.

Je le relâchai, reculai, fermai le poing et lui balançai un direct en pleine figure. Il s'écroula par terre.

Derrière, Sam criait toujours, mais il fallait que je prenne cette arme. Il était inconscient et sa main venait de retomber…

Une lettre froissée s'en échappa pour venir traîner sur le sol de ciment.

Une lettre.

Je ne pouvais… une fichue lettre.

Mon cœur se mit à battre. Je la saisis, la retournai.

Elle était adressée à Becky.

CHAPITRE 38

SAMANTHA

– Sam ?

Des mains douces se posèrent sur mon épaule. Mason. Je ne savais pas pourquoi il se montrait si gentil avec moi, mais je me jetai dans ses bras, enfouis ma tête contre son torse. J'avais envie qu'il m'emmène. Je ne voulais pas rester là. Je ne voulais pas faire partie de ça, de rien de tout ça.

Il me serra contre lui, me passant la main dans les cheveux.

J'essayai de parler mais ne pus émettre qu'un soupir tremblé. Et on ne bougea plus.

Jusqu'à ce que quelqu'un se gare près de nous. Des portières s'ouvrirent et se claquèrent. Puis j'entendis une exclamation étouffée :

– Oh non !

– Examine-le, dit Mason par-dessus mon épaule.

Je croyais qu'il allait sortir une arme.

– Sam ?

Une douce voix féminine. Taylor se tenait près de moi, le visage en larmes. Elle m'effleura le bras. Sans lâcher Mason, je la pris contre moi. Je ne voulais pas songer à ce qui se passait derrière nous.

– Merde !

Là, ce n'était pas Mason.

Je regardai. Logan venait de trébucher et se retrouvait assis par terre, les yeux écarquillés et la langue pendante. Il contemplait Adam comme s'il était tombé sur un extraterrestre. La lettre était toujours par terre mais…

… à côté se trouvait un pistolet.

***

Des lumières rouges et bleues éclairèrent la nuit.

Quelqu'un avait appelé la police du campus.

On était assis à l'arrière d'une ambulance. Et il y en avait une autre pour Adam. Il fallait l'évacuer. Mason lui avait brisé une côte mais les flics nous dirent qu'il serait inculpé pour avoir apporté une arme sur le campus.

Ils avaient interrogé Mason qui leur avait expliqué s'être douté dès le début qu'Adam avait une arme.

Ils m'avaient également posé des questions et je leur dis que j'étais juste venue pour parler à Mason.

Je voulais le remercier de toujours me protéger.

Ils discutaient maintenant avec Taylor et Logan, et celui-ci expliquait que, ne nous voyant pas arriver au dîner, il avait voulu vérifier ce qui se passait, d'autant que Mason ne répondait pas à ses appels, ce qui ne lui ressemblait pas.

Que s'était-il passé à leur arrivée ?

Un court silence s'ensuivit.

Je ne levai pas la tête mais sentis Mason se tendre à côté de moi. Il remua légèrement. À mon avis, il avait dû échanger un regard avec son frère qui finit par laisser tomber d'un ton las :

– Quinn gisait par terre. Mason consolait Sam et il m'a dit de vérifier s'il n'y avait pas une arme.

– Qui ?

Je sursautai. Le flic était si impassible, si précis. Un rire triste m'échappa. Même sur un campus, il semblait que ce genre de chose arrivait tout le temps. Trop triste.

– Euh…

Cette fois, je regardai. Logan avait une main dans les cheveux et l'autre bras sur l'épaule de Taylor blottie contre lui.

– Mason, répondit-il enfin.

– Celui-ci ? demanda le flic en désignant Mason avec son stylo.

Il avait presque l'air de s'ennuyer.

– Oui. Mon frère.

Cette fois, le flic parut s'étonner :

– Ah bon, vous êtes frères ?

C'était qui, ce mec ? Mason intervint d'un ton brusque :

– Je suis Mason Kade. Et voici mon frère, Logan.

Le flic pencha la tête de côté.

– C'est vous la star du foot ?

– Et… ? déglutit Mason.

Le flic tendit son stylo vers l'endroit où ils avaient ramassé Adam.

– C'était un fan trop empressé ou quoi ? Et d'après vous, pourquoi portait-il une arme ?

– Parce que les choses avaient mal tourné entre nous, ces derniers temps.

Il avait dit ça les dents serrées, encore vibrant de rage. Je lui posai une main sur la jambe et pris la parole, expliquant ce qui s'était passé cet été, sautant juste la dernière visite dans la datcha d'Adam sur l'océan.

Le flic ne fit aucun commentaire mais il ne nous quittait pas des yeux. Au point que je sentis Mason se crisper davantage.

– Bon, finit par dire le flic, vous devriez demander une ordonnance de protection. Vous ne devriez pas avoir de problème pour l'obtenir et je pense que vous en avez besoin.

L'interrogatoire prit ensuite un autre aspect. Le chef de la patrouille vint nous rejoindre, accompagné du coach de Mason. Ensuite, ce fut le coach Broozer qui vint se garer près de nous, et Taylor se précipita dans ses bras. Détail qui intrigua de nouveau le flic.

– Ma petite amie, dit Logan. Avec son père.

– Sympa d'avoir de telles relations ! commenta le flic. Bon, vous avez du monde qui vous attend à l'hôpital. Il va falloir vous faire tous examiner.

– Ça n'aurait pas dû avoir lieu avant l'interrogatoire ? demanda Logan en se levant.

– Si vous le dites… En ce qui me concerne, j'ai tout ce qu'il me faut. Merci à vous et soyez prudents.

Il passa devant son chef qui vint serrer la main de Mason, puis il alla s'entretenir avec les deux coachs qui, à leur tour, appelèrent Mason.

Taylor vint me voir, les bras serrés autour d'elle, jetant sans cesse des regards vers son père.

– On va rentrer à la maison, ça ne t'ennuie pas, Logan ?

– Pas du tout, dit-il en l'attirant contre lui. Je suis sûr que ça vous a rappelé des souvenirs.

Elle frissonna dans ses bras, fermant les yeux tandis qu'il lui embrassait le front. Il promit de la rejoindre bientôt. Elle acquiesça de la tête, comme soulagée, lui donna un dernier baiser, m'étreignit et gagna la voiture de son père.

En la voyant, Broozer envoya une tape sur l'épaule de Mason et la rejoignit. Ils démarrèrent aussitôt.

Je me tournai vers Logan :

– Ça va ?

Ce fut là que je compris.

Il poussa un soupir en se passant une main lasse sur le visage. Je vis les ridules angoissées autour de ses yeux et de sa bouche. Je vis la peur dans ses yeux. Je vis combien il s'était retenu jusqu'à ce que Taylor s'en aille.

– Oh, Logan ! dis-je en le prenant dans mes bras.

Il se serra contre moi, posant le front sur mon épaule.

– Putain, Sam ! Dire que j'aurais pu vous perdre !

Je lançai un coup d'œil vers Mason. Il avait l'air soucieux mais ne bougea pas de sa place.

C'était…

J'étais en train de rassurer mon beau-frère qui pensait à ce qu'aurait pu subir sa famille. Jamais je n'aurais dû supporter ça.

S'il était vraiment question d'une arme, on aurait dû n'y voir qu'un acte de violence gratuit, avec nous pour victimes. On ne pouvait pas en être les instigateurs.

On ne pouvait pas être les méchants.

J'avais entendu Adam. Je savais ce qu'il était venu faire là.

En découvrant son arme, Logan recula comme s'il s'était brûlé. Il parut aussi choqué que nous tous, car cela confirmait qu'Adam avait bel et bien apporté une arme.

Mais pour nous tirer dessus.

Du moins l'avait-il affirmé en reprenant conscience. Les flics l'avaient interrogé avant de le placer sur la civière. Ils avaient continué de lui poser des questions jusqu'à ce que les portières de l'ambulance se ferment, après quoi ils avaient reçu pour mission de poursuivre l'interrogatoire à l'hôpital.

À présent, il ne restait que leur chef auprès de nous. Il ne semblait pas beaucoup se préoccuper de l'incident. En fait, il était tout sourire, bavardant avec le coach de Mason, je compris dès lors pourquoi celui-ci demeurait avec eux.

Il devait se donner en spectacle, rendre le flic heureux afin de l'empêcher d'enquêter davantage, avec l'aide efficiente du coach.

J'en déduisis que, quoi qu'il arrive, l'équipe ne voulait surtout pas perdre ce joueur. Tout irait bien, donc, pour Mason… Du moins en tant que joueur de football.

C'était ce qui nous inquiétait depuis le début – sa carrière, son avenir dans la NFL.

Qu'on avait été bêtes !

On ne s'était pas posé de questions sur sa vie, s'il allait continuer à respirer, s'il n'allait pas se retrouver six pieds sous terre. Je me mis à trembler de tous mes membres.

– Sam ? interrogea Logan. Ça va ?

Mon Dieu !

Sa voix douce me permit juste de m'effondrer.

Les larmes m'inondèrent le visage.

Je ne pouvais les arrêter, ni m'empêcher de trembler.

Pas un instant nous n'avions imaginé que Mason pourrait mourir. Et moi aussi.

Si Logan était arrivé cinq minutes plus tôt, il aurait pu y passer lui aussi.

Taylor !

Elle aurait pu subir sa deuxième fusillade.

C'était dingue.

C'était effarant.

C'était insupportable.

C'était nous.

Je m'écartai de Logan alors que Mason arrivait :

– Sam ?

Je tendis la main pour l'arrêter, mais elle vibrait trop.

Je ne pouvais pas.

Quelqu'un allait mourir.

– Arrête, bredouillai-je.

J'aurais aimé que ce soit plus fort, mais je ne pouvais pas…

– Sam, tout va bien. Je vais bien.

– Maintenant.

Il s'immobilisa.

– Quoi ?

– Tu vas bien *maintenant*.

Mais la prochaine fois ?

Car il y aurait une prochaine fois. Pas à cause d'Adam mais de ce que nous lui avions fait. De ce que Mason avait fait. De ce que Logan avait fait. De ce que j'avais fait. Aucun de nous n'était innocent. Au souvenir des paroles du flic, je me mis à rire. Et ce son me claqua dans les oreilles, marqué d'hystérie.

Pas besoin d'une ordonnance restrictive contre Adam. C'était lui qui en avait besoin d'une, contre nous.

– Sam, souffla Mason.

Je fermai les yeux. À sa tendre façon, il pouvait dire ce qu'il voulait, je me sentirais toujours aimée de lui, protégée. À croire que rien ne pourrait nous arriver.

J'avais tort. Totalement tort.

Adam avait apporté un putain de pistolet dans ce parking, où se trouvait mon fiancé. Il avait dit aux flics que ça ne lui appartenait pas, mais à son père, et qu'il devait la ranger dans un coffre de banque. Il n'avait eu aucune intention de s'en servir. Il était venu apporter la lettre. Il pensait que le mieux était de prier Mason de me la donner, afin que je la remette à Becky. Il ne voulait pas s'approcher de moi sans passer d'abord pas Mason. Il tâchait de montrer du respect.

Le coup de pied de l'âne.

Adam avait apporté la lettre à Mason car il essayait de mettre fin à cette guerre. Il avait bien agi.

Bien ? Lui ? Ou n'était-ce qu'un mensonge inventé sur le moment ?

Et est-ce que ça avait de l'importance ?

Sans compter qu'on ne faisait pas ce qu'il fallait. Toujours pas. On disait qu'Adam était venu chercher Mason. Mais il avait paru anéanti.

Voilà pourquoi il était venu. La lettre n'était qu'une excuse. Il reconnaissait sa défaite.

Mason avait gagné.

Nous avions gagné.

Personne n'avait gagné.

On était les méchants. Et ça n'allait jamais s'arrêter.

Chaque fois que quelqu'un s'en prendrait à nous, Mason et Logan répliqueraient. Ils étaient ainsi faits. Ils détruisaient leurs adversaires, sauf que, cette fois, Mason aurait pu y passer.

Il s'était jeté sur le pistolet pour moi.

J'aurais peut-être dû me pâmer devant un tel acte, mais cela commençait à se répéter trop souvent.

Alors que ça n'aurait jamais dû se produire. Mason n'aurait jamais dû prendre une telle décision – sa vie contre la mienne.

Je ne pourrais supporter que ça se reproduise. Il fallait que ça s'arrête. Je devais y mettre fin.

– Sam.

Mason qui répétait mon nom. Je perçus l'angoisse dans sa voix et ça me fit revenir à la réalité. Il s'accrochait à moi, les mains serrées sur mes bras, comme s'il avait peur que je lui échappe.

C'est ce que je fis en me dégageant et reculant.

– Sam ?

Un mot, un nom, murmuré avec angoisse.

Il savait. Je le vis dans ses yeux. Il savait ce que je pensais, car il pensait la même chose.

– C’est nous, dis-je doucement.

– Non.

– Si.

– C’est moi, et moi seul.

Il se rapprocha, posa son front sur le mien. Je sentais Logan à proximité, sans savoir s’il pouvait nous entendre ou non.

Je sentis d’autres larmes m’inonder le visage.

– Il ne faut pas que ça recommence.

– Non, je te le promets.

Il ne pouvait me faire cette promesse. Je le regardai dans les yeux et vis qu’il attendait ma réaction en retenant son souffle.

– Je t’aime, murmurai-je.

Il le savait.

– Je t’en prie, arrête, murmura-t-il en fermant les yeux.

Ça ne s’arrêterait jamais. Rien n’allait changer. Il fallait vraiment que je m’en charge. Que j’arrête ça.

Je reculai de nouveau.

– Sam ?

Il voulut me reprendre le bras mais soudain son poing se ferma, juste entre nous.

J’avais besoin d’espace mais ne pouvais me résoudre à le lui dire ouvertement. Je n’en serais sans doute jamais capable. Je ne savais que reculer, d’un pas, puis d’un autre, sans parvenir à me retourner ni à m’éloigner.

Voyant ma détresse, Mason abaissa le bras dans un léger soupir.

Il avait décidé à ma place.

Il me laissait partir.

CHAPITRE 39

Cette nuit-là, Mason resta chez sa mère et je dormis une dernière fois dans notre lit, mais ne pus rester davantage. Il se pouvait que personne ne comprenne, seulement je devais agir. Sans trop savoir où ça nous mènerait. Si c'était complètement fini entre Mason et moi, ou s'il s'agissait juste d'une séparation, d'une rupture momentanée – je ne savais pas, mais nous n'étions plus ensemble. Et nous n'en avions même pas parlé, mais ça viendrait. Je n'étais juste pas prête.

Je ne savais qu'une chose : si je restais, Mason mourrait. D'une façon ou d'une autre. Je savais que ça finirait par arriver.

Logan était parti retrouver Taylor pour lui raconter ce qui se passait. Elle lui avait demandé de rester là mais il avait refusé. Si bien qu'elle était venue dormir à la maison, et qu'on avait partagé mon lit. Par la suite, je l'avais entendue lui téléphoner. Logan était également reparti à l'hôtel voir sa mère. Quant à Nate, il ne reparut pas. J'ignorais où il se trouvait mais j'étais contente que Taylor soit restée avec moi.

Je pleurai dans ses bras et ce fut elle qui me conseilla de m'adresser à Courtney et Grace. Elles avaient une grande salle de rangement dans leur appartement. Un jour, elles avaient plaisanté, disant qu'elles feraient mieux de la transformer en chambre à coucher pour abriter une troisième coloc. Taylor les avait appelées mais avait dû ensuite me quitter à regret, car elle avait des cours. Je la remerciai pour tout ce qu'elle avait fait et on se serra encore une fois dans les bras.

Si j'avais pu, je l'aurais étreinte mille fois plus, comme si ce n'était pas à elle que je disais au revoir.

Je n'aurais su dire combien de temps je restai après son départ. À un moment, je retournai dans la chambre pour préparer mes bagages.

– Pourquoi ?

Le cœur déchiré, je contournai cependant Logan et me mis au travail.

– Tu le sais très bien, répondis-je.

Mason le savait. Je l'avais expliqué à Logan, mais il ne l'acceptait pas.

– Ce sont des conneries, Sam.

Je m'arrêtai pour le regarder, les mains pleines de chemises et, sur le coup, j'eus presque envie de les lui lancer à la figure. Mais je me contentai de les ranger dans la valise.

– Si Adam avait tiré sur Mason, il serait à l'hôpital à l'heure qu'il est.

Ou pire.

Je baissai la voix :

– Il faut que ça change.

– Tu crois que ça va le faire ? rétorqua-t-il en désignant la valise. Merde, Sam ! On était bien pires avant ton arrivée parmi nous. Tu as apaisé Mason. Tu imagines ce qu'il va devenir maintenant ?

Impossible…

Ouf… j'en avais le souffle coupé.

Tout s'ouvrait, tout saignait en moi.

Je ne pus m'empêcher de vérifier s'il n'y avait pas de taches rouges sur mon tee-shirt.

– Arrête, Logan !

– Arrête ? Tu te fous de moi ? C'est toi qui t'en vas.

Il s'empara de ma valise.

– Non ! dis-je d'une voix qui se brisa. Logan, s'il te plaît !

Il la souleva comme s'il allait la lancer à travers la pièce, mais finit par la laisser retomber sur le lit.

– Mais qu'est-ce que vous foutez ? cria-t-il. Mason et toi ? Il est parti boire avec Nettie et Matteo, là. Tu pars. Tu ne peux pas partir !

Ça ne faisait qu'empirer la situation. J'allais lâcher prise, m'effondrer sur le lit, attendre le retour de Mason… J'étais à deux secondes de me laisser aller, mais je parvins à répliquer :

– Il aurait pu se faire tuer. TUER !

Emportée par la rage, je trouvai la force d'ajouter :

– Il faut que ça change. C'est ma seule carte. Si je reste… rien ne bougera. Il faut que j'y aille, Logan. Essaie de comprendre, s'il te plaît !

Peut-être que je me trompais. Je n'avais aucune envie de m'en aller. Le seul fait d'y songer me donnait les jambes flageolantes, au point que je me laissai tomber au bord du lit.

Non, il fallait que j'y aille. C'était tout ce que je pouvais faire.

– Tu ne peux pas m'obliger à l'accepter, grommela Logan d'un ton méprisant. Tu es ma belle-sœur, donc tu restes liée à moi, autant que Mason. Vous me rendez malade, tous les deux !

Là-dessus, il s'en alla.

J'aurais dû pouvoir respirer un peu mieux. Mais non. La porte d'entrée claqua, faisant vibrer toute la maison.

Et moi j'étais au bord de l'étouffement.

Mais je ne pouvais faire autrement.

Je ne cessais de me le répéter. Impossible de rester car une arme allait finir par se braquer sur Mason, quelqu'un allait finir par mourir. En même temps, si je partais, j'abandonnais la moitié de mon être.

– Sam ?

Nouvelle voix.

Je me tendis à l'idée que quelqu'un d'autre allait m'agresser, mais c'était Courtney. Repoussant une mèche blonde derrière l'oreille, elle s'approcha de moi en souriant, prit d'un geste doux la chemise que j'avais dans la main. Tout en elle était si doux.

– Je vais t'aider, murmura-t-elle.

Mes larmes se remirent à couler. J'étais hébétée et sur le qui-vive, je réagissais à tout, je ne ressentais plus rien…

Une vraie loque.

– Merci, balbutiai-je.

Grace se tenait derrière Courtney sur le seuil de la porte d'entrée, le visage illuminé d'un sourire.

Toutes deux échangèrent un regard et Courtney finit par proposer :

– Tu veux que je termine à ta place ? Je suis sûre que Taylor apportera ce que j'aurais pu oublier.

Je restai immobile, la gorge sèche. Ainsi, je devais bel et bien m'en aller.

Je m'assis.

– Euh…

– SAM ?! SAM !

Je me figeai. C'était la voix d'Heather. Quelqu'un l'avait prévenue. Elle traversa en hâte le couloir, se précipita vers moi.

– Oh, Sam !

Ce fut tout ce qu'elle articula. Pas besoin d'en dire davantage.

J'étais déjà en larmes, mais là, je sanglotai.

– Heather !

Elle me serra dans ses bras, me tint la tête contre sa poitrine et me berça, comme un enfant. Je n'étais plus rien. Heather allait s'occuper de tout. Je n'avais plus qu'à pleurer.

***

On se rendit dans l'appartement de Grace et Courtney.

Je n'oublierais jamais comment Heather prit les choses en mains. Elle se présenta, comprit qui étaient ces deux filles puis examina la pièce qui allait me servir de chambre.

– Allez, déclara-t-elle. On range ses affaires maintenant.

Et elles se mirent à l'œuvre.

Par la suite, Heather m'expliqua que Channing l'avait accompagnée. Je ne pouvais plus bouger, alors il m'avait emportée dans ses bras, avant de s'éclipser discrètement. Heather me dit plus tard qu'il était parti rejoindre les garçons.

Elle était là pour moi et lui pour Mason.

Je pleurai toute la nuit, dans les bras d'Heather.

Je ne savais pas quand ça s'arrêterait.

***

Il faisait encore nuit. La respiration régulière d'Heather à côté de moi m'indiquait qu'elle dormait, mais quelque chose m'avait réveillée.

Une lumière !

Je compris que c'était mon téléphone. Je savais déjà de qui ça venait.

Ça va, toi ? J'aimerais juste le savoir.

Une immense tristesse habitait mes entrailles. Et j'avais l'impression que ça ne s'arrêterait jamais.

Je pleure mais je suis réveillée. Et toi ?

Je n'attendis pas longtemps.

Une minute plus tard. Saoul.

Ça me transperça le cœur. Je ne voulais pas que Mason souffre. Je ne voulais pas souffrir.

Trente secondes plus tard. Comment on va régler ça ?

Je respirai profondément. Ma main se mit à trembler. Ça veut dire quoi ?

Sa réponse : On devrait en parler. Je sais pourquoi, mais on devrait quand même en parler.

Il avait raison ? Ma poitrine me brûlait. Laisse-moi du temps. Si je parle en ce moment, je m'écroule.

Je peux t'envoyer des textos ?
On peut encore faire ça ?

Je soupirai. J'étais en larmes. Et elles n'allaient pas sécher avant un bon moment. Mille couteaux me déchiraient les poumons, la gorge. Impossible de respirer ni de rien avaler sans douleur. Ni même de bouger.

Il le faut. Je n'arriverai à rien sans toi.

Mon téléphone vibra pour la réponse : Je t'aime.

Moi aussi. Fais attention à toi.

Toi aussi.

Je suis chez Courtney et Grace.

Je sais. Taylor l'a dit à Logan
qui me l'a répété.

Logan est fou.

Il ne comprend pas.

Il ne comprend pas. Ces mots. Je les contemplais. Ça faisait du bien d'échanger ces messages avec Mason. Comme si on se retrouvait. J'étais juste dans la maison de mes amies, mais ça sonnait faux. J'étais partie – non, même ça c'était faux. Il m'avait laissée partir. Il s'était éloigné et on m'avait emportée.

Je voulais qu'il revienne. Qu'il me reprenne dans ses bras. J'entendais la profonde respiration d'Heather derrière moi… si seulement c'était celle de Mason. Je le désirais un peu plus à chaque coup de couteau qui se plantait en moi.

Je ne pouvais répondre, les mains soudain paralysées, et je tremblais trop. Je ne pourrais bientôt plus tenir le téléphone.

Et il vibra. Je vais régler tout ça. Promis.

Une énorme larme tomba sur l'écran, brouillant ses mots. Je l'essuyai du pouce puis fourrai l'appareil sous mon oreiller. Je dormis avec ces paroles en tête.

***

La journée du lendemain s'écoula dans une sorte de brume et, la nuit suivante, Mason se remit à m'envoyer des textos alors que j'étais dans mon lit.

Sam ?

Mason.

J'avais envie de sourire mais je ne pouvais pas. Et mieux valait que je ne cherche pas à savoir à quel point j'avais besoin de lui.

Ça va toujours ?

Impossible de répondre à ça. Tu es allé à tes cours ?

Bien obligé. Sion, je ne peux pas jouer.

Je me fichais de savoir si j'allais courir ce week-end. Mais c'était différent pour lui. Des milliers de gens tenaient à ce qu'il joue. Tandis que si je manquais une course, ils ne seraient encore pas trop nombreux à s'en apercevoir. Ça changerait par la suite mais, pour le moment, pas de souci.

J'écrivis : Tu es aimé et adoré.

Merde. Je m'en tape. Tu le sais.

Oui. Et je sentais mes larmes qui coulaient encore.

Tout se passe bien maintenant ?

Je ne savais pas ce qu'on allait pouvoir faire. C'était absurde de lui demander ça – rien ne pouvait avoir encore changé aussi tôt – mais je ne pouvais empêcher mes doigts de taper. Ni l'espoir de me gonfler le cœur, bien que je connaisse déjà la réponse. Pourtant, j'attendis.

Encore une minute.

Et puis, On devrait avoir une discussion officielle.

Je ne pus qu'agripper mon téléphone en contemplant cette réponse. *Discussion. Officielle.*

Effectivement. On n'avait pas encore rompu officiellement, un frisson glacé me parcourut. Si on discutait, la partie non officielle allait le devenir. J'étais sans doute lâche, mais je préférais ne pas savoir.

Pas encore, tapai-je.

Je peux te dire que je t'aime ?

Profond soupir. Toujours.

Alors je te le dis. Toujours.

***

Je n'allai pas aux cours cette semaine-là. Heather demeura à mes côtés et, tandis que Courtney et Grace poursuivaient le fil de leur vie, la mienne était à l'arrêt. Je ne participai à aucun entraînement.

J'étais en congé de l'équipe à cause de l'incident du parking, mais ça n'aurait rien changé. De toute façon, je ne serais pas allée courir. Si je commençais, je ne pourrais plus m'arrêter.

Une nuit, je fus réveillée par des voix dans l'appartement. Heather n'était pas avec moi et je me faufilai pieds nus dans le couloir. Là, je l'entendis :

– Recule, Kade.

Mon cœur bondit.

Mason ?

Je me précipitai, avant d'entendre la voix irritée de Logan :

– Elle est à moi aussi, Heather.

Je m'arrêtai, j'aperçus Courtney et Grace dans la cuisine. Elles aussi me virent et ne purent cacher leur émotion. Je préférai détourner le regard.

Logan était là, furieux. Et je perçus alors l'autre sentiment qui les étreignait, dont je ne voulais pas entendre parler. Leur pitié. Pourquoi auraient-elles pitié de moi ?

– Tu ne crois pas que c'est difficile pour elle ? protestait Heather. Tu vas tout compliquer. Tu ne peux pas venir ici harceler ces deux filles…

– Elle fait partie de ma famille ! Arrête de la protéger de moi.

– Et de la mienne aussi. Alors tu vas voir si je ne la protégerai pas ! Dégage, Logan, je ne rigole pas.

Il se mit à gronder :

– Jax, je te jure…

Courtney et Grace sursautèrent, écarquillant les yeux.

Grace poussa un petit cri.

Courtney bondit en avant mais s'arrêta net lorsque retentit la voix d'Heather :

– Quoi ? Tu vas me menacer ? Tu oublies que je te connais. Je ne suis pas comme ces deux filles qui doivent avoir si peur de toi en ce moment. Je sais que tu aimes Sam, et je sais que tu as de la peine et je sais que toute cette colère te vient de la peur de perdre un autre membre de ta famille. Mais ça n'arrivera pas. D'accord ?

Son ton s'adoucit :

– Écoute, je ne sais pas ce qui se passe, et toi non plus, sans doute, eux seuls le savent, et tu dois leur faire confiance.

– Il ne fait rien du tout !

Nouvelle fulmination dans le couloir.

Vlan !

Un objet heurta le mur.

– Qu'est-ce que tu en sais ?

– Il n'est pas là.

Heather semblait fatiguée mais compatissante :

– Elle lui envoie des textos la nuit.

– Quoi ?

– Des SMS. La nuit. Elle croit que je dors, mais je me réveille parfois. Je suppose que c'est à Mason qu'elle s'adresse.

Il mit un moment à répondre :

– Comment tu le sais ?

Il avait demandé ça comme si sa vie en dépendait.

– Parce qu'elle dort mieux après.

– Ah…

Elle toussota, s'éclaircit la gorge et, d'une voix presque tendre, ajouta :

– Je lui dirai que tu es venu et que tu voulais la serrer dans tes bras. C'est tout ce que je dirai.

Jamais je n'avais entendu Heather parler comme ça à qui que ce soit.

– Merci.

Je fermai les yeux, le cœur battant, m'adossai au mur en essayant d'arrêter cette nouvelle inondation de larmes.

– Comment j'arrange ça, Heather ? Je ne sais pas comment arranger ça.

On aurait dit un gamin brisé. Et moi j'étais Helen. Je venais d'anéantir sa famille – encore une fois.

Je tombai à genoux. Mon Dieu, je ne pouvais…

– Sam !

Courtney se précipita vers moi, me posa une main dans le dos, mais fut bientôt écartée. Deux bras puissants me soulevèrent et Logan m'emporta dans la chambre, me déposa sur le lit puis recula.

Baissant la tête, il fourra les mains dans ses poches.

– C'est vrai ? Il t'envoie des textos ? demanda-t-il d'une voix rugueuse.

Je hochai la tête. J'avais la gorge trop sèche pour en tirer le moindre son. Dans un soupir, Logan se raidit.

– Il va arranger ça ?

Je ne dis rien.

J'espérais.

Je fis oui de la tête.

Nos regards se croisèrent. Je vis les larmes qu'il retenait.

– Je voudrais rester, souffla-t-il. Dis oui.

J'étais Helen. J'étais Ann-Lise.

Ma gorge ne fonctionnait toujours pas. Complètement coincée par la honte et le remords.

Pourtant, Logan attendait, et je revis le petit garçon en lui, celui sur lequel Mason m'avait raconté tant d'anecdotes, qui s'asseyait devant la porte en attendant son frère aîné pour pouvoir le suivre ou voler son sac, histoire d'attirer son attention. Et là, il guettait ma réponse.

Je lui pris la main.

– Merci, articulai-je.

J'agitai la tête pour le cas où il n'aurait pas saisi ma réponse. Il laissa échapper un soupir soulagé et s'assit par terre près du lit.

Courtney et Grace se tenaient devant la porte, l'air de ne savoir que faire. Mais Heather savait. Passant devant elles, elle apporta une bière à Logan. Il prit la canette tandis qu'elle s'asseyait près de lui avec la sienne. Ils trinquèrent et on se mit à bavarder alors que Courtney et Grace s'esquivaient discrètement.

Les mains sur mon téléphone, je savais maintenant ce qu'il me restait à faire.

Je n'allais pas me conduire comme nos mères.

***

Logan est là ? Il ne répond pas
à son téléphone, mais Taylor
ne veut pas me dire où il est.

Tard dans la nuit, mon écran s'était allumé, et je regardai par terre. Logan était blotti dans un coin. Courtney et Grace n'avaient rien à lui proposer pour dormir alors il les avait priées de l'emmener dans le magasin le plus proche tant qu'elles n'avaient pas trop bu, au contraire de lui. Il acheta un lit de camp, un sac de couchage et un sac d'accessoires.

Une fois installé, il s'était endormi et, à présent, ronflait bruyamment. Il avait refusé d'aller dans le salon. Heather lui avait demandé ce que sa copine allait en penser et il avait répondu sans hésiter :

– Elle sait ce que c'est que de perdre un membre de sa famille.

La conversation s'était arrêtée là.

Je textotai : Il est ici. Refuse de partir.

Ça ne te dérange pas trop ?

Non. J'appuyai sur *envoi*, marquai une hésitation avant de me remettre à taper : Je crois que j'ai merdé. J'ai fait mon Helen.

Mais non. J'ai fait mon James.
Je vais régler ça.

Comment ?

Il faut encore qu'on en parle.
On pourra décider ensuite.

D'accord.

Je t'aime.

Trop fort.

Trop fort.

Je rangeai le téléphone et, Heather avait raison, je dormis d'une seule traite jusqu'à la fin de la nuit. En m'éveillant, je sus que j'étais prête à discuter.

CHAPITRE 40

– Sam ?

Le lendemain soir, Courtney frappait à ma porte ouverte.

Toutes les deux allongées sur le lit, on se retourna ensemble, Heather et moi. Logan était chez Taylor.

– Euh, dit Courtney en se grattant derrière l'oreille. Il y a une dame qui veut te voir.

– Moi ?

Je lançai un regard à Heather, posai mon crayon et mon livre.

– Elle n'a pas dit qui elle était ?

– Helen ou quelque chose comme ça ?

Je regardai de nouveau Heather. *Helen ?*

Haussant les sourcils, elle sauta sur le bord du lit.

– Tu veux lui parler ?

Je me levai en haussant les épaules.

– Peut-être.

La mère de Mason et Logan ne cherchait jamais à me voir. Une alarme rouge résonnait dans ma tête, pourtant je me dirigeai vers la porte d'entrée, l'ouvris, sortis la tête.

– Madame Malbourne ?

Vêtue comme si elle se rendait à une soirée de bienfaisance, elle portait un chemisier de soie crème et un large pantalon qui faisait plutôt penser à une jupe longue. Elle se tenait les jambes écartées, les mains sur les hanches, une épaule adossée au mur. L'air toujours aussi classe et sexy à la fois.

Je regardai un instant son collier de perles.

J'avais oublié la fortune de Mason et Logan. Quand j'étais avec eux, ils y faisaient rarement allusion et ne s'habillaient pas comme des princes, pas plus que James, d'ailleurs. Il était autoritaire mais ne proclamait pas ses droits en permanence. Tandis que Helen les revendiquait superbement au premier regard.

Ce qui était le cas en ce moment, avec cette moue en guise de réaction à son nom. Elle me tendit la main :

– Appelez-moi Helen, désormais. Il serait temps que nous ayons une petite discussion, n'est-ce pas ?

J'avançai lentement, laissant la porte se refermer derrière moi, tout en la retenant des deux mains au cas où je voudrais m'enfuir à nouveau. On avait beau ne plus être ensemble, Mason et moi, je savais qu'il arriverait au quart de tour si je l'appelais.

En même temps, je savais que je n'en ferai rien.

Peu importait où j'en étais avec Mason, il fallait que je m'entende avec leur mère. Si elle estimait que le moment était venu de discuter, autant la suivre. J'espérais seulement que personne ne ferait couler de sang, et, armée de ce courage, penchai la tête de côté en soutenant son regard.

Elle eut un léger sourire, comme si elle s'attendait à ce que je me conduise ainsi, et remit ses cheveux en place.

– Pourrions-nous trouver un endroit plus tranquille ?

Je n'eus pas besoin d'y réfléchir :

– On est très bien ici.

Une lueur froide lui traversa le regard, elle serra les dents.

– D'accord, dit-elle.

Pourtant, elle s'immobilisa.

J'attendis. Elle était venue me voir mais ne disait rien. Je plissai les yeux. Fallait-il que je commence ?

– Vous allez devoir m'accorder une minute, finit-elle par dire. Il est pour le moins humiliant de venir ici.

Elle jouait avec ses perles et ses mouvements faisaient ressortir ses longs ongles nacrés. Tout en elle était délicieusement assorti.

– Logan m'a dit, reprit-elle d'un ton pensif, que vous et mon fils aviez rompu.

Abandonnant le collier, sa main retomba sur le bracelet de diamants autour de son poignet, l'air de ne pas y toucher. Ses yeux demeuraient fixés sur moi, légèrement plissés.

– J'ai eu une révélation quand j'ai entendu ça.

Elle partit d'un léger rire alors que ses lèvres ne bougeaient même pas, comme s'il y avait un fantôme entre nous deux.

– Je vous ai toujours détestée, ajouta-t-elle les yeux baissés. Votre père avait raison. Je vous en voulais d'être la fille d'Ann-Lise, celle qui m'a privée de ma famille. Mais pour être honnête avec moi-même – ce dont j'ai horreur, mes fils en attesteront – votre mère n'y était pour rien, c'était la faute de James et la mienne. Il a détruit notre famille et je l'ai laissé faire, alors que je n'ai cessé de vous en accuser depuis.

Comme si je ne le savais pas.

– Et je me fichais de ce que ça pouvait vous faire. Je ne suis pas une mère du genre de Malinda. Non. James a ses préférences. Il aime les femmes froides, comme moi. C'est sans doute pourquoi mes fils se comportent ainsi. Comme de vrais monstres froids parfois, n'est-ce pas ?

– Qu'est-ce qui vous amène ici ?

Elle releva le menton, allongeant sa mince gorge, et sourit. Presque. Pour se reprendre aussitôt. Le froid dédain ne quitta jamais ses yeux.

– Ma révélation me disait que j'ai beau ne pas vous aimer, ni maintenant ni en aucun cas, mon fils vous adore. Il ne renoncera pas à cet amour, alors me voilà, plus maternelle que jamais. J'ignore ce qui a pu se passer entre vous et Mason, mais j'aimerais que vous y remédiiez.

Je faillis éclater de rire. Presque.

– Vous voulez que j'y remédie ?

– Exactement.

Cette fois, je ne pus m'empêcher de rire.

– Pour qui vous prenez-vous ?

Elle ne détourna pas les yeux, ne cilla pas. Je voyais du Mason ou du Logan en elle et, si j'aimais ces attitudes chez eux, je les haïssais chez elle. Elle répondit d'un ton doucereux :

– Pour la mère de deux garçons que vous aimez infiniment. Voilà tout, ma chère. Et vous, qui êtes-vous ?

À mon tour, je haussai le menton. Sans plus broncher qu'elle.

– Un membre de leur famille.

Une lueur approbatrice parcourut son regard mais elle la réprima, pour ne plus exprimer que sa froideur.

– Alors faites ce que je dis. Remédiez-y.

– Non.

– Non ? répéta-t-elle l'air outré.

Puis elle esquissa un léger sourire, à son tour vite ravalé.

J'allais voir Mason. Il était temps de lui parler. Je l'avais déjà décidé, mais nul ne devait m'y obliger.

– Ce n'est pas parce que vous les avez mis au monde que vous pouvez me donner des ordres. Vous n'êtes pas qualifiée.

– Je suis leur mère.

– Pas la mienne.

– Je suis votre aînée, soupira-t-elle. Vous n'avez donc aucun respect pour vos aînés ?

– Pas pour vous.

Elle haussa un sourcil. Je lui décochai un sourire à la va-te-faire-foutre.

– Dégagez, maintenant.

On était dans une impasse.

Elle ne tint pas compte de mon ordre. On se défiait du regard, sans vaciller, sans nous crisper, ni frémir.

Jusqu'au moment où elle lâcha prise, baissa la tête pour ne plus me contempler que sous ses longs cils.

– Je ne comprends pas, souffla-t-elle. Je voudrais apaiser la douleur de mon fils mais vous ne semblez pas y tenir.

– Ils doivent tenir leur intelligence de James, maugréai-je.

Son expression se durcit mais elle murmura seulement :

– Alors que voulez-vous ? De l'argent ?

Comme si elle pouvait m'acheter.

– Non ? frémit-elle. Alors que voulez-vous ? Je peux vous envoyer à Paris avec Mason ? Tous frais payés ? Ou en croisière avec vos amis ? Qu'aimeriez-vous ? Que faudrait-il pour vous inciter à empêcher mon fils de souffrir ?

– Rien du tout.

Pas de vous, en tout cas.

– Vous ne me faites pas peur, Helen. Vous n'avez donc jamais rencontré Ann-Lise ?

Elle se mit à rire mais s'arrêta soudain une main sur la gorge, comme si elle se surprenait elle-même.

– Vous avez raison, dit-elle en finissant par se frotter le coin des yeux. Vous avez raison, voilà tout. C'est pour ça qu'ils vous aiment tant. Et pour Ann-Lise aussi. Je vous remercie de laisser entendre que je n'ai pas peur d'elle. Ça m'aidera à mieux dormir cette nuit. Mon Dieu, j'ai soudain l'impression d'avoir trente ans ! Je me sens toute jeune, toute fraîche !

Et moi je ne savais plus trop que penser d'elle.

– D'accord, reprit-elle en sortant un mouchoir de son sac. Je suis venue vous voir pour vous demander de reprendre avec mon fils, chose dont je ne me serais jamais crue capable. Jusque-là, j'avais plutôt rêvé de vous voir sortir de sa vie, de la leur à tous les deux en fait. Mais voilà. J'ai plutôt honte de moi, maintenant.

Un petit rire lui échappa.

– Alors, reprit-elle, quel est le problème ? Je sais que ce doit être la fin du monde pour vous et Mason de devoir ainsi vous séparer, pour autant que vous y parveniez.

J'en restai bouche bée.

La mère de Mason me demandait-elle ça parce qu'elle s'inquiétait ? Je ne savais plus quoi dire.

– Ça ne vous regarde pas. Si Mason décide de vous en parler, il le fera. Mais il n'y a rien entre vous et moi.

C'était sa faute à elle. Pas la mienne.

– Bien, dit-elle en m'accordant un nouveau sourire bientôt noyé sous le mépris. C'est noté. Et je ne m'attendais pas à ce que vous me le disiez, mais la mère en moi devait essayer. Mason me dit si peu de choses…

Il avait de bonnes raisons pour ça.

– Non que je le lui reproche, ajouta-t-elle. C'est Logan qui ne devrait pas me parler, pourtant, il le fait parfois. Je le considère encore comme mon petit garçon. Mason était… l'aîné. Plus révolté. Il passait son temps à protéger Logan. Dieu sait que mon petit n'en avait pas besoin, mais il se croyait investi des rôles que James et moi avions cessé de jouer.

Malgré son léger sourire, elle posa sur moi un regard angoissé.

– Je suis venue ce soir porteuse d'un drapeau blanc. Je ne suis pas la plus gentille personne au monde, et je ne deviendrai pas la plus chaleureuse après ceci, mais j'aimerais cesser d'être votre ennemie. C'est une chose qui ne devrait plus inquiéter mon fils. Là-dessus, je vous souhaite une bonne nuit, Samantha.

Sans attendre de réponse, elle s'éloigna dans le frou-frou de son pantalon de soie. Un chauffeur stylé devait certainement l'attendre au bas de l'immeuble.

Heather, Courtney et Grace étaient toutes les trois dans la cuisine.

– Alors ? lança Heather en me voyant arriver.

Je haussai les épaules.

– Bizarre, mais ça s'est bien passé.

– Qu'est-ce qu'elle faisait ici ?

– Je crois qu'elle voulait aider Mason, à sa manière.

Ça faisait drôle de dire ça. Mais je ne pouvais pas leur mentir. Helen s'était toujours conduite comme une garce glaciale à mon égard, et je la trouvais encore glaciale, mais peut-être plus trop garce.

Je me laissai tomber sur la chaise libre.

– Oui, je crois qu'elle et moi on pourrait… bien s'entendre en fin de compte.

Dire que j'avais prononcé ces mots…

Quoique, à vrai dire, il ne s'agisse pas d'elle.

Mais de Mason.

CHAPITRE 41

Le soir suivant, Mason voulait qu'on se retrouve « au papillon ».

Quand il prononça ces mots, je compris tout de suite de quoi il parlait. Il précisa que la rénovation était achevée et que, cette fois, son père lui avait donné l'autorisation de nous y rendre. Les codes de sécurité avaient changé, si bien que Mason avait été forcé de la lui demander.

Et je les avais reçus moi aussi, ce qui me permettait d'attendre tranquillement son arrivée, dans un transat au bord de la piscine.

Mon cœur bondit.

Il entra d'un pas décidé, les yeux brillants, toujours aussi superbe en jean ultra-moulant qui mettait en valeur ses hanches étroites, ses cuisses fermes, ses fesses musclées. Il se retourna pour vérifier que la porte était bien fermée.

J'inspirai un grand coup. J'avais à la fois envie de le toucher et de pleurer.

Il portait une veste noire de l'équipe de foot Cain U, qui le moulait aussi bien que son jean, à la perfection. Son corps était une machine bien huilée.

– Salut !

Il passa une main sur ses cheveux noirs en brosse, et ma propre main sursauta.

C'était mon boulot. Je lui passais les doigts sur la tête quand on était au lit. Là, il fallut que je garde bien sagement posés sur mes genoux.

– Salut, répondis-je d'une voix cassée. Désolée.

Une lueur de tristesse avait éteint la flamme de ses yeux. Il ne s'assit pas à côté de moi, préférant s'adosser à un poteau hors de ma portée.

Comme il ne disait rien, je laissai tomber :

– Ça m'a fait bizarre de venir ici toute seule.

– Oui.

Il détourna les yeux. Sa main repassa sur sa tête et ça me fit sourire. C'était un geste à la Logan, je n'avais jamais vu Mason l'effectuer jusque-là. Pourquoi ? Parce que, d'habitude, ses paumes se posaient plutôt sur moi.

– Qu'est-ce que tu ressens, là ? demandai-je doucement.

Il ramena son regard vers moi.

– Comme si on venait de m'arracher l'âme.

Ce que je comprenais assez bien. Il souleva une épaule mais détourna de nouveau les yeux.

– Je sais pourquoi tu es partie.

Techniquement, je n'étais pas partie. J'en avais pris la décision mais on n'en avait pas parlé. Juste échangé des regards qui ne pouvaient tromper, depuis tant d'années qu'on avait appris à lire les pensées l'un de l'autre. Sans doute avais-je décidé de partir, mais je n'en avais pas eu le courage, techniquement, Mason m'y avait poussée, alors, en fin de compte, il était parti, lui.

– Oui…

Je ne parvins à rien dire de plus.

– Où va-t-on, maintenant ? soupira-t-il. On partage la garde de Logan ou quoi ?

– On en est donc là ?

– Quoi ?

Il fronça les sourcils et je lus de l'angoisse dans son regard, je le vis ravaler une larme.

– Tu ne veux pas qu'on en parle ?

Je voulais que ce soit lui. Il le fallait.

Il se passa une main sur le visage, sur sa puissante mâchoire qui avait dominé tant d'ennemis – parfois pour moi, ou pour d'autres personnes qu'il aimait, parfois pour lui, ou juste parce qu'il souffrait.

Il laissa retomber sa main.

– Je ne sais pas ce que tu attends de moi. J'ai honte, Sam. Je déteste ce qui nous est arrivé. Je sais que j'en suis responsable. Et je sais pourquoi tu es partie. Franchement, j'étais content. Un pistolet… merde ! Il a dit que c'était pour son père, mais qui sait ? Et s'il avait été un peu plus déprimé ce soir-là ? Et s'il ne l'avait pas vu venir ? La dépression peut se muer rapidement en colère chez un mec. Je croyais qu'il était là pour un autre combat et je passais mon temps à me dire : *il ne s'en ira pas.* Je voulais qu'il s'en aille, mais pas pour moi. Même pas pour Logan. Pour toi. Quoi que dise Quinn, tu l'attires encore beaucoup. Je le sais. Je le vois.

– Adam.

– Quoi ?

– Il s'appelle Adam.

Sa colère s'apaisa un peu.

– Adam. Je l'ai anéanti. Je m'en rends compte maintenant.

Sa voix se brisa et je sentis mes larmes revenir.

– On lui a fait ça ensemble, murmurai-je.

– Non, Sam, c'était moi. Tu le sais. J'ai tout organisé, tout dirigé. Logan ne demande sans doute que ça mais c'est moi qui le lâche ou le retiens. Tout dépend de moi. Tu le sais bien.

– Alors pourquoi je me sens comme ça ? J'y ai participé, moi aussi.

Je posai les mains sur mon estomac étranglé par cette honte et cette culpabilité qui ne me quittaient décidément pas.

– Non, dit-il en venant s'asseoir sur le transat voisin.

Il allait me prendre la main quand il se ravisa.

Alors ce fut moi qui saisis la sienne. Il baissa la tête dans un soupir las, étreignit ma paume.

Et on resta ainsi un moment, main dans la main, sans dire un mot.

– J'ai essayé de comprendre, finit-il par dire, à quel moment ça s'est brisé entre nous, mais je n'y arrive pas. On fait trop de trucs tous ensemble. On est allés trop loin avec Adam. J'avais réussi à rester dans les limites, mais cette fois, on les a franchies. Je peux encore admettre qu'il faille protéger Logan, ou moi-même, ou Nate, mais toi… je ne vois plus les bornes quand il s'agit de toi. Je m'emporte tellement, j'ai envie de réduire en bouillie tous ceux qui t'attaquent. J'ai pris mon pied à frapper Adam, à le bousculer, à le pousser contre mon véhicule. J'aurais aimé pouvoir lui mettre un coup, alors qu'il était déjà inconscient. J'étais prêt à recommencer. Ça va trop loin. Tu sais… je pourrais tuer quelqu'un pour toi.

Fallait-il que ces paroles me fassent peur ? Peut-être.

Aurais-je dû éprouver du dégoût à les entendre ? Peut-être.

Aurais-je eu raison de partir ? Peut-être.

Je ne ressentais rien de tout ça.

J'étais partie parce que j'avais peur *pour* lui.

– Je sais qui tu es, dis-je en entremêlant nos doigts. Je suis amoureuse de celui que tu es. Je n'en ai pas peur.

Il releva les yeux.

– Tu vas briser quelqu'un un de ces jours. Quelqu'un mourra si on continue d'aller aussi loin que ça.

Nous. Pas lui. Nous.

– Je me rappelle quand tu m'as dit que tu m'aimais. Je me rappelle quand on a quitté cette chambre, pour constater que Logan avait couché avec Miranda Stewart. Je sais qu'il l'avait fait pour moi, et qu'il tentait de me protéger. Je sais également qu'il l'a fait parce que *tu* le lui as demandé. Tout ça pour moi. C'est là que j'ai choisi *ça*.

Je soulevai nos mains.

– Je croyais que Qui... *Adam* avait une arme, souffla Mason. Je croyais qu'il allait te tuer. Tu étais là à cause de moi. Il était là à cause de moi. Tout ça parce que je n'avais lâché prise quand il en était encore temps. Je ne vois plus les limites quand il s'agit de toi.

Je commençais à secouer la tête mais il poursuivit :

– Non, Sam. J'étais dévasté lorsque j'ai vu que tu partais. Je le voyais dans tes yeux, et je ne pouvais même pas t'en empêcher car je savais que tu avais raison. C'est la meilleure solution.

Mon cœur se serra, j'avais l'impression que ma poitrine allait s'effondrer.

– Il *faut* que quelque chose change, reprit-il. Je ne sais pas quoi, mais quelque chose.

Et s'il... Je ne pus pousser ma pensée plus loin. Tout s'écroulait en moi.

– Qu'est-ce que tu dis ? demandai-je

– On devrait en rester là.

Je tressaillis.

– Mason...

Je savais qu'il ne voulait pas m'infliger cela, que tout ceci n'était arrivé que parce que je l'avais déclenché, mais je sentais encore un couteau me frapper à chacune de ses paroles. Je l'avais bien mérité, pourtant ça faisait mal, trop mal.

– Mason…

– Je sais, soupira-t-il en m'étreignant la main. Je sais.

– Comment peut-on faire ça ?

Je ne voyais plus de lui que ce visage blême, ce regard torturé.

– Je ne sais pas. Tu peux rester où tu es ? Tu as besoin d'une maison ou quelque chose ?

Ouf… nouveau coup de couteau qui ne fit qu'élargir la blessure.

– Ça va.

– Tu es sûre ?

– Oui. J'ai l'héritage de Garrett, tu te rappelles ?

– Ah oui ! J'avais oublié.

Je ne pouvais parler davantage, ni plus rien voir. Je m'accrochais juste à sa main sans savoir quand je la retrouverais.

Son regard s'assombrit :

– Je vais trouver une solution, mais je ne sais pas encore laquelle.

C'était là qu'on aurait dû se lever et partir.

Mais on n'en fit rien. On resta.

Et je m'accrochais à sa main.

CHAPITRE 42

– Alors, qu'est-ce qu'on fait ?

Heather me posa la question dès mon retour chez Courtney et Grace. Elles me firent signe du salon alors qu'Heather me suivait dans ma chambre.

Je m'étais un peu reprise ces derniers jours mais je n'avais pas oublié la réaction de mes colocs à l'arrivée d'Heather, quand elle avait pris les choses en mains. Elles l'idolâtraient et, après avoir tenu tête à Logan, elle fut l'objet d'une ferveur décuplée. Quelque part, je les comprenais.

Je m'allongeai sur le lit.

Heather haussa un sourcil et se retourna. Elle était en train de mettre du rouge à lèvres devant la glace.

– C'est quoi, cette tête ?

Je me soulevai sur mes mains.

– Merci d'être venue et d'être restée.

Elle haussa les épaules, sans me quitter des yeux.

– Tu es ma meilleure amie. Tu ne m'as pas dit comment ça s'est passé, alors je suppose que c'était mal.

Je penchai la tête de côté.

– Pourquoi tu n'as pas insisté ?

– Ça te regarde, dit-elle en se remettant à appliquer du rouge à lèvres. Tu me raconteras si tu veux mais je vous connais, tous les deux. Si tu ne me dis rien, c'est que tu as de bonnes raisons.

– N'empêche, merci.

Je désignai le lit de camp de Logan, replié dans son coin.

– Et merci d'avoir aussi accepté sa présence.

Une fois qu'elle eut refermé sa trousse à maquillage, elle vint s'asseoir près de moi en soupirant :

– Il t'adore. Lui et tous les autres. Et moi aussi.

– Je sais, dis-je en lui serrant la main. Moi aussi je t'adore.

– Et Taylor est exquise. Ça se passe bien avec Logan. Il l'aime vraiment.

– Oui.

– Tant mieux car elle va très bien avec lui. Il a trouvé sa moitié. Et ça va beaucoup mieux pour toi. Alors, on retourne dans la maison des Kade ?

Je fis non de la tête, me passai une main dans les cheveux, avant de m'asseoir, les coudes sur les genoux.

– Non. On est allés trop loin sur un point qu'on n'arrive pas à régler.

– Ah ! d'accord.

Elle se releva, me tapota la jambe.

– Je ne sais pas ce que ça veut dire, mais je te fais confiance. Et, perso, je préfère ne pas savoir.

N'empêche, je sais que tu as deux amies, ici, qui se font beaucoup de souci pour toi. On est vendredi et, techniquement, tu es célibataire ce soir.

– Célibataire ? Pas du tout.

Si. *Si ?*

Un éclair de douleur me traversa. Je ne voulais pas réfléchir à ça. Mais, déjà, Heather m'entraînait vers la porte.

– Je ne te dis pas de te remettre avec quelqu'un, le mec se réveillerait à l'hôpital et on sait toutes les deux qui l'y aurait envoyé, célibataire ou pas. Mais tu peux faire ce que font les filles seules.

Là-dessus, elle me lâcha la main pour se diriger vers le salon. Courtney et Grace étaient en train de boire un verre.

– Qu'est-ce qu'il y a ? lança Courtney en souriant, les joues rouges.

Grace essaya d'étouffer un rire.

– Vous êtes célibataires toutes les deux, non ? s'enquit Heather.

À cette question, Grace s'allongea sur le canapé, incapable de garder plus longtemps son sérieux, au point de se cacher la tête sous un coussin.

– On parlait justement de ça, pouffa Courtney. Matteo a fait un saut ici, hier soir. Ils se sont rentrés dedans avec Logan, dans le couloir. Ils ne s'attendaient pas à se rencontrer là.

Soudain, elle écarquilla les yeux et retint son souffle.

– Pardon ! Je devais te dire qu'ils avaient dormi ensemble. J'ai oublié.

– Logan et Matteo ?

– Non.

Grace riait encore. Courtney lui jeta un regard de travers.

– Tu devrais lui dire, c'est toi qui as couché avec lui.

Sauf que Grace ne pouvait pas. Trop hilare. Courtney leva les yeux au ciel.

– Grace et Matteo ont passé la nuit ensemble.

Elle attendit la suite en me regardant. Heather se tourna vers moi, les sourcils froncés. Et Grace cessa de rire.

– Quoi ? demandai-je en haussant les épaules.

– Euh… ça ne pose pas de problème ? Tu sais, ça ne risque pas de provoquer un drame ou je ne sais quoi ?

– Je ne vois pas pourquoi…

– Oh ! s'exclama Courtney l'air soulagé. Tu vois, elle est d'accord.

– C'est bien ce que disait Matteo, répondit Grace.

Puis elle se tourna vers moi :

– Tu te sens mieux ?

Elle faisait allusion à Mason. Je changeai de sujet :

– Matteo et Logan se sont rentrés dedans ? Et on a raté ça ?

– Oui, dit Courtney. Logan était habillé. Pas Matteo.

– Ça devait être trop marrant ! s'esclaffa Heather. Alors, ça y est, Matteo et toi, vous êtes cul et chemise ?

– Hein ?

– Vous vous êtes mis en couple ? essayai-je d'expliquer.

– Non ! s'empourpra Grace. Enfin, je… non.

– Raison de plus pour ce soir ! conclut Heather en battant des mains. J'ai l'impression que je ne vais pas avoir besoin de rester encore très longtemps ici, alors si on allait en boîte en faisant croire qu'on est toutes célibataires ? Attention, pas pour nous coller avec des mecs, juste pour s'amuser, boire et danser. Sans aucun mec. On pourra s'éclater bêtement à danser comme on voudra.

– On a une course demain, me rappela Courtney. D'ailleurs, le coach m'a demandé si tu venais.

Je n'en avais pas l'intention.

– Je lui enverrai un mail.

Il comprendrait. Et je me remettrais vite à courir seule. Voilà quinze jours que j'avais arrêté, ça commençait à me manquer. Je ne pourrais rester plus longtemps inactive, maintenant que je me sentais un peu plus robuste.

Ainsi, je pourrais m'arrêter quand je voudrais.

– Et alors, ça vous ferait trop mal de ne pas gagner pour une fois ? railla Heather.

Je ris avec les autres. Elle ne plaisantait pas. On allait boire, on allait danser et sans doute nous défoncer.

***

Je ne voyais toujours pas pourquoi on faisait sagement la queue devant cette bruyante discothèque. Taylor allait nous rejoindre. La musique hurlait et les autres personnes qui attendaient auprès de nous bavardaient tranquillement, se plaignaient, fumaient, ou dansaient. J'étais déjà venue là, lorsque Mason était entré en fac et que je lui avais rendu visite depuis Fallen Crest. À l'époque, la fraternité de Nate disposait d'une salle privée.

Ça remontait à si longtemps…

Heather écrasa sa deuxième cigarette et revint près de nous.

– C'est nul ! maugréa-t-elle en regardant la file d'attente. Tu ne peux pas te servir du nom de Mason pour nous faire entrer plus vite ? S'il était là, tu sais très bien qu'on serait déjà à l'intérieur.

– Oui, mais on a rompu.

– Ouais, bon, dit-elle avec un geste évasif. Tu vas te saouler ce soir, tu l'appelleras et je vais finir par devoir dormir sur le canapé. Je vois ça d'ici. Pardon… je ne suis pas du genre patiente.

Son téléphone n'avait pas cessé de sonner les deux premiers jours qui avaient suivi son arrivée à Cain, puis s'était arrêté une fois qu'elle était sortie engager une vive discussion avec Channing. Je savais qu'il était arrivé avec elle et qu'il avait passé quelque temps avec les garçons, mais j'ignorais ce qui était arrivé ensuite.

– Vous vous êtes disputés, avec Channing ?

Elle poussa un grognement.

– Désolée.

Elle fit non de la tête.

– C'est bon. Il a fait la fête avec les mecs une soirée puis il est retourné à Roussou. Il se passe je ne sais quoi avec sa sœur et il en a conclu qu'on ferait mieux de ralentir un peu, à cause d'elle. N'importe quoi !

Elle avait déjà fait allusion à la sœur de Channing, mais je ne l'avais jamais rencontrée.

– Désolée de ne pas m'être conduite comme une véritable amie, cette semaine.

Elle me serra doucement le bras.

– Samantha, sérieux ! Vous avez rompu, Mason et toi. Je te jure, je ne crois pas que ce soit pour longtemps, mais quand même. Ça doit te faire un effet monstrueux. Genre fin du monde…

– Êtes-vous Samantha Strattan ?

Un vigile s'arrêta devant moi en clignant des yeux.

– Oui ?

– C'est la fiancée de Mason Kade, renchérit Heather. Un espoir des Jeux olympiques.

– Qu'est-ce que vous faites dans cette file ?

Il nous fit signe de le suivre, désigna ses collègues devant la porte.

– Tenez, dites-leur qui vous êtes. Vous ne devriez jamais attendre. Donnez-leur mon nom s'ils ne vous croient pas.

– C'est-à-dire ? demanda Heather.

– Bass.

– Bass ?

Il sourit.

– Hé oui, Bass. Ça vous suffira pour me trouver.

– Je vérifierai un de ces quatre, rétorqua-t-elle.

Courtney et Grace se mirent à rire. Une fois que Bass eut fermé la porte, on se retrouva dans une profonde obscurité – jusqu'à ce que des lumières rouges, roses bleues et vertes nous conduisent vers le bar. Et là, les coups partirent.

Premier coup. Deuxième coup. Troisième coup. Quatrième.

Je fus bientôt complètement bourrée.

Je commençais à ressentir la musique. Les lumières s'embrouillaient autour de moi. Mon champ de vision rétrécit jusqu'à ce que je ne distingue plus que mes amies. Et je me mis rapidement à sourire, à rire, ravie de passer de tels moments entre filles. Mason occupait toujours mes pensées, mais c'était comme s'il dormait, en ce moment. Il n'était pas actif. Au contraire de mes amies.

Sentant une présence derrière moi, je me retournai, un large sourire aux lèvres.

– Taylor ! dis-je.

Je me jetai à son cou.

– SALUT ! cria Courtney en levant son verre. Te voilà !

– Oui ! dit Taylor en riant. Eh ben ! Quand vous disiez que vous sortiez boire un verre, je pensais que ce serait juste un ou deux. Vous en êtes à combien, là ?

Je levai la main, les doigts écartés.

– Sept !

Grace nous rejoignit en rigolant, ajoutant deux doigts auprès de ma main.

– Comme ça !

– Ah oui ! dis-je en la prenant par l'épaule. Merci. J'avais oublié.

Heather tendit un verre à Taylor.

– Tiens. Bois un coup. Tu as du chemin à faire pour nous rejoindre.

Taylor l'avala sans se faire prier.

– On rentre en taxi, je suppose ?

– Oui, dis-je, et sans compter sur Logan.

Sinon, elle allait l'appeler et il appellerait son frère. Tous deux arriveraient, Mason me trouverait, m'entraînerait dans un coin sombre et j'aurais fait tout ça pour rien. Je levai un doigt :

– Ce soir, on reste entre filles. Pas de petits copains.

Taylor me considérait d'un regard trop sage. Tandis que Courtney devait s'appuyer sur un coude au bar pour soutenir sa tête. Elle me dévisageait. Tout comme Grace, les joues rouges, et qui agitait les mains, en essayant de se fermer la bouche pour ravaler un nouvel éclat de rire. Quant à Heather, elle s'était placée à côté de Taylor, ses cheveux blonds en bataille, son rimmel qui coulait un peu, mais l'œil toujours alerte.

Je pris le temps de les examiner l'une après l'autre, alors qu'elles m'observaient toutes ensemble. Elles étaient là à cause de moi, pour moi. Je leur ouvris les bras.

– Je vous aime trop, les filles. J'ai tellement de chance que vous m'aimiez comme ça !

Courtney se passa une main sur les yeux et Grace put ouvrir la bouche. Heather me prit dans ses bras, murmurant contre mes cheveux :

– J'ai mon père et mes frères, et j'ai Channing, mais tu es comme une sœur pour moi. Et puis tu m'as donné une famille, toi aussi.

Je l'étreignis. J'avais été sincère – pourquoi m'aimait-elle ? Pourquoi tant de gens m'aimaient-ils ? Alors que je me sentais si faible, grincheuse, mollassonne. J'avais vraiment de la chance.

– Tu n'es pas comme ça.

Je reculai pour rencontrer le sourire d'Heather.

– Tu n'es pas faible, ni grincheuse, encore moins mollassonne. Quand tu aimes quelqu'un, tu y mets tout ton cœur, sans jamais te plaindre. Alors ne te laisse pas définir par les défauts des autres. Pigé ? Tu es une des personnes les plus fortes que je connaisse, et ça en dit beaucoup.

Elle me prit par les épaules :

– Pigé, Sam ? Dis-moi que tu as pigé !

– Pigé.

Je ne m'étais même pas rendu compte que j'avais parlé tout haut. Mais elle avait raison. J'étais forte.

Je redressai les épaules. Quand j'aimais, c'était à fond. Plus que ce qu'on pourrait en dire.

– Merci, Heather.

Son sourire s'attendrit. Et je sentis de nouveau les larmes me venir. J'en avais assez.

– On pourrait encore lever un verre ! proposai-je en faisant signe au barman.

Mais Heather me saisit le bras.

– Je crois que tu as assez bu. Tiens.

Elle me proposa un autre verre, semblable à celui qu'elle venait de donner à Taylor.

– C'est du thé glacé. Tu pourras le siroter toute la nuit si tu veux.

– Le siroter ? Ou faire cul sec ?

Ce que je fis instantanément.

– Non ! s'esclaffa-t-elle.

Avec Taylor, elles essayèrent de m'empêcher d'aller plus loin.

– Je ne t'ai jamais vue dans cet état, Sam.

Ça m'arrivait rarement. En général, je m'arrêtais au deuxième verre. Je ne me rappelais pas avoir été vraiment éméchée.

– Moi non plus, ajouta Heather.

Là-dessus, Grace annonça :

– Je suis trop contente qu'on soit devenues amies cette année !

– Oui ! Amies !

Je repris mon ancien verre. Cette fois, il était à moitié plein. Je pourrais le vider sans problème.

– Non ! s'écrièrent-elles en chœur.

– Allez !

– Non, dit Courtney en me le prenant des mains.

Elle l'écarta loin de moi. Si je voulais le récupérer, il faudrait que je m'éloigne de mes amies. Le bar était mille fois plus animé qu'à notre arrivée. Je me sentis défaillir.

– Ils viennent d'où, tous ces gens ?

Taylor rigola encore à côté de moi et Heather répondit :

– Ils sont là depuis notre arrivée.

– C'est vrai ?

Elles hochèrent la tête d'un même mouvement.

– Oh !

Je rentrai les doigts dans mon jean, essayai de tenir debout. Elles m'observaient toutes, comme si elles attendaient quelque chose.

– Quoi ?

Je sentis fondre sur moi une autre vague de gratitude. Jessica et Lydia avaient été mes meilleures amies durant l'enfance, sans faire preuve d'aucune loyauté.

Et puis il y avait eu Becky.

Oh, Becky !

J'avais adoré Becky.

Elle était restée auprès de moi alors que tout le monde m'abandonnait, et elle avait tenu bon malgré les railleries et les attaques. Même quand le mec qu'elle avait toujours aimé s'était intéressé à moi. Je n'aurais jamais dû accepter de fréquenter Adam.

C'était ma faute, mais ça n'avait finalement rien changé.

Elle avait quand même choisi Adam.

Adam…

L'ami qui nous avait trahies. Comment avait-on pu en arriver là ?

Je commençais à me dégriser.

Aurais-je pu faire autre chose ? Refuser de devenir amie avec lui. Mais c'était avant Mason et Logan. Aurais-je pu capter les signes avant-coureurs ? Aurais-je pu me douter de ce qui allait arriver presque cinq années plus tard ?

Dans ce cas, la rivalité avec Mason et Logan n'aurait pas existé. Alors l'ego d'Adam n'aurait pas été meurtri. Alors Mason n'aurait pas continué à considérer Adam comme une menace, quelqu'un qui pourrait m'arracher à lui.

Et rien de tout ceci ne serait arrivé.

Allez savoir.

Aurais-je pu m'en douter ? Y avait-il eu des signes ? Étais-je redevenue comme ma mère, sans m'en rendre compte ?

Elle faisait marcher les hommes. En avais-je fait autant ?

Non… Mais…

– Hé là !

De puissantes mains féminines reprirent mes épaules.

– Regarde-moi, ordonna Heather.

Je ne pouvais pas.

– Heather, c'est moi qui suis responsable de tout ça. Je ne voulais pas faire comme Ann-Lise, mais, voilà… je lui ressemble, même si ça me rend malade de le reconnaître.

– Regarde-moi !

Ce que je fis, à travers mes larmes.

– C'est ma faute.

– Pas du tout.

– Si. Complètement.

Elle se tourna vers Taylor :

– Bon, qu'est-ce qui s'est passé ? Je ne voulais pas la pousser à me le dire, mais il faut que je sache.

– Adam Quinn a apporté une arme au parking, en venant voir Mason.

Courtney et Grace poussèrent un cri étouffé. Quelque part, j'étais plutôt surprise que ça n'ait pas encore fait le tour du campus.

– Tu rigoles ? maugréa Heather.

Taylor secoua la tête, les larmes aux yeux.

– Putain ! Attends, Sam, ce n'est pas ta faute. Tu n'es pas responsable d'Adam Quinn.

– Mais j'aurais pu éviter de devenir son amie…

– Arrête ! Tu n'es pas ta mère. Je sais à quoi tu penses, mais tu ne t'es pas amusée avec un mec en même temps que tu en baisais un autre, non plus ! Tu n'es pas comme ça. Je n'étais pas là au début, mais pas vraiment loin. Tu t'es toujours montrée honnête à propos des gens que tu aimais et ceux que tu fréquentais.

Je m'efforçai d'arrêter de pleurer.

– Tu n'as jamais été comme ça. Jamais. Tu es loyale. Tu es forte. Tu es généreuse. Rien à voir avec ta mère. Elle t'a aidée à apprendre qui tu voulais être malgré elle, pas qui tu aurais pu être. Détends-toi, Sam. Tu n'es pour rien dans tout ça.

– Les frères Kade non plus.

On se tourna toutes les deux vers Taylor. Elle semblait avoir laissé échapper cette remarque malgré elle, et porta une main à sa bouche.

– Non sérieux, confirma-t-elle alors. Ils n'y sont pour rien. Ils t'aiment et te protègent, c'est tout. Le reste, c'est la faute d'Adam, pas la tienne, ni celle de Mason. Il a apporté ce pistolet, ce n'est pas Mason qui le lui a donné, ni lui qui lui a dit de le prendre. Alors il peut bien raconter ce qu'il veut, il a pris cette initiative tout seul. Tout comme il a entrepris de suivre le schéma de son père en l'espionnant, tout comme il a entrepris de trouver cette vidéo et de la remonter pour accuser Mason, tout comme il a entrepris de s'introduire dans votre maison. C'est lui qui a pris toutes ces décisions. Pas les Kade.

Je ne dis rien, mais m'accrochai à ses déclarations.

– Mason n'a pas piégé Quinn. Il n'est pas entré par effraction dans la maison d'Adam pour essayer de l'espionner jusqu'à la fin de ses jours. Il n'a fait que se défendre, et tâcher de le repousser pour s'assurer qu'il ne revienne pas. Il te protégeait.

Je commençais à y voir un peu plus clair. Et si elle avait raison ? Et si j'avais eu tort de m'en aller ?

Et si Mason avait tort de croire qu'il dépassait les limites en voulant me protéger ? Et si tout ça n'était qu'un accident ? Ou plutôt, la faute d'Adam d'abord et avant tout ?

Tout ça me paraissait encore trop embrouillé.

J'avais la tête lourde, le cou raide.

Pourquoi s'était-on remises à boire ?

– D'accord.

Comme si elle lisait en moi, Heather attrapa le verre que Courtney avait envoyé au bout du comptoir pour le remettre entre mes mains.

– On n'est pas ici pour sauver le monde. Ce n'est pas le moment de s'encombrer de pensées compliquées. Et maintenant…

Elle cogna son verre sur le mien.

– Allez, on se défonce un bon coup, parce que, entre nous, on a toutes besoin de faire une pause. Ce soir.

Elle vida son verre d'un coup.

Je lui emboîtai le pas.

La musique hurlait déjà et, d'un bond Courtney se leva, saisit les mains de Grace.

– Allez ! On danse. J'adore cette chanson.

Après quoi, la nuit se poursuivit dans une autre sorte de brouillard.

Je dansais. Je souriais. Je riais.

Et, surtout, je ne pensais à rien d'autre car je ne pouvais pas.

CHAPITRE 43

MASON

De là où je me trouvais, je vis Nate arriver de loin.

– C'est le dernier endroit où j'aurais cru te trouver, grommela-t-il en s'asseyant sur le repose-pieds.

Il s'adossa prudemment contre un pilier.

– Merde, Mase, je croyais que tu avais peur du vide.

– Disons que ça m'angoisse un peu.

Je le comprenais, je n'aurais jamais songé à venir là tout seul. J'avais l'intention d'aller à la piscine et voilà que je me retrouvais à escalader ces montagnes russes.

– Pareil. Qu'est-ce que tu fous ici ?

– C'est le coin préféré de Logan. Il aime bien venir s'asseoir ici. Je crois que c'est pour ça que papa ne l'a pas encore fait démonter.

Je m'accoudai sur l'avant de mon siège pour mieux regarder la ville en contrebas. Vue d'en haut, elle semblait s'offrir à nous.

– Sam est quelque part là-dessous. Je voulais me trouver à un endroit d'où je pourrais éventuellement la voir.

Bon, je savais que c'était dingue, mais tant pis. Je voulais me donner l'impression de pouvoir toujours la surveiller. Nate regarda un peu en bas avant de revenir vers moi.

– Merde, mon pote ! soupira-t-il. Parle-moi. Je sais que les choses ont changé, mais j'ai quand même été ton meilleur ami.

Je lui décochai un sourire contrit.

– On ne se parlait pas beaucoup à l'époque. Pas vraiment.

Il croisa les mains, déglutit, l'air de réfléchir.

– Je sais, reprit-il, mais on n'était que des gosses. Toi, tu étais le petit révolté mal dans sa peau.

Certes. Je fermai les yeux.

– Parfois je me demande pourquoi j'étais tellement en colère. Ce n'est pas comme si j'avais eu alors une tendre famille aujourd'hui disparue. Ils ont toujours été comme ça. Et toi, au fait, tu ne parles jamais de tes parents.

– Parce qu'ils sont gentils. J'aime mon père et ma mère. Je ne voudrais juste pas te retourner le couteau dans la plaie.

– Tu viens de le faire.

– Tu l'as bien cherché.

– Je sais, j'ai été un ami à chier ces derniers temps.

– Non, sérieux. C'est faux. Je suis parti. Les choses ont changé. Je suis revenu et j'étais jaloux de toi. Tu avais raison de te méfier de moi, pourtant tu ne m'as jamais envoyé promener. Je me suis parfois conduit comme un faux frère, tu ne m'en as jamais voulu.

Je lui devais bien ça.

– Tu m'as invité à la fête de tes parents, dis-je, et puis grimper là-haut pour lancer la bagarre. Tu savais très bien que j'allais faire ça et tu l'as accepté.

– Oui, marmonna-t-il, je crois que ça a marqué le moment décisif. Mes parents savaient que tu souffrais, mais, quand tu as fait ça, ils ont juste dit : « Bon, ça suffit, là ! »

Il partit d'un petit rire triste avant d'ajouter :

– Ils ne voulaient pas que je devienne comme toi, sauf qu'à la place ils n'ont fait que me saouler. J'ai perdu mon meilleur ami quand on a déménagé, et ça ne s'est jamais vraiment rétabli entre nous deux.

Entre-temps, Logan avait grandi, et c'était devenu à la vie, à la mort entre nous. Et puis Sam avait fait son entrée.

– Désolé, murmurai-je, je n'ai pas su t'accueillir comme un véritable ami.

– Si, si, tu as été sympa. Tu attendais juste de moi que je sois loyal.

– Tu l'as été…

– Non. N'essaie pas d'enjoliver les choses. Tu voulais que j'arrête de courir les filles à droite et à gauche, mais je ne t'ai pas écouté. J'ai continué à baiser Jasmine. Et puis cette histoire de vidéo. Je ne t'en ai pas parlé tout de suite. Logan l'aurait fait. Il se serait mis en pétard si Kate avait tenté de le faire chanter pour avoir drogué Sam. Et puis, en première année de fac, j'ai compris que Sebastian se servait de moi pour t'approcher, mais j'ai laissé faire. Je t'ai même reproché de ne pas être assez gentil avec lui. Tu n'as jamais fait ce genre de chose. Ni Sam, ni Logan. Eux, ce sont de vrais amis en qui tu peux avoir confiance. Moi, j'ai perdu ma place, et c'est ma faute si je ne l'ai pas récupérée. Il a fallu l'histoire de Sebastian pour que je me reprenne. Tu ne me dois pas la moindre excuse. Tu as été mon ami, tu ne m'as jamais trahi.

– Tu sais, je discute rarement avec Logan et, les rares fois où ça nous arrive, je termine vite en lui disant de la fermer, quand ce n'est pas lui qui me le dit.

Nate allongea les jambes sur les rebords de son siège.

– On n'en est plus là.

– Tu te trompes.

– Ah bon ?

– En fait, tu as prouvé ta loyauté.

Je ne soulignai pas l'épisode de la maison de la fraternité, mais il avait compris.

– Qu'est-ce que tu comptes faire pour ces vidéos ? demanda-t-il. Les flics ne sont jamais venus les chercher, alors je me demande si Quinn en a seulement parlé.

– À sa place, tu l'aurais fait.

– Non. Tu les as encore ?

– Oui, je les garde, pour le cas où il nous emmerderait de nouveau. Juste au cas où.

Sauf que je ne devrais sans doute pas les garder. Et si, justement, j'écoutais mon bon cœur ? Et si c'était à cause de tout ça que je me retrouvais là, sur ces fichues montagnes russes rouillées ?

– Je pourrais les détruire…

– Pourquoi tu ferais ça ?

– Avec ce qu'on a fait à Quinn, il a fini par se pointer avec une arme sur le campus. Je veux dire…

J'étouffai la rage qui me prenait chaque fois que j'y pensais.

– Sam était là. Jamais je ne me le pardonnerai.

– D'accord, mais pas la peine de te métamorphoser pour autant.

– C'est-à-dire ?

– Ce serait une erreur d'oublier tout ça. Tu as bousculé un type. On l'a tous bousculé. Sans doute trop fort, encore que ça aurait pu être pire. On aurait pu ficher le feu partout. On l'avait déjà fait ailleurs. J'aurais pu baiser sa meuf. Tu aurais pu diffuser ses vidéos. Ça aurait pu être bien pire.

– Je ne crois pas que Sam serait d'accord avec toi.

– Tu n'as rien fait de mal.

Là, je haussai les sourcils.

– Tu vois ce que je veux dire, rectifia-t-il. Tu faisais ça pour protéger quelqu'un. Sam savait qui tu étais quand elle est tombée amoureuse de toi. Elle l'avait accepté. Elle ne peut pas jouer les innocentes maintenant et se défiler. Si elle a peur, c'est autre chose, mais elle ne peut pas t'accuser. Tu es qui tu es. On n'est pas des saints non plus. Et ça pourrait être pire.

– Il avait une arme, Nate.

– Oui, justement, on ne doit pas l'oublier. Vous avez raison, Sam et toi, de garder ça présent à l'esprit, et ne changez surtout plus. C'est déjà fait.

– Comment ça ?

– Il ne faut plus avoir peur de vous être trompés. Ce serait une erreur de vous conduire comme si rien ne s'était passé, et d'ignorer à quel point Sam et toi avez vu vos vies menacées. Mais vous ne faites rien de tout ça. Vous avez enregistré, reconnu les faits, vous ne voulez pas que ça recommence. Ça vous fait même peur. C'est justement ce qu'il faut. Reconnaître que tu ne veux pas que ça recommence. Et je parie que ça ne recommencera pas. Tu capteras les signaux d'alarme. Tu sauras si tu vas trop loin. Tu t'appuieras sur nous autres. Je suis là. Logan est là. On est tous là. Personne ne s'en va. Tu ne seras jamais seul. Jamais. Aie confiance en toi. Si tu ne vois pas les limites, nous on les verra. Fais-nous confiance. Fais confiance à Sam. Fais-toi confiance. Tu n'as plus rien à regretter. C'est déjà fait. Tu comprends ?

Là, je sentis des larmes au coin de mes yeux.

– Si tu me fais pleurer, je te boxe, grondai-je.

Il éclata de rire.

– Vas-y ! Après tu serais obligé de me redescendre sur tes épaules, il faudrait sans doute que tu m'assommes.

– J'appellerai Logan. Il saura comment te mettre à terre.

– Ta gueule ! Je vois ça d'ici, il me redescendrait avec une corde nouée à ma ceinture. Ça me tuerait.

– Sauf que ce serait moi le coupable puisque je t'aurais balancé mon poing dans la figure.

Cette fois, on rit ensemble.

– Tu as raison, reprit-il. Mon frère te tuerait, d'une façon ou d'une autre.

– À propos, on pourrait redescendre maintenant ? Logan pète les plombs chaque fois qu'il passe sous ce truc.

– D'accord, dis-je en me levant. Au fait, il est où, Logan ?

Parti devant moi, Nate se retourna pour me répondre :

– Il devait passer chercher Taylor. Elle est sortie entre filles et elles se sont bourré la gueule.

– Entre filles ? dis-je en m'arrêtant.

Sam ?

CHAPITRE 44

SAMANTHA

Vlan !

Je sautai, jetai la main en une manchette de karaté, émis un grognement. Puis lançai la jambe en avant.

– Euh…

Heather échangea un regard avec Taylor, toutes les deux au bord du fou rire.

– Qu'est-ce que tu fiches, Sam ?

– Je vous descends à coups de karaté.

Là-dessus, je tournoyai, dressai l'autre main, levai le genou, faisant mine de saisir une tête entre mes mains avant de les ramener sur mes hanches.

– Voilà ce que je vais faire à Faith Shaw si je la croise un soir !

J'effectuai un large cercle de mes bras, avant de les replier dans un geste de prière, puis ouvris les paumes.

– Et je lui casserai le nez, comme ça.

J'étais à bout de souffle. Complètement bourrée.

– Hi-ya ! lançai-je en imitant *Karaté Kid*. Vous avez entendu ? Je viens de lui disloquer l'épaule d'un seul geste.

– D'accord, répondit Heather en m'entraînant vers la porte. Ramène-toi par ici, tu empêches les gens de sortir.

Taylor avait quitté le groupe quand on avait décidé de partir. J'avais dû filer aux toilettes et, en revenant, Heather m'avait annoncé qu'un taxi nous attendait. Courtney et Grace me regardaient en riant, mais je m'en fichais. À chacun de mes mouvements, elles pouffaient davantage en faisant mine de se retenir, je me demandais bien pourquoi.

Elles n'étaient pas les seules à me regarder. Après avoir bien dansé, j'avais déclaré qu'il me fallait plus de zen dans ma vie, que j'allais entraîner Mason à prendre des cours de yoga avec moi, mais je n'avais pu effectuer aucune position sur le sol de la discothèque – trop dégoûtant – si bien que je m'étais rabattue sur le tai-chi. Du moins à ce que disait Heather, mais elle se trompait et je lui expliquai doctement qu'il s'agissait de tai-chi-chuan, avant de revenir à mes exercices de ninja.

Chacun de mes pas hors du club formait une foulée de ninja. On était parties depuis dix minutes.

– Pardon, s'excusa Heather près de moi.

– Non, non, c'est tordant ! répondit une voix amusée. J'ai obtenu ma ceinture noire rien qu'à la regarder.

– Hi-ya !

Je virevoltai vers celui qui se trouvait derrière moi, en faisant mine de lui balancer le coude dans la poitrine.

C'étaient deux mecs qui me regardaient en riant, l'air approbateur. Le premier ressemblait un peu à Mason. Il s'approcha, un sourire narquois aux lèvres. D'un simple geste, je pourrais effectivement lui enfoncer le torse de mon coude.

– Quel est votre nom de guerre ? demanda-t-il.

Je m'arrêtai, sans trop comprendre. Une porte claqua derrière nous et j'entendis Heather jurer entre ses dents.

– Ninja Sam, annonçai-je l'air vengeur.

Et là, trois choses se produisirent.

D'abord, les garçons jetèrent un regard derrière moi et reculèrent en pâlissant. Ensuite, mes poils se dressèrent dans ma nuque, enfin, un puissant bras masculin m'entoura la taille, me souleva de terre pour me poser sur une épaule. Quelque part, j'avais envie de résister, mais mon corps fondait déjà, car il avait reconnu son porteur…

– Elle est à moi ! lança Mason.

Il m'emporta le long du trottoir jusqu'à l'arrière de l'Escalade jaune de Logan, dont j'aperçus le visage souriant alors que Mason m'installait à l'arrière, sur ses genoux.

– Salut, Logan ! dis-je en agitant la main.

Nos regards se croisèrent dans le rétroviseur tandis que les filles entraient. Une fois toutes les portières claquées, il démarra et je me blottis entre les bras de Mason, appuyant la tête contre son torse.

Et puis je la relevai :

– Qu'est-ce que tu fais là ?

Ses bras se serrèrent autour de moi.

– Logan a reçu un appel pour qu'on vienne te chercher. Je lui ai demandé de passer me prendre avant.

– Ah bon ?

Je lui souris. Je devais avoir l'air ridicule – anéantie et rêveuse – mais ça m'était égal. Je lui touchai le menton, son menton puissant, avec sa fossette, et poussai un soupir.

– Merci d'être venu.

On avait rompu mais je m'en fichais pour le moment. Il y avait beaucoup de choses dont je me fichais, sauf la présence de Mason, qui comptait énormément. Son regard s'assombrit.

– Tu t'es bien amusée, ce soir ?

– Tu me manquais, alors j'ai voulu danser. Et je suis devenue Ninja Sam.

Il se mit à rire et ça me fit du bien.

– Ninja Sam, hein ?

– Oui. Elle apparaît quand il y a un problème à résoudre.

Sauf que je n'aurais su dire de quel problème il s'agissait.

Sans doute qu'il me manquait. Ou que j'avais envie de l'appeler, tout en sachant que les filles n'aimeraient pas cette idée. Ou si ? Je ne savais pas. À moins que ce ne soit juste parce que j'avais trop d'alcool dans le sang, et que je ne faisais que ressentir, sans réfléchir. Ou non… je me redressai, ouvris grand les yeux.

– Sam ?

– Raelynn.

Courtney, Grace et Heather se retournèrent toutes ensemble.

– Qu'est-ce qu'elle a ? demanda Courtney.

– Qui est-ce ? s'enquit Heather.

– Elle était là-bas.

– Quoi ? s'exclama Courtney en se retournant complètement. Tu es sûre ?

– Non, intervint Grace en secouant la tête. Elle est blessée. J'en ai parlé à plusieurs filles, il paraît qu'elle boîte toujours.

– Si !

J'en étais certaine.

– Elle est peut-être toujours mal en point, mais elle est passée devant moi. Je quittais les toilettes et elle y entrait.

– Elle t'a vue ?

– Euh… Je l'ai reconnue, mais elle, je ne crois pas. Elle avait le regard vitreux. Elle tenait la main d'une autre fille.

– Faith ?

– Non. Quelqu'un d'autre.

Plus j'y songeais, mieux je m'en souvenais. Elle ne boitait pas, n'hésitait pas, marchait aussi résolument que moi.

– Je crois qu'elle est complètement guérie.

– Mais ça ne veut rien dire. Ce n'est pas parce qu'elle peut marcher qu'elle peut courir.

– Oui, dis-je le cœur serré. Tu as raison.

– Qui est Raelynn et qui est Faith ?

– Faith, c'est un genre Kate, expliqua Logan. Elle fait partie de l'équipe de cross-country.

– Ah, d'accord ! dit Heather. Quelle salope, celle-là !

– Faith ne m'a pas attaquée dans des toilettes.

– Encore heureux ! Pour elle…

– Tu t'es fait attaquer ? demanda Courtney.

– Oui, et je ne lui ai jamais rendu sa pièce.

– On l'a fait pour toi, me rappela Logan.

Mon cœur se remit à battre trop fort. Je regardai de nouveau Mason, poussai un soupir. Il me serra un peu plus fort contre lui avant de me murmurer à l'oreille :

– Ça va, toi ?

Voyant l'inquiétude dans son regard, je me sentis plus sûre de moi et répondis tout aussi bas :

– Tu m'as manqué, cette nuit.

Il tourna légèrement la tête. Ses lèvres effleurèrent les miennes tandis qu'il répondait :

– Toi aussi, tu m'as manqué.

Je n'avais plus envie de me sentir effondrée. Je posai la tête sur son épaule, chuchotant dans son cou :

– On doit faire ça encore combien de temps ?

– Plus la peine de continuer.

– Oui ?

Nos yeux se croisèrent. L'espoir m'emplit la poitrine.

– Oui.

Il hocha la tête. Les yeux noirs de désir et d'amour.

Je sentis le fourmillement s'emparer de mon corps. Même ivre, je le percevais parfaitement. Je me serrai encore contre Mason, lui frôlai les lèvres un quart de seconde. J'oubliais où nous étions.

– Tu as résolu la question ? demandai-je.

– J'essaie.

Mon Dieu. J'en avais tant envie. Peut-être trop. Et mon désir qui revenait tout bouleverser en moi…

– Ce serait génial.

– Sam.

– Oui ?

Je me redressai, le chevauchant sans plus me soucier des autres occupants de la voiture. Ils n'avaient qu'à détourner les yeux si ça les gênait.

– Je crois que ça va aller, me souffla-t-il dans un sourire.

– Vrai ? répondis-je avec le même optimisme.

– Oui.

Et merde. Je me collai à lui, épousant les moindres recoins de son corps, lui dévorant la bouche. Je ne pouvais me retenir davantage.

Elle est à moi. Voilà ce qu'il avait dit au type de tout à l'heure. Tout d'un coup, je me proclamai :

– Toi aussi, tu es à moi !

– Pour toujours.

– Toujours.

Et on s'embrassa de nouveau. J'étais trop occupée à être heureuse.

CHAPITRE 45

Le lendemain matin, je m'étirais sur le sol, m'apprêtant à aller courir, lorsque j'entendis Mason remuer sur le lit. Sans lâcher mon pied, je me retournai pour le surprendre en train de me regarder de sa place.

– Bonjour !

J'aurais dû avoir la gueule de bois, pourtant ma voix pétillait d'ardeur. J'allais courir. Ça me manquait tellement, depuis deux longues semaines.

– Tu es trop contente à mon goût.

– Je sais, dis-je en changeant de pied.

Et j'éclatai de rire. Il avait raison. Tout allait si bien ! Les choses allaient s'arranger entre nous. Malgré la panique qui m'avait prise – et moi-même je n'y comprenais rien – quelque chose me disait que tout irait bien maintenant. Il ne me restait qu'un problème à résoudre, et je ne savais pas trop ce que j'allais dire à Faith. Je ne savais même pas si j'avais quoi que ce soit à dire. Je n'avais pas la réponse, pourtant j'étais prête.

Ma vie n'allait pas se briser et, là, j'avais besoin de courir, d'éprouver cette brûlure dans mes jambes, le vent sur mes joues, et cette sensation de liberté. Je ne m'envolais pas mais presque.

Il se rallongea en soupirant :

– Il est cinq heures. On s'est endormis il y a deux heures.

Même pas. Logan nous avait récupérés à une heure et demie mais, une fois rentrée, je n'avais plus lâché Mason jusqu'à il y a une heure. Je souris au souvenir de la façon dont je l'avais chevauché. Je voulais dominer et Ninja Sam avait pris un tout autre aspect cette nuit… ou plutôt ce matin à l'aube.

– Rendors-toi, dis-je en me levant. Il faut que je coure. Voilà quinze jours que ne l'ai pas fait.

– C'est vrai ?

Je marquai une pause, la gorge serrée devant sa surprise.

– Si j'y étais allée, je ne me serais plus arrêtée.

– Ah…

– Il faudrait peut-être qu'on en reparle.

Il se retourna en grognant, se cacha la tête sous l'oreiller.

– Oui, mais pas maintenant. Surtout pas.

La couverture glissa de son dos pour s'arrêter juste au-dessus de ses fesses. Je poussai un soupir.

Bon sang, ces fesses !

Je me mordis les lèvres. Je connaissais parfaitement son dos quand il s'introduisait en moi. Je l'avais regardé quelques fois dans la glace et là, j'avais une envie folle de l'emmener dans la salle de bains.

– Je suis trop fatigué.

– Qu'est-ce que tu racontes ? dis-je en riant.

Sa voix émergea, étouffée sous l'oreiller :

– Je sais à quoi tu penses. Je sens tes pensées, et je demande un cessez-le-feu. Je suis fatigué, Madame, il y a encore des humains, parmi nous.

Des humains ? J'articulai ces mots en riant intérieurement. Pour lui, je n'étais donc pas humaine ? Lui ? Qui pouvait dépasser et terrasser tant de joueurs de football ? Qui avait été jugé digne de la NFL ? Lui que les coachs se disputaient pour leurs équipes ? Lui ?

C'était lui la machine, mais j'acceptais le compliment. Cette journée commençait bien. J'étais déjà au sommet du monde.

J'atteignis la porte mais m'arrêtai pour contempler encore une fois son dos. Il se retourna, me décocha un clin d'œil.

Le sourire qui lui étirait le coin des lèvres se refléta sur les miennes et je me sentis prise d'un élan irrésistible envers lui.

– Je t'aime, dis-je doucement.

– Je t'aime moi aussi.

– Ça ira bien entre nous ?

– Super bien.

Mon cœur se mit à palpiter tandis que je m'enveloppais dans la douceur de ces paroles, et j'étais plutôt euphorique en sortant de la maison.

Cela faisait du bien de courir, mais au bout de cinq minutes, je m'arrêtai.

Rien ne bougeait autour de moi. Pas une voiture. Aucune lumière dans les maisons alentour. J'étais totalement seule dans la rue sombre et déserte.

Fermant les yeux, j'écartai les bras, levai la tête en arrière.

J'étais prête à m'envoler.

CHAPITRE 46

– C'est bon, marmonna Faith en me rejoignant sur le banc du parc. Je suis là.

Je l'avais appelée au bout de trois kilomètres. J'étais prête à détruire cette fille mais je voulais d'abord la rencontrer.

Elle s'assit à côté de moi en bâillant, se frotta les yeux.

– Pourquoi tu veux me voir ici ? On est samedi. Tu sais qu'on a une course aujourd'hui, au moins ?

– Pas toi, ni moi.

– Si ! dit-elle en me regardant. On ne va pas manquer une course de qualification !

– On va manquer celle-ci.

Là-dessus, je me levai et me mis à sautiller sur place en ajoutant :

– On va faire notre propre course, toutes les deux. Ici. Tout de suite. Et ce sera la dernière.

– Qu'est-ce que tu racontes ?

Elle se leva aussi, sur ses gardes.

– Tu veux que je t'aide ? Que je te motive ?

– Oui, mais on ne te voit plus depuis deux semaines. Le coach a dit qu'il t'était arrivé quelque chose.

Elle avait envie de savoir quoi, sans le demander. Tant mieux, car je ne le lui aurais pas dit, de toute façon.

– J'ai vu Raelynn, hier soir.

Elle ne bougea pas mais parut intriguée.

– Ah oui ?

J'attendis en l'observant et là, je compris.

– Quelle menteuse ! Tu n'es jamais allée la voir, c'est ça ?

Elle en parut contrite mais ça ne dura qu'un quart de seconde. Elle se retourna en déglutissant et reprit aussitôt son air hautain.

– Et alors ? Qu'est-ce que ça peut te faire ? Tu n'es pas allée la voir non plus. Tu lui as parlé, hier soir ?

– Non, mais ce n'est pas mon boulot. C'est le tien. Tu étais sa meilleure amie.

– N'importe quoi ! s'écria-t-elle en levant les bras.

– Sûrement pas. Elle t'aimait beaucoup. Elle te soutenait contre moi. On ne rejette pas les gens comme ça. On les aide le jour où ils ont besoin de vous. Moi aussi, j'ai connu pas mal de gens qui prétendaient m'aimer mais, quand les choses ont mal tourné, ils ont détalé. Quand quelqu'un est blessé, on essaie de le protéger, on ne le tape pas davantage.

– Je n'ai pas fait ça, non plus !

– Si, mais tu t'accroches à toutes sortes d'excuses.

– Arrête, là, ça va ! C'est quoi, ton problème ?

– C'est parce que moi aussi je change.

Je m'interrompis, les yeux écarquillés, vibrante d'intensité, les veines palpitantes. Tout s'était arrêté comme en un déclic.

– Quoi ? dit Faith l'air dérouté.

Il fallait que Mason change. Il devait trouver la ligne à suivre avec moi et s'y tenir. Mais moi aussi je devais changer. Et Faith n'était pas une nouvelle Kate. Je l'avais assez observée pour en être à présent certaine. Ce n'était pas quelqu'un d'exceptionnel, mais elle n'allait pas me mettre de bâtons dans les roues. Elle ne faisait que bluffer.

Autant m'en assurer tout de suite :

– Tu ne vas jamais essayer de m'agresser, toi ?

– Quoi ? Non, mais pour qui tu me prends ?

– Juste quelques souvenirs du passé…

– Quoi ?

Cette fois, elle avait l'air franchement inquiète.

– On m'a tendu des pièges, on m'a attaquée, blessée, tout ce dont tu m'as menacée m'est vraiment arrivé dans la vie. Alors je t'ai prise au sérieux.

Je savais que ce n'était plus la peine.

Je changeais.

Je grandissais.

Ce qui m'était arrivé auparavant ne se reproduirait jamais. C'était clair, maintenant.

– Tu n'es ni Kate, ni Jessica, ni Lydia. Tu n'es même pas ma mère. Tu es juste…

Je la regardai de nouveau, sentant mon dégoût s'éloigner. Je ne voyais plus que tristesse en elle. C'était une fille, aux cheveux tressés en une natte brune, à la mâchoire bien marquée, peut-être un peu trop carrée pour une fille, et mince, très mince. J'aurais presque pu imaginer qu'elle avait des problèmes si je ne connaissais pas la force de ses jambes, fermes et bien musclées, comme celles d'une coureuse professionnelle. Mais… c'était juste une fille.

Toute mon agressivité disparut d'un coup.

– Tu dois me trouver bien hargneuse, non ?

Sur le coup, elle ne dit rien, puis se redressa, me dévisageant d'un air méfiant.

– Je t'ai donné des raisons pour ça, maugréa-t-elle. Je sais que je suis une enfant gâtée, que j'ai dit à plusieurs personnes de ne pas te parler, mais je ne vais pas non plus t'agresser au point de te taper dessus. Je dis des trucs, c'est tout. Ma sœur me répète sans cesse que ma grande gueule finira par m'attirer des ennuis. Tu vois, tu as raison.

Comme je ne répondais pas, elle leva les yeux au ciel.

– À cause de toi, je me suis posé des questions, entre autres sur les gens que je fréquente. Tu as raison. Raelynn m'a toujours soutenue, et je savais qu'elle m'aimait bien, mais elle n'a jamais rien fait pour le prouver. Elle m'encourageait, voilà tout.

– Elle t'aimait, voilà tout.

– Oui, c'est ça, soupira-t-elle. Je vais me réconcilier avec elle. Mais tu dis que tu l'as vue hier soir ? Où ça ?

– Dans une discothèque.

– Laquelle ?

– Je sais pas trop. Tout ce que je peux te dire c'est qu'elle était encore plus bourrée que moi. Elle est passée devant moi sans me regarder.

– Elle ne fait pas gaffe. Quand elle sort, tout se passe dans sa tête. Je ne sais pas pourquoi elle agit comme ça. Il y a des moments où ça me rend folle.

– Elle tenait une fille par la main.

Faith releva la tête.

– Ah oui ? Tant mieux. J'espère que c'est quelqu'un de bien. Rae le mérite. En tout cas, elle mérite une meilleure amie que moi.

Je ne sus que répondre à ça mais Faith devait s'en ficher. Et on demeura un instant toutes les deux plongées dans nos pensées. Au bout de deux minutes, elle toussota.

– Euh… Au fait, pourquoi tu voulais qu'on se voie ce matin ?

– Tu vois ce chemin ? Si tu le suis jusqu'au bout, il fait vingt-sept kilomètres. On manque toutes les deux la course d'aujourd'hui, on fait celle-là, toi et moi.

– Pourquoi ? Tu vas me battre, comme d'habitude.

En même temps, elle commençait à s'échauffer, et je fis de même. Mon corps avait commencé à se refroidir. Il fallait que je le réchauffe. Je saisis mes pieds.

– Parce que c'est comme ça. C'est notre course. Je vais te battre…

– Arrête de faire ta prétentieuse ! s'esclaffa-t-elle.

– À toi de voir de combien, ajoutai-je sans relever. Ensuite, ce sera terminé. On ne sera plus rivales mais coéquipières. Finies les disputes mesquines. D'accord ?

– D'accord.

Une fois qu'on eut terminé de s'échauffer, on se lança ensemble sur le chemin.

– Il faut que je te dise quelque chose, lui dis-je alors.

– Quoi ? demanda-t-elle de nouveau sur ses gardes.

– Ça fait deux semaines que je n'ai pas couru.

– Ça ne t'empêche pas d'être une peau de vache.

J'accélérai en riant. Je n'avais pas franchi trente mètres que je ne la voyais déjà plus. Arrivée au campus, je commis une autre vacherie.

J'avais eu le temps de m'acheter un petit-déjeuner – pour une personne. Je retournai le terminer et j'avalais la dernière miette quand elle apparut.

– Quelle peau de vache !

Je lui tendis un verre d'eau.

– Oui, j'en profite. Une dernière fois.

Elle prit le verre en grommelant.

***

Il ne serait pas exact de dire que Faith et moi n'étions plus rivales après cette course, mais ça allait mieux entre nous. Sans être amies, on se respectait. Et, malgré son désir de me vaincre, elle n'y parvint jamais. Ce que je m'empressais toujours de lui faire remarquer.

Voilà des années que je courais, mais je ne m'étais pas rendu compte, jusqu'à maintenant, des vitesses que je pouvais atteindre. J'ignorais si c'était de famille – Garrett était un bel athlète, cependant il n'avait jamais trop aimé courir. Et si ce don me provenait d'Ann-Lise ? À moins que les explications ne soient plus compliquées que ça ? La génétique mêlée à la pratique ? J'étais sans doute privilégiée mais j'avais affûté ce don au point de courir plus vite et plus loin que tous ceux que je connaissais.

Du moins jusqu'au jour où je fus sélectionnée pour les Jeux olympiques.

À partir de là, je n'étais plus la personne la plus rapide que je connaisse.

Mais je faisais partie du lot.

CHAPITRE 47

Un an plus tard

Je courais dans les collines de Fallen Crest et mes jambes me brûlaient. J'adorais ça, depuis toujours, et j'accélérai.

Il s'était passé tant de choses, cette année.

Mason avait obtenu son diplôme et il avait été recruté dans l'équipe des Patriots de la Nouvelle-Angleterre. Sa première année parmi eux s'était bien déroulée et il se réjouissait d'en entamer une deuxième mais il s'était donné à fond. Avec Logan, on était restés en Californie pour terminer la fac, alors qu'il s'était installé dans le Massachusetts, et c'était un peu dur à supporter. Il vivait exactement à l'autre bout du pays. L'hiver avait été éprouvant mais, à chaque moment de liberté, on filait le rejoindre, Logan et moi. Jusqu'à l'arrivée de l'intersaison, où ce fut lui qui revint à la maison. Mais désormais, tout ça c'était terminé.

Logan et moi avions passé nos diplômes la semaine dernière.

J'avais obtenu un brevet de santé et de bien-être. Quant à Logan, il se lançait dans ses études de droit. Mais, pour le moment, on se retrouvait à la maison, durant les quelques semaines qui nous séparaient du départ de Mason pour son entraînement estival. Cette fois, je l'accompagnerai. Je pouvais courir où je voulais, et les Jeux olympiques restaient mon principal objectif.

Logan nous rejoindrait à la fin août. Il s'était inscrit à la fac de droit de l'université du Massachusetts, à Dartmouth. On y avait acheté une grande maison où nous pourrions vivre tous les cinq : Mason, Logan, Nate, Taylor et moi.

Matteo avait été recruté dans l'équipe des Los Angeles Raiders, trop content de pouvoir rester en Californie, près de sa famille et de Grace. Car ces deux-là vivaient toujours ensemble.

Quant à Courtney, elle était repartie dans l'Ohio pour y devenir prof. Elle ne s'y trouvait que depuis quelques semaines mais s'ennuyait déjà. Elle voulait qu'on réorganise une soirée entre filles en boîte de nuit.

Je ne demandais que ça et, en attendant, je continuais de courir avec ardeur.

Avec Mason, on avait l'intention de revoir Heather et Channing le plus vite possible. Heather voulait que je trouve un autre établissement du genre Manny's, qu'on pourrait tenir ensemble mais, en attendant, elle disait qu'on allait se bourrer la gueule toute la nuit, rire à s'en rouler par terre et bien garder nos hommes à la maison pour mieux baiser à notre retour.

Excellent programme à mon avis.

Il me restait quand même quinze kilomètres à parcourir et j'arrivais à la clairière, au sommet de la colline, où Mason m'avait fait sa demande pour la première fois. On n'avait plus vraiment parlé mariage depuis qu'il avait annoncé nos fiançailles à cette conférence de presse.

Quelque part, on s'était mis d'accord : il allait attendre jusqu'à ce que je me sente plus à l'aise. Mais j'avais beau essayer, les mauvais souvenirs du difficile mariage entre Ann-Lise et David me revenaient sans cesse à l'esprit.

Maintenant j'étais prête. Plus que prête.

Je voulais en parler à Mason cet été, sauf que je ne savais pas encore trop sous quel angle engager la conversation. *Euh, chéri ? Tu peux me demander en mariage quand tu veux maintenant.* Ouais. Ça faisait bizarre. Je ferais peut-être mieux de lui écrire un mot. Je souris intérieurement à cette idée baroque alors que j'atteignais le sommet de la colline. La clairière s'ouvrait à moi. Et là, je m'arrêtai net.

Mason se tenait devant moi.

Il n'était pas seul.

Logan, Taylor, Nate, Heather, Channing, Malinda – je parcourus le groupe en hâte. Ils étaient si nombreux : Mark, David, et même Garrett, ainsi que Sharon avec ma petite sœur dans ses bras, qui me fit un signe, les joues et la bouche maculées de chocolat. Helen était là aussi, les bras croisés, un petit sourire aux lèvres, quand même.

Un peu à l'écart, Ann-Lise et James agitèrent les mains. Ma mère poussa un soupir en essayant de sourire un peu, puis porta une main à ses yeux.

Elle pleurait.

Pourquoi ma mère pleurait-elle ? Et puis je vis que c'était aussi le cas de Malinda. Et de Taylor, d'Heather, de Courtney, de Grace. Et même de Matteo, qui tenait Grace par la main. Ils retenaient tous leurs larmes.

Je regardai de nouveau Mason, qui m'attendait, devant tout le monde.

– Qu'est-ce qui se passe ?

Il s'agenouilla, tendit la main. Là, entre le pouce et l'index, il brandissait une bague.

Je cessai de respirer.

Elle scintillait, magnifique, énorme, mais ce n'était pas ça l'important.

– Tu es sûr ? demandai-je d'une voix cassée.

Il se mit à rire avant d'énoncer sur un ton ému :

– Veux-tu m'épouser, Samantha ? Veux-tu devenir Samantha Jacquelyn Kade ?

J'acquiesçai, la gorge serrée. Je ne pouvais plus m'arrêter de hocher la tête, de sourire, jusqu'à ce que je sente les larmes me couler sur les joues et que je ne puisse plus m'arrêter de pleurer.

– Oui, articulai-je alors qu'il se relevait pour me prendre dans ses bras.

Je l'enveloppai des miens en murmurant de nouveau, juste pour nous deux :

– Oui, je veux t'épouser.

– Je t'aime, souffla-t-il en nous écartant un peu de la foule.

Il me reposa par terre et je levai les yeux sur lui.

– Moi aussi, je t'aime. Énormément.

– Énormément.

Et ses lèvres se posèrent sur les miennes.

ÉPILOGUE

Six mois plus tard.

– Demain, tu deviendras ma femme, murmura Mason en levant nos mains.

On était au lit et je me blottissais au creux de ses bras, la tête sur sa poitrine.

– Oui, et toi mon mari.

Un léger sourire lui illumina la face.

– Mari.

– Femme.

Mon sourire rejoignit le sien.

On défiait les traditions.

En principe, on aurait dû dormir à l'écart l'un de l'autre, dans des lits séparés, mais la question ne s'était même pas posée. On aurait refusé en chœur. Il était maintenant près de cinq heures du matin. Les premières lueurs de l'aube allaient apparaître, pourtant je ne ressentais aucune fatigue. Ça risquait de ne pas durer toute la journée.

– Tu es sûre de vouloir m'épouser ?

Je levai les yeux sur lui.

– Qu'est-ce que tu veux dire ?

Son sourire avait disparu.

– Non mais tu es sûre ? On se connaît depuis le lycée. Ce serait normal que tu veuilles essayer un peu la vie de célibataire, non ?

– Mason !

Je me retournai pour me retrouver sur le ventre à côté de lui, la poitrine collée contre la sienne.

– Quoi ? Tu as changé d'idée ?

Logan avait bien dit que l'enterrement de sa vie de garçon avait été épique. Peut-être trop ?

En tout cas, il parut se détendre à ma question, glissa les mains dans mes cheveux avant de les fermer sur mes joues.

– Non. Je m'inquiète juste que tu puisses le regretter un jour.

– Impossible, dis-je doucement.

Cependant mon cœur se serrait à l'idée qu'il ait simplement pu penser cela.

– Tu es sûr de ne pas finir par le regretter ? demandai-je la gorge brûlante.

Il appuya la tête sur le dosseret en l'agitant de gauche à droite.

– Impossible.

Il avait répété ma réponse avec un tendre sourire et mon cœur se mit à palpiter. Non. Les mots *regret* et *doute* n'entreraient jamais dans mon vocabulaire pour décrire ma relation avec lui.

Je me redressai, ramenant le drap autour de moi, tout en m'appliquant à ne pas complètement dénuder Mason.

– Qu'est-ce que tu fais ? demanda-t-il avec un sourire coquin.

– J'ai quelque chose à te dire, alors j'essaie de ne pas me laisser distraire.

– Distraire ?

– Oui, exactement, dis-je en le fixant d'un regard direct. Je voudrais bien savoir d'où ça t'est venu. C'est bien la première fois que tu parles d'éventuels regrets.

Il me saisit les mains, les posa sur sa poitrine.

– Logan a dit quelque chose, tout à l'heure, sur le besoin qu'il éprouve de se sentir libre et dissolu. Il était content d'avoir rencontré Taylor, car ça lui avait permis d'exprimer son côté canaille et de se satisfaire avec elle pour le restant de ses jours. Ça m'a fait réfléchir. Tu es passée de Sallaway à moi, sans jamais vraiment connaître la vie de célibataire. Alors ça me briserait le cœur si tu venais à le regretter.

En tout cas, il brisa le mien.

Suffoquée, je ne pus tout d'abord que secouer la tête.

– Tu veux savoir ce que je vais te dire demain ? finis-je par murmurer malgré la grosse boule dans ma gorge.

– Quoi ? Non…

Mais c'était parti et je savais que le moment était venu pour moi d'énoncer ces paroles.

– En ce jour, Mason James Kade, tu deviens mon avenir. Tu es déjà, Mason James Kade, une large part de mon passé. En ce jour, Mason James Kade, tu es mon présent à jamais.

Je lui pris la main.

– Je serai à tes côtés où que mènent nos chemins. J'ai marché avec toi. J'ai couru avec toi. J'ai ri avec toi. J'ai pleuré avec toi. Je t'ai soutenu et tu m'as soutenue. Je t'ai crié dessus, j'ai crié pour toi et avec toi. J'ai râlé avec toi. J'ai ressenti de la douleur. De la joie. La paix et toutes les émotions qu'on puisse éprouver. Certaines à cause de toi, ou pas, mais c'est toujours avec toi que j'ai pu ressentir ce que je ressentais. Dès l'instant où je t'ai rencontré, tu m'as acceptée et aimée comme un membre de ta famille. On a progressé, et on continuera de progresser, mais je ne pourrais jamais envisager de voir quelqu'un d'autre auprès de moi. *Jamais.*

Il fallait que j'arrête. Les larmes noyaient mes paroles, mais il avait besoin de les entendre. Et j'avais besoin de les prononcer.

– Je déclare d'ores et déjà que je ne choisis pas de devenir Samantha Kade. J'ai toujours été Samantha Kade. Demain, ce sera officiel, mais c'est l'unique différence. Voilà. Je suis déjà ta femme dans tous les sens du mot.

Je pris une longue inspiration. J'avais d'autres choses à dire mais ses lèvres m'interrompirent.

Il m'embrassa et je sentis ses larmes couler sur mon visage.

Quand on se sépara, il posa son front sur le mien et, cette fois, ce fut lui qui parla, tout en m'attirant sur lui et en me pénétrant.

Et il parla, parla, alors que je soupirais, geignais, criais, suppliais puis hurlais ma jouissance, et il ne se tut que lorsque que je finis par m'endormir.

***

Quelques heures plus tard, je me tenais au bout d'une allée centrale bordée de roses, mon bouquet à la main. Ma robe de mariage avait été cousue sur moi et mes demoiselles d'honneur m'attendaient devant l'autel de notre petit paradis boisé.

C'était mon mariage. Mon rêve qui se réalisait.

J'avais obtenu la famille de mes rêves, mais ce que j'avais dit cette nuit à Mason était vrai : je l'avais depuis toujours.

Aujourd'hui, ça devenait légal. Voilà tout.

La musique changea, le volume augmenta et tout le monde se leva, me suivant d'un regard parfois embué, parfois étiré par un large sourire.

Je passai devant des invités de Fallen Crest Academy, des invités de Fallen Crest Public. D'autres provenaient de Cain University, certains du country club, et même quelques-uns de la fête foraine. Et puis, bien sûr, beaucoup de ma famille, biologique ou non. Mais peu importait. Je ne les voyais pas vraiment.

Cela ne concernait vraiment que Mason et moi.

Ceci allait me rendre plus heureuse que jamais. Je le savais.

Alors je ne me concentrai que sur lui. Je revis la même touche humide dans son regard que celle de ce matin. Sauf que là, il n'allait pas se laisser aller à pleurer. Pas devant tout le monde. Juste pour moi.

– Salut ! murmurai-je en ravalant ma propre émotion.

– Salut ! répondit-il en riant.

Et puis il me prit la main et je me rappelai sa douce prière alors que je m'endormais : *Ne me quitte pas. S'il te plaît.*

On n'était pas liés par cette prière. On l'était déjà depuis si longtemps, jamais il n'avait eu à me demander ce genre de chose. Il avait abaissé sa garde dès qu'on était tombés amoureux. Depuis, il m'avait prise sous son aile et je savais que certaines personnes oubliaient de lui rendre la pareille, mais pas moi. Jamais je n'oublierai et, tout comme ce matin, je lui pris la main.

Je regardai le tatouage que nous avions fait tracer tous les deux.

En échangeant nos vœux et en déclarant notre engagement mutuel, nous regardions nos doigts où à jamais voleraient les papillons de notre sanctuaire.

Celui de Mason était noir, le mien en couleurs, et nous avions, l'un après l'autre, glissé nos alliances dessus.

On dit « Oui » et nos doigts s'entrelacèrent. À jamais.

***

– D'accord !

Logan leva son verre, un micro dans l'autre main. Il tapota doucement dessus pour attirer toutes les attentions.

La salle retentissait de bavardages et de rires mais, dès qu'il eut donné le signal, le DJ coupa la musique.

– C'est ce moment, les amis ! cria-t-il à nous faire sursauter. L'heure des toasts !

Alors que les invités applaudissaient, il se tourna vers Mason et moi, l'œil brillant.

– Vous en avez de la chance ! Je vous aime bien tous les deux. Non, ce n'est pas vrai. Je vous aime tous les deux.

Il se mit à rire, chercha des yeux Ann-Lise et James :

– Et vous aussi, vous avez de la chance – ce n'est pas votre mariage. Je n'ai jamais eu droit au jet privé, papa.

James se rassit, le bras appuyé sur la chaise de ma mère. Il fit un geste en direction de son jeune fils.

– Quand tu voudras, tu n'as qu'à le demander.

– Promis. Non mais sérieux, je vais le prendre, ce jet.

James leva le pouce.

– Hé, mon pote ! lança Nate en se penchant vers Logan. Les toasts. Tant qu'on n'a pas encore trop bu !

– On se calme. Tu vas pouvoir te lancer, mais là, c'est mon tour.

Il nous regarda de nouveau et je le sentis déjà fondre. Il s'adoucissait mais je repérai son œil déjà un peu vitreux.

Je n'étais pas trop sûre de ce qu'il allait dire. C'était un mec tellement imprévisible. La main de Mason m'effleura sous la table. Il fallait que je rie. On était littéralement suspendus à ses lèvres.

– Vas-y, Logan ! ordonna Mason.

Son frère n'accéléra pas le mouvement pour autant. Il roula des épaules puis se tourna vers les invités :

– Je pense que vous savez tous à quel point j'aime mon frère. Je l'adorais déjà quand j'étais enfant, et puis je me suis mis à vénérer Sam dès son arrivée parmi nous ! Vous êtes tous au courant. Mason et moi, on était comme des orphelins.

Les gens se mirent à rire. Moi aussi. Mason esquissa un sourire. Logan nous adressa un clin d'œil.

– Notre mère trompait *constamment* notre père et, quand il a décidé de la quitter, il nous a laissés aussi. Et puis on a découvert que notre mère n'était même pas notre mère, et là, les choses se sont aggravées. Qui était notre vraie maman ? Une avocate magique de Boston ? Ou notre voisine d'en face ? Personne ne savait.

Jusque-là, il avait gardé l'air sérieux mais, tout d'un coup, il pouffa de rire :

– Je rigole ! Ça c'est l'histoire de la vie de Nate.

– Hé !

Logan poursuivit sans relever :

– Non, en vrai, c'est un moment étrange pour moi, parce que je me rappelle quand Sam et Mason se sont rencontrés. J'étais là. Je crois que j'étais là pour tout sauf pour quelques moments trop intimes, encore que…

Son sourire s'approfondit et une fossette apparut sur sa joue droite.

– En tout cas, j'ai entendu pas mal de choses. C'est l'inconvénient de la vie en communauté, et, bordel, on vivait comme ça partout. Dans le manoir. Dans la maison de Nate. Chez maman.

Il jeta un coup d'œil vers Helen puis se retourna.

– Chez Malinda. Et dans notre maison à Cain. Merde ! Je suis sûr que j'oublie certains endroits, mais on a vécu dans tellement d'endroits… Non, sans rire, on aurait pu échanger toutes ces maisons, je ne me suis jamais senti déplacé. Grâce à vous deux. Vous formiez ma famille. Vous êtes ma famille. Ça n'a jamais changé et je sais que ça ne changera pas. Envers et contre tout, on était là les uns pour les autres, et putain de bordel…

– Logan, il y a des enfants ici ! souffla quelqu'un.

– Oh, pardon !

Il leva une main, sans cesser de nous regarder, et je captai la lueur humide qui perlait au coin de ses yeux. Il s'arrêta, déglutit, avant d'attraper le micro des deux mains.

– On en a vu des masses – visites d'hôpital, appels en pleine nuit, plein de bagarres scolaires à l'ancienne, et d'autres un peu plus sérieuses. Oui.

Il poussa un soupir solennel.

Je sentis une larme me couler sur la joue.

Logan la vit et me sourit.

– Je vous aime trop, les amis. Et c'est un grand honneur de te compter dans notre famille, Sam. Malgré ta lignée.

Là, il s'esclaffa tandis que James le rappelait à l'ordre :

– Logan !

Sa voix devint plus grave, tandis qu'il ajoutait :

– Je suis fier de faire partie des Trois Redoutables et je ne voudrais pas que ça change.

Il embrassa le bord de son poignet et en cogna les nôtres avant de faire volte-face sur les talons. Puis il leva son verre :

– Donc, je termine ce toast parce que j'ai l'impression que c'est le plus sobre auquel vous aurez droit ce soir. S'il vous plaît, aidez-moi à accueillir officiellement Samantha dans notre famille. Vous savez, malgré le fait qu'elle soit déjà notre belle-sœur.

Cette fois ce fut avec un sourire espiègle qu'il poursuivit :

– Et puis je vous adresse mes excuses parce que vous allez devoir vous taper les toasts de tous les autres.

Nate se leva, faisant grincer sa chaise derrière lui. Logan leva la main :

– Surtout celui de Nate. Mais soyez gentils, on l'aime tous.

Nate prit le micro en rigolant.

– Assieds-toi. On sait tous que tu vas tenter de porter un deuxième, un troisième et un quatrième toast.

Logan s'assit à côté de Mason en approuvant :

– Oh oui ! Là, c'était le toast censuré. Mais vous ne savez pas ce qui vous attend ensuite.

– Salut tout le monde ! commença Nate son verre à la main.

Il nous jeta un bref regard, sa voix s'enraya et il partit d'un rire gêné.

– Pardon, je… je ne savais pas que je devrais rivaliser là-dessus avec Logan, alors je ne suis pas très bien préparé. Et voilà que je me retrouve ici, face à celui que j'ai considéré toute ma vie comme un frère, ouf ! C'est énorme, Mase ! Je n'arrive pas à croire que tu te maries. Je veux dire…

Ses yeux se posèrent sur moi :

– Je savais que tu étais la fille destinée à Mason, mais on en a fait un bout de chemin ensemble ! Ouf ! C'est énorme.

Relevant la tête, il s'adressa aux invités :

– Je ne suis pas un orphelin, comme chacun sait. J'ai des parents extraordinaires. Là !

Il tendit le bras vers un monsieur et une dame qui lui adressèrent un signe. Il s'éclaircit la gorge.

– Oui. Depuis mon retour, je ne vous ai plus quittés, et on en a passé des moments ensemble, comme a dit Logan. J'étais parmi ceux qui ont reçu des visites à l'hôpital. Sam aussi, mais on a tout surmonté et, maintenant, je ne regrette rien. Je n'échangerais tout ça pour rien au monde, quoi qu'on puisse me promettre. Merci, Mason. Merci d'être mon meilleur ami depuis l'enfance. Merci de m'avoir admis dans la famille. Merci de n'avoir jamais tourné le dos dans les pires moments. Et merci, Sam, d'avoir fait de Mason ce qu'il est devenu.

– Exactement, approuva Mason.

– Mason était un con…

– Les enfants ! cria quelqu'un.

– … un mec quelconque, continua Nate. Et il pourrait dire qu'il l'est toujours, mais non, tu as fait de lui quelqu'un de spécial. Tu as donné de la force à son amour, autant qu'à ses pardons. Et j'ai encore du mal à croire qu'il puisse pardonner, même un petit peu. Ce n'était pas dans sa nature.

Mason me serra la main tout en approuvant Nate d'un mouvement de la tête.

– Et tu l'as incité à bâtir un plus bel avenir avec toi que tout ce qu'il aurait pu obtenir sans toi. Je ne sais pas ce que nous aurions tous fait sans toi. Tu es notre ciment. Tu nous rassembles tous, que tu t'en rendes compte ou non, et je t'en remercie. Je te remercie d'avoir toujours été gentille avec moi.

Une autre larme me coula sur la joue.

– Ce n'était pas difficile, murmurai-je. Tu étais gentil, toi aussi.

– Oui, bon, parfois mais pas toujours. Enfin, nous voilà tous réunis maintenant, et je suis un peu sous le choc.

Il frappa Mason sur l'épaule, puis en fit autant avec Logan.

– Vous avez grandi, les gars.

Les deux frères hochèrent la tête. Et Nate se mit à rire :

– Le fait qu'aucun de nous ne se trouve en prison en ce moment en dit beaucoup. Merci, Sam, pour ça aussi.

Des rires s'élevèrent de l'assistance.

– Mais je dois dire avant tout combien je vous aime, tous les deux. Vous êtes ma famille. Je sais que ça ne changera jamais et je vous remercie d'avoir officialisé tout ça.

Il leva son verre :

– Pour ne plus vivre dans le péché.

Il avala une gorgée dans un éclat de rire général et tous les verres furent brandis en réponse.

À côté de moi, Heather se leva en agitant le bras.

– Maintenant, c'est le tour des femmes.

Elle remonta un peu son décolleté pour mieux le centrer. Ce modèle de robe l'avait bien inquiétée. Dans les toilettes, elle m'avait avoué craindre qu'on ne voie trop ses seins et ça m'avait fait tordre de rire.

– Quoi ? avait-elle dit en rougissant. Je n'aime pas trop les tenues qui laissent tout voir. Mes nichons sont pour Channing et c'est tout.

– Désolée, avais-je répondu. Moi aussi, je m'inquiétais un peu mais vous étiez toutes d'accord pour prendre ce modèle. Tu n'as rien dit sur le moment.

– Je m'en voulais. On est tellement contents pour toi… En fait, on est toutes complètement ridicules dans ces fringues hyper sexy.

Elle avait contemplé un instant la délicate mousseline de soie verte effectivement assez peu discrète.

– Je dois reconnaître que c'est très joli, ajouta-t-elle, mais j'ai cru comprendre que Malinda n'avait pas trop approuvé.

– C'est vrai, avais-je dit en riant. Elle aurait préféré quelque chose d'un peu plus discret. Sauf que non, ça ne me ressemble pas.

J'avais de nouveau admiré sur elle cette robe un peu courte, avec son corsage ruché. Et chaque fille y avait ajouté sa touche. Avec de fines bretelles, ou un haut sans manches, comme pour Heather. Elles étaient toutes magnifiques, parfaitement assorties au thème vert et crème de tout le mariage. J'avais fait poser de petites lumières blanches à l'église et dans la salle de réception qui respirait une majestueuse élégance.

– Malinda s'est mise à pleurer quand elle a vu ça, hier soir, avais-je dit à Heather. Elle trouvait que j'avais raison et qu'elle n'aurait pas dû s'en mêler. Et puis elle m'a embrassée. Je l'adore !

– Tu as de la chance avec elle. C'est une gentille, mais toi aussi. On a toutes de la chance de te connaître.

Je m'étais mordu les lèvres tandis qu'elle continuait :

– Ces amies que tu avais avant, c'étaient des connasses. Elles ont complètement déraillé. Ce n'est pas pour rien que Mason t'aime, mais aussi que Logan te considère comme une sœur, et ça depuis le premier jour. Sans compter Malinda qui te chérit, Mark qui t'adore, et pas seulement parce que tu es sa belle-sœur. Ils t'aiment tous pour ce que tu es. Tu es extraordinaire, tu ne te rends pas compte à quel point tu es géniale.

Elle avait dit ça devant la glace des toilettes et je m'étais légèrement détournée pour cacher mes larmes.

– Sam ! avait ajouté Heather en me prenant dans ses bras.

Elle m'avait étreinte en faisant attention à nos coiffures et à nos maquillages déjà prêts.

Et moi, je l'avais serrée à mon tour en murmurant :

– Merci.

C'était l'amie qu'il me fallait, apparue juste au bon moment. Jamais je ne saurais assez lui exprimer ma gratitude.

– Merci, avait-elle répondu en pleurant sur mon épaule.

Après quoi, j'avais fait mousser l'arrière de sa robe avec mes mains.

– Là, tu vois ? J'ai un goût d'enfer, tu ne verras pas souvent une mariée faire ça.

Et maintenant, elle se tapotait encore les yeux tout en prenant le micro. Déposant son verre, elle saisit un mouchoir

– Je n'ai même pas commencé, dit-elle dans un rire rauque. J'espère que tu ne m'en voudras pas, Mason, si je me concentre avant tout sur Sam.

– Vas-y, approuva-t-il.

Elle s'éclaircit la gorge, tapota sa robe.

– Voilà, j'ai beaucoup d'amis de Roussou, à commencer par mon petit copain…

Elle lui décocha un sourire et Channing, assis parmi les garçons d'honneur de Mason, lui adressa un signe de la tête.

– Il vit et travaille là-bas, il y a passé son enfance. Moi, je suis allée à Fallen Crest et Samantha ne le sait pas, parce que si elle n'a jamais cessé d'y penser, elle a été une de mes premières vraies amies. J'ai grandi parmi les gens de Roussou, et mes amis de Fallen Crest me manquaient, jusqu'au jour où, assise devant le bar que mon père tenait alors, j'ai vu arriver cette superbe fille ultra-mince, toute en sueur et qui me regardait comme un chiot égaré, l'air de réclamer quelque chose à manger. Je crois que je t'ai fait peur ce jour-là mais tu m'as remerciée tout à l'heure d'être devenue ton amie au bon moment. Tu ne sais pas ça…

Sa voix se brisa et elle ravala une larme.

– Mais tu as fait la même chose pour moi. J'avais aussi besoin d'une amie, sauf que je ne le savais pas. Tu as toujours dit que j'étais la plus solide d'entre nous deux, mais, non, c'est toi. Tu es tellement forte, j'ai une chance infinie que tu m'aies choisie. Pas plus que Nate et Logan, je ne te considère comme une amie mais une sœur, moi qui n'en avais jamais eue. Alors merci pour ce bonheur.

Elle chancela sur le dernier mot, incapable d'aller plus loin, aveuglée par les larmes.

Je me levai, lui pris le micro et la serrai dans mes bras, luttant pour ne pas me laisser submerger par mes propres émotions. Mais ça n'avait pas arrêté, aujourd'hui. Je pleurais une seconde, je riais. La soirée ne faisait que commencer.

Heather appuya la tête dans ma nuque avant de me souffler à l'oreille :

– Je suis enceinte.

– Quoi ?

Je reculai, saisis le micro pour m'assurer de bien le tenir à l'écart. Je le tendis à Mason avant de revenir sur Heather :

– Tu es sûre ?

– Oui. Channing est au courant, mais ne le dis à personne. On l'annoncera plus tard. Tu voudras bien être sa marraine ? C'est une fille.

Une fille.

– Oh oui ! soupirai-je avec joie.

Et je l'étreignis de nouveau. J'avais l'impression qu'on allait passer notre soirée à nous congratuler.

Une fois qu'on eut regagné nos places, Matteo porta un toast. Puis ce fut le tour de Courtney et Grace ensemble. Jusqu'à Channing qui se fendit de quelques mots. Ensuite, ce fut le tour de nos parents. Malinda n'arrêta pas de pleurer, si bien que ce fut David qui parla tout le temps. Mais, quand il eut terminé, elle lui tendit un morceau de papier qu'il lut en son nom. Après quoi, vinrent Ann-Lise et James. La tension était à son comble, pourtant, James ne fit que rire.

– Ce serait le moment idéal pour te récupérer, Mason, mais non. J'espère que Logan oubliera la faveur que je lui ai promise également, ainsi je serai le fier papa que j'aurais dû être du temps de votre enfance.

Et, dans son discours, il joua effectivement les papas gâteaux, fier de Mason, devenu l'homme que lui-même aurait voulu être. À la fin, il ne resta pas un œil sec dans la salle. Ensuite, Ann-Lise prit le micro, le visage illuminé d'un sourire tendre.

Elle me paraissait particulièrement belle, ce soir, mais ma mère était toujours resplendissante – surtout depuis qu'elle s'était stabilisée après sa longue cure à l'hôpital. Elle m'avait même aidée à choisir ma robe et conseillée pour la décoration. Je savais qu'elle avait proposé de s'occuper du ménage également, mais c'était un boulot réservé à des professionnels. Néanmoins, j'appréciais qu'elle l'ait suggéré. Ça me rappelait ces relations mère-fille que nous n'avions jamais eues. Finalement, on devenait un peu amies, et ça faisait du bien. Son toast fut court mais exquis :

– Je t'aime depuis le premier jour où je t'ai vue. Je t'aimais alors que je ne pouvais te le montrer. Je t'aimais quand je te faisais du mal.

Elle fondit en larmes et moi aussi.

– Et c'est à cause de mon amour pour toi que j'ai cherché de l'aide. Je t'ai aimée tous les jours que j'ai passés à l'hôpital. Je t'ai aimée tous les jours que j'ai passés au foyer d'accueil. Je t'aimais encore le jour où je suis rentrée à la maison, et, depuis, je ne cesse de t'aimer, jour après jour. Je n'arrêterai jamais, Samantha, et si ce n'est pas grâce à moi que tu es devenue cette femme étonnante, mon cœur ne cesse de vibrer de fierté. Comme Mason l'a fait pour son père, je te remercie de m'avoir montré le genre de femme que je devrais être. Je t'aime.

Je me précipitai pour l'étreindre, puis en fis autant avec les autres.

Les compliments et les témoignages continuèrent ainsi, une partie de la soirée. Helen se leva. Garrett se leva. Même ma petite sœur fit un discours, et tout le monde fondit en la voyant agiter ses petites mains en l'air.

Et puis Logan annonça qu'il était temps de faire la fête et on se retrouva bientôt sur la piste de danse.

***

Deux heures plus tard, je commençais à me poser des questions. Les jeunes mariés devaient-ils rester jusqu'à la fin de leur réception ?

Selon moi, ils s'éclipsaient au milieu de la soirée, pressés de se retrouver seuls, et les invités restaient à danser jusqu'au départ du DJ. J'ignorais si c'était courant ou non mais ce ne fut pas ce qu'on fit, Mason et moi – non qu'on n'ait pas envie de se retrouver seuls, mais on avait déjà brisé la tradition de ne pas se voir la nuit précédente. Non seulement on s'était vus, mais on avait dormi dans le même lit, après avoir fait l'amour sans retenue. Oh oui ! On avait brisé cette tradition, de même qu'on fut les derniers à quitter la réception.

Une fois que le DJ eut arrêté la musique et commencé à ranger ses affaires, tous nos amis restèrent encore une heure à rire et bavarder autour de la table. Logan tenait Taylor sur ses genoux. Elle resta appuyée sur son torse, les yeux mi-clos. Nate était à côté d'eux, avec Heather et Channing qui se tenaient par la main sous la table. Matteo restait avec Grace, et Courtney bavardait avec elle. Finalement, les gens commencèrent à se lever et à se dire bonsoir, l'air épuisé.

Courtney fut la première à partir, non sans être venue me serrer dans ses bras d'abord, les larmes aux yeux, pour me glisser à l'oreille :

– Je te souhaite une longue vie de bonheur, mon amie. Vous êtes bien partis, tous les deux.

Elle m'embrassa sur le front et adressa un signe à la cantonade avant de s'éloigner.

Grace et Matteo suivirent, main dans la main.

Il donna une accolade à Mason qui prit l'initiative de le serrer dans ses bras, puis tous deux se frappèrent la main. Matteo rejoignit Grace, en chassant une petite larme. Elle me félicita encore et je savais qu'elle était sincère.

Heather et Channing attendaient juste derrière, et on s'étreignit longuement. Mason était mon meilleur ami, Logan venait après lui, mais ensuite, c'était bel et bien Heather. Aucune fille, pas même Taylor, ne saurait la remplacer, et cette étreinte n'était pas du genre « Je ne sais pas à quel point ceci va influer sur notre avenir » mais plutôt : « Je t'aimerai jusqu'à la mort et appelle-moi dès ton réveil qu'on puisse encore rigoler de tout et de rien. »

Après le départ d'Heather et Channing, j'étais persuadée qu'on se reverrait et qu'on bavarderait sous peu. C'était pour la vie entre nous.

Il ne resta bientôt que cinq personnes.

Nate (sa compagne s'était déjà éclipsée dans leur chambre d'hôtel), Logan et Taylor, et Mason et moi.

Je n'aurais su dire qui commença, mais on se leva tous pour partir vers le couloir. Là, on s'arrêta, et je me blottis contre Mason qui me serra la taille. Taylor en fit autant avec Logan, tandis que Nate gardait les mains dans ses poches. Voilà longtemps qu'ils avaient quitté leurs vestes de smoking ainsi que leurs fines cravates et leurs chemises avaient tendance à sortir de leurs pantalons.

Mason avait l'air fatigué mais alerte, et on lui avait tellement passé la main dans les cheveux qu'ils se dressaient encore plus que d'habitude. Ça lui allait bien. Il faisait très patron, encore maître des lieux après une nuit de fête. Et ce serait un jour le cas.

Il finirait bien par arrêter le football. Avec Logan, ils commençaient déjà à se lancer dans les affaires, mettant au point quelques idées. Je ne m'inquiétais pas pour eux. Un jour, ils seraient tous les deux patrons, peut-être rivaux de leur père. En attendant, ils suivaient leur route. La NFL pour Mason, les études de droit pour Logan.

– C'est fini, commenta Nate en examinant le groupe d'un air attristé.

Je ne savais pas trop ce qu'il allait devenir. Il avait suivi Mason dans le Massachusetts et travaillait dans une entreprise sans trop dire ce qu'il comptait faire à l'avenir. J'avais l'impression que quoi qu'entreprenne Mason, il le suivrait.

Je commençais à fatiguer et me sentais bien sous le bras de mon mec. Et le voilà qui répondait à son ami :

– C'est fini.

Nate se tourna vers Logan :

– Je vais réveiller ma copine. Vous serez à la maison, tout à l'heure ?

Il parlait de la maison dans laquelle j'avais vécu au début de cette histoire. James et Ann-Lise avaient tenu leur promesse en déménageant pour nous la laisser à disposition. On venait tous d'y passer la semaine, mais certains avaient préféré prendre des chambres d'hôtel pour cette nuit. Et je savais que Mason avait organisé quelque chose pour nous deux.

On allait partir un mois en randonnée à travers l'Europe. On descendrait dans des auberges, sauf quand elles nous paraîtraient trop déplaisantes, auquel cas on dépenserait de l'argent pour une vraie chambre d'hôtel. Mais on avait l'intention de rester aussi modestes que possible. J'avais hâte d'entamer ce voyage de noces cependant je savais que ce soir Mason comptait nous emmener dans un lieu totalement différent.

– Oui, on y sera, répondit Logan à Nate. À plus tard.

Nate acquiesça et désigna les ascenseurs.

– Je ferais mieux d'y aller, sinon je ne vais plus pouvoir la réveiller du tout.

Nouvelles embrassades, mais on reverrait Nate dès le lendemain soir.

Logan et Taylor nous suivirent sur le parking. Une fois qu'on se retrouva dans l'Escalade de Mason, Taylor vint me dire au revoir en me soufflant à l'oreille :

– Il ne vous laissera jamais si je n'interviens pas. Je t'aime, sœurette, et on se retrouve demain au dîner.

On s'étreignit encore une fois, puis elle embrassa Mason avant de se tourner vers Logan :

– Je t'attends dans la voiture. Ne traîne pas trop, d'accord ?

Il fit oui de la tête et lui tendit les clefs.

On se retrouvait maintenant tous les trois.

On se regardait et Logan ravala quelques larmes. Mais son sourire canaille lui revint bientôt quand il soupira :

– Les Trois Redoutables.

Il regarda Mason, puis moi, et je lui rendis son sourire :

– Toujours !

Je reposai ma main dans celle de Mason, tout en lui laissant un peu d'espace.

C'était fini. On échangeait nos derniers adieux. Quelque part, les choses allaient changer. Mason était mon mari.

Je lui souris, le souffle court comme chaque fois qu'il entrait dans une chambre. Mais là, j'éprouvais également un petit serrement de cœur à l'idée de ce qui semblait bouleverser Logan.

Mason était mon mari, maintenant. On allait former le cœur de notre famille, lui et moi. Mari et femme. Mon Dieu, dire que j'étais la femme de quelqu'un ! La femme de Mason. Cette idée faisait frissonner. Je ne m'y habituerais jamais. C'était tellement irréel ! Mais on était les Deux Redoutables.

Les Trois Redoutables demeureraient, mais c'était autre chose. Logan avait toujours été aux côtés de Mason, désormais, il serait derrière nous. Ce serait Mason et moi, côte à côte. On suivrait notre propre chemin et, un jour, Logan se lancerait sur le sien avec Taylor.

– Merde ! jura Logan. Pourquoi je suis si triste, maintenant ?

– Logan ! dis-je en ouvrant les bras.

Il s'y blottit, me serra, posa la tête sur mon épaule. Je lui passai une main sur la nuque pour l'attirer davantage.

Puis il se tourna et ce fut Mason qui l'étreignit. Ils restèrent longtemps enlacés et, quand ils se séparèrent, tous deux s'essuyèrent les yeux. Puis Mason me reprit près de lui.

– Je savais que ça me ferait quelque chose de me marier, marmonna-t-il, mais merde…

J'enlaçai nos doigts et il respira un grand coup. On attendit encore un moment avant qu'il regarde de nouveau son frère.

– Je t'aime trop, bordel !

– Pareil, répondit Logan. Et toi aussi, Sam.

Je reçus en pleine figure l'image qui me vint alors.

Je voyais un petit garçon, sans plus aucune défense. Il n'était pas en train de flirter avec Taylor, il ne lançait pas de blagues sarcastiques, il n'avait pas les yeux brillants de malice ou d'agressivité. Il était juste là, tel quel, à nous considérer comme les deux piliers sur lesquels il s'appuyait depuis six ou sept ans. Et voilà qu'on s'écroulait autour de lui.

Ce n'était pas vrai.

– Logan, dis-je en l'attirant vers nous de ma main libre. On ne s'en va pas.

– Je sais, soupira-t-il.

On formait maintenant un cercle et on demeura ainsi jusqu'à ce qu'il décide de s'éloigner.

Il regagna son Escalade où Taylor l'attendait sagement, le visage baigné de larmes. Elle se pencha vers lui quand il entra, et il finit par démarrer, avant de quitter le parking.

On n'était plus que nous deux.

Appuyée contre le torse de mon mari, je relevai la tête en souriant.

– Mari.

Il me rendit mon sourire.

– Épouse.

Inutile d'en dire davantage.

J'avais connu ma première nuit de bonheur le soir où je m'étais garée dans une station-service avec deux amies ivres. Sauf que je ne le savais pas à ce moment-là.

Il se pencha pour m'embrasser et je soupirai contre ses lèvres.

C'était parfait.

UNE DERNIÈRE COURSE

– Kade !

Je sursautai quand j'entendis mon nom aboyé près de moi.

– Quoi ?

Je me retournai, irritée, tout en sachant déjà qui c'était, et me détendis aussitôt.

– Quoi, coach ?

C'était bien lui, mon coach, mon entraîneur, mon tortionnaire sadique, cette réticente figure paternelle, en un seul homme. C'était mon entraîneur olympique et il désigna l'endroit où les autres coureurs avaient commencé à s'assembler.

– Prête ? demanda-t-il.

Je fis oui de la tête, sauf que je ne l'étais pas du tout.

J'étais excitée comme un chien affamé devant son premier steak. J'en salivais presque, en même temps j'étais distraite.

– Vous deviez faire une nuit complète avant de venir, lâcha-t-il l'air fâché.

Il avait remonté le col de sa veste jusqu'au menton d'où pendait la chaîne de son sifflet.

– Kade, dites-moi…

– Oui, oui, ça ira. Je suis prête.

Avais-je dormi toute la nuit ? Non.

Cela allait-il m'empêcher de bien courir ? Non.

Du moins je l'espérais.

J'examinai mes concurrentes. J'avais déjà fait cette course une fois. C'était la deuxième fois que je participais aux Jeux olympiques. Et je courais. C'était ma vie. Comme celle de toutes les personnes qui m'entouraient, mais j'y avais trouvé ma source de vie.

En me dirigeant vers la ligne de départ, je savais que mon esprit allait se vider.

J'étais née pour ça. Tout irait bien.

Ce fut ce que je dis à mon entraîneur et il hocha la tête, pourtant je savais qu'il ne me croyait pas vraiment.

Il recula, désigna la ligne de départ :

– Allez-y. Cassez-moi la baraque. Encore.

Bien entendu. Comme prévu. Quand je commençais à courir, je ne faisais rien d'autre. J'avais terminé mes échauffements et mon esprit s'était égaré mais, en prenant ma place sur la ligne, je regardai autour de moi et vis pourquoi mes pensées s'égaraient.

Le premier signal retentit.

J'avais une bonne raison de rêver.

– Prêts !

Mason m'adressa un signe de sa place, avec notre fille dans les bras. On l'avait appelée Logan Malinda Kade – surnommée Maddy.

PAN ! Le coup retentit.

Et je partis.

REMERCIEMENTS

Je n'arrive pas à y croire. C'est le dernier grand roman que j'écris sur ces personnages. J'ai l'impression que tant de temps s'est écoulé depuis que j'ai écrit *Fallen Crest High*. On m'a demandé ce qui avait inspiré ce livre, et j'ai toujours du mal à répondre. Je venais d'entendre une chanson (*Sail* d'Awolnation) et du coup, je me suis installée et j'ai esquissé en trois jours tous les thèmes du roman. À l'époque, je ne me rendais pas compte de ce que je faisais exactement. J'écrivais, je publiais des chapitres gratuitement sur Internet. Certes, j'avais l'intention de le publier et de gagner de l'argent un jour mais je ne connaissais aucun moyen de parvenir à ce but. J'écrivais, et je me suis retrouvée un jour devant la perspective de devoir quitter mon emploi. En rentrant à la maison, je décidai d'arrêter d'écrire. Je ne pouvais plus y consacrer tous mes efforts. Financièrement, il fallait que je m'engage dans une autre carrière et elle m'aurait autant accaparée que l'écriture, alors… devant cette perspective, j'ai cessé d'écrire. Bien sûr, ça n'a pas duré. Le temps que j'arrive à la maison, je n'y pensais plus. Ma décision était prise, j'ai allumé mon ordinateur et je me suis remise à écrire.

Deux mois plus tard – *Fallen Crest High* décollait et ma vie n'a plus jamais été la même.

Je n'arrive pas à croire combien cette série est aimée. Très vite, j'ai été dépassée. Cet amour constant pour les personnages de Fallen Crest me sidère. Je suis émue d'être l'auteur qui vous les a offerts et ça me manquera de ne plus écrire sur eux mais, pour le moment, ils sont heureux !

À tous les lecteurs qui ont tant aimé Sam, Mason et Logan qu'ils en ont parlé autour d'eux : vous m'avez aidée à leur donner vie et, en leur nom, je vous remercie.

T I J A N
FALLEN CREST #1
7,60€
T I J A N
FALLEN CREST #2
7,60€
T I J A N
FALLEN CREST #3
7,60€
T I J A N
FALLEN CREST #4
7,60€
T I J A N
FALLEN CREST #5
7,60€
T I J A N
FALLEN CREST #6
7,60€

Hugo Poche

LA NOUVELLE COLLECTION

PETIT FORMAT, GRANDES ÉMOTIONS.

Hugo Poche

HugoNewRomance-Poche PocheNewRomance

Composition et mise en pages
Nord Compo à Villeneuve-d'Ascq